100개의

키워드로 읽는
우리문학사

현대문학

100개의

키워드로 읽는
우리문학사

현대문학

우리문학회 편

보고사
BOGOSA

발간사

    우리문학회는 1974년 10월 9일부터 뜻 있는 소장 국문학 전공자들이 모여 우리문학을 보다 새롭게 연구하는 모임으로 시작하였습니다. 이후 1974년 12월 29일 소장 학자들을 중심으로 발기총회를 갖고 회칙을 제정하여 정식 창립하였습니다. 이가원 선생을 고문으로 모시고 김기현, 최범훈, 강동엽, 김종균, 박을수, 이명재, 임용식, 최홍규, 한무희 회원이 창립 발기인으로 참여하였습니다.

    1976년 1월 4일 학회지 창간을 결의하여 같은 해 4월에는 학회지 『우리 文學硏究』 창간호를 발간하였습니다. 이후 우리문학회는 1980~90년대를 거치며 정기적인 학회지 발행(현재 84집) 및 학술대회 개최(현재 136차)를 지속하였고, 2007년에는 한국연구재단 등재지로 승격되어 현재에 이르고 있습니다.

    우리문학회의 연구 대상과 범위는 고전문학과 현대문학을 아우르는 한국문학 전반에 걸쳐있습니다. 최근에는 동아시아 비교연구, 문화콘텐츠 및 디지털 협업 연구 등 문학 연구의 새로운 분야에 도전하며 연구 외연을 확장해나가고 있습니다. 특히 2014년 중국 천진외대를 시작으로 2024년 중국 서안외대까지 국제학술대회를 개최하여 해외 한국문학 연구자들과도 지속적인 교류를 이어가고 있습니다. 이를 통해 우리문학 전반의 새로운 연구라는 학회 창립 당시의 목표를 충실히 계승하며 학계에 기여하고 있다고 자부하고 있습니다.

    2024년은 우리문학회가 창립 50주년을 맞는 뜻깊은 해입니다. 한국

사회에서 50년을 맞는 학회가 흔하지는 않습니다. 고전과 현대를 아우르는 한국문학 전문 학회도 드문 형편입니다. 반세기를 이어온 우리문학회는 그 의미를 새기는 작업으로 새로운 문학사를 편찬하기로 의견을 모았습니다. 2년여의 준비 기간을 거쳐 세상에 내놓는 이 『100개의 키워드로 읽는 우리문학사』는 50년 전 창립 취지를 살려 소장 연구자들이 중심이 되어 기획하고 집필하였습니다. 책의 자세한 내용에 대해서는 집필진의 안내 글을 참고하시길 바랍니다.

이 새로운 문학사의 발간은 당대적 관심사와 학문적 소명이 만나서 빚어낸 결실입니다. 우리문학회의 소명을 널리 알리는 과업에 동참해주신 학회 동학 여러분들에게 심심한 사의를 표합니다. 특히 대표 기획을 맡아서 시작부터 끝까지 책임을 진 서유석 부회장님과 장은영 기획이사님께 감사드립니다. 연구와 교육으로 바쁜 시간을 할애하여 집필을 맡아주신 필자 여러분께도 깊이 감사드립니다. 여러분들이 우리문학의 미래입니다. 그리고 우리문학회 100주년을 바라보는 희망입니다. 아울러 발간 과정에서 제반 실무를 맡아 준 총무팀에도 감사드립니다. 끝으로 학회지 출판의 든든한 지원자이며, 이번 새로운 문학사 출판도 흔쾌히 맡아주신 보고사 김흥국 사장님과 편집담당자에게도 감사의 마음을 전합니다.

이 새로운 문학사 발간의 기쁨을 학회원뿐만 아니라 한국문학을 사랑하는 세상 모든 분과 함께 나누길 기대합니다. 강호제현의 관심과 질정을 바랍니다.

2024년 12월
우리문학회 회장
안영훈 삼가 씀

일러두기

『100개의 키워드로 읽는 우리문학사』의 집필 방향 및
활용과 쓰임에 대한 제안

키워드 중심의 문학사 서술이 새로운 시도는 아니다. 국내와 해외에서
이러한 사례가 없지는 않다. 그러나 키워드를 중심으로 문학사를 살피는
일은 문학사 전반을 포괄하기도 어렵거니와 기존 문학사의 범주와 경계를
넘나드는 일이어서 노정된 한계를 감수할 수밖에 없는 일이다. 무엇보다
사(史)적 흐름을 따르지 않는 것이 과연 문학사일 수 있을까라는 질문은
기획과 집필 그리고 교정의 마지막까지 놓을 수 없는 고민거리였다. 그럼
에도 키워드 문학사 집필을 감행한 이유는 시간의 순서에 따른 연대기적
문학사 서술이 필연적으로 생산해온 위계적 구조를 넘어서기 위해서였다.
글쓰기 주체와 장르에 따라 텍스트가 중심과 주변으로 배치됨으로써 한국
문학의 정전(正傳)이 결정되는 연대기적 문학사 서술은 텍스트에 위계적
의미를 부여해왔다. 가령 고전문학에서 현대문학에 이르기까지 문학사의
주체는 지식인 남성 문인들이었고, 그들의 작품이 문학사적 정전의 위치
에 있었음은 주지의 사실이다. 이에 대한 문제의식은 대항적 문학사, 복수
의 문학사 서술이라는 최근의 시도들을 통해서도 확인된다.

이 책을 만드는 데 참여한 집필자들은 기존의 문학사가 안고 있는 한
계를 넘어서보자는 바람으로 키워드 문학사 서술을 시도하기로 의견을
모았다. 키워드 문학사가 연대기적 문학사가 지닌 모든 문제를 해소하는
대안은 아니지만 주체와 타자, 중심과 주변이라는 위계적 질서를 벗어나

더 평등하고 개방적인 다중심의 문학사를 제안할 수 있기를 바라는 마음으로 100개의 키워드를 엮게 되었다. 주변적인 것으로 인식되었으나 현재적 시점에서 재평가가 필요한 장르나 문학적 현상들 그리고 언제나 문학사의 주변부에 머물렀던 글쓰기의 주체들을 키워드를 통해 호명하고자 했다. 100개의 키워드로 한국문학 전반을 두루 살피기는 역부족이지만 기존의 문학사가 주목하지 못했던 것들을 키워드로 추려내 지금까지는 소략히 다뤄졌던 한국문학의 부면들을 조명하고자 했다.

물론 키워드 중심의 문학사 서술이 가진 한계도 없지 않다. 각각의 키워드가 포괄하는 범주의 균형이나 서술 스타일의 차이를 어떻게 극복할 것인가라는 문제가 여전히 남아 있다. 그러나 모든 문제를 미리 해결하고서 결과물을 도출하기는 어려운 일이다. 키워드를 범주별로 세분화하여 갈무리하는 것은 앞으로의 과제로 남겨두기로 한다. 그리고 다양한 관심사를 가진 여러 명의 집필자가 참여하다보니 발생한 서술상의 상이함이나 시선의 차이도 있었다. 그러나 이러한 차이가 오히려 키워드 문학사의 장점이 될 수 있으리라 기대하며 최소한의 집필 방향만 공유함으로써 각 키워드가 주목해야 할 특징들을 예각화하도록 했다. 다음과 같은 집필 방향을 공유했음을 밝힌다.

첫째, 키워드에 대한 기본적 개념을 밝히고 그 배경을 설명하기로 한다.
둘째, 키워드를 구체화할 수 있는 작가와 작품에 대한 사례를 제시하기로 한다.
셋째, 집필한 내용과 관련하여 현재적 시각에서 집필자의 평가나 견해를 제시한다.

키워드의 사전적 의미와 함께 문학적 맥락을 설명하되 키워드가 등장하게 된 배경 그리고 대표적인 작가와 작품을 소개하고 문학사적 의의를 서술하여 독자의 이해를 돕고자 했다. 이러한 집필 방향이 도달하고자 한 가장 핵심적인 목표는 독자들이 각자의 관심사를 중심으로 능동적으로 키워드를 재구성해보고 새로운 문학사적 논점을 발견하는 것이다. 예컨대 고전과 현대의 키워드를 아우르며 여성문학을 살피고자 한다면, '열녀', '현모양처', '기녀', '계모', '첩', '신여성'과 같은 여성 글쓰기 주체들을 만나볼 수 있다. 또 현실에 대한 문학의 응전을 중심으로 문학사를 재구성하고자 할 경우 '오륜가', '전란소설', '현실비판가사', '민족문학', '시민문학', '노동문학', '종군문학' 등의 키워드를 통해 현실에 대응하는 문학의 양상들을 살펴볼 수 있다.

키워드 문학사는 한국문학에 대한 객관적 지식을 시간 순서대로 평평하게 정리해서 전달하는 방식을 지양한다. 그보다는 한국문학에 대한 각자의 관심과 문제의식을 중심으로 문학적 흐름을 재구성하는 입체적인 문학사'들'이 탄생하기를 바란다. 연대기적 문학사에 비해 울퉁불퉁하고 거친 문학사로 읽히겠지만 한국문학에 대한 관심과 애정을 가지고 장르와 위계를 횡단하며 새로운 문학사의 가능성을 발견하는 계기가 될 수 있기를 기대한다.

책임집필자 서유석, 장은영

차례

3 · 1 운동

3·1 운동은 1919년 3월 1일을 기점으로 한반도 전역과 해외 한인 밀집 지역에서 일어난 한민족 최대 규모의 독립운동이다. 일본의 강제 한일합병과 무단통치, 각종 수탈과 횡포에 조선 민중의 분노가 결집되어 발생한 사건이다. 3·1 운동은 조선인들의 민족의식 및 독립투쟁 정신을 고취시켰으며 독립에 대한 열망은 대한민국임시정부 수립으로 이어졌다. 3·1 운동 전후로 한국문학은 자아에 대한 각성과 구체적인 현실 인식을 바탕으로 한국적 토양에 근거한 근대적 문학 양식을 정립해 나가기 시작했다. 일제 식민 통치하에서도 민족적 감정과 일상을 한국어와 한국 문자로 표현함으로써 고유의 문학적 형식과 미적 가치를 탐구해나갔다.

3·1 운동으로 인해 일본은 식민 통치 방식을 무단통치에서 문화통치로 바꾸게 된다. 그러나 이는 3·1 운동 강제 무력 진압과 보복 학살에 대한 국제적 비난을 피하고, 조선인의 독립 의지를 약화시키기 위한 형식적인 조치였을 뿐, 본질적으로 조선인의 자유를 보장하려는 것은 아니었다. 한국인에 대한 고문과 탄압은 여전했고 민족운동을 탄압하기 위한 경비와 유지비 역시 더 증가하였다. 언론, 출판, 집회, 결사의 자유를 부분적으로 허용하였으나 실제 의도는 독립 의지 분산과 일본에의 적극적인 동화에 있었다. 동아일보, 조선일보 등 민간 신문을 허용하는 가운데 친일 언론을 집중적으로 육성하려 하였으며 검열을 강화하여 일본에 대해 부정적인 여론을 형성할 수 있는 기사는 사전에 삭제해 버리거나 아예

정간 내지 폐간시키는 경우도 적지 않았다. 한국인에게 교육의 기회를 제공했으나 이 역시 일본에 대한 긍정적인 이미지를 심어 식민 지배를 정당화하려는 것이 주된 목적이었다. 단지 식민 통치에 유용한 기초 수준의 학문과 기술 교육만을 제공했고, 고등 수준의 인문교육은 통치에 위협이 될 소지가 있다는 이유로 가르치지 않았다. 문화통치는 표면적으로는 차별을 줄이는 유화정책을 표방했으나, 실질적으로는 식민지 현실을 은폐하고 미화하려는 수단에 불과하였다. 억압과 감시, 경제적 착취를 위해 교묘히 고안된 기만적인 식민 통치 방식이었던 것이다.

3·1 운동은 독립의 쟁취로까지 이어지지는 못했지만, 일제 식민 통치의 실체와 민족이 처한 현실에 대한 명확한 인식을 바탕으로 앞으로의 민족운동이 나아가야 할 방향을 적극적으로 모색하게 했다. 『조선일보』, 『동아일보』 등의 일간지와 『개벽』과 같은 대중적인 종합잡지를 중심으로 일본의 식민정책을 비판하고 민족의식을 도모하기 위한 언론 계몽운동이 펼쳐졌으며, 일제의 기만적인 식민지 교육에 맞서기 위한 민립대학운동, 야학설립운동 등 민족교육운동도 활발히 전개되었다. 일제의 경제침탈에 맞서 민족 산업과 자본을 보호하기 위한 물산장려운동 및 조합운동이 전국적으로 확산되었으며, 1917년 러시아혁명 이후에는 사회주의가 국내로 소개됨에 따라 반제국주의, 반식민 운동이 조직적으로 형성되었다.

특히 문학에 있어서 3·1 운동은 근대적 문학으로서 한국문학의 개념이 형성되고 확립되는 중요한 계기를 만들어주었다. 문학의 창작 주체로서 민족을 내세우고 그 성립 조건으로 국어국문이라는 매체를 강조했던 이광수 이후 '문학'은 동아시아 사회의 전통적인 문(文) 개념에서 벗어나 개인의 감정에 바탕을 둔 근대적 예술의 영역으로 새롭게 자리 잡게 되었지만, 이에 기반한 구체적인 창작과 유통이 이루어진 것은 3·1 운동 이후의 일이다. 일제가 언론·출판의 자유를 부분적으로 허용함에 따라 민간 신문과 대중 잡지를 통해 국문을 읽고 쓸 수 있는 독자층이 확보되었고, 조선어학회를 중심으로 한 국어국문 연구가 활발히 진행되었다. 일본 유학파 지식인에 의한 문학창작으로 세련된 국문체가 만들어지면서 본격적인 근대 문학으로서 한국문학이 형성될 수 있는 조건이 만들어지게 된 것이다.

3·1 운동의 시대적 의미와 가치를 문학이란 무엇인가에 대한 본질적인 고민 속에서 가장 빼어난 성취를 보여준 작가는 염상섭(廉想涉, 1897~1963)이다. 염상섭은 근대적 주체로서 개인의 발견과 사회 현실에 대한 객관적 인식이라는 소설의 근대적 특성에 많은 관심을 기울였다. 그는 자아의 각성을 인간성의 해방으로 보고 예술작품의 미적 가치를 개성의 표현으로부터 찾았지만, 동시에 현실 생활의 기반을 떠나서는 아무런 의미도 지닐 수 없다고 보았다. 염상섭의 문학관은 문학의 본질을 개성의 발견에서 찾는다는 점에서 근대적 인식을 바탕으로 한다. 동시에 추상적 개성론에 머무르지 않고 구체적인 경험 세계로서의 현실을 변증법적으로 함께 파악하고자 한다는 점에서 리얼리즘의 문제의식과도 깊이 맞닿아 있다. 그는 개성의 문제를 민족적 개성의 문제로 심화시켰으며 식민지 치하 민족의 현실을 총체적으로 인식하고 이를 소설로 구현함으로써 변화해가는 시대정신과 공통의 사회의식을 이끌어낼 수 있다고 보았다.

염상섭의 대표작 「만세전」은 시대에 대한 세밀한 묘사와 성찰적 접근, 개인적 삶과 사회 현실과의 상관성, 등장인물의 상세한 심리묘사 등 리얼리즘 문학의 전형적인 특징을 선명하게 보여주는 작품이다. 「만세전」은 1922년 잡지 『신생활』에 「묘지」라는 제목으로 처음 연재되었다. 총독부의 검열로 여러 차례 삭제되곤 하였는데, 연재가 끝나기도 전에 잡지가 폐간되자 『시대일보』에 「만세전」이라는 제목으로 다시 연재되었다. 1924년에 단행본으로 간행된 이 소설은 작품의 제목처럼 3·1 운동 직전 식민지 현실의 참상을 날카롭고 세밀한 필치로 정치하게 담아내고 있다.

「만세전」은 도쿄 W대학 유학생인 '나'(이인화)가 산후증을 앓던 아내가 위독하다는 전보를 받고 학기말 시험 도중 급하게 귀국했다가 아내의 장례를 치르고 다시 도쿄로 돌아가는 과정을 담아낸 이야기이다. '나'는 아내가 위독하다는 소식에도 큰 감정의 동요를 보이지 않은 채 그저 집에서 보내온 돈 백 원만을 반가워한다. 심지어 가식적인 도덕관념으로부터 해방되는 것만이 참된 생명을 찾는 일이라며 죽어가는 아내에게 아무런 감정도 느끼지 못하는 자신을 애써 변호하기까지 한다. '나'는 스스로가 진정으로 원하고 갈망하는 것을 추구하고 싶었지만 공부도 연애도 모두 그와는 거리가 멀었다. 평소 인연이 있던 일본인 카페 여급 정자를 만나 원래 아내에게 줄 요량으로 사두었던 목도리를 충동적으로 선물하기도 하지만, 그렇다고 해서 정자에게 진지한 연애 감정을 느끼고 있는 것도 아니다. 그러한 맹목적 사랑에 빠지기에는 자신이 얼마나 이해타산적인지 누구보다도 잘 알고 있었기 때문이다.

이렇듯 어디에서도 의미를 찾지 못하는 도피적 유학생활이 만들어낸 복잡한 상념은, 주인공이 조선으로 가는 배를 타고 자신이 조선인이라는 사실을 명백하게 깨닫게 되는 일련의 경험들과 마주하게 되면서 점점 옅어지기 시작한다. 일본인 형사의 무례하고 거친 취조나 배 안 목욕탕에서 우연히 듣게 된 조선인에 대한 경멸적 언사와 조선 노동자를 불법으로 팔아넘기는 것을 자랑처럼 떠들어대는 일본인들의 말은, '나'로 하여금 그간 제대로 의식조차 못하던 이상한 반항심과 적개심을 느끼게 한다. 그리고 그간 자신이 현실과 얼마나 동떨어진 채 시니 소설이니 하며 탁상공론에만 매달려 왔는지를 진지하게 반성하고 회의하게 된다. 부산에 도착한 '나'는 조선 사람들이 서서히 그들의 땅을 잃은 채 속수무책으로 쫓겨나는 현실을 마주한다. 김천에서 형님을 만나 여러 이야기를 나누어보지만, 여전히 전통적 가치관에 매달려 있는 형님과 자신 사이에 놓여 있는 아득한 간극만을 다시 확인하게 된다. 서울로 가는 야간열차에서 '나'는 비굴하게 천대를 받더라도 얻어맞는 것보다는 낫다느니, 현실이 이미 공동묘지임에도 죽어서 공동묘지에 갈까 봐 전전긍긍하는 조선 사람들의 무기력한 마음과 모습들을 바라보며 깊은 절망감에 빠져든다. 서울에 도착해 아내를 만나게 되지만 아내는 며칠 버티지 못하고 세상을 떠난다. '나'는 가족들의 반대에도 사흘 만에 장례를 끝내고 아내의 시신을 공동묘지에 묻는다. 세계대전도 끝나고 세상은 새로운 희망에 타오르는 것 같은데도, 조선만은 잠잠히 쥐죽은 듯 적막한 현실에 절망하며 서울을 도망치듯 빠져나와 다시 도쿄로 향한다.

「만세전」의 주인공 이인화는 근대적 주체로서의 '개인', '자아', '개성'을 발견하기 위해 도쿄 유학길에 올랐지만 어떤 의미도 없이 그저 도피적 유학 생활을 반복해 왔을 따름이다. 그러다 전보를 받고 급히 귀국길에 오르면서 방향을 잃은 채 떠돌던 복잡한 상념들은 비로소 '민족'으로서 '나', 현실과 시대에 묶여있는 역사적이고 사회적인 존재로서의 '나'에 대한 구체적인 인식과 성찰로 전환되기 시작한다. 일본의 강압적인 지배와 멸시 속에서 힘없는 가난한 민중들은 삶의 모든 기회와 희망을 빼앗긴 채 신세타령이나 하며 굴종적으로 살아가고, 스스로의 안위에만 관심이 있는 기회주의자들은 식민지 지배 권력에 빌붙어 자기 배만 불릴 생각을 한다. 형님 가족의 보수적이면서도 기회주의적인 태도 역시 비판의 대상이 된다. 물론 시대적 현실에 대한 성찰이 주인공의 실천적 행동으로 곧바로 이어지지는 않는다. 무덤과도 같은 조선의 현실로부터 빠져나와 다시 도쿄로 돌아감으로써, '민족'으로서의 '나'로부터 분리되어 도망치는 길을 선택하기 때문이다.

이와 같은 이인화의 도피적 태도에 대해서는 여러 가지 평가가 가능하겠지만, 흥미로운 점은 처음부터 이 소설이 3·1 운동이 벌어지기 직전해의 일이라며 이를 명확히 밝혀놓고 있다는 것이다. 이토록 암울한 현실 속에서도 3·1 만세운동이라는 혁명적 에너지가 분출될 수 있다는 것에 대한 성찰일 수도, '묘지'로 요약되는 현실의 암울한 모습에 짓눌려 그 밑에 감돌고 있던 혁명적 기운을 읽어내지 못한 식민지 지식인의 한계에 대한 반성일 수도 있다. 어떤 해석을 선택하든 이 소설은 개인의 개성 추구와 인간성의 해방이란 그 개인이 살아가는 시대적 상황이나 민족적 현실과 결코 분리되어 생각될 수 없음을 시대에 대한 정밀한 묘사를 통해 선명히 보여준다.

한국문학에서 3·1 운동은 문학의 자율성을 인식하면서도 식민지 현실을 변화시키기 위해 문학이 할 수 있는 바가 무엇인지를 본격적으로 고민하게 만든 결정적 계기가 되었다. 이 시기 소설은 근대적 개인 주체의 문제와 객관적인 사회 현실에 대한 인식을 전체적으로 함께 살펴보고자 하는 실천적 노력을 보여주었다. 식민지 상황 속 경제적 궁핍이 소설 속 현실의 주를 이루는 가운데 사회진출이 막혀 좌절하는 지식인의 모습이나 생활고에 허덕이는 노동자, 농민의 모습이 자주 형상화되었다. 고통스러운 현실의 무게에 짓눌려 삶의 목표와 의미를 상실한 채 파멸에 이르는 인간상을 보여주고 있는 것이다. 특징적인 것은 장편소설과 단편소설이 문학의 주도적인 양식으로 자리잡게 되었다는 점이다. 삶의 전체적인 양상을 그려내는 데 목적을 둔 장편소설과 달리 단편소설은 인생의 한 국면에 대한 세밀한 묘사와 치밀한 구성에 집중한다. 소설의 서술 시점에 대한 관심도 높아졌는데, 대상에 대한 객관적 서술을 중심으로 하는 3인칭 시점과 주체의 내면을 탐구하는 1인칭 시점이 본격적으로 나뉘어지게 되었다. 시에서는 3·1 운동으로 고취된 민족의식을 바탕으로, 김소월로 대표되는 민족의 전통적 운율에 바탕을 둔 자유시가 창작되었다.

(이철주)

계몽소설

계몽소설은 민중에게 새로운 근대적 지식과 사상, 문물을 알리고 교육의 중요성을 강조하기 위해 창작된 문학 장르로, 전근대적 관습과 미신 타파, 인간의 이성 존중 등을 지향하는 계몽주의 사상에 근거하고 있다. 한국의 경우 주로 3·1 운동을 전후로 민족의식을 고취하고 민족 주체성을 회복하려는 문학적 시도에서 계몽소설이 창작되었다. 1930년대 『동아일보』가 주축이 되었던 브나로드(vnarod, 러시아어로 '민중 속으로'라는 뜻) 운동과 농촌 계몽 운동의 맥락에서 창작된 소설도 포함된다. 대표적인 작품으로는 이광수의 『무정』(1917)과 『흙』(1933), 심훈의 『상록수』(1936)가 있다.

루소, 몽테스키외, 로크, 칸트 등 일련의 계몽사상가들에 의해 제기되었던 17, 18세기 유럽의 계몽주의 사상은, 이성과 과학, 휴머니즘과 진보에 대한 신념을 바탕으로 구시대적인 봉건적 질서를 타파하고 사회를 개혁하고자 한 시대적인 사조이다. 세계를 이해하는 데 있어 이성과 과학이라는 합리적인 기준만을 허용하였으며 신앙, 도그마, 카리스마, 신비, 환상, 직감과 같은 낡은 시대의 권위와 기준들을 일체 부정하였다. 중세의 봉건적 질서를 무너뜨리고 합리성에 기반한 과학기술 문명과 근대적 정치 체제를 만들어낸 사상적 기반이 되었으나, 합리성의 기준을 오직 서구 문명에만 둠으로써 제국주의적 확장 및 식민 지배의 실질적인 근거가 되기도 하였다.

우리나라의 경우 19세기 말 유길준, 서재필 등에 의해 서양의 계몽사상이 수입되어 들어오기는 하였으나, 이론적 차원에서 심도 있게 수용되지는 못하였다. 그후 을사조약 등으로 일본의 한반도 침략 의도가 노골적으로 가시화되면서부터 사회운동 차원에서의 애국계몽운동이 활발하게 이루어졌다. 그러나 보호국 체제라는 상황상 정치운동으로서의 성격이 약화될 수밖에 없었으며, 대신 민족산업과 자본을 육성하기 위한 산업개발운동, 민족의식과 민족성에 대한 자각을 통해 독립의식을 고취시키려는 언론운동과 교육운동 등이 중심을 이루었다. 이 시기에는 영웅 전기나 동물 우화 등 논설적 성격이 강한 계몽 문학이 근대적 신문을 통해 활발히 생산되고 유통되었다.

그러나 민족의식에 기반한 계몽 문학은 한일합병 이후에는 지속되기 어려웠다. 대신 국가나 민족의 문제는 직접적으로 건드리지 않는, 타협적인 계몽주의 문학이 창작되었는데 최남선의 신체시와 이광수의 계몽소설이 그 대표적인 경우이다. 이들은 우리 문학에 있어 더 중요한 과제는 민족의 전통 계승이 아니라 서양 근대문학의 빼어난 전례를 이식하는 데 있다고 보았다. 이들의 문학은 문학의 독자성을 강조하는 가운데 새로운 근대적 한국어 문체를 만들어냈으며, 구시대의 속박에서 벗어나 전통적 가치를 부정하고 새로운 근대적 이념과 가치를 추구하고자 했다는 점에서 중요한 의의를 지닌다. 그러나 민족의 현실과 시대에 대한 성숙한 인식을 갖지 못했다는 점에서 치명적인 한계를 안고 있기도 하다.

1930년대 초반에는 동아일보의 주도로 브나로드 운동이라는 이름의 농촌 계몽 운동이 활발히 펼쳐졌다. 이 과정에서 해당 운동을 배경으로 한 심훈의 「상록수」와 같은 민중 계몽소설이 창작되기도 하였다. 브나로드 운동의 주체는 학생들이었다. 1930년을 전후로 하여 학생운동에 대한 일본의 조직적인 탄압과 감시가 갈수록 심해지자, 새로운 운동 방법으로 전환한 것이 브나로드 운동이었던 것이다. 이들은 일본으로부터 독립을 쟁취하기 위해서는 무지몽매한 농민을 일깨워야 한다면서 한글을 보급시키고자 하였고, 이를 통해 애국심과 민족의식을 고취하고자 하였다. 일본은 처음에는 이를 단순한 문화운동으로 보고 제재를 하지 않다가 이후 민족운동으로 전개되는 것에 불안을 느끼고 1935년부터는 완전히 금지시킴으로써 브나로드 운동은 더 이어지지 못하였다.

이광수(李光洙, 1892~1950)는 변절적인 친일 행위와 지나친 서구 추수적 태도로 많은 비판을 받은 문사이다. 그러나 우리나라 근대문학 성립 과정에 그가 남긴 개척자로서의 공적만큼은 결코 부정하기 어렵다. 그는 1916년『매일신보』에 연재되었던「문학이란 하(何)오」라는 글을 통해 근대적인 의미에서의 '문학' 개념을 한국문학 담론 안에서 처음으로 정의했다. 개인의 감정에 바탕을 둔 근대적 예술로서의 문학을 전통적 문(文)의 개념과 선명히 구분 지었으며, 문학만이 지닌 독자적 가치를 강조함으로써 문학을 이전 시대의 모든 윤리적 속박과 관념의 구속으로부터 해방시키고자 하였다.

그러나 이광수는 처음부터 문학의 독자성이나 심미적 측면보다는 교화적이고 계몽적인 공리성에 더 주목했던 작가였다. 3·1 운동을 전후로 하여 문학의 독자성을 강조했던 초기 입장을 상당 부분 철회하고 새로운 사상과 이상을 선전하고 계도할 수 있는 문학의 사회적 기능을 강조하기 시작했는데,『무정』(1917)은 그 대표적인 성과였다. 구체제에 대한 도전과 비판을 통해 개성의 해방이라는 근대적 가치를 실현하고 이를 계도적으로 설파하고자 하였던 것이다. 교화적 계몽성이 너무 전면에 배치된 나머지 소설을 한낱 계몽을 위한 수단으로 격하시킨다는 지적이 줄곧 제기되곤 하였지만, 그렇다고 해서『무정』이 오로지 계몽만 내세우고 소설의 미학적인 면을 무시하고 있는 작품은 아니었다.

무엇보다『무정』은 근대적 한글 문체를 최초로 완성시킨 소설이라는 점에서 기념비적인 가치를 지니는 작품이다. 『무정』을 포함해 이광수의 여러 작품이 불투명한 논리 전개와 불안정한 구성, 혼란스러운 문학관에 기반해 있는 것은 사실이지만 적어도 그의 언어 의식만큼은 매우 투철했던 것으로 평가받는다. 『무정』은 판소리용이나 낭독용이 아닌, 근대적 독서를 염두에 두고 쓰여진 최초의 한글 소설이며, 고대 소설투에서 완전히 벗어나 종결어미 '-다'나, 현재 진행형, 과거형 어미를 제대로 구사하고 있다. 물론 여기에는 서구 문장의 일본어 번역 과정에서 얻어진 감각적 측면도 있지만 적어도 이광수는 이를 아주 의도적으로 정확하게 사용했다. 그는 기본적으로 서양 언어의 직역투 문장을 사용했으며 이는 주체를 객관화함으로써 의문과 추론, 반성적 사고를 강화하는 효과를 만들어냈다.

이처럼 한국 근대문학의 성립 과정에 미친 이광수의 영향은 막대하지만, 이광수의 계몽관과 문학관은 우리 민족이 처한 암울한 현실이나 민족의 주체성과 역사, 고유의 문학과 그 전통에 대한 충분한 고찰과 자각에 근거한 것은 아니었다. 그는 문학의 근대적 인식과 개인의 발견에 주목했지만, 정작 그 개인이 속한 사회적 현실과 주체성의 토대를 들여다보지는 못했다. 또한 신문화 건설의 선구가 되는 문학은 마땅히 민족을 위한 문학이 되어야 한다고 역설했음에도 문학이 놓여 있는 시대적 상황과 민족적 현실은 철저히 외면하였다. 심지어 그는 식민지 치하의 암울한 조선의 현실을 오직 개인적 차원에 불과한 '인생의 도덕화' 혹은 '인생의 예술화'를 통해 간단히 해결할 수 있다고 보았다. 불행이란 단지 주관적 심리의 문제에 불과하기에 증오, 분노, 시기와 같은 부정적 감정에 휘둘리지 않는 도덕적 수양과 자기 수양을 통해 개인적 차원뿐만 아니라 민족적 차원의 불행과 고난으로부터도 벗어날 수 있다고 주장한 것이다. 이러한 정신주의적 접근은 이광수가 그토록 강조했던 계몽사상이 사실상 식민지라는 암담한 사회적 현실에 대해 어떠한 저항의 목소리도 내지 않는 순응적 기만의 논리에 불과했음을 적나라하게 보여준다.

『무정』은 이러한 면에서 이광수가 지녔던 계몽관의 강점과 한계 모두를 선명히 보여주는 작품이라고 할 수 있다. 『매일신보』에 연재되었던 『무정』은 소설이 명백하게 내세우고 있는 계몽담론으로 인해 당시 독서 대중들로부터 뜨거운 지지를 받았다. 무엇보다 『무정』은 지식인층에게 긍정적으로 읽힌 최초의 한글 소설이었다. 조혼 등 봉건적 악습 철폐, 남녀평등 및 자유연애 사상 고취, 교육의 중요성 강조, 암담한 민중의 현실 묘사, 1차 세계대전에 따른 문제 등 당대 주요 사회적 이슈를 고르게 다루고 있었고, 이는 계몽과 지식에 목말랐던 독서 대중과 지식인층의 요구에 정확히 부응하는 것이었다. 무엇보다 작품의 말미에서 수해 현장을 지나던 작중 인물들이 자선 음악회를 열고 수재민을 위로하며 계몽적 의지를 다지는 장면은 당시 독자들에게 큰 감동을 안겨주었다.

『무정』의 전체 얼개를 보자면, 형식이라는 근대의 기로에 선 인물이 영채로 대표되는 전통적 윤리관과 선형으로 대표되는 계몽적 열망 사이에서 망설이다 후자를 선택하고 이를 향해 적극적으로 나아가는 이야기이다. 그러나 이러한 작품의 전체 의도와 문제의식이 실제로 짜임새 있게 구축되어 있는 것은 아니다. 가장 문제가 되는 것은 인물 형상화의 모호함이다. 형식은 선형이나 영채를 마주할 때마다 그들에게 사랑에 빠진 것처럼 생각하고 행동하지만, 실제로 형식의 감정이 사랑인지 아닌지도 분명치 않다. 형식은 선형에 대해 거의 알지 못하며 애초에 알려고도 하지 않는다. 단지 자신이 선형이라는 신여성에게 부여한 이미지와 상상에 빠져들 따름이다. 영채에 대한 감정은 더 의문스럽다. 유서를 남기고 떠난 영채를 찾으러 평양행 열차에 오르지만, 이미 그 순간부터 형식은 영채에게 관심을 상당 부분 잃고 있다. 심지어 평양에 가서도 진지하게 영채를 찾을 생각을 하지 않는다. 형식은 작품 속에서 거의 의지가 없는 인물로 그려지는데, 이러한 인물이 느닷없이 결말 부분에 이르러 계몽과 민족을 위한 목소리를 내는 것은 사뭇 어색해 보이기까지 한다. 무엇보다 형식이라는 인물이 어째서 이러한 태도를 갖게 되었는지를 나름의 맥락과 구체적인 사회 현실과의 관련성을 통해 드러내야 했지만 작품에는 이와 같은 부분이 누락되어 있다. 영채 역시 구시대적 질서와 윤리에 묶여 있는 부정적 인물로 보기에는 상당히 미화되어 있으며 구체적인 자기 인식과 각성을 보여주지도 않는다.

물론 근대적 삶과 사유를 충분히 경험해 보지 못했던 당대의 시대적 조건 및 이 작품이 발표된 『매일신보』가 조선총독부의 기관지였다는 점도 함께 고려되어야 할 것이다. 식민지 치하 사회 현실을 정면으로 담아내는 계몽소설은 적어도 『매일신보』를 통해서는 발표될 수 없었을 것이기 때문이다. 이처럼 『무정』이 담고 있는 계몽성은 많은 결함과 한계를 지니고 있는 것이 사실이다. 하지만 암울한 현실 속에서도 앞으로 새롭게 도래할 민족의 미래를 적극적으로 긍정하고 상상하고 있다는 점만큼은 높이 평가될 만한 부분이라 하겠다.

반면 브나로드 운동의 주축인 『동아일보』에 연재되었던 심훈(沈熏, 1901~1936)의 『상록수』(1936)는 『무정』과 달리 헌신적인 농촌계몽운동의 구체적인 면면을 정면으로 담아낼 수 있었다. 의지적이고 주체적인 중심 인물, 박동혁과 채영신의 사랑 이야기가 펼쳐지기는 하지만, 소설은 그보다는 헌신적인 농촌활동 속에서 드러나는 그들의 인간적이고 희생적인 면모에 집중한다. 살인적인 소작료와 빚에 시달리는 농민들의 열악한 삶과 고리대금업자 및 친일 지주들의 악랄한 행태를 신랄하게 묘사하고 있으며, 일제의 허구적인 농촌진흥운동에 대해서도 날카로운 비판과 질문을 제기하고 있다. 물론 이상적인 인물들의 희생적인 면모와 의지를 강조하고 기리는 것만으로는 식민치하의 가혹한 농촌 현실을 변화시키는 데 한계가 있을 수밖에 없었을 것이다. 그러나 농촌의 현실에 직접 뛰어들지 않는 농촌계몽이란 그저 허울 좋은 이름에 불과함을 지적한 점과 일제 강점기 한국 농촌의 참혹한 현실을 소설적으로 정확히 형상화함으로써 민족의식과 저항의식을 고취하고자 노력한 점 등은 중요하게 평가되어야 한다.

계몽소설은 일제 강점기라는 억압적인 조건에서 창작되었기에, 개화계몽기 문학이 그러했던 것처럼 국가와 민족의 문제를 직접적으로 다루기 어려웠다. 그러나 현실적 제약 속에서도 낡은 전통적 가치관이나 윤리관에서 벗어나 개인의 자각과 주체성을 강조하고, 남녀평등 및 자유연애 사상 등 새로운 시대의 윤리나 감각을 적극적으로 알리고 이를 통해 사회를 변화시키고자 했던 점은 계몽소설의 중요한 의의라고 할 수 있다. 비록 그 계몽적 메시지가 너무 강할 뿐만 아니라 그것이 실제 인물의 성격 및 서사 구조와 잘 맞아 떨어지지 않는다는 점에서 많은 한계를 보이기도 했지만, 근대적 소설의 형태와 체제를 확립하였다는 점만큼은 한국 근대문학의 성립 과정에서 부정할 수 없는 의의를 지닌다고 하겠다.

(이철주)

국민문학

 국민문학이란 중일전쟁 이후 신체제 하의 일본에서 제안된 것으로 일본적 정체성의 내면화를 목표로 하는 황민문학(皇民文學)과 유사한 개념이다. 일본은 1937년 중국과의 전쟁이 전면화되자 총력전 체제를 구축하고 국가총동원법을 제정하여 국민 전체를 전쟁에 동원하기 시작했다. 일본은 1940년 가을부터 이러한 총력전 체제를 뒷받침하기 위해 신체제운동을 전개했다. 국민문학이라는 개념도 바로 이 시기에 등장했다. 원래 국민문학이란 근대국가가 성립되는 과정에서 중세의 보편적 언어와 구별되는 민족어로 창작된 문학을 지시하기 위해 만들어진 개념이었다. 한국에서 이러한 의미의 국민문학은 1920년대에 자리를 잡게 되었다. 요컨대 1920년대에 국민문학은 곧 근대문학을 가리키는 개념이었다. 하지만 1930년대 말~1940년대 초에 새롭게 등장한 국민문학이라는 개념은 일본은 물론 모든 식민지인에게 일본인(국민)이 되기를 강요하기 위한 문학적 이데올로기였다.

 국민문학은 일본어 고쿠민분가쿠(こくみんぶんがく)의 우리말 번역어이다. 원래 국민문학이라는 개념은 한 국가(Nation)의 문학을 가리키는 것이었다. 중세까지 인류 사회는 한자나 라틴어 같은 보편어를 사용했지만, 중세가 해체되고 근대 사회가 성립되는 과정에서 근대국가들은 보편어의 영향에서 벗어나 자신들만의 독자적인 언어를 만들었다. 근대는 'Nation'으로 명명되는 국가들이 모국어라고 불리는 독자적인 언어를 사용하는

시대로서 이러한 시대의 문학을 흔히 국민문학이라고 부르기도 한다. 하지만 일제 식민지 시대, 특히 중일전쟁 이후 일본과 조선에 등장한 국민문학이라는 개념은 이러한 근대문학과는 무관하다. 이 시기에 일본이 내세운 '국민'이란 일본인들에게는 '개인'이 아니라 '국민'이 되기를 강요하기 위한 것이었고, 조선을 포함한 식민지인들에게는 민족 중심의 사고를 버리고 일본인으로서의 정체성을 내면화하라는 요구였다.

중일전쟁 이후 전쟁이 중국과의 전면전으로 확대되자 일본은 개인의 권리와 자유를 제한하는 한편 모든 사람을 '국민'이라는 이름으로 호명하면서 총동원 체제에 돌입한다. 이러한 신체제는 조선에도 커다란 영향을 끼쳤다. 1940년 8월『동아일보』와『조선일보』가 강제 폐간되고, 이듬해 4월에는『문장』, 『인문평론』 등의 문예지가 강제 폐간된 것이다. 이 시기 일본은 모든 식민지인은 일본인이 되어야 하며 모든 일본인은 국가, 즉 일본을 위해 기꺼이 희생해야 한다는 이데올로기를 퍼뜨리기 시작했다. 이러한 결정으로 인해 조선에서는 조선어의 사용이 금지되었다. 조선어로 발행되는 신문과 잡지 등이 강제로 폐간된 이유가 이것 때문이었다. 그리고 이 시기에 잡지『국민문학』이 창간되어 1940년대에 국민문학 담론을 퍼뜨리는 역할을 담당한 것은 자연스러운 수순이었다.

1941년 11월에 창간된『국민문학』은 국체 관념의 명징, 국민정신의 앙양, 국민 사기의 진흥, 국책에의 협력, 지도적 문화이론의 수립, 내선 문화의 종합, 국민문화의 건설 등을 창간 취지로 제시했다. 이러한 창간 취지야말로 국민문학이 말하는 '국민'이 무엇을 의미하는가를 명확하게 보여준다. 조선에서 국민문학이라는 개념은 '신민=국민'이라는 등식 위에서 행해졌다. 1940년대 문학장에서 '국민문학'은 일종의 보통명사처럼 사용되었고, 이때의 '국민'이란 '주체'의 대명사였다. 이것은 르네상스 이후의 서구 근대가 상정해 온 보편적 주체로서의 '인간'을 극복한 탈(脫)근대적 주체로 이해되었고, 따라서 근대 초기의 네이션 빌딩(nation-building)에서 국민화의 결과로 생산된 '국민'과도 달랐다. 당시에 유행했던 "국민은 인간을 이긴다."라는 주장에서 드러나듯이 이때의 '국민'은 근대 서구의 휴머니즘을 비판하면서 성립된 것이었다. 따라서 일제 후반기의 문학장을 관통하고 있는 '국민'이라는 담론은 근대적인 의미의 국민을 제국적 주체인 '국민'으로 바꾸는 개조의 기획이라고 말할 수 있으며, 식민지에서는 '신민=국민'이라는 등식을 이용하여 피식민지인을 동원하는 전략으로 기능했다.

이러한 일련의 과정은 『인문평론』 종간호와 『국민문학』 창간호에 실린 최재서(崔載瑞, 1907~1964)의 글에서 확인할 수 있다. 최재서는 『인문평론』 1941년 4월호의 발간사에서 다음처럼 주장하고 있다. "문학에 한정해 보더라도 개인이 인류의 입장에 서서 오로지 독창성만을 가지고 문화적 창조에 기여한다는 근대적 관념은 그 자체의 진위를 떠나서 이제부터는 허용되지 않을 것으로 예상된다. 말하자면, 각 민족의 문화적 선수가 모여서 그 창조적 노력을 겨루는 올림피아의 장은 폐쇄되고 말았던 것이다. 그리고 그와 같은 능력이 조금 더 구체적이고 조금 더 절실한 민족의 생존과 국민의 영위를 뒷받침할 것이 요청되고 있다." 이 글에서 최재서는 "개인이 인류의 입장"에 서서 문화적 창조에 기여한다는 근대적 관념이 불가능한 시대가 도래했음을, 그러한 믿음이 더이상 통용될 수 없는 순간에 이르렀음을 직감하고 있다. 그는 이러한 문제에 대해 논의를 이어가겠다고 밝히고 있으나 이 글이 수록된 『인문평론』은 종간호가 되고 말았다.

그리고 얼마 후 그는 『국민문학』 창간호에서 이렇게 주장했다. "국민문학은 지금부터 국민 전체가 일찍이 쌓아 올리지 않으면 안 되는 위대한 문학이다. 지금부터 울타리를 만들어 비좁게 틀어박힐 필요는 없다. 특히 어떤 한정된 사항을 한정된 방법으로 쓰지 않으면 국민문학이 되지 않는 듯이 생각하는 것은 실은 국민문학의 전도를 그르치는 것이다. 국민문학은 마땅히 높은 목표와 넓은 범위를 가져야 한다. 중심에 국민적 배경만 잘 갖춰져 있으면 무리하게 작게 굳힐 필요는 없지 않을까." 1940년대 조선의 문학인들에게 국민문학이라는 개념은 생소한 것이었다. 어떤 언어로 글을 써야 하는지, 일본어 글쓰기가 곧 국민문학을 뜻하는 것인지, 조선어와 국민문학의 관계는 어떤 것인지 등 다양한 논의가 1940년대 조선 문단의 중요 쟁점이었다. 이러한 논란에도 불구하고 국민문학이 황민문학, 즉 친일문학이라는 사실에는 변함이 없었다.

한국 문학사에서 1940년대는 국민문학의 시대였다. 일제의 조선어 말살 정책에 따라『문장』,『인문평론』같은 대표적인 문예지가 모두 폐간되었고,『조선일보』와『동아일보』로 대표되는 일간지 또한 강제 폐간의 운명을 피하지 못했다. 문예지가 아닌 일부 잡지가 조선어로 발행되기도 했으나 1940년대에『국민문학』은 "조선 유일의 문예 잡지"로서 막강한 영향력을 행사했다. 문학을 둘러싼 이러한 조건으로 인해 조선의 문학인들은 국민문학, 즉 친일의 길을 선택할 것인지 아니면 절필, 즉 글쓰기를 중단할 것인지라는 선택에 직면하게 되었다. 오늘날 우리가 친일문학이라고 평가하는 작품 대부분이 바로 이 시기에 창작되었다.

그 가운데 서정주(徐廷柱, 1915~2000)의 친일시는 대표적인 국민문학이라고 말할 수 있다. 서정주는 태평양전쟁이 발발한 이후인 1942년부터 일련의 친일시를 썼다. 대표적인 작품으로는 「항공일에」(『국민문학』, 1943. 10), 「헌시」(『매일신보』, 1943.11.16), 「무제」(『국민문학』, 1944.8), 「송정오장 송가」(『매일신보』, 1944.12.9) 등이 있다. "수백 척의 비행기와/대포와 폭발탄과/머리털이 샛노란 벌레 같은 병정을 싣고/우리의 땅과 목숨을 뺏으러 온/원수 영미의 항공모함을/그대 몸뚱이로 내려쳐서 깨었는가?/깨뜨리며 깨뜨리며 자네도 깨졌는가—/장하도다 육군항공 오장 마쓰이 히데오여/너로 하여 향기로운 삼천리의 산천이여/한결 더 짙푸르른 우리의 하늘이여"라는 진술에서 보이듯이 가장 전형적인 국민시는 일본의 전쟁영웅을 찬양하거나 그들의 죽음을 미화하는 이데올로기적인 기능을 수행하는 것이다. 이 시는 조선 출신 가미가제 대원의 죽음을 찬양하고 있다. 여기에서 화자는 태평양전쟁을 "원수 영미의 항공모함"이 "우리의 땅과 목숨을 뺏으러 온" 사건으로 제시함으로써 가미가제의 죽음에 집단적·영웅적 의미를 부여하고 있다. 여기에서 "우리"라는 시어의 일차적인 지시 대상은 일본(인)이지만 일본인의 정체성을 내면화한 화자는 '조선인=일본인=국민'이라는 관점에서 세상을 바라보고 있다.

하지만 모든 국민시가 전쟁을 옹호하거나 군인의 죽음을 영웅화한 것은 아니었다. 김종한(金鍾漢, 1914~1944)이나 정지용(鄭芝溶, 1902~미상)처럼 서정적인 경향의 국민시도 존재했다. "늙은 돌배나무에, 늙은 원정은/사과나무의 애가지를 접목했다./잘 갈린 나이프를 놓고/으스스 추운, 유릿빛 하늘로 담배 연기를 흘려보냈다./그런 일이, 가능할까요?/천천히, 원정의 아내는 고개를 갸웃했다."(김종한, 「원정」) 이 시의 핵심적 사건은 늙은 돌배나무에 사과나무를 접목시키는 것이다. 일제 말기의 맥락에서 이것은 내선일체를 의미했다. 하지만 이 시는 내선일체와 달리 정원사의 일상적 경험을 시화한 작품으로 읽을 수도 있어서 국민시라고 단정하기는 어렵다. 이처럼 전쟁이나 군인을 찬양한 것이 아니라 일상적 경험을 서정적으로 표현한 작품 중에는 명시적으로 국민시라고 말하기 어려운 작품들이 많다. 가령 "낳아 자란 곳 어디거나/묻힐 데를 밀어 나가자//꿈에서 처럼 그립다 하랴/따로 짖힌 고향이 미신이리"라는 구절로 시작되는 정지용의 「이토(異土)」가 대표적인 경우이다. 1942년 2월 『국민문학』에 발표된 이 시는 "낳아 자란 곳"이 아니라 "묻힐 데"가 중요하다는 내용을 담고 있다. 이러한 내용은 조선인도 일본을 위해 싸우다 죽으면 '국민(일본인)'이 된다는 내선일체의 이데올로기를 우회적으로 표현한 것이다. 하지만 김종한의 「원정」과 마찬가지로 명시적으로 친일적인 색채를 띠지 않았다는 이유로 여러 가지 해석이 공존하고 있다.

1940년대는 국민문학의 시대였다. 당시 일본 제국주의는 조선어의 공식적인 사용을 금지하는 한편 조선어로 된 잡지와 신문의 출판도 불허하는 등 내선일체의 이데올로기를 내면화함으로써 조선인들이 일본을 위해 싸울 것을 강요했다. 국민문학이란 바로 이러한 맥락에서 제기된 문학적 이데올로기라고 말할 수 있으므로 황민문학이나 친일문학과 같은 것이라고 말할 수 있다. 하지만 국민문학이 지배하는 시대에도 국민문학이 아닌 작품들은 존재했으므로 일제 말기의 문학을 친일문학과 동일시하는 인식은 위험하다. 또한 일제 말의 국민문학은 '문학'이 개인이 아니라 집단, 특히 국가의 이념에 복종할 때 어떤 문제가 발생하는가를 보여준다는 점에서 주목할 가치가 있다.

(고봉준)

노동소설

　노동소설은 노동자들의 삶과 노동의 바람직한 가치 등을 형상화한 소설을 일컫는다. 1920년대 노동자 계급의 출현과 함께 등장하였으나 카프 해산 이후 흐름이 끊겼다가 1980년대에 다시 등장하였다. 노동 현장의 모순과 문제점, 노동자들의 피폐한 삶, 자본주의의 병폐 등에 대한 비판을 담고 있다.

　노동소설은 근대 자본주의의 성립과 함께 등장한 노동자 계급의 상황을 그려내는 데서 비롯하였다. 소외되거나 대상화된 존재로서의 노동자의 모습을 포착하기도 하고, 노동자가 현실을 자각하고 주체화하는 과정을 노동운동의 전개 양상과 함께 그려내기도 한다. 한국문학사에서 노동소설의 출발은 일제의 억압과 수탈이 극에 달했던 1920년대 후반 및 1930년대에 이르는 시기로 볼 수 있다. 19세기 말의 조선은 그야말로 제국주의 열강의 이권침탈의 각축장이었고 이러한 과정에서 광산 채굴과 철도부설에 조선의 민중들이 강제 동원되었다. 또한 제국주의 열강들의 개입으로 인해 생계를 위협 당한 소농과 빈농들은 일자리를 찾기 위해 농촌을 떠나 광산과 부두, 공장으로 가서 노동자가 될 수밖에 없었고, 노동자들은 강제 동원과 임금차별 등에 시달려야 했다. 이러한 비참한 현실에 대한 불만은 1920년 조선노동공제회 등과 같은 노동조합 결성과 1928년 문평 석유 노동자들의 파업으로 촉발된 원산 노동자 총파업 등과 같은 노동운동으로 표출되었다. 따라서 이 시기의 노동소설은 노동자 계급의 출현, 노동자와 자본가 계급의 대립, 노동자의 연대와 투쟁의 과정을 주요 내용으로 한다. 카프(KAPF, 조선프롤레타리아예술동맹)를 중심으로 하는 이 시기의 대표적인 노동소설에는 송영(宋影, 1903~1977)의 「늘어 가는 무리」(1925), 「용광로」(1926)), 「석공조합대표」(1927), 김남천의 「공장신문」(1931), 이북명의 「출근정지」(1932), 「질소비료공장」(1932), 「여공」(1933) 등이 있다.

이북명(李北鳴, 1910~미상)은 흥남질소비료공장에서 3년간 노동자 생활을 한, 이른바 현장 출신 작가로 1932년 『조선일보』에 자신의 비료공장 체험을 바탕으로 「질소비료공장」을 연재한다. 그러나 일제의 검열로 인해 연재는 2회 만에 중단되었고, 1935년 일본 잡지에 「초진」이라는 제목으로 실렸다. 「질소비료공장」의 서사는 흥남질소비료공장에서 일하던 주인공 문길이 열악한 작업환경으로 인해 폐병에 걸리면서 본격화된다. "질소비료공장이 처음 H라는 조그만 이 어촌에 터를 닦을 때부터 문호는 직공으로 들어가 있었다. (…) 고된 노동과 이 공장의 특수한 공기는 벌써 문호의 가슴속 어느 부분을 파먹기 시작한 지가 오래다. 그러나 약을 먹을 수는 없었다."는 소설의 진술에서 알 수 있듯 문호는 질소비료공장에서 성실하게 일했지만 병에 걸리고, 임금을 받지만 병을 치료하기는커녕 제대로 된 약조차 쓸 수 없는 비참한 상황에 처해 있다. 그러다 결국 일본인 감독에 의해 공장에서 쫓겨나게 되고, 문길의 부당 해고에 대항하여 문길을 비롯한 동료들은 단합하여 투쟁한다. 「질소비료공장」과 마찬가지로 이 시기의 작품은 노동계급의 각성과 투쟁과 함께 사용자들의 비인간적인 처우와 계급적 차별, 이로 인한 노동자의 고통스러운 삶, 열악한 노동 환경과 노동 조건 등 식민지 시대 노동자들의 삶과 그들이 놓인 현실의 문제를 적나라하게 그려낸다. 특히 작가 자신들의 직접 체험을 바탕으로 하고 있기에 노동자들의 내면 풍경을 세밀하게 다룰 뿐만 아니라 그들이 처한 상황의 구체성을 확보하여 흔히 계급문학의 한계로 지적되는 관념성을 일정 정도 극복하고 있다고 평가된다.

이밖에 강경애(姜敬愛, 1906~1943)의 『인간문제』(1934)는 노동자들의 비참한 삶을 중심으로, 한설야(韓雪野, 1900~미상)의 「과도기」는 농민이었던 인물이 혁명적 노동자로 변모해 가는 과정을, 『황혼』(1936)의 경우 친일 자본가와 노동자의 대립을 다루고 있다. 그러나 1930년대 후반에 들어 군사적 확장을 통해 아시아의 패권을 장악하려고 했던 일제는 군국주의를 내세우며 군사력 강화에 힘을 쏟는 한편 일본의 전통과 문화를 강조하며 식민지 조선을 더욱 강하게 압박했다. 이러한 분위기 속에서 카프가 해산되었고 노동소설 창작 역시 제한될 수밖에 없었다.

해방 이후 한국 사회를 지배했던 전 세계적 냉전 질서와 이에 따른 이념적 억압으로 인해 1960년대까지 노동소설은 거의 창작되지 못했다. 1970년 '전태일 분신 항거'를 계기로 노동자들의 노동 현실에 대한 관심이 증폭되었으며, 석정남의 「불타는 눈물」(1976), 유동우의 「어느 돌맹이의 외침」(1977) 등과 같은 노동자들의 수기가 여러 매체에 발표되어 반향을 불러일으켰다. 또한 황석영의 「객지」(1971)와 조세희의 『난장이가 쏘아 올린 작은 공』(1978)은 노동운동 자체가 불법으로 여겨졌던 당대 사회를 배경으로 소외된 노동자 계층의 현실을 밀도 높게 그려내었다.

이러한 흐름은 1980년대에 이르러 민중문학과 노동문학으로 이어진다. 80년대 초에는 박노해의 「노동의 새벽」을 비롯한 시가 주류를 이뤘다면 1987년 6월 항쟁에 뒤이은 1987년 노동자 대투쟁을 기점으로 하는 후반기에는 노동자의 현실을 정면으로 다룬 소설이 다수 등장하였다. 인천의 소규모 주물공장을 배경으로 노동자 투쟁 과정과 그 과정에서 이룬 승리를 그려낸 정화진의 「쇳물처럼」(1987), 김영현의 「달맞이꽃」(1989), 방현석의 「내딛는 첫발은」(1988)과 「새벽출정」(1989), 김향숙의 「얼음벽의 풀」(1989), 김한수의 「성장」(1988) 등이 이 시기 노동소설을 대표한다.

최초의 장편 노동소설인 안재영의 『파업』(1989)은 제2회 전태일 문학상 최우수 수상작으로 노동자와 학생 연대의 단계로 접어드는 1980년대 노동운동과 민주화운동의 과정을 담아내면서 정치학습, 복직투쟁, 소모임, 노조결성, 분식, 파업농성 등 1980년대 후반기 노동운동을 총망라하고 있다. 1980년대 발표된 노동소설은 많은 경우 노동자와 자본가의 이분법적 대립구도를 서사의 기본축으로 두고 노동자의 처참한 현실과 자본가의 비인간적 면모를 대비시킨다. 그리고 노동자의 계급적 시각을 중심으로 자본가에 맞서 투쟁하는 노동자의 연대를 서사화한다. 그런 측면에서 노동자뿐만 아니라 중간관리자와 사용자의 문제까지를 함께 조명함으로써 노사갈등에 대해 객관적이면서도 총체적인 접근을 시도하고 있는 유순하의 「생성」(1988)은 노동소설의 서사적 가능성을 보여준다는 평가를 받았다. 노동소설의 출현과 함께 『노동문학』, 『노동해방문학』(1989)과 같은 잡지가 발행되기 시작하면서 노동문학을 둘러싼 논의들도 활발하게 이루어졌다.

　　이 시기에 발표된 소설 중 1989년 발표된 방현석(1961~)의 「새벽출정」은 인천의 세창물산 위장 폐업 투쟁과 그 과정에서 발생한 송철순 열사의 죽음을 다루는데, 노동운동 활동가로 투쟁에 관여했던 작가의 경험을 바탕으로 한다. 그러니만큼 세창물산 노동자들이 벌이는 투쟁의 현장을 생동감 있게 보여주고 있으며 150일 간이나 지속된 파업과 폐업 과정을 기록하면서 파업 노동자들의 현실을 사실적으로 그리고 있다. 소설의 중심 인물인 민영은 파업을 주도했다는 이유로 사직을 강요하는 회사(세광물산) 사무실에서 회사와 자신의 관계뿐만 아니라 한낱 물건에 지나지 않는 자신의 처지를 새삼 확인하게 된다. 자신이 7년이 넘는 시간 동안 하루도 빠지지 않고 성실하게 다닌 회사가 자신을 언제든 대체 가능한 기계 부품으로 여긴다는 것을 문득 깨달은 것이다. 이는 자본가가 노동자를 착취하는 구조에 대한 새삼스러운 자각이며, 쉽사리 바뀌지 않을 현실에서 그들이 벌인 투쟁의 당위성을 한층 강화한다. 한국의 산업화는 노동자의 희생과 농촌 소외를 바탕으로 하고 있었기 때문에 경제 성장 이면에 여러 가지 사회 문제가 파생되었다. 특히 1980년대에 접어들면서 경제 성장을 이끌었던 주체로서의 노동자들은 정작 그들이 이룬 성장에서 소외되었으며, 그에 따른 삶의 불균형 문제가 다양한 방식으로 표출되었다. 「새벽출정」에서 볼 수 있듯 1980년대 노동소설은 계급적 입장에서 노동자 계급의 이념과 현실을 대변할 뿐만 아니라 동시대 사회 구조의 모순과 갈등을 반영하는 등 사회적 차원에서 노동의 문제에 접근한다.

1990년대 중반 이후 사회주의 국가의 붕괴, 노동운동에 대한 탄압과 같은 사회적인 요인과 노동자 문학 활동 축소, 목적의식적 글쓰기의 약화, 문단 제도 중심의 문학장 재편 등 문학장 내부의 변화에 의해 노동소설을 비롯한 노동문학 전반이 쇠퇴했다고 보는 것이 일반적인 관점이다. 그러나 인간의 노동은 계속되고 있다. 비정규직이나 프리랜서, 아르바이트, 돌봄 노동자 등 노동자가 처한 열악한 근로 조건과 사회적 불평등 역시 그 형태가 바뀌었을 뿐 여전히 지속되고 있으며 그들이 놓인 현실은 소설로 옮겨지고 있다. 각성한 노동자의 연대와 투쟁, 그 사이에 작동하는 이념의 문제를 특징으로 하는 이전의 노동소설과 형식과 관점이 달라졌을 뿐 노동의 문제는 여전히 소설화되고 있다고 볼 수 있을 것이다.

(정미진)

노동시

노동시의 사전적 정의는 노동 현장이나 노동자들의 행동, 투쟁 등을 다루는 시이다. 노동시에 관한 주요한 논의는 창작 주체, 내용, 세계관(이념) 등을 중심으로 전개되어 왔다. 과거 노동자의 창작활동이 예외적인 현상이었을 때는 노동시가 창작 주체의 문제가 아니라 내용이나 세계관을 중심으로 이해되었으나, 1980년대 이후 노동자 출신의 시인들이 등장하면서 노동시는 노동자가 쓴 시라는 창작 주체에 대한 인식이 강해졌다. 하지만 통상적인 의미에서 노동시는 노동자 주체의 자기표현에 한정되지 않고 노동자가 아닌 사람, 즉 시인이 '노동' 문제에 관해 쓴 시를 포함하는 것으로 통용되고 있다.

산업화와 개발독재의 부작용이 심각했던 1970년대에 본격화한 노동시는 1980년대 후반까지 뚜렷한 확산세를 보였으나 한국 사회가 산업자본주의에서 신자유주의에 기반한 금융자본주의 사회로 이동한 90년대 중반 이후에는 확장세를 멈추었다. 과거 산업자본주의 시대에는 노동과 노동 아닌 것이 명확하게 구분되었으나 소비사회와 서비스업 등의 증가로 인해 오늘날에는 노동의 경계가 매우 불분명해졌다. 오늘날 대다수 시민들은 노동을 수행하여 생계를 해결하고 있으나 우리 시대의 노동 개념은 과거 산업자본주의를 배경으로 탄생한 '노동시'에 등장하는 노동과 많은 차이점이 있다.

자본주의의 등장은 자본에 고용되어 노동하는 존재, 즉 노동자들의 출현을 불러왔다. 산업자본주의 시대에 대다수 시민은 다양한 형태의 임금노동을 수행하면서 생활했으나 정작 이들의 삶은 좀처럼 문학의 대상이 되지 못했다. 20세기 후반에 이르기까지 노동자의 교육 수준 또한 전반적으로 높지 않아 노동자가 창작 주체가 되는 경우는 매우 드물었다. 이것은 한국 근대문학을 대표하는 작품 가운데 노동자의 삶을 노래하거나 노동 문제를 다룬 작품이 거의 없다는 사실에서도 확인된다.

한국문학사에서 노동시를 본격적인 의제로 다룬 것은 1920~30년대에 활동했던 카프(KAPF, 조선프롤레타리아예술가동맹)였다. 카프는 3·1운동 이후 노동자계급을 비롯한 민중을 민족해방운동의 주체로 인식한 문학인들이 문학(예술)을 통해 프롤레타리아의 해방에 이바지한다는 목적하에 결성한 문예 운동 단체이다. 1925년에 결성된 이 단체는 노동자들이 결성한 조직은 아니었으나 사회주의 이념에 따라 노동자, 농민 등 민중의 삶과 생각을 작품으로 표현한다는 목표를 갖고 있었다. 하지만 이들의 노력은 일제의 탄압으로 인해 기대한 성과에 미치지 못했고, 일제의 식민 통치가 종결된 해방 직후에는 미군정 등의 탄압으로 인해 활성화되지 못했다. 분단 이후 지속된 억압적 정치 상황에서 한국 사회는 노동보다는 자본을, 피지배 계급보다는 지배 계급의 생각과 이해관계를 정책 결정의 중심에 두면서 운영되어 왔다. 이러한 사회적 분위기 속에서 노동자들에게는 과도한 노동이 요구되었고, 이에 대한 반발이나 비판은 사회적으로 불온시되었다. 자율적 생각과 감정은 억제되는 상황에서 노동자들 스스로의 권리를 주장하고 표현하는 데에도 한계가 따랐다.

하지만 1980년 이후 노동자들의 투쟁이 점차 조직적인 모습을 갖춰감에 따라 열악한 노동 현실을 고발하고 노동자의 감정을 표현하는 노동시가 서서히 모습을 드러내기 시작했다. 노동운동의 조직화는 열악한 노동자의 삶과 노동 현실을 구조적인 시각에서 바라보는 노동자를 낳았고,

노동을 개인의 문제가 아닌 사회적·계급적 현상으로 인식하는 노동자계급의 출현은 노동자의 자기표현이라는 현상으로 이어졌다. 1988년 노동자문화학교로 출발한 '구로노동자문학회'의 사례가 대표적이다. 1980년대 중반부터 한국의 노동운동은 조직화 양상을 보였고, 그러한 움직임은 1986년 인천 5·3운동, 1987년 구로노동자 대투쟁, 1990년 전국노동조합협의회 결성으로 이어졌다. 1980년대 중반에 박노해, 백무산, 박영근, 정인화 등으로 대표되는 노동시가 뚜렷한 문학적 경향으로 자리 잡을 수 있었던 것도 이러한 사회적 움직임과 무관하지 않다. 요컨대 1980년대 중반 이전까지 노동자의 자기표현과 창작활동은 반공주의와 국가권력의 억압적인 통제로 인해 자유롭지 않거나 개인 차원에서 노동의 고통을 호소하는 수준에 머물러 있었으나 1980년대 중반 이후에는 계급적 시선으로 노동자의 삶과 노동 현실을 표현하려는 목적의식적인 시선이 등장하기 시작했다.

계급적 시각에 근거한 노동시는 1990년대 후반부터 급격히 약화되었다. 2006년 2월 구로노동자문학회의 해체는 이러한 노동시의 약화 현상을 상징적으로 보여준 사건이다. 노동에 대한 신자유주의적 통제 전략 가운데 하나는 전통적인 의미에서의 노동을 초단기 고용, 계약 등의 방식으로 바꿔버림으로써 법률적인 노동의 영역을 최소화하는 것이다. 배달라이더, 택배, 플랫폼노동 등이 대표적인 경우이다. 전통적인 의미에서 보면 이들의 행위는 고용과 노동에 속한다. 하지만 신자유주의 시스템에서 이들의 행위는 자영업, 즉 이들은 노동자가 아니라 사업주로 분류된다. 신자유주의의 시대에 노동의 범위는 확장되었으나 법적인 의미의 노동은 축소되었고, 이러한 법률적 사각지대에서 노동하는 존재들은 무한경쟁에 내몰림으로써 과거와 같은 단결된 힘을 만들지 못하고 있다. 오늘날의 현실은 이러한 단독성의 시대에는 예전과 같은 노동운동의 조직화는 물론이고 그러한 움직임과 연결되어 있는 노동시 또한 활성화되기 어렵다는 것을 보여준다.

엄밀한 의미에서 한국의 노동시는 1920년대 초반의 신경향파 문학과 1925년 결성된 카프에서 시작되었다. 민족주의 계열이 주도한 3·1운동이 소기의 목적을 달성하지 못하고 마무리되자 사회주의 세력이 러시아혁명(1917)을 배경으로 영향력을 넓혀나가기 시작했다. 1925년 조선공산당의 영향을 받아 결성된 카프는 사회주의 이념을 표방한 문예 운동 단체였으며, 이들은 사회주의 이념에 따라 노동자, 농민 등의 관점에서 문학작품을 창작해야 한다는 주장을 펼치기 시작했다. 훗날 카프의 창립 초기부터 이론적인 지도자 역할을 담당했던 박영희(朴英熙, 1901~미상)가 이조직을 탈퇴하면서 남긴 "이러한 의미에서 예술은 무공(無功)의 전사를할 뻔하엿다. 다만 얻은 것은 『이데오로기』며 상실한 것은 예술 자신이엿다."(「최근 문예이론의 신전개와 그 경향」, 1934)라는 진술처럼 카프의 문학은사회주의 이념에 매몰됨으로써 예술성을 상실했다는 평가를 받고 있다. 하지만 카프의 노동 문학은 미적 기준의 계급성이라는 근본적인 문제를제기했다는 점에서 간과할 수 없는 의미를 지닌다.

1980년대 이르러 노동시는 첨예한 문학적 논쟁거리로 다시 등장했다. 이 시기 이전에도 노동자의 삶이나 불합리한 노동 현실을 비판한 작품이없었던 것은 아니지만 계급적 의식을 지닌 노동자가 시를 통해 자본주의적현실을 비판하기 시작한 건 이때가 처음이었다. 한국 문학사에서 1980년대 노동시가 각별한 의미를 갖는 까닭은 노동자가 창작의 주체로 등장했기때문이다. 박노해, 백무산, 박영근, 정인화 등이 대표적이다. 1984년에출간된 박노해(1957~)의 「노동의 새벽」은 1980년대의 노동시를 상징하는작품이다. "전쟁 같은 밤일을 마치고 난/새벽 쓰린 가슴 위로/차거운 소주를 붓는다/아/이러다간 오래 못 가지/이러다간 끝내 못 가지//(…중략…)//

어쩔 수 없는 이 절망의 벽을/기어코 깨뜨려 솟구칠/거치른 땀방울, 피눈물 속에/새근새근 숨쉬며 자라는/우리들의 사랑/우리들의 분노/우리들의 희망과 단결을 위해/새벽 쓰린 가슴 위로/차거운 소줏잔을/돌리며 돌리며 붓는다/노동자의 햇새벽이/솟아오를 때까지"라는 진술에서 확인할 수 있듯이 이 시는 열악한 노동환경에 대한 비판이 대체적인 내용이다. 그런데 이 시는 화자가 직면하고 있는 절망적인 현실을 '나'가 아니라 "우리"의 문제로 인식함으로써 계급적인 태도를 보여준다. 아울러 이 시는 "우리들의 희망과 단결"을 통해 "절망적인 현실"이 사라지는 "노동자의 햇새벽"이 도래할 것을 기원하고 있다. 공장 노동자의 열악한 삶에서 시작하여 노동자가 세상의 주인이 되는 사회가 도래할 것임을 예언하는 장면으로 마무리되는 현실에 대한 이러한 낙관주의는 1980년대의 노동시가 현실에 대한 시적 재현이 아니라 이념에 근거한 미래 전망을 함축하고 있음을 보여주는 것이라고 이야기할 수 있다.

1988년에 출간된 백무산(1955~)의 『만국의 노동자여』 역시 박노해의 시집과 함께 1980년대 노동 문학의 기념비적인 작품이라고 평가할 수 있다. "그래서 밥이 의식을 만든다는 것은/뇌의 생체학적 현상이 아니라/사회적이고 인류적이고/그래서 밥은 계급적이고//……//그대들은 무슨 밥을 먹는가/게으른 역사의 바퀴를 서둘러/움직일 수 있는 사람들 오직/지상의 모든 노동자들이여/형제들이여!"(「만국의 노동자여」)라는 진술에서 드러나듯이 1980년대의 노동시는 '계급', '노동자', '형제' 같은 기호를 전면에 내세움으로써 이러한 시적 언술의 주체가 개인이 아님을 강조하고 있다. 이러한 작품들에서 노동은 자본주의라는 사회적·구조적 문제로 인식되며, 열악한 노동 현실의 문제는 자본주의에서 벗어남으로써만 극복될 수 있는 것으로 주장된다. 오늘날에는 노동 문제가 정당한 권리의 문제로 인식되는 반면 1980년대에는 노동 문제가 자본주의를 극복하는 혁명의 문제로 이해되었다.

자본주의는 노동자라는 새로운 계급을 탄생시켰다. 이런 의미에서 자본주의와 노동자는 결코 분리될 수 없는 관계이다. 하지만 노동자는 자본주의 사회에서 대중 또는 시민의 절대다수를 차지하고 있음에도 불구하고 정작 한국 문학사에서 노동자의 삶이나 그들의 생각을 표현한 작품은 무척 드물었다. 노동 문학이나 노동시가 문학사에서 갖는 중요성은 이러한 문제의식에서 찾을 수 있다. 노동시는 문학사에서 반복적으로 등장하는 현상이다. 하지만 1920년대 카프의 노동 문학과 1980년대의 노동시는 노동의 문제를 개인적 경험이 아니라 계급의 관점에서, 나아가 한국 사회의 변혁이라는 맥락에서 인식한 사례라는 점에서 주목해야 할 현상이다. 특히 박노해와 백무산으로 대표되는 1980년대의 노동시는 지식인이 아니라 노동자가 직접 문학창작의 주체로 등장했다는 점에서 이전의 노동시와는 사뭇 달랐다. 1980년대의 노동시는 문학작품이 개인의 생각이나 느낌에 국한되지 않고 집단적·계급적 성격을 띨 때 어떤 모습으로 나타날 수 있는가를 보여주는 대표적 사례라고 말할 수 있다.

(고봉준)

다문화 소설

　다문화 소설은 다문화사회 내에서 이방인으로 타자화된 인물들이 겪는 차별을 비판하면서 일원주의 문화를 넘어 다문화적이며 열린사회를 지향하는 서사문학이다. 자본의 전지구적 유동성과 노동시장의 유연성은 국경을 넘는 노동자들의 대이동과 함께 법의 보호로부터 예외상태에 놓인 타자들을 출현시켰다. 무국적자, 난민, 미등록자, 불법체류자 등으로 명명되는 이방인들은 법과 정치의 대상에서 배제됨과 동시에 지속적인 신원증명과 자격증명이 요청되는 이중적 배제의 상태에 놓여 있다. 이들이 겪는 정체성의 혼란과 차별은 한국사회가 형성한 공동체의 경계와 성격에 대한 질문으로 치환되면서 다문화 소설의 주요한 모티프가 되고 있다.

　2024년 기준 국내 거주 외국인의 수가 250만 명을 넘어서고 있고, 그중 외국인 노동자의 수는 불법체류자 포함 120만 명을 상회하고 있다. 통계학적으로도 한국은 인구의 5% 이상이 외국인으로 구성된 다문화사회이다. 그러나 인종, 언어, 국가, 민족, 종교 등의 표면적 차이는 비서구 빈곤국 출신, 어눌한 한국어, 그을린 피부색, 종교적 갈등, 3D 산업 종사자 등으로 재번역되면서 차별적 낙인의 징표가 되고 있다. 이런 이유로 이주노동자는 시민으로의 성원권을 인정받지 못하는 '2등 국민'으로 격하되면서, 한국사회의 순혈주의적 환상과 왜곡된 오리엔탈리즘적 시선에 노출되어 있다. 단일민족신화, 가족중심주의적인 가부장제, 혈연과 학연 및 지연

중심의 보수주의, 반공이데올로기 등으로 대표되는 한국사회의 동일성 문화는 이주자들을 사회의 주변부로 위치시키는 동인으로 작동하고 있다. 2000년대 이후 인구구성의 변화와 함께 한국문학에 등장하기 시작한 다문화 소설은 이러한 차별의 문제를 날카롭게 지적하는 한편 이해와 공감의 필요성을 견인하면서 한국문학의 새로운 분과로 자리잡고 있다.

초기 다문화 소설이라고 할 수 있는 천운영의 『잘 가라, 서커스』(문학동네, 2005), 손홍규의 단편 「이무기 사냥꾼」(『문학동네』 2005년 여름호), 공선옥의 단편 「가리봉 연가」(『유랑가족』, 실천문학사, 2005), 박범신의 『나마스테』(한겨레출판, 2005), 그리고 김재영의 『코끼리』(실천문학사, 2005)는 외국인 노동자들의 밀집지역인 공장지역을 배경으로 장소적 타자성을 적나라하게 드러내고 있다. 소설들은 공통적으로 비서울 지역에 위치한 공장지대가 지닌 주변부성, 재개발지의 낙후성, 혐오와 비위생을 연상시키는 비체(abject)들, 열등감과 패배주의로 인식되는 지리적 타자성을 배경화하고 있다. 이러한 장소성은 3차산업으로 재편되는 한국경제의 저임금 노동력으로 소환된 이들이 한국 사회의 주변부로 배치됨으로써 차별을 은폐하는 장막으로 기능하고 있다.

박범신(朴範信, 1946~) 소설 『나마스테』(한겨레출판, 2005)의 배경이 되는 부천의 공장단지는 서민계급과 외국인 노동자들이 모여 사는 허름하고 낙후된 공간으로 한국 사회의 주변부로 외부화된 장소이다. 오래된 공장 지대 사이에 위치한 주인공의 집은 마치 "버려진 폐가"와 같았고, 그나마 남은 공장들도 "늙은 아카시아 그늘에 싸여 유난히 더 음습해 보였다."(17쪽) 소설은 재건축 건물부지에 거주하는 '신우'와 네팔 출신 '카밀'과의 사랑을 통해 소수자들의 연대와 새로운 관계의 가능성을 타진한다. '신우'는 과거 미국 이민 생활 중 LA폭동으로 인해 가족의 사망을 경험했고, 이후의 결혼 생활도 불행으로 점철되었다. 즉 신우는 오리엔탈리즘적 시선에서 차별화된 동양인이었으며, 정상가족의 이데올로기에서 이탈한 존재인 셈이다. 따라서 이런 신우와 외국인 노동자인 '카밀'과의 관계는 서로의 타자적 정체성을 공유하는 서사라는 점에서 의미가 있다.

김재영(金在瑩 1966~)의 「코끼리」(『코끼리』, 실천문학사, 2005)는 초기 다문화 소설 연구에서 가장 빈번하게 소환되는 작품이다. "살아 있지만 태어난 적이 없다고 되어 있는 아이"(23쪽)로 표현되는 '아카스'는 다문화 가정 2세로서 현재 비위생적이며 반인권적인 장소에 거주하고 있다. 소설의 인물들은 "십여 년 전까지 돼지축사로 쓰였다는, 낡은 베니어판 문 다섯 개가 나란히 붙어 있는 건물"(10쪽)에 거주한다. '돼지축사'로 쓰였던 공간에서 거주하는 '아카스'는 다문화가정 2세이다. 이주노동자인 아버지의 질병과 어머니의 가출 그리고 속물스러운 어른들의 이기주의가 적나라하게 드러나는 식사동 가구공단은 '아카스'에게 "흐리멍덩한 하늘, 깨진 벽돌 더미, 냄새 나는 바람"과 같은 부정적 이미지로 그려지는 장소이다. 네팔에서 천문학을 전공한 '아카스'의 아버지는 타국의 후미진 공장지대에서 가난한 국제 프롤레타리아트로 전락했다. 특히 「코끼리」는 네팔-한국, 높은 히말라야-낮은 공장지대, 천문학자-이주노동자의 대립을 통해 비자본주의와 자본주의 세계 간의 성스러움과 속물스러움이 역전되는 현상을 보여준다. 이를 통해 소설은 경제제일주의의 한국사회가 지닌 다문화적 존재에 대한 차별과 편견을 예각화하고 있다.

초기의 다문화 소설들은 이주노동자들의 삶을 핍진하게 재현하면서 다문화사회로 진입하던 한국사회에 새롭게 드러난 갈등을 서사화했다는 점에서 의미가 있다. 하지만 외국인 노동자를 일방적 피해자로 서사화하면서 한국인과 이주노동자의 관계를 가해자와 피해자 관계로 고착화하는 구도의 단순성은 한계로 지적된다. 손홍규(孫洪奎, 1975~)의 『이슬람 정육점』(문학과지성사, 2010)은 이와 같은 구도를 더욱 예리하게 폭로하면서도, 그 반대편에 상처받은 자들의 연대 또는 확장하는 소수자 연대의 방식으로 다문화 소설의 새로운 출구를 개척한 작품이라는 점에 의의가 있다. 손홍규는 그의 다른 작품인 「이무기 사냥꾼」(『문학동네』 2005년 여름)에서도 '비인간/동물'과 '인간'의 경계를 넘나드는 인물 설정을 통해 외국인 노동자, 탈북자, 조선족 이주자 등의 비참한 한국 생활을 표현하면서 이 주제에 대해 천착한 작가이기도 하다.

『이슬람 정육점』에서 작가는 화자의 목소리를 빌려 이주노동자들이 겪는 차별과 혐오가 "자연스레 생겨나는 불쾌감과 공포"의 표현으로 포장되고, "그러한 감정이 생겨나는 원인이 제거되거나 그 혐오감을 정당화할 적당한 이유를 찾아낼 때까지 지속될 수밖에 없다는 당연한 사실"(51쪽)을 폭로한다. 『이슬람 정육점』의 주요인물 '하산 아저씨'의 외모와 종교 그리고 직업은 그 자체로 차별의 표식으로 작동한다. 그리고 소설은 하산 아저씨에게 입양된 전쟁고아 출신의 10대 소년을 화자로 내세우면서, 한국 사회에서 작동하는 차별의 경계가 단순히 외국인에게만 국한된 것이 아니라 정상가족이라는 왜곡된 이데올로기와 능력주의에서도 기인하고 있다는 사실을 폭로한다. 인물들이 거주하는 장소가 미로처럼 출구를 알 수 없는 후미진 골목이라는 점 또한 앞선 다문화 소설들의 복습이라고 할 수 있다.

하지만 손홍규의 소설은 인물 구도의 다각화를 통해 이러한 한계를 벗어나고 있다. '이슬람'과 '정육점'의 모순적 결합은 자국민과 이주민 사이의 화합불가능한 관계를 연상시키기도 하지만 소설은 이러한 차이가 새로운 생성으로도 기능할 수 있다는 것을 보여준다. 하산 아저씨의 주변 인물들은 대부분 폭력과 차별이 새겨진 신체를 공유하고 있다. 한국전쟁에서 "뭉개지고 짓이겨져 원래의 형태를 잃은 귀"를 얻게 된 후 한국에 남아 전쟁고아인 '나'를 입양한 하산 아저씨, 그리스 내전 때 친척을 오인

사살한 죄의식과 "왼쪽 턱에 새끼손가락 굵기의 흉터"를 지닌 이주노동자 야모스 아저씨, 한국남편의 폭력으로부터 도망친 후 자신의 충남식당에서 소외되고 배고픈 사람들을 보살피는 안나 아주머니, 참호에 매몰된 정신적 외상에서 벗어나지 못하는 '대머리'와 말더듬이 김유정까지, 이들은 모두 이방인이자 타자이지만 서로의 상처를 돌보고 배려하는 공동체를 구성하고 있다. '이슬람 정육점'과 '충남식당'이라는 장소에서 이들은 자기 안의 타자성을 새롭게 발견하면서 동시에 서로의 상처를 공유하는 소수자 공동체를 통해 새로운 자기구성을 생성해 나간다. 이곳에서 안나는 다문화공간의 상처 치유능력자로 변신하며, 하산 아저씨의 정육점은 인종, 핏줄, 국가 등의 근대적 경계선을 무력화시키면서 소수자들의 대안공간으로 기능하고 있다. 가령 어린 화자인 '나'가 "내 몸속으로 의붓아버지의 피가 흘러들어온 걸 느꼈다"라고 고백하면서 "훗날 내 자식들에게 나의 피가 아닌 의붓아버지의 피를 물려주리라"(236쪽)라고 다짐하는 장면은 '나'가 현존하는 차별을 공동체의 연대를 통해 극복하고 더 나은 다문화의 세계로 나아가는 과정을 보여준다. 이 소설의 인물들은 자학적 감정을 지닌 이방인이자 주변부 인생들이었지만 서로 돌봄의 공동체를 구성함으로써 다문화공동체가 지향해야 할 대안가족의 가능성을 보여준다. 비슷한 흉터를 가진 사람들의 소수자 연대는 이주자, 도망자, 고아, 여성, 장애 등과 같은 차별의 경계선들이 지워진 공동체이기 때문이다.

조해진(1976~)의 장편소설 『로기완을 만나다』(창비, 2011)는 타자의 자리에 주체를 겹쳐 놓음으로써 공감과 이해의 가능성을 재확인하는 작품이다. 소설의 표면적 플롯은 방송작가였던 화자가 탈북청년 '로'의 이동 경로를 추적하는 여로형의 구조이다. 하지만 소설의 이면에는 비루하고 남루해 보이는 탈북청년 '로'의 생존경로(북한-중국 연길-칭따오 공항-홍콩-독일 베를린-벨기에 브뤼셀-영국 런던으로 이어지는 기나긴 여정 동안 국경과 입국심사대와 같은 생의 경계선에서 '로'가 느낀 생존의 불안과 공포)를 추적하고 그가 남긴 기록들을 보면서, 생면부지인 타자의 아픔과 좌절에 공감하고 여기에 자신의 아픔과 고통을 중첩시키는 플롯이 잠복해 있다. 화자는 이 과정에서 "타인과의 만남이 있으려면 어떤 식으로든 서로의 삶 속에서 개입되는 순간"이 있어야 함을 깨닫고, 탈북청년 로기완의 삶이 이미 자신의 삶 속에 들어와 있음을 느낀다. 그리고 "로기완이 내 삶으로 걸어 들어온 거리만큼 나 역시 그에게 다가가야 하는 것"(172쪽)이라는 문장으로 이행하면서 소설은 로기완을 디아스포라의 위치에서 탈각시켜 나(또는 우리)의 공동체 내부로 재배치하고 있다.

소설은 가장 비슷하면서도 가장 이질적인 탈북인 디아스포라 '로'가 유럽의 한복판에서 경험한 절대소외와 벌거벗은 생명으로서의 고단함을 현실적으로 재현한다. 조해진은 '로'가 북한에서 겪은 고난의 행군, 북한 탈출 이후 겪은 어머니의 죽음, 신원증명이 불가능한 그가 절대적 생명정치의 공간인 유럽의 수용소에서 머문 장소 등의 묘사를 통해 절대적 예외이자 임시적 성원권조차 얻기 힘든 디아스포라의 삶을 처절하게 표현하고 있다. 그리고 소설은 '로'의 서사 위에 어느 고아소녀의 사연을 빈곤 포르노의 방식으로 전시했다는 죄책감에 시달린 후 유럽으로 도피한 화자의 과거 사연을 중첩시킨다. 이러한 소설의 구조는 타자의 고통을 추체험하게 하면서 이방인의 감각을 우리의 감각으로 환원시킨다. 즉 조해진 소설의 이중 플롯은 탈북 디아스포라의 참상을 재현하면서 이들의 상황과 아픔이 우리의 현실과 맞닿아 있음을 다문화 소설의 출구로 제시하고 있는 것이다. 주체와 타자의 이러한 보이지 않는 연대서사는 다문화 소설이 지향하는 열린문학으로서의 가능성을 한국문학의 장에 새겼다는 평가를 가능하게 한다.

다문화 소설의 목록에는 이외에도 목숨을 건 탈북자의 상황을 그린 김유경의 『청춘연가』(웅진지식하우스, 2012), 베트남 이주여성의 삶을 다룬 서성란의 「파프리카」(화남, 2009)와 정지아의 「핏줄」(『숲의 대화』, 은행나무, 2013), 고려인 이주여성의 삶을 서사화한 박찬순의 『발해풍의 정원』(문학과지성사, 2009), 일제강점기 시절 아메리카로 강제이주 당한 한인들의 비극을 서사화한 김영하의 『검은 꽃』(문학동네, 2003) 그리고 유쾌한 방식으로 소수자들과 다문화가정의 대안 공동체의 가능성을 표현한 김려령의 『완득이』(창비, 2008) 등 끝없는 작품들의 기입이 가능하다.

다문화 소설은 이중자아로서의 정체성과 법의 보호로부터 제외된 벌거벗은 생명들의 상황을 핍진하게 서사화하고 있다. 이들이 놓인 차별과 소외의 서사는 곧바로 조선족, 카레이스키, 자이니치 등의 코리안–디아스포라들이 지난한 역사에서 겪어왔던 감정들을 연상하게 한다. 다문화 소설의 이러한 서사들은 단일민족이라는 순혈주의적 환상이 사실은 과거 서양이 동양을 바라보던 오리엔탈리즘적 시각의 왜곡된 복습이라는 점과 이러한 폭력적 차별을 은폐하는 우리 사회의 민낯을 경험하게 한다는 점에서 성찰적 지점을 제공하고 있다.

(김영삼)

대하소설

대하소설(大河小說)은 특정 시대를 배경으로 한 인물들의 삶을 서사화한 것으로, 형식적으로 볼 때 장편소설보다 방대한 분량이 특징이다. 분량을 기준으로 소설을 분류할 때 통상적으로 단편과 중편, 장편으로 나누고 있는데 각각의 기준이 명확히 정해진 것은 아니다. 다만 신춘문예 등 공모전에서의 기준을 적용해보자면 단편의 경우 대체적으로 200자 원고지 80매 내외, 중편은 250매~300매 내외로 정해져 있는 편이다. 이와 비교해서 장편소설 경우는 단행본 발간이 가능한 정도로 대략 200자 원고지 500매 이상이다. 이를 기준으로 단편소설보다도 더 짧게, 심지어 한두 문장만으로도 이루어진 엽편(葉篇)소설 또는 손바닥(掌篇)소설이 있고, 장편소설보다 더 긴 분량을 가지고 있으면 대하소설로 분류된다.

하지만 이는 쓰여진 양을 통해서 기계적으로 나눈 것일 뿐이며, 대하소설로 분류되는 특정한 분량의 기준이 있는 것은 아니다. 따라서 중요한 것은 분량이 아니라 작가의 투철한 역사의식을 바탕으로 작품의 배경인 특정 시대와 또 그 시간을 살아가는 사람들의 삶이 잘 재현되어 있는가, 인물들이 시대정신이나 사회적 의식을 드러내고 있는가 그리고 그것을 통해서 총체적 역사성이 새롭게 드러나고 있는가 등이 대하소설이라는 장르를 결정하는 질적 기준이라고 할 수 있다.

대하소설과 관련된 정의는 『영국사』와 『미국사』를 집필한 유명한 역사가이자 문학가였던 프랑스의 앙드레 모루아(André Maurois, 1885~1967)가 처음 내린 것으로 알려져 있다. 그는 20세기 초에 유행했던 톨스토이의 『전쟁과 평화』나 로제 마르탱 뒤 가르의 『티보가의 사람들』 등과 같은 소설에 주목했는데, 기존의 소설들과는 다르게 이 작품들은 수많은 사건이 연속되어 줄거리 전개가 완만하게 이루어지기 때문에 마치 큰 강물이 유유히 흘러가는 것 같은 느낌을 준다고 말했다. 그러면서 이들 작품을 두고 이야기를 뜻하는 단어 'roman'과 강물을 뜻하는 단어 'fleuve'를 합쳐서 대하소설을 의미하는 'roman-fleuve'라는 말을 처음으로 사용했다는 것이다.

한국문학에서 대하소설의 의미는 기본적으로 이와 유사한 차원에서 받아들여지고 있다. 다만 시대적으로 근현대사를 배경으로 삼고 있는 점이 한국 대하소설의 큰 특징이라고 할 수 있다. 따라서 한 가족 또는 기타 사회적 관계로 얽힌 인물들이 많이 등장해서 그 인물들 간에 벌어지는 갈등이나 다양한 사건들이 그려지는 동시에 특히 시대적 흐름과의 연관성 속에서 받아들여질 수 있도록 작가의 역사적 관점이 잘 투영되어 있는 작품을 대하소설로 지칭하고 있다. 다만, 조선후기 사대부가 여성 독자층을 중심으로 장면 묘사나 대화가 길게 이루어지는 것을 특징으로 비교적 길이가 긴 작품들이 큰 유행을 했었는데 이 역시 대하소설이라고 부르기도 한다.

해방 이전의 대하소설로는 홍명희(洪命憙, 1888~1968)의 『임꺽정』을 들 수 있다. 1928년에 『조선일보』에 연재되기 시작한 작품으로 『조선일보』가 폐간되면서 연재 지면을 『조광(朝光)』으로 옮겼으나 결국 한 차례 연재만 되고 1940년에 연재가 중단된 채 미완성으로 끝났다. 전체 구성이 5편으로 되어 있는데, 마지막 편에 해당하는 「화적편(火賊篇)」의 일부까지 연재했으며 발표된 것만 따져도 원고지로 약 13,000매 정도에 이르는 방대한 분량이다. 월북작가 작품이 전면 해금된 이후 1989년에서야 작품

전부가 8권의 단행본으로 출간되었으며, 1992년에는 이전에 간행된 작품에서 누락된 부분을 살려 10권으로 새롭게 출간되기도 했다.

연재 초기의 제목이 『임꺽정傳』이었던 것을 보면 당시 유행했던 역사소설들과의 영향관계 속에서 창작된 것으로 볼 수 있다. 하지만 기존의 역사소설들은 왕조 중심의 이야기를 교훈적으로 각색·창작해서 보여주거나 또는 야사에서 비롯된 이야기들을 흥미 위주로 보여주는 단점을 가지고 있었다. 하지만 『임꺽정』은 조선 중기의 역사적 상황을 구체적으로 재현하는 가운데 고통받는 하층민들의 삶과 그 구체적 모습들을 상세하게 보여주고 있으며, 나아가 자신들의 삶을 개척해나가고자 하는 보통인물들의 의지와 투쟁의 모습까지 구현함으로써 기존 역사소설들의 단점을 극복해낸 작품으로 평가되었다. 특히 『임꺽정』이 보여준 민중사에 대한 관심과 핍진성 있는 재현방식은 이후 한국적 대하소설의 주요한 원형을 만들었다고 할 수 있으며, 황석영의 『장길산』과 같은 작품에 직간접적인 영향을 미치기도 했다.

해방 이후 1960~80년대에 이르는 시기 많은 작품들이 여러 작가들에 의해 지속적으로 창작되면서 한국 서사문학에서 대하소설은 뚜렷한 흐름을 형성하게 되었다. 특히 이 시기에는 한국전쟁으로 인해 분단된 한국사회가 군부독재하에 있었기 때문에 역사적 사건만이 아니라 당대에 벌어지고 있던 사회적인 사건들을 균형있게 바라보기 어려웠다. 작가들은 근현대사를 배경으로 하는 문학작품을 통해서나마 정권에 의해 은폐되어 알려지지 못했거나 왜곡되어 왔던 역사를 바로잡고자 했다. 그에 부응하여 문학작품을 통해 가려진 역사적 사실을 접한 독자 역시 진실을 규명하여 역사를 바로잡기를 열망했으며 그러한 독자의 반응은 현재의 정의를 요구하는 사회적 동력으로 축적되었다.

한국 대하소설을 대표하는 작품으로는 박경리(朴景利, 1926~2008)의

『토지』를 들 수 있다. 1969년 9월부터 『현대문학』에 연재를 시작한 이 소설은 하동 평사리 마을의 부호였던 최참판 일가의 부침(浮沈)을 중심으로 그와 연관된 수많은 인물들이 구한말에서부터 해방까지 겪은 이야기를 다루고 있다. 여러 지면을 옮기게 되면서 1994년 9월 『문화일보』에서의 연재를 끝으로 무려 25년간 집필된 작품으로 총 5부 25편으로 구성되어 있다. 연재가 끝난 후 1994년에 총 16권으로 전권이 출간되었는데, 등장하는 인물들만 보더라도 양반과 노비를 비롯해서 당시 신분제도 상 다양한 계층을 비롯해서 지식인, 독립운동가, 친일파 등 분류하는 것이 불가능할 정도로 많이 등장하고 있으며, 배경 역시 하동을 중심으로 근처의 국내 도시는 물론 만주의 용정이나 일본 동경까지 그리고 있다. 이처럼 『토지』는 한국 근현대사에서 가장 많은 고통과 변혁이 밀어닥친 시간 속에서 저마다의 사연을 짊어지고 살아가던 사람들의 다양한 삶을 파노라마적으로 보여줌으로써 이 시기 한국이라는 공동체의 운명과 한국인의 삶을 총체적으로 조망하고 있는 작품이다.

이밖에도 대표적인 역사 대하소설로 1974년부터 10년에 걸쳐 『한국일보』에 연재된 이후 1984년에 총 10권으로 발간된 황석영(黃晳暎, 1943~)의 『장길산』이 있다. 조선 시대에 실존했던 의적을 주인공으로 내세워 역사를 서민의 관점에서 재현하고 있다는 측면에서 홍명희의 『임꺽정』과 소설적 유사성을 가지고 있다. 다만 이 작품이 군부독재 시기에 발표되었다는 것을 고려한다면 이 작품은 단순히 과거의 이야기를 다루는데 그치지 않고 민중들의 삶과 그들이 바라는 세상을 만들고자 하는 변혁 의지를 당시의 억압적 현실 위로 끌어내고자 하는 작가의 의지가 반영되어 있다고 볼 수 있다. 작가 황석영은 실증적 사료에 대한 철저한 고증을 바탕으로 창작했는데, 이같은 특징으로 인해 당시 리얼리즘 논의를 이끌어 내기도 했다. 특히 조선 시대 서민들의 경제활동에 대한 상세한 묘사를 통해 민중적 삶의 모습을 구체적으로 드러내고 있는 부분들은 작품의 백미로 꼽힌다.

한국 대하소설에서 빼놓을 수 없는 또 하나의 대표작은 조정래(趙廷來, 1943~)의 『태백산맥』이다. 이 작품은 1983년 『현대문학』에 처음 연재를 시작한 후 『한국문학』으로 지면을 옮겨서 연재되다가 1989년에 총 10권의 책으로 발간되었다. 4부로 구성된 이 작품은 1948년부터 6·25 전쟁이 발발하고 휴전협정 직후까지의 시간을 배경으로 하고 있는데, 우리 사회에서 그동안 금기시되어왔던 좌우갈등의 문제를 정면으로 다룬다. 특히 이념적 대결이라는 시선에 매몰되지 않으면서 빨치산 유격대의 모습을 재현함으로써 이념을 넘어 혼란의 시기를 살아가는 개인적 삶의 비극성을 보여주었다. 그런데 정부는 1992년 『태백산맥』에 대하여 "학생이나 노동자들이 읽으면 불온서적 소지, 탐독으로 위법 조치할 것이며, 일반 독자들이 교양으로 읽는 경우는 무관하다."고 발표함으로써 정부의 자의적인 이념적 잣대를 스스로 폭로했으며, 검찰은 이 작품을 국가보안법 위반으로 고발하기도 했다. 결국 무혐의로 처리되었으나 『태백산맥』을 둘러싼 일련의 사건들은 문학작품에 대한 통제를 통해 역사적 사실을 은폐하고 정권을 정당화하려는 당시 정부의 태도를 보여준다. 작품을 통해 역사 왜곡에 맞서고자 한 작가의 의도는 당시 독자들에게 큰 반응을 불러일으키며 『태백산맥』을 베스트셀러의 반열에 올려놓았다.

이후 조정래는 구한말에서 해방 직전까지를 배경으로 일제 강점기 아래에서 고통스러운 삶을 살아가던 농민들의 삶을 그린 대하소설 『아리랑』(총 12권)을, 그리고 1959년부터 광주민주화운동까지의 현대사를 배경으로 한 대하소설 『한강』(총 10권)을 연이어 발간했다. 이 작품들은 각각 서로 다른 시기를 다루고 있지만, 한국 근현대사에서 권력의 수탈과 폭압에 고통받았던 민중들의 삶과 부정한 세력과 맞서는 민중들의 시대정신을 전하는 대하소설의 면모를 보여준다.

이외에 해방 정국에 월북한 작가들이 북한에서 쓴 주목할 만한 대하소설도 있다. 먼저, 구한말에서 1930년대 초를 배경으로 반봉건·반제국주의 투쟁 활동을 보여주고 있는 이기영의 『두만강』이 있다. 이 작품은 1954년에 발표를 시작해서 1962년에 완성된 작품으로, 월북작가 작품이 해금된 1989년에는 한국에서도 총 5권으로 출간되기도 했다. 또 1977년부터 집필하기 시작해서 1984년에 완성한 박태원의 『갑오농민전쟁』도 빼놓을 수 없다. 제목에서 알 수 있듯이 이 작품은 동학혁명을 중심으로 당시 부정부패를 일삼던 권력층의 부패한 모습과 그에 대항하기 위해 혁명을 일으켰으나 외세의 개입과 더불어 끝내 실패로 돌아가 목숨을 잃게 되는 동학군의 모습을 보여주고 있다. 역시 한국에서 총 8권으로 출간되었다.

　　대하소설은 이처럼 남북으로 분단되어 있는 현실에서 하나 된 민족의식을 상기시킬 수 있는 유효한 문학적 수단이기도 하다. 서로 공유한 역사를 돌아보고, 문학적 형상화를 통해 그에 대한 균형있는 시각을 고민하게 만들어 줄 수 있기 때문이다. 광범위한 시간을 배경으로 수많은 인물들을 다루는 만큼 대하소설은 독자들에게 역사를 바라보는 총체적 시선을 효과적으로 제공하는 문학 장르이다.

(남승원)

도시시

도시는 20세기의 인간들이 창조한 '인공-자연'이다. 후기자본주의사
회에서 도시의 환경은 삶의 자연 그 자체로서 도시인들의 규범, 가치관,
생활 습관, 인간관계, 가족 형태, 여가 양식과 같은 삶의 형식을 지배하고
규정하는 조건임을 부정하기 어렵다. 도시라는 자연 공간에 거주하는 현
대인들은 맹목적 소비욕망을 자극하는 광고와 대중매체가 무차별적으로
폭격하는 대중문화에 노출되어 있다. 도시인들은 만성적인 교통 체증,
고밀화된 주거 환경, 환경오염, 위락 시설, 쇼핑센터, 일회용품, 아파트숲
과 같은 환경을 생산하고 확장하며 살아간다. 그리고 도시인들은 지속적
경쟁과 생산성의 과잉이 만든 '피로 사회'에서 소외와 번아웃과 같은 심리
적 불안정에도 노출되어 있다. 부에 대한 맹목적 욕망을 자연스러운 감정
으로 수용하면서 능력주의와 개인주의를 삶의 태도로 내면화한 인간들의
장소가 바로 도시이다. 도시 공간의 삶이 품고 있는 이러한 내용들은 물과
공기처럼 우리의 현존을 가능하게 하는 삶의 기반이자 최소한의 생물학적
근거이기 때문에 현대인들은 도시를 벗어난 삶을 상상하기 어렵다. 후기
자본주의 사회의 문화적 징후로서 도시 환경 속에서 인간이 느끼는 실존적
문제와 정서 구조를 대상으로 삼은 시를 도시시라고 정의할 수 있다.
  1990년대 들어 등장한 포스트모더니즘 문화이론은 도시 환경과 도시문
학에 대한 이론적 토대로 기능했다. 한상진과 김성기는 「포스트 모더니즘,
이렇게 보아야 한다」(『사회평론』, 1991.5)에서 포스트모던의 징후를 보여주

는 사회의 변화 양상을 사회구조와 노동 분야 등 각 영역 사이에 존재하던 경계의 소멸, 지식정보산업과 문화산업 종사자 집단의 부상이라는 계급 구조의 변화, 노동자 집단보다 학생, 여성 등 주변 집단의 부상이 야기한 정치 어젠다의 변화가 말하는 정치적 이데올로기의 지형 변화, 그리고 새로운 도시 공간과 대중 소비문화의 영향력 증대라는 네 가지로 집약하여 설명하고 있다. 한 마디로 근대 사회의 주요 이슈였던 노동, 계급, 독재, 반공 등의 모던한 주제에서 벗어나 포스트모던한 삶의 조건들이 도시인들의 현실을 구성하고 있다는 것이다. 일례로 당시 서울은 노동자 운동과 공권력의 탄압이 부딪치던 거대담론의 투쟁 장소이기도 했지만, 동시에 "서울 지하철의 잠실역과 롯데월드의 연계는 국가 독점 자본주의 체제 안에서 국가 권력과 재벌 기업의 금력이 결탁"(정정호·강내희, 「서문」, 『포스트모더니즘론』, 터, 1989)한 장소이기도 했다. 도시의 일상 구조 내에 자본과 정치의 논리가 결합되어 있다는 진단인데, 이 진단에 따르면 지하철과 쇼핑공간을 연결하는 도시 구조는 이미 물신 숭배 시대의 지하 신전으로 변신하고 있었던 셈이다.

문학비평에서 도시문학은 한국문학이 군부독재와 5·18로 상징되는 1980년대의 거대담론의 영향권에서 벗어나던 시기에 등장한 '새로운 문학의 탄생'의 예고편이었다. 이광호는 '도시문학'을 "소재적인 차원의 것이 아니라, 새로운 문화적 징후로서의 도시적 삶을 집중적으로 조명하는 문학"(「문학의 죽음–후기산업사회의 문학적 징후들」, 『문학정신』, 1990.4)이라는 개념으로 이해할 것을 요구하기도 했다. 1990년대는 민족문학, 민중문학, 리얼리즘 문학, 노동문학 등으로 대표되었던 1980년대의 문학담론이 해체주의, 포스트모더니즘, 후일담문학, 사소설 등과 같은 새로운 현상과 충돌하면서 변화의 요청에 직면한 시기였다. 도시문학과 도시시는 이러한 시대적 요청에 대한 문학적 응답이면서 세계의 변화를 담아내는 한국문학의 새로운 그릇이기도 하였다.

　도시의 일상과 도시문명을 비판한 초기 도시시는 화려한 도시의 이면을 냉정하게 포착한 이하석의 『투명한 속』(문학과지성사, 1995), 도시의 구조적 모순을 욕망의 문제로 전환해서 바라본 최승호의 『세속도시의 즐거움』(세계사, 1990), 그리고 시 세계 전반을 통해 도시 속 인간의 소외 현상에 주목한 오규원의 작업들이 대표적이다. 이후 1980년대 등단한 젊은 시인들은 도시의 감성을 새로운 시대의 감수성으로 표현하는 변화를 보여주기도 했다. 일상에 침투한 소비도시의 여러 군상들을 패러디의 양식으로 표현한 장정일의 『햄버거에 대한 명상』(민음사, 1987)과 TV, 비디오, 팝송, PC 게임 등 대중매체의 이면적 성격에 집중한 하재봉의 『비디오/천국』(문학과지성사, 1990)과 도시의 하위문화를 유쾌하게 표현한 유하의 『세운상가 키드의 사랑』(문학과지성사, 1995) 등이 대표적인 사례이다.

　김신용(金信龍, 1945~)의 시는 도시에서 소외된 삶을 동물성(개)으로 은유한다. 그의 비판적이고 비극적인 도시시는 이전 시기의 도시문명 비판보다 구체적이며 육체적이다. 일례로 "나는 개였다"라는 고백으로 시작한 「개 같은 날2」(『개 같은 날들의 기록』, 세계사, 1990)의 화자는 도시의 하위노동자로서 스스로를 "허기의 끈에 목줄을 맨, 품삯의 뼈다귀에 침 질질 흘리는/ 오뉴월, 비루먹은 개"로 표현한다. 김신용의 시 세계는 노동자 합숙소, 막노동, 매혈, 도둑질, 부랑자, 시장 바닥, 몸 파는 여자들 등으로 구성된 도시 밑바닥 삶의 세계이다. 그의 시에서 도시의 하위주체들은 철저하게 지워진 얼굴로 짓밟힌 삶을 살아간다. 도시는 "쇠의 심장을 가진 공장지대"로 그려지면서 비인간성과 냉혹함이 가득한 장소로 묘사된다. 초기 도시시를 대표하는 김신용의 시집은 신체에 가해지는 비인간적인 도시 체험을 꼼꼼하게 재현한다는 점에서 도시 빈민의 사회 심리학의 시적 표현이라고 할 수 있다.

도시의 높은 빌딩이 선사하는 스펙터클은 도시 빈민과 같은 하위주체들의 장소와 대비되는 대표적 풍경이다. 도시의 건축물들은 그 높이와 반짝거리는 외관에 투영된 자본주의의 광학적인 욕망과 그 이면의 불안감을 동시에 내포하고 있는 도시시의 대표적인 표상이 되었다. 함성호(1963~) 시인의 「건축사회학」 연작은 도시의 욕망을 고층건물에 투영시키는 방식으로 고도성장의 서울을 비판적으로 조망한 대표적 작품이다. 그중 「63빌딩-건축사회학」(『56억 7천만 년의 고독』, 문학과지성사, 1992)에서 화자는 "나는 여의도만 가면 항상 한강의 수위가 걱정"된다고 말하는데 그 이유가 흥미롭다. 자본주의적 도시의 상징으로 우뚝 솟은 "63빌딩"이 시인에게는 "거대한 남근 숭배의 신앙"으로 보이기 때문이다. 이러한 은유를 거쳐 시인은 도시의 높이를 통해 "한국인들은 어떤 종류의 번식을 바랐을까 소유의 확대를? 자본의 증식을? 섹스의 강화를, 번잡을"이라고 질문하면서, 오히려 63빌딩을 "여의도의 수위를 가시적으로 높여준 해발의, 금방, 쓰러지기 쉬운, 봉우리"로 변환시킨다. '한강의 기적'을 상징하는 63빌딩을 대상으로 시인은 고도로 높아져만 가는 "소유"와 "자본"의 높이를 "여의도의 수위"로 치환하고 이를 다시 리비도적 충동으로 재번역하고 있다. 이를 통해 초고층 빌딩이 선사하는 도시의 기만적인 스펙터클이 사실은 우리가 읽어내야 할 도시적 공간의 위험지표라는 사실을 고발한다.

　일상세계에 만연한 오염과 환경파괴의 위기적 징후들을 통해 인간이 느끼는 억압, 공포, 심리적 불안을 드러낸 바 있는 시인 최승호(崔勝鎬, 1954~)는 「엘리베이터 속의 파리」(『세속도시의 즐거움』, 앞의 책)에서 계급 상승의 욕망과 도시의 남근적 욕망의 상징으로 빌딩 속 엘리베이터를 등장시킨 바 있다. "빌딩을 오르내리는 날개 없는 요일들/엘리베이터가 올라가고 있었다/올라가도 거대한 수렁 속으로 빠져드는 듯/함몰과 큰 추락에 대한 공포에 나는 떨고 있었다"라는 표현에서 자본주의적 욕망 숭배 장소인 도시의 높이가 역설적으로 위태로운 도시인들의 삶을 위장하고 있음을 알 수 있다. 여기에 더해 김혜순(金惠順, 1955~) 시인은 고층빌딩과 더불어 도시의 대표적 환경인 아파트를 대상화한 바 있다. 「벤야민 테트리스」(『나의 우파니샤드, 서울』, 문학과지성사, 1994)에서 시인은 테트리스 게임처럼 쌓이는 도시 고층 아파트의 화려함과 계급성을 표현하고, 재개발로 인해 삶의 터전에서 배제되는 "20년 묵은 시영아파트"의 사람들을 대치시킨다. 이상의 사례들은 욕망과 성공의 상징인 도시의 '높이'가 사실은 우리의 불안과 위태로움을 화려한 화장술로 은폐하고 있다는 점을 보여주면서 일상공간으로서의 도시를 다른 시각으로 바라보게 했다는 점에서 의의가 있다.

도시시의 마지막 사례로 하재봉(河在鳳, 1957~)과 유하(1963~) 시인을 빼놓을 수 없겠다. 이들의 작품은 1990년대 도시에 유입된 새로운 대중문화와 하위문화에 담긴 정치성과 욕망을 유쾌한 방식으로 조망하고 있다는 공통점이 있다. 먼저 하재봉은 컴퓨터가 개인들의 일상에 필수품으로 자리 잡던 당시의 풍경을 키치적으로 포착한다. 가령 "나의 사유는 16비트 컴퓨터의 스위치를 올리는 순간부터 작동된다/모니터의 녹색 화면에 불이 켜지고/…… 내 개인적 삶의 흔적은/컴퓨터 파일 [삭제]키를 누르기만 하면 사라진다/나의 하루는 컴퓨터 스위치를 올리는 것"(「비디오/퍼스널 컴퓨터」, 『비디오/천국』, 문학과지성사, 1990)이라는 표현이 대표적 사례이다. 하재봉은 비디오와 컴퓨터라는 문화적 코드를 통해 일상생활의 영역에 침투한 기술이 자아와 세계의 새로운 관계를 형성하고 있다는 점에 주목한다. 특히 컴퓨터는 세계를 보는 새로운 창이면서 자아를 구성하는 페르소나로서 가치를 부여받고 있다. 하지만 "누군가에 의해 사육된다"라는 시의 마지막 구절은 컴퓨터의 기능과 구조가 도시적 개인들의 사유와 행위를 지배할 것이라는 예언으로 마무리되면서, 개인의 욕망과 행동이 컴퓨터 뒤에 숨어 있는 더 큰 체제에 의해 기술적으로 통제되고 관리되고 지배될 것이라고 말한다.

영화감독으로도 알려진 시인 유하는 도시적 하위문화의 세례를 듬뿍 받은 청계천의 아이였다. 유하의 초기 시세계는 시인이 자란 농촌공동체의 상징인 '하나대'와 1990년대 한국 소비문화의 중심표상인 '압구정동' 사이에 포진되어 있다. 그러나 정작 유하를 시인으로 성장시킨 장소는 '세운상가'이다. 「세운상가 키드의 사랑3」(『세운상가 키드의 사랑』, 문학과지성사, 1995)에서 시인은 스스로를 "나는 세운상가 키드, 종로3가와 청계천의/아황산가스가 팔 할의 나를 키웠다"라고 고백하면서 서정주의 「자화상」을 패러디한다. 이어서 스스로를 "나의 뇌수는 온통 세상이 버린 쓰레기의 즙,/몽상이 청계천으로 출렁대고/쓸모없는 영혼이여, 썩은 저수지의 입술로/너에게 무지개의 사랑을 들려주리/난 구정물의 수력 발전소"라고 격하시키기도 한다. 포르노와 불법복제된 외국산 대중문화가 공공연한 비밀로 유통되던 청계천의 세운상가는 제도적인 교육과 공식적인 사회의 대척점에 서 있는 하위문화의 암시장이었다. 도시의 온갖 욕망의 하수구이자 공인받지 못한 지하 학교인 그곳에서 시인은 "학교를 저주하며/모든 금지된 것들을 열망"하며 서성였다.

세운상가에 즐비한 재즈, 팝송, 포르노물, 해적판 음반, 외국의 대중소설 등은 1990년대의 도시시에 일탈, 자유, 무목적성, 고독 등의 감수성을 부여했다. 도시 하위문화의 욕망에 매료된 화자의 고백을 통해 유하는 도시인들의 욕망구조와 유통경로를 폭로하고 새로운 인간상의 출현을 보여주었다. 이를 두고 평론가 황현산은 유하 시인을 "한 세대의 열병 든 풍속을 두고 비난하는 사람과 질투하는 사람으로 나뉘던 그 분열로부터 벗어났다. 대신 이제 그는 자기 세대의 감수성을 스스로 고백하고 누리는 사람이면서 동시에 분석하는 사람"(『한국일보』, 1995.11.14)으로 평가하기도 했다. 유하 시인의 키치적 표현과 물화된 욕망에 대한 솔직함은 1980년대 이데올로기의 억압성을 탈피한 1990년대 도시적 감수성의 발현이라고 평가할 수 있다.

물론 한국 현대시사에서 도시에 대한 관심이 1980~90년대에 시작된 것은 아니다. 1930년대 김기림을 중심으로 한 모더니즘 시인들, 1949년 『새로운 도시와 시민들의 합창』(도시문화사)을 출간한 김경린, 임호권, 박인환, 김수영, 양병식 등 후반기 동인들, 1960년대 도시의 일상을 모더니즘적 수법으로 표현한 김수영, 1970년대 다양한 도시적 삶의 양상을 시의 소재로 삼은 김광규 등 그 전례가 풍부하다. 다만 본격적인 도시문학의 출현 시점을 1980년대 말과 1990년대로 삼고, 이 시기에 발표된 작품들의 의미를 간추려 보았다. 자본주의 체제의 모순이 집약된 공간인 도시, 후기 산업사회로 변화해 가는 소용돌이치는 공간인 도시, 도구적 합리성이 지배적 정신으로 부상한 도시, 대중문화와 새로운 기술이 젊은 세대의 감수성을 근본적으로 변화시켰던 도시에 대한 문학적 응대로서 도시시는 1980년대 말부터 뚜렷하게 나타났기 때문이다.

(김영삼)

동물 우화

　동물 우화는 사회를 풍자하거나 도덕적 교훈을 줄 목적으로 동물을 의인화하여 꾸며낸 이야기를 말한다. 동물이나 사물을 의인화하여 표현함으로써 도덕적인 교훈을 담아내거나 지혜를 전달하려는 목적으로 창작된 서사 양식인 우화의 한 종류이다. 사물이나 자연물뿐만 아니라 추상물까지도 사용되는 우화는 짧고 명쾌하며 의도나 주제가 비교적 명확하다는 점 때문에 인류 사회에 오랫동안 전승·향유되어 왔다. 동물 우화는 개화 계몽 시기에 외세에 대한 경각심을 불러일으키거나 부패하고 무능한 관료층을 비판하고 대중의 도덕적 타락을 경계하기 위한 목적에서 활발히 창작되고 보급되었다. 이 시기 동물 우화는 정치·사회의 주요 의제나 도덕규범, 풍속, 윤리를 직접적으로 다루는 가운데 당대의 시대정신을 강렬히 드러냈으며, 특히 약육강식과 우승열패로 요약되는 제국주의 국가들의 식민주의 논리를 반박하고 비판하는 데 중요한 역할을 수행하였다.

　인간이 아닌 동물이나 사물 등에 빗대어 우의적인 방식으로 도덕적 교훈을 전달하고자 한다는 점은 전대 문학 양식인 가전체(假傳體) 소설과도 유사하지만, 동물 캐릭터들 사이의 논쟁과 논박이 주를 이루며 논설적 성향이 매우 강하다는 점에서 차이를 보이기도 한다. 각 동물 캐릭터가 함의하는 우의적 의미와 이들의 진술이 만들어내는 지적 갈등을 통해, 당대의 지배 담론을 비판하거나 그 논리의 허구성을 풍자하고자 했는데, 이는 같은 시기 영웅 전기가 서술자의 강한 논설적 목소리를 통해 식민주의 담론을 비판하고 반박한 것과 유사한 맥락에서 볼 수 있다. 개화계몽기 근대 신문에 실린 논설 중 서사성을 띠고 있는 글들을 서사적 논설이라고 하는데, 당시 신문의 편집자들은 대중들에게 근대 사상을 전달하고 대중의 비판적 역량을 고취시킬 방법으로서 동물 우화를 활용한 서사적 논설이 매우 유효하다고 보았고, 이를 적극적으로 활용하였다.

일례로 『독립신문』 논설란에 실렸던 「개고리도 잇쇼」(1899.6.12)를 보면 당시 지식인들이 동물 우화의 우의성 속에 어떤 의도와 목적을 담아내려 했는지를 쉽게 알 수 있다. 해당 우화는 먹이사슬의 밑바닥에 놓여 있는 토끼가 울분을 토로함으로써 약육강식이 지배하는 국제질서의 냉연함과 잔혹함을 환기하고 이를 통해 국가와 민족의 운명과 발전에 대해 논하는 글이다. 토끼는 호랑이, 사자, 표범, 승냥이, 이리와 같은 여러 포식자로부터 항상 위협을 받으며 비참하고 비굴한 삶을 이어갈 따름이지만, 어느날 우연히 자신들을 보고 놀라 도망가는 개구리를 보며 용기를 얻는다. 논자는 이 토끼와 개구리의 이야기를 근거로 약한 나라도 올바른 정치와 법을 통해 강대국이 될 수 있고, 강대국도 문란해지면 야만국으로 떨어질 수 있다는 지극히 계몽적인 메시지를 이끌어 낸다. 토끼나 개구리가 아니라 호랑이, 사자와 같은 강대국이 되기 위해서는 끊임없는 노력과 자기 성찰이 필요하다는 메시지도 덧붙인다.

그러나 '토끼와 개구리' 이야기와 이에 근거한 논설적 주장 사이에는 사실 적지 않은 의미의 간극이 존재한다. 우화적 설정 자체는 힘이란 늘 상대적일 수밖에 없다는 정도의 약한 메시지를 담고 있다. 토끼는 스스로 노력하여 강한 자가 된 것이 아니라 단지 자기보다 더 약한 자를 발견함으로써 우연히 덜 약한 자가 된 것일 따름이다. 그럼에도 토끼는 자신이 덜 약한 자가 되었다는 사실에 만족하며 기뻐한다. 서두에서는 '우물 안 개구리'를 인용하며 개구리의 고루함과 자만을 비판하고 있지만, 정작 우화의 중심 내용과는 큰 관련성을 보이지 않는다. 우화적 설정과 계몽적 언설 사이의 이와 같은 간극은, 개화계몽기 동물 우화가 어떠한 의도와 상황 속에서 창작되었는지를 짐작케 한다. 대중에게 친숙한 우화를 통해 계몽적 교훈을 이끌어내야 한다는 강박이 때로는 이와 같은 미숙함으로 나타나기도 했던 것이다.

반면 이보다 대략 10년 정도 뒤에 발표된 「여호와 고양이의 문답」(『대한매일신보』, 1908.3.27)을 보면 논설적 의도가 우화적 설정 속에 좀더 잘 녹아 들어 있는 모습을 확인해 볼 수 있다. 이야기는 여우가 이웃하던 고양이를 찾아가 느닷없이 자손을 모두 자기에게 맡기라며 설득하는 장면에서 시작된다. 고양이의 지혜, 재능, 지위, 세력 모두가 여우만 못하니 자신을 시기하거나 의심하지 말고 자손들을 전적으로 믿고 맡기라는 것이다. 만약 말을 듣지 않으면 다른 짐승들에게 멸망을 면치 못할 거라는 여우의 협박에도, 고양이는 전혀 흔들리지 않은 채 차분히 반박한다. 각 종족의 성질은 모두 다르며 마음도 다 다른데 어떻게 하나가 될 수 있겠냐는 것이다. 한일합병의 위기가 코앞으로 다가온 상황에서 이와 같은 우의적 설정은 대중들에게 일제의 침략 야욕에 대한 민족의 항변으로 읽혔다.

흥미로운 부분은 고양이를 향해 여우가 재반박하며 가장 신령하며 귀한 자로 인간을 끌어들이는 대목이다. 여우는 겉으로는 인간이 지혜, 재주, 도덕면에서 가장 뛰어난 종족이라고 말하지만 실제로는 가장 민첩하게 권력을 형성하고 사리사욕을 채우는 가장 위험한 존재로 묘사한다. 자신의 말을 듣지 않으면 이토록 위험한 인간들에게 모든 것을 빼앗기리라 협박하는 것이다. 고양이는 이에 대해 그렇게 탁월한 존재가 어떻게 자기 이익을 위해 부모를 능욕하고 나라를 팔며 동포를 괴롭힐 수 있느냐며 그저 부끄러운 존재에 지나지 않는다고 잘라 말한다. 여우의 설득은 실패로 끝나고 서로 일장대소한 후 헤어지는 것으로 이야기는 마무리된다.

표면상 여우의 위협에 고양이가 성공적으로 대응한 것처럼 보이지만, 이는 냉연한 국제질서의 본질을 꿰뚫어 본 항변이라기보다는, 지극히 전통적인 도덕과 윤리에 기댄 원칙적 답변에 가깝다. 여우 역시 더 이상 힘을 행사하지 않고 고양이의 의사를 존중하며 한발 물러섬으로써 논쟁 자체를 서둘러 종결해 버린다. 우화적 설정과 주제가 어긋나지 않게 연결되고 있기는 하지만, 이 글에서도 일본의 침략 야욕에 속아 넘어가서는 안 된다는 명확한 논설적 의도가 우화의 서사적 측면보다 더 강하게 두드러진다.

이처럼 개화계몽 시기에 창작된 동물 우화는 동물 캐릭터들의 언설과 논쟁에 초점을 두며, 논설적 의도가 매우 중요하게 다루어진다. 캐릭터들의 주장 자체가 작품의 주제를 형성할 정도로 논설적 요소가 두드러지며 상대적으로 서사적 요소는 잘 부각되지 않는다. 인간처럼 말하고 행동하는 동물들에 빗대어 인간 세태를 고발하거나 풍자하는 것이 창작의 주요 동기였기 때문이다. 대표적인 작품으로는 안국선의 「금수회의록」(1908)과 『대한민보』에 연재되었던 흠흠자의 「금수재판」(1910)을 들 수 있다.

안국선(安國善, 1878~1926)의 「금수회의록」은 사토 구라타로(佐藤欌太郎)의 『금수회의인류공격』(1904)을 번안한 것으로, 전통적 도덕과 윤리관에 대한 호소를 통해 계몽적 자각과 비판의식을 이끌어냈다는 점에서 발행 당시부터 대중들의 큰 호응과 지지를 얻었다. 「금수회의록」은 1909년 통감부에 의해 출판법이 발효되자마자 가장 먼저 출판금지처분을 받은 작품인데, 이 책의 대중적 영향력이 상당했음을 짐작할 수 있다. 꿈이라는 우화적 설정 속에서 까마귀, 여우, 개구리, 벌, 게, 파리, 호랑이, 원앙이 순서대로 연단에 올라 각기 반포지효, 호가호위, 정와어해, 구밀복검, 무장공자, 영영지극, 가정맹어호, 쌍거쌍래라는 주제로 연설을 수행함으로써 타락한 인간 세태를 하나하나 공박해 나간다. 각 동물이 상징하는 전통적이고 도덕적인 가치에 기대어 작가는 걱정스러운 시대 현실을 조목조목 비판하고 논박하며 교훈을 설파하고자 했다. 까마귀는 효를 실천했던 동서양 고금의 예를 들며 불효한 작금의 현실을 비판하고, 여우는 호가호위의 고사를 빌려 외세를 등에 업고 득세하려는 기회주의자들을 공격한다. 개구리는 좁은 식견에도 큰소리를 내며 불화만 일으키는 인간 세태를 비판하고, 벌은 겉으론 교묘하게 말을 꾸며 내지만 속으론 흉한 마음을 품고 남의 나라를 짓밟으며 빼앗으려 하는 약육강식의 국제질서를 고발한다. 게는 수치와 능욕을 당해도 부끄러워하거나 노여워할 줄 모르는 윤리와 도덕을 상실한 속없는 인간들을, 파리는 자신의 욕심을 채우기 위해서라면 어떠한 짓도 서슴지 않는 소인배들을 비판한다. 호랑이는 포악하고 잔인한 인간 정치와 세태 풍속을 꾸짖으며, 원앙은 부부 사이에 인정도 의리도 존재하지 않는 위태로운 윤리 풍속을 힐난한다.

「금수회의록」은 연설이라는 근대적 담론의 형식을 통해 서사를 이끌어간다는 점에서 계몽주의적 태도를 강하게 드러낸다. 연설은 합리성과 규범성에 근거하여 작동하는 근대적 공론장을 전제로 한 의사소통 형식으로, 독립협회나 만민공동회 등 당대 대표적인 사회계몽운동이 모두 이와 같은 연설을 매개로 이루어졌다. 모든 연설은 각 동물의 습성이나 관습적 의미에 기대고 있기에 직관적이고 직접적이며, 선명한 풍자적 인식과 태도를 보여준다. 다만 그렇다고 해서 「금수회의록」이 제기하는 일련의 비판들이 근대적 사고와 인식에 기반한 것이라고 보기는 어렵다. 연설의 제목 자체가 이미 전통적 동아시아 사회의 가치와 도덕을 지지하는 것이기도 하거니와 그로부터 근대적인 계몽사상이나 분명한 민족주의적 인식을 읽어내기도 어렵다. 「금수회의록」은 일종의 우국(憂國)의 책으로 인식되고 유통되었는데, 이 책의 날 선 비판은 첨예한 현실 인식과 국제 정세에 대한 정확한 판단을 바탕으로 이루어진 것이라기보다는 말 그대로 시절에 대한 걱정과 나라의 운명에 대한 우려를 담아낸 것이었다고 보는 게 적절하다.

「금수재판」(1910)은 대한협회 기관지 『대한민보』에 연재되었던 작품으로, 저자의 이름은 '흠흠자'이나 이는 필명일 뿐 실명 확인은 어렵다. 동물들의 비판적인 연설을 통해 인간 행태를 비판하고 있다는 점은 「금수회의록」과 유사하지만, 「금수회의록」이 꿈이라는 가상의 무대를 전제하고 있는 것과 달리 「금수재판」은 이러한 가상적 설정을 활용하지 않는다. 「금수재판」은 동물들 세계에서 일어나는 온갖 악행과 부도덕, 약육강식과 이기주의적 행태를 서로 고발하고 그 잘잘못을 따지며 재판하는 이야기이지만, 이는 인간 사회, 특히 당시 조선의 타락한 현실과 냉혹한 국제질서의 폭력성을 우의적으로 서술한 것이다. 까치는 비둘기에게 집을 빼앗긴 억울함을 호소하고, 토끼는 주인의 명령만을 따르며 자신들을 괴롭히는 사냥개의 횡포와 그 아둔함을, 호랑이는 여우의 간교함과 그 타락상을, 사슴은 말의 천한 행태를 각각 고발한다. 이에 대한 재판관의 판결은 근대적 법과 질서에 따른 이성적 판단이라기보다는 전통적 도덕과 윤리에 기반한 지혜로운 처사에 더 가깝다. 비둘기에게 즉시 까치의 집을 돌려줄 것을 명하지만 이를 이행하지 않을 시 모든 비둘기 족속을 태평양 바다에 던져버리겠다는 과장된 엄포를 놓으며, 사냥개에게는 토끼를 괴롭힌 행위에 대한 책임을 직접 묻지 않고 사냥꾼의 명령으로부터 자유로워지라고 권한다. 여우에게는 악취를 항시 풍기게 하여 여우의 악덕함을 모두가 알아차릴 수 있도록 하고, 사슴과 말에게는 저마다의 본분을 다할 것을 다만 권할 뿐이다. 재판관의 판결은 전통적 도덕과 윤리를 기반으로 한 협동과 상호 신뢰의 중요성을 강조하고 있다. 이는 실력을 기르고 단결함으로써 외세의 침략과 횡포로부터 우리 민족을 지킬 수 있다고 보았던 당대 지식인들의 일반적인 판단과 견해를 반영하고 있는 것으로 보인다. 「금수재판」의 연재는 한일합병 이후 『대한민보』의 폐간과 함께 중단되었다.

　개화계몽기 동물 우화는 무지하고 미개하다고 말해지는 동물들을 내세워 높은 지위와 권력을 지닌 지배층의 무능과 타락을 비판하고 공격한다. 우승열패와 약육강식이라는 힘의 논리를 앞세운 식민주의 담론의 주체들이야말로 실은 더 야만적이고 폭력적이며 무능하다는 것을 비판하고 있는 것이다. 보호라는 명분으로 조선에 대한 지배권을 차지한 일본과 이에 대한 추종세력 모두가 이 동물 우화의 직접적인 공격 대상이 된다. 이처럼 동물 우화가 일본 식민주의 담론의 야만성과 폭력성에 대응하고자 한 지성적이고 문화적인 시도였음은 분명 높이 평가할 만하다. 그러나 동물 우화 속에서 관철되고 있는 개화계몽의 논리는 근대라는 체제의 본질을 꿰뚫어 보지 못한 채, 전통적 도덕관과 윤리관에 기대어 스스로 강해지고 단결해야 한다는 것만을 반복적으로 요청하고 있었다. 외세의 침입에 현실적으로 어떻게 대응해야 하는가에 대한 실질적인 고민보다는 정신적 의지만을 강조하고 있다는 점, 논설적 주장과 의지를 너무 앞세운 나머지 우화적 설정을 충분히 서사적으로 개연성 있게 소화해내지 못한 점 등은 아쉬움으로 남는다.

(이철주)

디아스포라

디아스포라(diaspora)는 본래 고전 그리스어에서 유래했지만, 주로 성서의 신명기를 통해 회자되기 시작한 용어이다. 성경적 맥락에서는 고대 이스라엘의 팔레스타인 지역에서 추방당했던 유대인들, 혹은 그들이 만든 공동체나 체류했던 지방을 가리키는 개념이다. 여기서 비롯되어 사용된 디아스포라는 일반적으로 추방과 이산(離散)을 경험한 집단이나 그들의 공동체를 지시하는 말로 쓰인다. 특히 전쟁과 기근, 정치적 탄압과 같은 불가항력적 상황으로 인해 고향을 떠나온 집단을 뜻하는 말로도 사용되었는데 이러한 쓰임은 20세기 국제정치적 상황을 배경으로 한다.

예컨대 제2차 세계대전 후 건국한 이스라엘의 반대급부로, 유대인 국가에 의해 쫓겨난 팔레스타인 사람들이 대표적인 사례이다. 소련 해체 후 이데올로기의 울타리가 무너진 자리에서 벌어진 종교적 내전 때문에 난민이 된 보스니아인이나, 이라크와 이란, 터키 사이에서 소수민족으로 살다가 생존을 위한 무력투쟁에 돌입한 쿠르드족도 사정은 같다. 새로운 삶의 터전을 찾아 떠나는 모험적 이주나 여러 가지 이유로 세계 각처로 흩어진 중국의 화교 역시 디아스포라의 한 형태로 볼 수 있으나, 유대인이나 팔레스타인의 고전적 사례처럼 불가피하게 고향에서 내몰린 사람들 일반을 디아스포라라고 부르는 것이 현대의 관례이다.

동일한 관점에서 '한민족 디아스포라'라는 용어 역시 사용되고 있다. 19세기 말 조선왕조가 내적으로는 세도정치와 부정부패로 몰락해 가고,

외적으로는 청나라와 일본, 서구 열강에 의해 국가적 이권을 침탈당하며 무너져 갈 무렵, 수많은 조선인이 국경 바깥으로 빠져나가 생존을 모색했다. 그때 한반도 바깥으로의 이주를 선택한 조선인들은 중국 간도와 러시아의 연해주, 미국(하와이와 본토), 중남미의 여러 지역으로 퍼져나갔는데, 이것이 한민족 디아스포라의 발생으로 간주된다. 이 점에서 한민족 디아스포라는 다분히 근대적 현상이며 한국과 국제 정치질서의 변동을 반영하는 산물이라 할 수 있다. 20세기를 전후한 세계는 근대 자본주의와 국가주의가 완성된 형태를 보이던 시기였으며, 그것의 파열적 현상으로서 서구 열강의 식민주의와 제국주의가 극에 달했던 시기였기 때문이다.

디아스포라 상태는 재외 한인으로 하여금 한편으로는 이주한 현지의 사회문화, 생활풍속 등에 동화될 것을 요구하고, 다른 한편으로는 본래의 정체성과 문화적 고유성을 지켜나갈 것을 요구한다. 전자는 세대를 거듭할수록 후손들이 선대의 언어와 문화적 풍습, 사고와 행동의 민족적 특성을 잃어버리는 현상으로 나타난다. 이는 다민족 국가로 퍼져 나간 경우에 두드러지는데, 가령 혼종성을 국민적 정체성으로 삼는 미국에서 문화적 전통의 유지는 이주 한인의 생존과 성공을 위한 우선적 요소가 아니었다. 후자 즉 정체성과 고유성의 보존이라는 문제는 한반도와 인접한 지역의 디아스포라 현상에서 두드러지게 나타났다. 일본의 자이니치(在日), 중국의 조선족, 러시아의 고려인이 이를 잘 보여주는데, 조선왕조의 멸망과 일제강점기, 해방 후 전쟁 및 근대화라는 한국 근현대사의 특수성과 한민족 디아스포라가 긴밀하게 얽혀 있기 때문이다.

문학은 한민족 디아스포라라는 현상을 역사적이고 문화적으로 살펴볼 수 있는 중요한 분야이다. 의식주를 비롯한 전통적 생활관습은 이주 지역의 사정에 맞춰 변화되기 쉽지만, 한국어와 한글 글쓰기는 문화적 정체성을 유지하고 계승한다는 뚜렷한 의식성을 통해 선택되는 영역인 까닭이다. 시나 소설과 같은 장르는 한국어와 한글 글쓰기를 예술의 차원에서 지속하려는 노력을 보여주기에 재외 한인이 모국과의 심리적 거리감을 표현하는 문학적 대상이 되기 쉬웠고, 세대를 거듭하며 유지되면서 해외 한국문학, 코리안문학과 같은 별개의 문학적 영토를 구축했다. 따라서 한민족 디아스포라의 과거와 현재, 미래를 전망해 보기 위해서는 디아스포라 문학에 관한 관심이 필수적이다.

우선 미국의 한인 디아스포라 문학을 살펴보자. 미주 지역의 경우, 대개 1903년 101명의 한인이 하와이 호놀루루에 사탕수수 노동자로 이주한 것을 최초의 기록으로 본다. 국권 침탈 직전의 상황에서 생계를 위해 집단으로 이주한 상황이었기에 문학에 관심을 기울일 여력이 없었고, 본격적인 창작활동은 20세기 후반부터 이루어졌다. 재미한인 문단의 결성이 그것으로 황갑주, 마종기, 최연홍 등의 주도로 1973년 발간된 동인지『지평선』이 그 첫머리에 있다. 이후 1979년 한국일보 LA지사가 문예작품 공모전을 실시하여 신인 등단의 길이 열렸고, 1982년에는 미주 최초의 본격 문예지『미주문학』도 창간되었다. 러시아나 중국, 일본 등과 미주 지역의 차별성은 전자들과 달리 후자에서는 이주의 자발성이 강하고, 경제적 성공을 이주의 요인으로 꼽을 수 있다는 점이다. 따라서 초강대국 미국 시민권의 획득과 결부된 미주 지역 디아스포라는 빈곤이나 인종차별의 고통, 실향의 슬픔 등과 아울러, 한국의 문화사절단 의식이 강하고 영어권 문학 일반이 갖는 특징인 개인화된 서정과 도시적 삶의 묘사에 치중하는 것으로 분석된다. 또한 세대를 거듭할수록 한국어의 비중은 줄고, 영어로 집필하고 발표하는 경우가 압도적이기에 넓은 의미의 영미문학에 포함시켜야 한다는 주장도 있다. 현지 문학장에의 합류와 동화는 디아스포라 문학이 겪는 공통적 문제의식이기도 하지만, 그런 와중에도 이민진(1968~)의『파친코』(2017)가 보여주듯 한민족의 역사성을 형상화하려는 시도는 디아스포라 문학의 본질이 내용과 형식 중 어디에 있는지를 새삼 돌아보게 만드는 징후가 된다.

재일 디아스포라 문학은 한국의 근현대사와 떼려야 뗄 수 없는 관계에 있다. 연구자에 따라 '재일코리안문학', '재일동포문학', '재일조선인문학', '재일한국인문학', '재일한민족문학' 등으로 불리지만, 일제강점기와 해방이라는 역사적 사건을 통해 이산한 한민족에 의한 한국어 글쓰기라는 점, 식민화와 폭력적 수탈, 강제징용, 일본 사회의 차별 등을 다룬다는 점에서 강렬한 민족의식을 공통적으로 초점화한다. 특히 해방 후 일본에서 살아가야 했던 동포들의 경우, 자이니치라는 특수성이 문학적 형상화의 주요 관건으로 제시되었다. 민단(재일본대한민국민단)에 속하든 총련(재일본조선인총련합회)에 속하든 2등 시민으로서 일본 사회의 주변부 취급을 받는 재일 한인의 문학은 자기 개인의 정체성과 민족이라는 집단의 정체성이 불가분하게 엮인 채 표출되어야 했기 때문이다. 그런 이유로 남북한 어디든 떠나온 조국에 대한 그리움과 미래의 통일에 대한 바람이 주요 소재로 자주 원용되었고, 이는 현재 자신이 처한 불완전한 정체성을 회복하기 위한 문학적 서사로 호출되곤 했다. 대표적으로 시인 김시종 (1929~)은 한국어를 글쓰기의 매체로 삼는지 여부를 넘어서 디아스포라 문학의 정향와 전망을 잘 보여주는 사례이다. 식민지 시절 일본어를 국어로 배워야 했고, 해방 후 제주4·3에 연루되어 일본으로 밀항하여 평생을 보낸 그는 분단된 남북한 모두에 거리를 둔 채, 통일된 미래의 조국을 시적으로 불러내 형상화했다. 그의 언어는 일본어에 교묘하게 기생한 채 그에 내장된 폭력적 국가주의를 교란시켜 좌초시킨다(「내 안의 일본과 일본어」, 1995). 이는 일본어에 대한 '복수'이자 일본어를 소수적인 언어로서 재생성시키는 그만의 방식이다. 또한 민족어에 기반을 둔 디아스포라 문학의 새로운 발명이라 할 수 있다.

    1945년 이전까지 중국의 동북부 지역에는 약 230만 명의 조선인이 거주했고, 해방을 전후하여 다수가 귀국길에 올랐음에도 약 130만 명 정도는 중국 잔류를 택했다. 그들은 공산주의에 지지를 보내며 현대 중국의 건국에 기여했고, 이후 소수민족으로서 조선족 문학을 확립할 기회를 얻게 되었다. 이는 한편으로 중국을 '조국'으로 인정하는 국가적 정체성을 받아들이면서도, 다른 한편으로는 '조선인'이라는 민족적 정체성을 유지하는 현실적 과정이라 부를 만하다. 하지만 건국 초기 중국의 경제적 곤경과 정치적 혼란은 조선족 문학의 독자성을 확대하는 데 도움을 주지 못했고, 오랜 시간이 흐른 후에야 디아스포라 문학으로서 활기를 띠게 되었다. 많은 연구자는 그 연원에 1951년 창간한 문예지 『연변문학』을 두고 있다. 당 중심 문예정책이 유일한 문학적 과제로 설정되었던 창간 초기에는, 여느 공산권 문예지들과 마찬가지로 『연변문학』 역시 이데올로기적 선전과 정치적 문학의 창도에 초점을 맞추고 있었다. 여기서 조선족 문학이란 중국 공산당의 주요 과제를 소수 민족의 언어로 번역하고 전달하기 위한 방법에 불과했고, 공산주의라는 핵심 강령을 벗어나서는 존립하기 어려운 것이었다. 여러 차례 제호를 변경하며 성격을 변화시켰던 이 문예지는 개혁개방과 한중수교(1992) 이후 크게 달라졌는데, 그중 디아스포라의 특성을 적극적으로 수용해 새로운 문학개념을 제기한 점을 거론할 만하다. 1998년 편집진은 한국어와 조선어, 코리안 디아스포라 모국어를 모두 포함하는 조선어문학권 즉 코리아어권(Koreanphone)을 제안했던 것이다. 비록 큰 반향을 얻지는 못했으나, 민족어의 형식이 보편적 문학의 틀과 어울려야 할 필요와 방안을 제시했다는 점에서 흥미롭다. 이는 개별 작가의 실천에서 두드러지게 나타난다. 가령 조선족 작가 금희(1979~)는 중국과 한국의 현대적 삶의 차이에서 비롯되는 다양한 갈등과 젠더적 성찰 등을 표현함으로써 지역과 언어, 민족성을 뛰어넘는 새로운 디아스포라 문학

정체성을 보여주는 사례로 볼 수 있다.

마지막으로 고려인 디아스포라 문학을 살펴보도록 하자. 20세기 초 십만 명 이상의 조선인이 연해주 등지로 이주한 이래 한인은 소련 극동의 인구 중 주요한 소수민족을 이루며 살아왔다. 하지만 생활문제에 치중했던 그들이 문학에 큰 관심을 기울이기는 어려웠고, 조명희 등의 소수 작가가 한반도에서 일제를 피해 탈출하며 문학적 기반을 다지게 된다. 1923년 블라디보스토크에서 창간한 『선봉』은 조명희의 작품을 다수 싣는 등 재외 한글문학의 중심지 역할을 맡았다. 그러다 1937년 스탈린의 강제이주가 시행되어 중앙아시아의 우즈베키스탄과 카자흐스탄으로 30만 명이 옮겨지면서 고려인 디아스포라 문학은 침체기를 맞는다. 『선봉』은 『레닌기치』로 제호를 변경하여 소련 공산당의 이념적 파수꾼을 자처했는데, 한민족의 언어문화를 보존하고 유지하기 위한 불가피한 선택에 가까웠다. 대개는 공산주의 이념에 대한 선전과 자긍심을 드러내는 작품들이 실렸으나, 간간이 강제 이주의 고통을 묘사한 작품도 암묵적으로 게재됨으로써 소련 해체 후 진실 찾기를 위한 단서를 제공하기도 했다. 그러나 세대가 바뀌면서 점차 많은 수의 고려인들이 러시아인으로 정체화되면서 고려인 한글문학의 위상은 계속 하락되는 추세다. 아이러니하게도 고려인 디아스포라 문학의 특이점은 러시아 현대문학에서 발견된다. 예를 들어 카자흐스탄에 거주하는 아나톨리 김(1939~)은 러시아어로 활동하는 러시아 문단의 작가지만, 그가 표현하는 환상적 리얼리즘은 소수민족 특유의 감수성으로 지칭되며 고려인 정체성과 연관되어 설명된다. 디아스포라 문학이 소수적 민족성에 기반하고 있지만은 않다는 점을 잘 보여주는 사례라 할 수 있다.

처음 디아스포라와 문학이 문제시되었을 때, 이 주제는 이산한 민족의 정체성과 고유성을 드러내는 경향으로 평가받았다. 고난과 핍박을 이겨

낸 민족적 자의식과 긍지에 초점이 맞추어 졌던 것이다. 하지만 21세기에 이른 지금, 디아스포라의 의미가 단지 수동적 추방의 상태만이 아니라 새로운 삶의 생성이라는 관점에서 조명된다는 점은 특별한 주의를 요구한다. 디아스포라는 고통받는 약자의 얼굴이 아니라 삶의 터전을 발명하는 가능성이자, 특정 정체성에 귀속되는 것이 아니라 낯선 정체성을 스스로 부여하는 능동적 힘으로 사유되고 있기 때문이다. 이것이 디아스포라에 대한 근대적 인식을 어떻게 바꿔나갈지는 아직 미지수지만, 적어도 동일성보다 차이를 긍정하는 디아스포라의 흐름과 전개는 또 다른 디아스포라 문학의 가능성을 기대해 보게 한다.

(최진석)

모더니즘 시

모더니즘 시는 1914년 제1차 세계 대전을 전후하여 유럽에서 발생한 시적 경향이나 사조를 가리키는 개념이다. 제1차 세계 대전은 약 1000년 동안 유지되던 유럽의 구질서가 해체되는 결과를 초래했는데, 이 역사적 사건으로 인해 구질서에 대한 반발과 회의, 새로운 체제에 대한 불안감 등이 증폭되었다. 이러한 충격은 문학에서 과거의 전통적 형식에 벗어난 새로운 흐름으로 나타났다. 이미지즘에서 아방가르드에 이르는 다양한 경향을 통칭하여 모더니즘이라고 명명하는데, 모더니즘의 핵심은 기성 문학의 형식과 관습, 즉 전통에 대한 반발에서 찾을 수 있다.

광의의 모더니즘 시는 전통적인 형식과 관습에서 벗어나 새로운 시를 쓰려는 일체의 움직임을 의미한다. 한국의 경우 전통적인 형식과 관습을 무엇으로 설정하느냐에 따라 모더니즘의 의미와 범위는 상당히 달라진다. 가령 그것을 근대 이전의 시 형식으로 간주하는 경우에는 20세기 이후의 시 전체를 가리켜 모더니즘 시라고 말할 수 있으나, 전통적인 형식과 관습을 자연적 세계를 대상으로 한 서정시로 한정하는 경우에는 기존의 서정시와 다른 경향의 시만을 모더니즘이라고 말할 수 있다. 한국 문학사에서는 두 경우가 혼재되어 사용되지만 대체로 후자에 한정해 사용하는 경우가 많다.

한국 문학사에서 모더니즘은 중요한 역사적 전환기마다 반복적으로 등장했다. 이는 모더니즘이 특정한 사회적 변화에 대한 예술적 반응임을 말해준다. 모더니즘이 의식적인 지향, 즉 운동으로 나타난 최초의 시기는 1930년대이다. 이 시기 모더니즘 시운동은 대개 이태준과 김기림 등이 결성한 문학단체인 〈구인회〉(1933), 그리고 김기림과 이상으로 시적 경향으로 대표된다. 하지만 정지용의 「카페·프란스」(1926)나 김광균의 「와사등」(1939) 등의 작품들 또한 모더니즘으로 분류할 수 있다. 1930년대 모더니즘 시의 정점은 김기림과 이상이라고 말할 수 있다. 특히 김기림은 시와 시론 모두에서 모더니즘 운동을 이끈 선구자였다. 김기림은 전통과 근대, 자연과 과학, 감상과 지성이라는 이항대립적 체계를 바탕으로 창작에 있어 지성적인 의식의 작용이 필수적임을 역설했다. 그는 "자연발생적인 시는 한 개의 자인(Sein, 存在)이다. 그와 반대로 주지적 시는 졸렌(Sollen, 當爲)의 세계다."라는 유명한 선언을 통해 모더니즘 시는 자연이 아닌 문명에 대한 감수성에 기초해야 한다고 주장했다.

T.S. 엘리엇의 영향을 받은 것으로 알려진 그의 첫 시집 『기상도(氣象圖)』는 자본주의 문명에 대한 비판과 국제주의적 감각을 통해 모더니즘의 전형적인 면모를 보여주었다고 평가된다. 한편 김기림의 모더니즘이 지성주의적 성격을 띤 주지적 계열의 모더니즘이라면 이상의 모더니즘은 다다(DADA)와 초현실주의(surrealisme) 계열의 모더니즘이라고 말할 수 있다. 1차 세계 대전 이후 유럽에서 시작된 초현실주의를 포함한 예술적 아방가르드 운동은 이미 1920년대에 일본을 거쳐 조선에 소개되었다. 초현실주의 등의 영향을 받은 이상의 모더니즘은 1930년대 모더니즘 운동을 김기림이 대표하는 문명비판과 예술에 대한 지성주의적 사고와 동일시해서는 안 된다는 것을 보여준다.

1950년대의 모더니즘 시운동은 〈신시론〉과 〈후반기〉 동인의 활동으로 집약된다. 〈신시론〉 동인은 1948년 4월 박인환과 김경린이 당시 장만영이 경영하던 출판사 산호장에서 『신시론』 창간호를 출간하면서 결성되었다. 하지만 이 동인이 사람들의 이목을 끌게 된 것은 1949년 사화집 『새로운 도시와 시민들의 합창』(도시문화사)을 출간한 것이었다. 이 사화집에는 김경린, 임호권, 박인환, 김수영, 양병식 등이 참여했다. 이들은 좌익과 우익의 정치적 대립이 격렬했던 해방기에 정치와 무관한 예술 활동의 중요성을 강조한 자유주의적 성향의 문학인이었다. 『새로운 도시와 시민들의 합창』을 출간하고 〈신시론〉 동인이 해체되자 김경린을 중심으로 조향, 이봉래, 김차영, 김규동 등이 다시 〈후반기〉 동인을 결성했다. 이들은 1950년 4월 『후반기』 창간호를 출간했는데, 당시 신문 기사에는 이한직, 이상로, 임호근. 박인환, 조향, 김경린 등이 동인으로 참여했다고 소개되어 있다. 하지만 후반기 동인 역시 얼마 지나지 않아 해체되었고 그 이후에는 김경린, 김원태, 김정옥, 김차영, 김호, 박태진, 이영일, 이철범, 이활 등이 참여한 앤솔로지 『현대의 온도』(도시문화사, 1957)와 1959년 〈후반기〉 동인이었던 김경린, 박태진, 김차영 등이 함께 발간한 『신시학』(도시문화사)이 모더니즘 시운동의 계보를 이었다. 한국전쟁 이후에 활발한 움직임을 보인 모더니즘 시운동의 중심에는 김경린이 있었고, 김수영과 박인환 같은 시인들이 그와 함께 활동하면서 새로운 시적 경향을 선보였다.

1960년대에 모더니즘 시운동은 이승훈, 김영태 등이 주도한 〈현대시〉 동인, 그리고 김춘수의 개성적인 시적 경향으로 연결되었으며, 1970년대 개발독재와 산업화 시대에는 현실비판적인 리얼리즘 경향의 대두로 인해 잠시 주춤했으나 80년대에 접어들어 이성복과 황지우의 초기시에서 전위적이고 해체적인 양상으로 다시 살아났다.

1936년에 창문사에서 출간된 김기림(金起林, 1907~미상)의 첫 시집 『기상도』는 해방 이전에 출간된 시집들 가운데 모더니즘이 전통적인 형식과 관습에서 벗어난 새로운 예술적 경향임을 가장 분명하게 보여주는 책이다. 장시『기상도』는 총 7부 420여 행으로 이루어져 있다. 일곱 개로 구분된 각 부에는 〈세계의 아침〉, 〈시민행렬〉, 〈태풍의 기침(起寢) 시간〉, 〈자최〉, 〈병든 풍경〉, 〈올배미의 주문〉, 〈쇠바퀴의 노래〉라는 제목이 붙어 있다. "비늘/돋힌/해협(海峽)은/배암의 잔등/처럼 살아났고/아롱진 아라비아의 의상을 둘른 젊은 산맥들.//바람은 바닷가에 사라센의 비단폭처럼 미끄러웁고/오만(傲慢)한 풍경은 바로 오전 칠시(七時)의 절정(絕頂)에 가로누었다.//헐덕이는 들 우에/늙은 향수(香水)를 뿌리는/교당(敎堂)의 녹쓰른 종(鍾)소리./송아지들은 들로 돌아가렴으나./아가씨는 바다에 밀려가는 윤선(輪船)을 오늘도 바래 보냈다.//국경 가까운 정거장(停車場)./차장(車掌)의 신호(信號)를 재촉하며/발을 굴르는 국제열차./차창마다/잘 있거라를 삼키고 느껴서 우는/마님들의 이즈러진 얼골들./여객기들은 대륙의 공중에서 티끌처럼 흩어졌다."라는 진술에서 알 수 있듯이 이 시의 도입부는 세계 강대국 시민들의 행복한 삶을 나열하고 있다. 기상도(氣象圖)라는 제목이 암시하는 바처럼 태풍이 도래하여 인류 문명이 파괴되었다가 정상적인 모습을 되찾는 일련의 과정을 통해 타락한 근대 문명을 비판한 작품이다. 따라서 강대국 시민들의 행복한 일상을 차례대로 보여주고 있는 작품의 초반부는 태풍이 도래하기 이전의 세계 상황이라고 말할 수 있다. 이러한 시적 장면들은 당시 김기림의 모더니즘이 갖고 있던 세계주의적인 비전을, 나아가 모더니즘이 감정이 아니라 지성의 산물이라는 그의 주장을 증명하는 것으로 이해할 수 있다.

세계주의적 비전 또는 국제주의적 감각은 모더니즘 시운동의 공통적인 특징 가운데 하나이다. 자연 친화적인 성격을 지닌 전통적인 서정시가 자연, 땅, 고향 등과의 친밀성에 기초하거나 그러한 관계를 회복하려는 태도를 지닌다면 전통적 질서에 대해 비판적인 거리를 갖고 있는 모더니즘은 이국적인 것, 낯선 것, 나아가 국제적인 감각을 긍정하는 경우가 대부분이다. 1950년대 모더니즘 시 가운데 이러한 국제주의적 감각을 잘 보여주는 작품이 김경린(金璟麟, 1918~2006)의 「국제열차는 타자기처럼」이다. "오늘도 성난 타자기처럼/질주하는 국제열차에/나의/젊음은 실려 가고//보랏빛/애정을 날리며/경사진 가로(街路)에서/또다시/태양에 젖어 돌아오는 벗들을 본다.//옛날/나의 조상들이/뿌리고 간 설화(說話)가/아직도 남은 거리와 거리에//불안과/예절과 그리고/공포만이 거품 일어"(「국제열차는 타자기처럼」)라는 구절에서 등장하는 타자기는 새로운 문명의 상징을 상징하는 동시에 국제열차의 속도감을 나타내는 시어로 사용되고 있다. 시인은 자신의 청춘이 성난 타자기처럼 질주하는 타자기에 실려 간다는 표현을 통해 급박하게 돌아가는 세상의 변화, 그리고 그 속도에 발을 맞추지 못하는 현대인들의 "불안과/예절과 그리고/공포"를 환기한다. 이러한 질주하는 속도가 '국제열차'로 표상되는 국제적 변화를 뜻한다면 그러한 속도에 뒤떨어진 현실은 "옛날/나의 조상들이/뿌리고 간 설화가/아직도 남은 거리와 거리"로 표현된다. 시인은 이러한 속도의 불균형 속에서 살아가는 현대인의 모습을 병리적 현상으로 진단하고 있다.

모더니즘 시운동은 전통과 관습의 영향에서 벗어나려는 예술적 움직임으로서 중요한 역사적 전환기에 반복적으로 등장했다. 이러한 움직임이 반복적으로 등장한다는 것은 모더니즘이 개인 차원에서 발생한 우연적 사건이 아니라 시대 또는 세대의 문제와 연관된다는 것을 의미한다. 모더니즘은 예술에 대한 기존의 사고방식이나 관습의 영향력이 약해지는 국면과 이전 세대와 다른 감수성을 지닌 새로운 세대가 등장하는 세대교체기에 주로 등장하여 예술에 대한 새로운 감각을 선보인 역사적 흐름이라고 평가할 수 있다. 한국 현대시에서는 식민지 자본주의가 본격적인 궤도에 진입한 1930년대, 전쟁으로 인해 기성의 질서가 무너지고 외국의 문화를 흡수하면서 새로운 예술을 모색하던 1950~60년대가 대표적으로 모더니즘 시운동이 본격화한 시기였다. 모더니즘 시운동의 지향점은 전통과 관습에서 벗어난 새로움이다. 이 새로움이 예술 형식을 중심으로 전개될 때 모더니즘은 주로 실험적인 성격을 띤다고 평가되지만, 이 새로운 형식이 기존의 억압적 질서 전체에 대한 도발과 부정으로 기능할 때 그것은 비판적·저항적 성격을 지닌다고 평가된다.

(고봉준)

문단 필화

필화(筆禍)는 붓으로 인한 재앙이라는 뜻을 지닌 말로 법률적, 사회적으로 문제를 일으키는 출판물에 대한 제재를 의미한다. 매체를 통해 발표된 텍스트에 대한 검열과 통제라는 점에서 직접적 폭력과는 거리가 멀어 보이지만 문학사에서 발생했던 문단 필화를 돌아보면 출판물에 대한 회수나 삭제에 그치지 않고 작가와 출판 관계자들에 대한 물리적이고 직접적인 폭력이 동반된 경우가 대부분이었다. 정권과 권력에 대한 비판만이 아니라 풍자와 해학까지도 통제함으로써 표현의 자유를 심각하게 훼손했던 문단 필화는 당시 한국 사회가 얼마나 표현의 자유를 인정했는지, 민주주의의 수준이 어떠했는지를 말해주는 하나의 척도라 하겠다.

우리나라 최초의 필화사건으로 언급되는 것은 연산군 4년에 발생한 무오사화(戊午史禍)이다. 전근대 사회에서 필화는 주로 왕의 권력에 대한 도전과 비판을 봉쇄하거나 정치적 권력을 다투는 과정에서 나타났고, 왕권을 비판하는 글을 썼거나 옹호한 세력에 대한 응징이 가시적으로 이루어졌다. 그에 비해 국민주권이 인정된 이후 국가 권력에 의해 일어난 필화는 국가적 안보 문제라는 명목하에 정당화되거나 폭력 자체가 은폐되는 경우가 많았다. 특히 분단 이후 사회적으로 반공 이념이 강하게 자리 잡으면서 사상과 이념의 자유가 억압되자 독재적이고 억압적인 정권을 비판했던 작가들은 안보를 위태롭게 하는 사상범으로 몰려 국가폭력의 피해자가 되기도 했다.

해방 이후 첫 필화사건은 시인 유진오(俞鎭五, 1922~1950)가 1945년 9월 1일 열린 '국제청년데이'에서 「누구를 위한 벅차는 우리의 젊음이냐?」를 낭송한 뒤 미군정청으로부터 미군의 군정 정책을 왜곡, 비난했다는 죄목으로 징역 1년을 선고받은 일이다. 그후로 1987년 6·10 민주항쟁으로 제도적 민주주의가 마련되기 전까지 필화사건은 지속적으로 발생해 왔다. 필화의 대상이 된 글을 쓴 작가들만이 아니라 출판 관계자들과 주변인들까지 공권력을 동원한 물리적 폭력의 피해자가 되는 일이 빈번히 일어났다.

김광주(金光洲, 1910~1973) 필화사건은 정부 관료의 폭력을 보여준 대표적인 문단 필화 사건이다. 사건의 발단이 된 소설 「나는 너를 싫어한다」(『자유세계』, 1952.1)에는 궁핍한 성악가를 유혹하는 타락한 선전부 장관의 부인이 등장한다. 그런데 당시 공보처장 부인을 모델로 했다는 소문이 떠돌자 공보처장 부인은 김광주에게 소설을 취소할 것을 강권했다. 김광주가 이를 거절하자 신체적 감금과 폭력이 가해졌고, 결국 김광주는 공보처장 부인을 오해하게 했다는 점에 대한 사과문을 쓰게 된다. 심지어 공보처는 『자유세계』를 압수하여 「나는 너를 싫어한다」를 파기한 채 출판사로 돌려보내고 각 신문사에 이 사건을 다루지 말 것을 요청했다. 이에 문학인들이 긴급회동을 열어 인권과 예술창작의 자유를 요구하며 공동 성명서를 발표했는데, 전국문화단체총연합회(문총)은 다소 모호하고 미온적인 입장을 발표하는 데 그치고 말았다. 전시 기간에 권력이 집중된 정권은 필화를 통해 문화계의 자유를 가로막고 작가들을 권력에 순응하게 만들었던 것이다.

이처럼 문단 필화는 권력에 순응하지 않는 작가에게 반공법, 국가모독죄, 긴급조치법, 국가보안법 등의 혐의를 씌우고, 불온한 이념을 가진 내부의 적으로 공식화했다. 그 결과 작가와 출판인을 협박, 취조, 고문하는 공권력의 폭력은 사회질서를 유지하고 국가의 안보를 지키는 일로 용인되었다. 공권력으로 위장된 국가 폭력을 체험한 후 작가들은 작품 활동을 중단했을 뿐만 아니라 도피, 자살 등 심각한 후유증에 시달렸다. 이러한 점은 표현의 자유를 억압하는 필화가 사실상 물리적 폭력을 동반하는 사건이었음을 말해준다. 물론 필화사건이 일어난 후 재판이 진행되기는 했지만 법학자인 채형복에 따르면 문단 필화의 재판 과정은, 해당 작품이 야기한 법률적·사회적 문제를 다루기 위한 공방 과정이라기보다 형식적이고 일방적인 절차에 지나지 않았다. 오히려 재판과 형벌이 내려짐으로써 해당 작가와 작품의 불법성은 사회적으로 공식화·합법화되는 결과를 초래했다. 예컨대 '문학작품 반공법 기소 제1호'로 알려진 남정현의 「분지」 사건(1965)에서 검찰은 작가에게 징역 7년에 자격정지를 구형했고, 1심 판결에서 남정현은 징역 6월에 자격정지 6월에 처해졌다. 1심 판결에 항소했으나 기각되었고 그 이후 남정현은 상고하지 않았다. 채형복은 이 사례가 당시 법정이 필화사건을 공안사건으로 간주하고 국가의 입장을 대변하는 기관임을 보여준다고 말한다.

1970년대 가장 대표적인 문단 필화는 김지하(金芝河, 1941~2022)가 발표한 담시 「오적(五賊)」 필화사건이다. 한국 사회의 부패상을 신랄하게 풍자한 「오적」은 재벌, 국회의원, 고급공무원, 장성, 장차관을 민중을 수탈하는 적으로 규정하며 이들의 악행을 열거한 작품이다. 1970년 『사상계』 5월호에 발표되었고, 신민당 기관지 『민주전선』에도 게재되었다. 전통 운문 양식인 가사와 판소리 형식을 차용하여 지배계층에 대한 통렬한 풍자와 해학을 보여준 이 작품으로 인해 김지하는 '반공법위반'으로 체포 및 구속되었다. 「오적」을 수록한 잡지사의 발행인, 편집장 등도 구속되었으며, 잡지는 판매가 금지되고 잡지사의 등록까지 취소되었다. 검찰은 「오적」이 북괴의 주장에 동조하는 작품이라고 주장했다. 이에 대해 문인들은 「오적」이 공산주의 사상을 담은 것이 아니라 사회의 부정부패를 고발한 작품이라고 평가한 감정서를 법정에 제출하며 반박했다. 이 사건이 전세계적으로 알려지면서 김지하를 석방하라는 탄원이 해외에서까지 속출하자 결국 정부는 김지하와 구속 피고인들 모두 판사 직권으로 보석 석방했다.

신군부의 쿠데타로 정권을 장악한 5공화국 시절에는 특히 많은 문단 필화가 일어났다. 1980년대 문단 필화의 대표적인 사건과 작가들의 피해 사항은 다음과 같다. ① 1980년 6월 「아 광주여 우리나라의 십자가여」를 쓴 김준태가 전남고 교사직에서 파면 ② 1980년 8월 「일어서라 꽃들아」를 쓴 조진태가 계엄포고령 위반으로 구속 ③ 1981년 5월 「욕망의 거리」를 연재한 한수산과 정규웅 등 관계자 5명은 연행 및 감금 ④ 1987년 6월 재미교포의 북한기행문 『분단을 뛰어넘어』와 관련된 예림기획 대표 정병국과 지평 대표 김영식 구속 ⑤ 1987년 11월 「한라산」을 쓴 이산하와 녹두 출판사 대표 김영호와 편집부장 신형식 구속 ⑥ 1988년 8월 서울대 5월제에서 공연한 희곡 「통일밥」을 쓴 주인석이 구속 ⑦ 1988년 11월 재미교포의 북한기행 『미완의 구향일기』를 펴낸 도서출판 한울 대표 김종수 구속 ⑧ 1989년 5월 월간 『노동해방문학』 발행인 김사인, 편집국장 임규찬 구속 ⑨ 1989년 7월 이철규 사건을 작품화한 「나는 이렇게 죽었다」의 집필 참여자 백진기, 임형진, 안현숙, 유명희, 고영숙, 오승준 구속 ⑩ 1989년 7월 장시 「지리산」을 쓴 이기형이 불구속 입건, ⑪ 1989년 11월 황석영의 북한기행문을 게재한 『창작과 비평』 주간 이시영 구속. 이 가운데 대다수가 1987~1989년 사이에 일어났다. 87년 6월 민주항쟁 이후 한국 사회가 서서히 민주주의로 이행해가는 1980년대 말 문학계를 향한 정부의 탄압과 폭력이 극대화되었음을 알 수 있는 대목이다.

1980년대 대표적인 문단 필화 중 하나인 '한라산 필화사건'은 시인 이산하(李山河, 1960~)가 국가보안법 위반으로 구속, 재판을 받고 실형이 선고된 사건이다. 이산하는 1987년 3월 25일 『녹두서평』 창간호에 제주 4·3을 다룬 장편 서사시 「한라산」을 발표했다. 채형복에 따르면 검찰은 「한라산」이 "남한을 미제국주의의 식민지 사회로 규정하고, 무장폭동을 민족해방을 위한 도민항쟁으로 미화하며, 폭동을 진압한 정부의 조치를 '무차별한 주민학살극'으로 묘사·비방하는 한편, 인공기를 찬양하는 등 북한공산집단의 활동에 동조"했다는 혐의를 제기했다. 이로 인해 발행인 김영호, 편집장 신형식이 검거 및 구속되었고, 이산하는 도피 끝에 1987년 11월 11일 구속되었다. 당시 '한라산 필화사건'으로 이산하를 비롯한 출판사 관련자들과 노동운동에 참여한 이들에게는 국가보안법 위반이라는 혐의가 씌워졌고 이산하는 좌경 민중 혁명을 기도한 조직 사건을 배후 조종했다는 혐의로 수감 되었다. 그런데 이 사건은 사회적 관심을 끌지 못했고, 문단에서도 조직적인 대응을 하지 못했다. 그 이유는 '한라산 필화사건'이 발생한 1987~1988년 무렵은 민주화운동의 열기가 정점에 이른 시기였지만 다른 한편으로는 1988년 서울 올림픽에 대한 기대감으로 대중의 이목이 스포츠와 각종 문화 행사에 쏠려있던 시기였기 때문이다. 민중문화와 대중문화의 확장이라는 자유로운 사회 분위기와는 반대로 정부는 진보 진영에 대한 지속적인 탄압과 검열을 강화했고 공안정국 속에서 문단 역시 긴장에 휩싸여 있었다. 1980년대 말은 한편에서는 문화적 민주화를 향한 움직임과 대중들의 자유로운 문화적 열망이 분출했지만 동시에 가혹한 문화적 검열과 탄압이 극에 달한 폭력의 시대였다. 「한라산」을 발표하고 나서 국가보안법 위반으로 구속된 이산하는 1심과 2심에서 징역 1년 6월에 자격정지 1년을 선고받고 복역했고, 1988년 10월 3일 개천절 특사로 석방되었다.

한국사회에 본격적인 민주화가 정착되기 시작한 1990년대에 들어선 후에도 문단 필화가 일어났다. 1992년 검찰은 『즐거운 사라』를 쓴 소설가

이자 연세대학교 교수인 마광수(馬光洙, 1951~2017)를 연행했고, 이 책을 발행한 출판사 사장인 시인 장석주도 구속했다. 검찰은 이 작품이 변태적 성행위를 묘사한 퇴폐적인 소설이며 도색작품이라고 규정하며 음란물에 해당한다고 보았다. 강의 도중 체포된 마광수는 법정에서 유죄 확정을 받았는데, 재판 과정에서 이루어진 감정 결과에서는 음란성이 없다는 의견과 음란물이라는 의견이 모두 나오기도 했다. 반정부적인 작가들에 대한 필화와 달리 선정적이고 야한 소설을 썼다는 이유로 현직 교수인 작가가 징역형을 선고받은 이 사건은 세간의 이목을 끌며 사회적 논란을 야기했다. 마광수의 작품이 음란물인가에 대한 찬반양론이 벌어졌고, 지금까지도 마광수와 그의 작품은 외설 시비에 휩싸여 있다. 또한 이를 필화로 볼 것인가에 대한 논란도 없지는 않다. 그러나 마광수 필화사건은 예술의 영역에서 예술과 외설의 경계를 분명히 나누고 공권력을 동원하여 성적 표현을 억압하는 일이 창작의 자유를 넘어서서 인간의 자유를 제한하는 일임을 시사했다는 점에서 의미를 갖는다.

문단 필화는 사회적 질서를 흩트리거나 위협하는 문학 작품에 대한 국가적 통제나 제약을 의미하는 것이지만 실제로는 작가나 출판인들에게 물리적 폭력을 동반하며 이루어졌다. 또한 작가와 작품의 불법성을 공식화함으로써 정치적·사상적 표현의 자유가 허용되는 범위를 가시화하는 효과를 낳았다. 문단 필화는 사회적 안정과 질서를 명목으로 정부에 대한 비판을 억제하는 수단으로 활용되었으며, 궁극적으로 예술의 자율성을 억제하며 인간의 자유를 훼손했다. 이로 인한 영향은 해당 작가만이 아니라 그가 속한 사회 구성원들 전체로 확산되었다. 사상과 양심의 자유만이 아니라 예술의 자율성이 억압됨에 따라 사회 전반의 문화적 자유 또한 위축될 수밖에 없었다.

(장은영)

문학과 정치

　문학과 정치는 고정된 개념이라기보다 예술로서의 문학의 사회적·정치적 역할과 임무에 대한 비평적 담론을 두루 이르는 말이다. 한국문학사에서 문학과 정치라는 주제 자체는 낯설지 않다. 20세기 초, 서구적 근대 문학이 도입되었던 당시, 한국은 식민화되기 직전의 위태로운 상황이었다. 이는 당시 한국의 문학이 처음부터 근대 정치 체제의 두 가지 극단적 위험, 즉 식민주의와 제국주의의 한가운데 놓여 있었음을 말한다. 따라서 한국에서 근대 문학이란 한편으로 서구적 제도로서 문학의 규범과 개념, 장치를 수용하는 과정인 동시에, 다른 한편으로 식민주의와 제국주의에 맞서 싸우는 과정이었다. 식민지 시대에 반제국주의와 반봉건주의를 내걸었던 카프의 투쟁이 여기 속하며, 민족주의 진영 내에서도 문학을 통한 계몽이라는 기치는 해방과 독립이라는 정치적 함의를 품지 않을 수 없었다. 문학과 정치는 두 가지 서로 다른 의제를 병렬시켜 늘어놓거나 기계적으로 연결한 것이 아니라, 상호 내적으로 긴밀하게 연관된 가운데 현대성(Modernity)이라는 과제를 완수해야 한다는 강령을 포함하는 것이다.

　해방 이후에도 문학은 사회사적 변동 속에서 생겨나는 다양한 정치적 의제들을 포괄함으로써 현실과 직접 대면하고자 했다. 1950~60년대 『사상계』를 둘러싼 이념적 성찰과 문학적 지향은 반공이 기치가 된 시대를 우회하며 민주주의라는 당대의 질문에 답하려는 노력이었다. 또한 1960년대의 순수시·참여시 논쟁은 일견 문학작품의 성격에 관한 문학 내부적 논쟁처럼 보이지만, 실상 '불온시'를 사이에 둔 문학의 현실 변혁 가능성에 대한 담론 투쟁에 해당하는 것이었다. 일제강점기 이래 문학은 현실을 변혁하는 주요한 수단이라는 대전제가 문학장 전반에 깔려 있었으며, 이를 어떻게 실현할 것인지는 작가와 비평가 사이에서 항상 최우선적 고려의 대상이었기 때문이다. 1970~80년대의 민족문학 논쟁, 그리고 민중문학 논쟁 역시 이와 같은 궤적에서 고려되어야 할 사항으로서, 한국에서 문학의 영향력과 역할은 단 한 번도 문학 내부에서 중단된 적이 없었음을 반증한다. 문학과 정치, 이는 한국문학의 근대성을 말하기 위해서는 반드시 짚고 넘어가야 하는 근본 명제를 이룬다.

1980년대까지 문학과 정치의 화두는 대개 근대 공동체로서의 국민국가에 있었다. 반면, 2000년대부터는 전지구적 경제 메커니즘 즉 신자유주의가 정치적 공동체를 잠식했다는 사실에 초점을 맞추었다. 문학과 정치를 둘러싼 2000년대의 문제의식을 논의하기 위해서는, 그 전사(前史)에 관해 짧게나마 들여다볼 필요가 있다. 1970년대부터 서구 사회를 장악한 신자유주의는 지구 전체를 대상으로 삼는 경제적 순환의 고리를 형성했고, 이는 자본주의 시장질서에 취약한 저개발국가는 물론이고, 선진국이나 개발도상국가의 하층민들에게 과중한 경제적 희생을 강요했던 것이다. 한국이 세계 경제의 상위권에 편입되며 선진국 진입을 앞두고 있던 김대중 정부(1998~2003)는, 대내적인 민주주의의 달성이라는 업적에도 불구하고 신자유주의 세계질서를 신속히 받아들였다. 그로써 한국 사회는 초국적 자본주의의 지배에 여과없이 노출되기 시작했으며, 그 극단적 결과는 노무현 정부(2003~2008)를 거쳐 이명박 정부(2008~2013)에 이르러 급속히 표출되었다.

이명박 정부가 문을 활짝 열어 놓은 신자유주의는 경제적 자유를 명분으로 내세우며 사회 각 부분에서 토건 사업을 벌이기 시작했다. 그리고 이 과정에서 공권력에 의한 폭력이 발생했다. 가령, 2009년 1월의 용산 참사는 재개발 이익을 위해 사회적 약자를 거리로 내몰며 벌어진 사건이었다. 그것은 생활 터전을 강압적으로 빼앗긴 세입자나 임차인 일부에게 한정된 비극이 아니었다. 자본주의 사회에서 삶의 안정적인 근거를 갖지 못했던 그들은 약자이자 소수자였고, 경제적 자유와 무한경쟁이 사회의 지도 원리가 된 상태에서 공동체의 가치가 더 이상 작동하지 않음을 보여 준 사례였다. 국가가 사회적 정의와 평등, 공정을 위해 존재하기보다 기득권의 이익을 지키기 위해 작동하는 폭력적 기구임을 공개적으로 보여 준 사건이 용산 참사였던 것이다. 이와 동일한 논리가 생산 현장에도 적용되었다. 노동조합의 활동은 기업의 경제적 이익을 방해하는 정치 행위로 낙인찍혔고, 경찰을 동원한 물리적 저지와 법원이 내리는 거액의 손해 배상 명령을 통해 노동쟁의 자체가 위축되었다. 대기업을 중심으로 한 경제적 카르텔의 수호가 국가의 주요한 관심사라는 점을 깨닫는 데 긴 시간이 필요하지는 않았다.

소수 대기업과 기득권의 경제적 이해관계를 최우선 과제로 설정한 이명박 정부의 신자유주의 행보는 문화예술계를 각성하게 만든 계기가 되었다. 1987년의 민주화 이후 그리고 1998년 김대중 정부가 출범한 이래 정치·사회적 문제에 대한 작가들의 관심은 다소 낮아진 상태였다. 법적·제도적 민주주의가 수립되었기에 문학과 정치라는 한국문학의 오래된 주제는 한 발 뒤로 물러섰던 탓이다. 그러나 신자유주의로 무장한 보수주의 정부의 출현은 문학이 사회 문제와 결코 분리되어 있지 않음을 다시금 상기시켰다. 또한 정치적 행동주의가 여전히 문학적 실천의 주요한 과제라는 점 역시 일깨웠다. 특히 문학 텍스트를 비판적으로 독해하는 일군의 비평가들에게 신자유주의 시대의 사회적 분위기는 문학과 정치의 관계가 무엇인지 다시 한번 사유하도록 강제한 요인이었다. 2000년대의 첫 십

년 동안 문학비평은 미래파 논쟁과 같은 미학주의 논쟁에 치중해 있었지만, 2010년대를 전후해서는 미학주의와 정치적 행동주의가 맺는 관계에 관해 다각적으로 모색하기 시작했다. 즉, 비평가들은 문학과 정치 또는 문학의 정치라는 주제를 파고들며 새로운 논쟁의 장을 열었다. 이 같은 흐름은 2013년 박근혜 대통령의 집권과 2014년의 세월호 참사, 그리고 2016년 박근혜 대통령 탄핵 시위까지 이어지는 주요한 문학·정치적 지형을 형성하게 된다.

사회적 의제이자 비평적 의제인 문학과 정치는 2000년대 문학장에서 이전과는 사뭇 다른 방식으로 제출되었다. 1980년대까지 한국문학에서 사회 및 정치 비평의 의제는 한반도의 현실, 곧 반민중적인 독재정부에 저항하고 민주주의 및 평화통일을 이루어야 한다는 사실에서 출발했다. 특별한 이론적 세공 없이도 발 딛고 선 현실 자체가 비평의 출발점으로 충분했던 것이다. 하지만 21세기 초입에 선 한국의 사회적 지형은 과거와 달리 명확한 이분법적 경계를 통해 피아(彼我)가 구별되지 않았고, 현실을 바라보는 시선 역시 복잡하기 이를 데 없는 것이었다. 신자유주의의 폐해를 인식하면서도, 이른바 지구화(Globalization) 시대에 신자유주의를 회피할 마땅한 대안에 대해 상상력을 발휘하기도 쉽지 않았다. 사회는 보수와 진보 사이의 이데올로기적 대립으로 혼돈스러웠고, 권력은 교묘하고도 섬세하게 작동하는 일상과 의식을 통제하는 힘이었다. 이런 현실을 투영하는 새로운 이론의 수혈이 불가피한 상황에서 자크 랑시에르(Jacques Rancière)를 위시한 현대의 정치철학적 사유는 그런 상황을 돌파하는 방안을 제공했다. 물론 이는 외국이론의 불가피성에 대한 강조가 아니다. 문학과 정치라는 의제가 다시 점화되기 위해서는 시인이자 철학자인 진은영의 통찰과 좌표설정이 결정적이었다.

2008년 진은영(1970~)은 『창작과비평』 겨울호에 「감각적인 것의 분

배: 2000년대의 시에 대하여」를 발표했다. 이 글은 그가 느낀 분열의 감정으로 시작한다. 1970~80년대의 작가들은 민중과 민주주의에 대한 자신의 직접적인 감정을 서정시에 무리 없이 담아냈는데, 지금 그가 속한 시대의 서정은 현장의 치열함을 충분히 담지 못하기 때문이다. 정치를 직접 작품 속에 담아낼 때 느끼는 소원한 감정과 낯선 이질감은 시민과 시인, 정치와 문학의 목소리가 어떻게 결합할 수 있는지에 대한 근본적인 물음을 던진다. 이는 진은영뿐만 아니라 2000년대를 살아가는 모든 작가가 공유하는 질문이었다.

진은영은 정치와 문학 사이의 분리선을 처음부터 다시 생각해 보자고 제안한다. 서구 근대의 예술이론은 자율성 테제를 금과옥조처럼 여긴다. 즉 예술은 정치와 분리되어 있기에 역으로 정치적 영향력을 발휘한다는 뜻이다. 하지만 진은영은 이런 테제야말로 정치와 예술의 절대적 분리를 노정하며, 자율성을 빌미로 예술을 예술 이외의 모든 것과 단절시켰다고 말한다. 랑시에르에 따르면, 제도와 법, 사회적 규범 등을 지시하는 정치(the politics)와 달리, 정치적인 것(the political)은 공동체의 다양한 영역들을 분할함으로써 가치 있는 것과 가치 없는 것, 참여 가능한 것과 참여 불가능한 것을 나누는 작용을 가리킨다. 따라서 무엇이 예술이고 무엇이 정치인지, 반대로 무엇이 비예술이고 무엇이 비정치인지 분할하는 것이야말로 정치적인 것이다. 예술과 정치는 공동체에서 가치 있는 것과 참여 가능한 것에 대한 구성원들의 감각을 특정한 방식으로 분할하고 분배함으로써 생겨난 결과에 지나지 않는다. 만일 가치와 참여에 관한 감각을 다른 방식으로 재편할 수 있다면 정치와 예술에 관한 우리의 근대적 구별도 새롭게 정의될 것이다.

미학적 실험주의를 중시하는 비평은 예술이 예술의 영토에 머물 때만 정치적일 수 있다는 랑시에르 식으로 말해 예술의 근대적 분할선에 여전히 머물러 있다. 그것은 예술과 정치가 근본적으로 다르다는 판단을 통해 예술의 자율성을 고수한다. 이에 의거하면 시인과 시민은 구별될 수밖에 없고, 시인은 시인의 자리에 남을 때만 정치적이다. 그러나 시—예술은 정치와 예술 사이에서 새로운 감각의 분할을 선도할 역량을 갖는다. 예술로서의 시는 근대 사회가 만들어 놓은 정치와 예술 사이의 분할을 폐기하고, 양자를 이어 붙이면서 동시에 새로운 분할을 창안해야 한다. '정치적인 것'은 이처럼 시가 창조할 수 있고, 창조해야만 하는 새로운 공동체의 가능성을 의미한다. "지금 우리에게 필요한 미학적 실험은 예술과 정치라는 서로 이종적인 것들을 결합하는 다양한 방식에 대한 상상"이라고 진은영은 단언한다.

시와 정치에 대한 진은영의 사유는 2010년대 비평이 나아가야 할 방향을 제시했다. 신자유주의의 전면화 및 사회의 보수화가 야기한 질곡은 문학과 비평이 전통적인 문학장의 내부에 머물 수 없게 만들었고, 이를 타개할 새로운 관점을 요청했다. 감각적인 것의 재분배에 관한 진은영의 입론은 이 상황을 넘어설 담론적 논리와 실천적 동력을 함께 제시한 것이었다. 이때부터 문학비평은 문학과 정치, 혹은 문학의 정치라는 문제의식을 다시금 비평 본연의 임무로 받아들이고, 사회 현안에 대한 개입의 필요성을 역설하기 시작했다. 2010년대 문학장은 신자유주의 비판과 국가폭력 비판을 필두로, 오랫동안 사회 내부를 절단하던 감각의 분할선들에 대한 발본적인 반란을 목도하게 된다. 2015년 이래 지금도 강력하게 진행 중인 페미니즘 및 소수자 문학은 성적 차이를 이유로 묶인되었던 차별을 넘어서고, 젠더감수성에 기반한 새로운 문학의 흐름을 견인하는 동력이 되었기 때문이다.

문학과 정치를 둘러싼 비평적 의제의 혁신은 오랫동안 침묵에 싸여있던 문학의 사회적 임무라는 화제를 다시 불러낸 사건에 다름 아니었다.

여러 가지 사회적 이슈가 터져 나올 때마다 이 주제는 다양한 방식으로 호출되고 있고, 창작과 비평의 논쟁을 통해 다시 점화되며 문학의 역할을 고민하게 한다.

(최진석)

미래파

한국시의 영역에서 거론되는 미래파란 1990년대 이후 등장한 신세대 시인들이 보여준 새로운 서정의 양상을 통칭하는 표현이다. 기존의 서정시와 비교해 볼 때, 미래파로 일컬어진 시인들은 세계와의 합일이 아닌 세계와의 어긋남에서 발생하는 서정을 언어화함으로써 기존의 서정 개념을 벗어나고자 했다. 불안정한 자리에서 발화하는 주체와 세계의 균열은 미래파로 일컬어진 시들의 특징적 양상이라 할 수 있는데, 이에 대하여 평론가들은 서로 다른 해석과 평가를 내놓으며 일명 미래파 논쟁을 벌였다. 2000년대 중반 문학계의 화두가 된 미래파 논쟁은 새로운 시적 경향에 대한 미학적, 윤리적, 정치적 가치를 논의하는 방향으로 확장되었다.

1980년대 한국 문학이 전반적으로 사회적 이념을 지향하고 있었다면 1990년대는 본격화된 상업 자본주의로 인해 변해가는 현실에 대한 대응이 주를 이루고 있었다. 시문학에서는 변화된 소비사회에 주목하면서 그것에서 파생되는 여러 하위문화를 적극적으로 반영하거나, 또는 이와 달리 환경문제 등 새롭게 떠오르는 문제점들을 부각하기 위해 현실의 부정적인 면모를 극단적으로 드러내는 작품들이 등장했다. 그리고 또 다른 한편에서는 시문학의 본류라고 할 수 있는 서정의 문제를 다시 새로운 방식으로 끌어올리기 위한 노력도 나타났다.

그런데 이런 일련의 경향 가운데 기존의 서정시 개념으로는 포착되지 않는 독특한 서정의 양상이 나타났다. 2000년을 전후로 등단한 김경주,

김근, 김민정, 김언, 김행숙, 유형진, 이근화, 이민하, 이장욱, 장석원, 진은영, 황병승 등 주로 70년대 생인 시인들은 그들만의 특징으로 구분될 수 있는 새로운 서정과 시적 유형을 보여주었다. 이들의 시는 1980년대의 민중시나 노동시와 같은 리얼리즘적 서정은 물론 1990년대에 새롭게 주목받던 신서정으로 명명된 서정시를 비롯하여 실험적 해체시 등 기존 한국시의 문법들을 모두 거부하는 발화였다. 인과성과 논리성을 배제하고 파편적인 이미지의 혼란스러운 모습을 그대로 나열하는 내적 발화를 통해 의미 체계 안으로 혼란을 도입하고자 했다.

특히 2005년을 전후로 한 시기에 이들의 첫 시집이 출간되면서 이같은 모습들은 보다 확실한 하나의 시적 경향으로 인식되기 시작했다. 이때 시인이자 평론가인 권혁웅(權赫雄, 1967~)은 「미래파: 2005년, 젊은 시인들」(『문예중앙』, 2005년 봄호)이라는 글을 통해 장석원, 황병승, 김민정, 유형진 등의 시인에 주목하면서 이들을 '미래파'라고 처음으로 명명했다. 그에 의하면 이들은 무엇보다도 이전 세대들이 품고 있었던 시대와 역사에 대한 부채의식도, 또한 90년대 시인들이 주목하고 있었던 서정도 가지고 있지 않다. 따라서 이들은 사회적으로나 시사(詩史)적 차원에서 보편적인 목표를 공유하는 데에 관심이 없으며, '중언부언'을 자신들의 중요한 발화 방식으로 가지고 있다는 것이다. 요컨대 풍요로운 이미지와 복수의 화자, 그리고 존재론적 통찰 등이 공통적인 미래파의 특징이며, 이것이 곧 한국시의 새로운 대안이라 평가했다.

미래파라는 명명과 함께 이들 시인에게 부여된 권혁웅의 평가는 당시 문학계에 큰 반향을 불러왔다. 먼저 실제 대상이 되는 시인들과 그것을 지칭하는 미래파라는 용어에 담겨 있는 함의의 불일치 지점에 대한 비판을 들 수 있다. 기존에 사용되었던 미래파라는 말은 1909년 2월에 파리에서 활동하던 시인이자 미술이론가였던 이탈리아인 마리네티(Filippo Tommaso

Marinetti)가 발표한 「미래주의(Le Futurisme)」라는 글에서 그 유래를 두고 있다. 이 글에서 마리네티가 미래라는 말을 통해 내세우고 있는 것은 과학기술의 발달로 인해 달라질 미래를 위해서 전통적인 미학 가치와의 결별이었다. 나아가 이같은 혁신을 위해서 일차적으로 대중과의 소통을 강조하고 있었다. 이처럼 미래파라는 용어는 전위 예술이 공유하는 전반적 가치와 함께 세계에 대한 새로운 인식의 다양성을 내포하고 있다. 하지만 권혁웅은 같은 시기에 활동하는 특정한 시인들에게서 발견되는 공통점들을 단순히 지칭하는 용어로 미래파라는 말을 사용하고 있을 뿐, 그것을 통해 정작 구체적인 문학적 지향이나 기법 등은 전혀 설명하고 있지 못하다는 것이다.

고봉준, 이경수, 이명원, 하상일, 고명철, 홍기돈 등의 평론가들은 이 시인들의 작품이 가지고 있는 개성적 표현과 그것이 변화된 현실에 던지는 충격으로서 갖는 시적 성취에는 대체적으로 공감을 보였다. 하지만 그것이 곧 '좋은 시'를 판단하는 기준으로 치환되어버리는 것에는 우려를 표한다. 문학에서 중요한 가치 중의 하나는 독자 대중과의 소통에서 발생할 수밖에 없음에도 불구하고, 놀이로서 쓰여지는 미래파의 작품은 시인 자신의 내면에 몰입하고 있을 뿐 결국 독자의 접근 자체를 불가능하게 만드는 난해성이 존재하기 때문이다. 이들의 시는 허무주의적이고 냉소적이라는 한계를 가지고 있으며 결국 현실을 전복하는 힘이나 그 파괴력은 취약할 수밖에 없다. 따라서 중요한 것은 서정의 폐기나 대체가 아니라 오히려 서정의 확대를 통해 새로운 현실에 맞서는 것이 가능한 차원에서 독자와의 공감을 확보하는 것이 2000년대 시에 주어진 중요한 임무라는 것이다.

이처럼 2000년대 중반 제기된 한국 시에서의 미래파 논쟁은 그 역할과 의미를 둘러싸고 서로 대립된 의견을 가진 평론가들이 대거 참여하게 되면서 문학적 논쟁으로 확대되었다. 권혁웅이 제시한 미래파에 대해 대체적으로 유사한 입장을 가지고 있던 평론가들은 이장욱, 신형철, 김수이를 비롯하여 원로 비평가였던 황현산도 포함된다. 이들은 당시 미래파로 호명되는 시인들의 작품이 그에 맞는 정당한 평가를 받지 못했다는 사실에 대체적으로 동의한다. 하지만 이때 그 원인은 그들 작품 자체의 문제가 아니라 과거의 미적 기준을 그대로 가지고 있는 기성 비평가들의 관점이 문제라는 것이다. 이들은 미래파 시인들이 이전 시기 시문학의 미적 세계를 전복하면서 새로운 시의 기준을 세워나가고 있다고 본다. 특히 기존의 서정적 화자들이 가지고 있던 단일한 시선을 분열시키고 있음에도 불구하고 그것을 자연스러운 내면의 감각을 통해 형상화하는 것에 주목한다. 스스로 그것을 인식하지 않음으로 인해서 기법적 차원의 해체에 머물지 않고 일관성을 가진 내적 발화를 유지해나갈 수 있다고 보았기 때문이다. 평론가들은 이러한 발화가 문법적 차원에서 서정시와 동일하게 독자들이 받아들일 수 있게 만들어주는 한편, 기존의 서정이 가진 동일성의 한계를 돌파하려는 시도라고 그 의의를 평가한다.

몇 년에 걸쳐 벌어진 미래파 논쟁은 그 외연이 점차 확대되기도 했다. 김홍중과 심보선의 경우 이것이 자발적 문예운동이 아니라 비평적 명명에 의해서 형성되었다는 점에서 담론적 구성물이라고 파악했다. 그리고 이는 시문학이 비평적 담론과 결합하면서 비로소 사건으로 자리매김하게 된 사실은 곧 기성 시의 끝이면서 새로운 시의 시작을 상징적으로 보여주고 있다는 것이다. 한편 고명철의 경우는 실제 해당하는 시인들이나 그들의 작품과는 별개로 미래파 논쟁을 벌이는 비평가적 욕망에 주목하면서 그것을 주도했던 평론가들이 결국 자신들이 관여하고 있던 문예잡지의 편집위원이라는 지위와 깊이 연관되어 있는 일종의 문학권력논쟁이라고 비판했다.

이같은 논쟁의 과정에서 미래파로 언급되었던 시인들이 그 명명에 무조건적으로 동의한 것은 아니었다. 오히려 시인들은 자신들의 작품이 미래파라는 범주와는 전혀 연관이 없는 것으로 이해하기도 했다. 이들에게 중요한 것은 특정한 의미에 함몰되지 않는 자신만의 개성을 확보하는 것이었다. 그럼에도 불구하고 2000년대 중반 한국시에 등장한 새로운 시인들을 둘러싸고 벌어졌던 미래파 논쟁은 시문학에 국한되지 않고 한국 현대문학계에서 유례를 찾아보기 힘들 정도의 활력을 불어넣었다고 평가된다. 특히 미래파로 지목된 시인들이 미래파 논의를 통해 규정된 시적 세계관이나 기법 등을 다시 한번 부정하면서 스스로를 갱신시켜나갔다는 사실은 미래파 논쟁이 남긴 역설적 의의라고 하겠다.

(남승원)

민족문학

　민족문학이란 민족이 문학을 향유하고 생산하는 주체로서 민족을 둘러싼 민족 전체의 삶의 의미와 그 역사적 조건에 대한 이해를 추구하는 문학이다. 민족문학은 민족공동체의 해방과 발전을 도모하는 방향의 문학적 경향을 나타내기도 하고 민족적 특수성과 고유성을 형상화하고자 하는 미학적 방향을 추구하는 경향을 나타내기도 한다. 더불어 민족문학은 세계문학과의 연대적 관계 속에서 고려되는 문학 개념이기도 하다. 국민국가에 기반하여 수립시킨 유럽의 민족문학적 경향뿐 아니라 제3세계 국가들이 제2차 세계대전 이후 식민지에서 벗어나 민족국가를 구축하고 민족문화수립을 위하여 추구한 민족문학적 경향을 포괄한다. 그런 점에서 민족문학은 그 개념을 통해 구현하고자 하는 방향성에 대한 이해가 달라질 때마다 다른 해석의 지평을 보여주는 다면적인 개념구조를 가지고 있다.

　일반적으로 한국문학에서 민족문학의 등장 시기에 대해서는 19세기 중반 이후부터였다고 보고 있다. 개화기에 외세 침략에 대한 저항정신으로서 동학운동 등이 나타나는데, 이러한 운동의 저변에 민족에 대한 자각이 있었다고 보는 것이다. 그러한 측면에서 이 시기에 반봉건적이고 민족저항의식을 드러내는 작품들을 민족문학의 여명기에 있는 작품으로 보려는 경향이 강하다. 이 시기 한국문학에서는 개화기 가사나 개화기 시조 작품들이 창작되고 낭송되면서 독자들과 공감대를 만들었던 것으로 보인다. 이러한 작품들은 『독립신문』 등의 지면을 통해 알려지고 집회에서 낭송되었다. 이에 대한 연구는 아직까지는 부족한 면이 있지만 이들 작품들은 민족적 자각의식을 드러내려는 경향이 있었던 것으로 보인다. 그러나 이후 일제에 의해 조선이 국권을 잃고 식민지로 전락하면서 민족문학을 수립할 기회는 억압되고 만다.

해방과 더불어 민족문학에 대한 방향과 지표를 재설정하고자 하는 시도가 이뤄졌다. 일제강점기 친일 등의 반민족적 행위 및 반민족적 문화의 잔재를 청산하고자 하는 움직임이 나타났기 때문이다. 이는 해방기 조선문학건설본부(1945)를 구성하고 민족문학을 수립하는 걸 우선과제로 여겼던 것을 통해서도 알 수 있다. 하지만 좌우 이데올로기의 대립과 남북분단으로 인해 민족문학의 수립은 다시 한번 지연된다. 문학단체도 좌우 두 개로 나뉘게 된다. 먼저 좌익에 해당하는 조선문학가동맹(1946)이 구성되고, 혁명문학을 추구하는 방향으로 노선을 채택하면서, 이러한 조류에 반대하는 우익에서 전조선문필가협회(1946)를 결성하였던 것이다. 그러한 탓에 민족문학에 대한 논의도 두 개의 경로로 나뉘게 된다. 반공이데올로기를 기반으로 하여 순수문학과 전통문학을 옹호하는 '보수적 민족문학론'과 문학틀 통한 현실참여를 강조하는 '저항적 민족문학론'이 그것이다. 이후 한국전쟁이 발발하고 전화를 겪으면서 민족문학에 대한 논의는 그 이상의 진전을 이루지 못한다.

이와 같이 지체되고 분열된 민족문학론에 대해서 비판적으로 검토하면서 그 개념을 정교화하여 문학적 개념으로 논리를 정립시키고자 시도가 나온 것은 1960년대 말부터였다. 그 중심에는 백낙청을 비롯하여 염무웅, 조태일 등의 신진 비평가들이 있었다. 이 중에서 민족문학의 개념을 문학적 담론의 장에서 주요한 탐구대상으로 격상시킨 백낙청(白樂晴, 1938~)의 문학적 기여는 매우 높다고 평가할 수 있다. 실제적으로 민족문학을 문학적 담론인 '민족문학론'이란 개념으로 정립시킨 시기는 백낙청의 「시민문학론」(『창작과비평』, 1969 여름호)이후부터라고 할 수 있다. 여기에서 백낙청은 민족문학을 "그 주체가 되는 민족이 우선 있어야 하"며 "민족의 주체적 차원과 인간적 발전"을 지향하는 문학이라고 규정한다. 이러한 민족문학을 구현하기 위해서는 역사 변혁의 주체로서의 민족이 있어야 하고 그 토대 위에 민족문학을 수행해낼 때, 민족을 해방하고 더 발전적인 시민사회로 나아갈 수 있다고 하였다. 즉, 민족문학을 수립하여 발전하면, 민족은 이상적인 주체인 '시민'으로 진보하고 민족문학은 '시민문학'으로 나아갈 수 있다고 본 것이다. 백낙청의 민족문학론은 이런 점에서 '진보적 민족문학론'이라고 이해할 수 있다.

백낙청이 쏘아올린 민족문학이란 작은 공은 당대의 신진비평가들에게 큰 지적 충격을 주어 본격적으로 민족문학에 대한 담론적 논의가 꽃피우기 시작한다. 그 시기가 바로 1970년대이다. 우선 백낙청의 민족문학론의 진보적 경향성에 대한 비판이 나온다. 대표적인 논자는 천이두(千二斗, 1929~2017)로 그는 "민족문학의 고유성"은 세계문학의 "보편성과의 긴밀한 상호관련"하에 파악해야 한다고 주장한다. 그런 이유로 민족문학을 단순히 "반제국주의, 반식민주의, 애국투쟁의 문학"(천이두, 「민족문학의 당면 과제」, 『문학과 지성』 1975년 겨울호)으로만 규정할 수 없다고 본다. 여기서 천이두가 백낙청 비판의 잣대로 삼는 '세계문학의 보편성'이란 문학의 미학적 보편성을 포함한 보편성이다. 이는 천이두가 순수문학에 대한 옹호를 어느 정도 기저에 놓고 백낙청을 비판했다는 것을 보여준다. 그런 점에서 '순수문학적 민족문학론'으로 정리할 수 있다. 이와는 달리 김용직(金容稷, 1932~2017)은 순수문학 진영의 비판과는 거리를 두고 민족문학의 성격에 대해서 논한다. 김용직은 이 논의에서 민족문학은 "민족을 위한 문학을 대전제"로 하는 문학이라고 주장한다. 그리하여 민족문학은 "민족을 끝없는 활력소라고 해석하는 문학, 그를 통해 자양분을 공급받으며 끝없는 항해를 보장 받을 수 있는 문학"(「민족문학론-그 길을 위한 모색」, 『현대문학』, 1971.6)이라고 정의하였다. 이와 같은 김용직의 민족문학론은 '진보적 민족문학론'과 '순수문학적 민족문학론' 사이에 놓인 중도적 입장이라고 해석할 수 있다.

이렇듯 민족문학론에 대한 입장 차이로 논쟁을 벌이는 와중에 좀 더 근본적으로 비평적 관점에서 백낙청의 '민족문학론'과 '시민문학론'을 비판하는 논의도 뒤따른다. 대표적인 사례가 최원식(1949~)이다. 그는 「우리 비평의 현단계」(『창작과 비평』, 1979년 봄호)에서 백낙청의 논의에 대하여 비판적으로 검토한다. 최원식은 백낙청의 '시민문학론'이 민족문학적 성격을 간과하고 지식인 중심으로 구성된 문학론이라고 비판한다. 백낙청은 '시민문학론'을 다루면서 민족문학론으로 논의를 발전시켰음에도 불구하고 국문학 전통과의 관계를 소홀히 하고 있어 '민족문학론'으로서 부족한 면이 있다는 것이다. 이런 이유로 실제 비평과의 연관성도 떨어지는 것으로 본다. 뿐만 아니라 민족, 시민, 민중 개념의 상관관계가 모호하다는 한계도 가지고 있다고 하였다. 또한 계급문제보다 민족문제를 우선시한다고 비판했다.(김명인, 「민족문학론과 최원식」, 『민족문학론에서 동아시아론까지』, 2015) 이는 민족문학론이 문학론으로서 엄밀한 분석의 대상이 되었음을 보여주는 사례라고 할 수 있다.

비평가들의 논의 외에도 김지하(金芝河, 1941~2022)와 신경림(申庚林, 1936~2024)과 같은 작가들이 참여한 민족문학론 논의도 동일한 시기에 이뤄졌다. 김지하는 김수영의 싯구 "누이야/풍자가 아니면 자살이다"에서 제목을 가져온 「풍자냐 자살이냐」에서 민중에 대하여 탐구한다. 그는 "소시민은 다수라 하더라도 거대한 민중의 일부에 불과하다"고 문제제기한다. 그는 시민을 민중의 하위 개념으로 보고 있는 것이다. 이어서 김지하는 김수영 시를 독하면서 그 시편들에 담긴 "시민성"이나 "진보에의 열정"을 높게 평가하면서도 그가 "민중으로 살지 않았"(『민중문학론』, 1990)다는 것을 한계로 지적한다. 김지하는 이 논의를 통해서 민족문학론의 주체인 민족이 곧 민중이여야 한다고 역설한다. 김지하의 민족문학론은 이후 80년대 민족문학론이 '민중문학론'으로 나아가는 지점을 예비하고 있다.

이어지는 신경림의 논의도 큰 틀에서는 김지하의 민족문학론과 결이 같다. 신경림은 민족문학론의 중심에 김지하와 마찬가지로 '민중'을 위치시킨다. 그러면서 민중에 대한 자각이 우리 시문학에서 나타나는 지점에 있는 작가가 김수영과 신동엽이라며 이들의 작품을 분석한다. 다만 김수영의 시에서는 앞서 김지하가 지적한 '소시민 의식'이 문제가 된다고 보았다. 신경림은 "엄격한 의미에 있어서 소시민은 민중의 한 구성 요소가 될 수 있지만 소시민 의식은 본질적으로 반민중적인 것인 바, 그것은 소시민 의식에는 참다운 비판의식이 결여되어 있"(「문학과 민중」, 『민중문학론』, 1990)기 때문에 민중적이지 못하다고 말한다. 김지하와 신경림의 민족문학론은 이렇듯 민중적 진보적 민족문학론의 경향을 띠고 있다.

1980년 광주민주화운동과 더불어 민족문학의 개념은 다시 한번 변화를 겪는다. 이제 민족문학론은 민중적 민중문학론으로 나아가게 되는 것이다. 그러면서 민족문학은 민중의 해방을 추구하는 문학이 된다. 여기서 민중은 노동자 대중 또는 노동자 계급으로 이해된다. 이 시점에서 민중이 적극적인 문학창작자로 활동하기 위해서는 기존의 문학 장르를 넘어서는 새로운 장르적 실험이 필요하다는 논의가 나온다. 대표적인 논의가 김도연(金度淵, 1952~1993)의 「장르 확산을 위하여」이다. 김도연은 "시, 소설 같은 정통 장르의 형식은 운동 장르, 일상 장르로서의 문학을 문제 삼을 때, 오히려 장애 요인으로써 작용한다. 주변 장르를 통한 여러 방식의 형식 실험, 때로는 전혀 새로운 장르의 창출을 통하여 폭넓은 대중성 확보의 길이 마련된다"(『민중문학론』, 1990)고 주장하면서 기존 장르를 넘어선 장르 확산의 필요성을 논한다. 그럴 때에 민족문학의 주체인 민중이 자기만의 형식을 갖춘 문학을 생산할 수 있다는 것이 이 논의의 핵심이다.

민중적 민족문학론으로 발전한 민족문학론은 87년 6월 항쟁을 기점으로 군사정권이 물러나고 민주주의 체제가 들어서면서 민주주의에 기반한 민족문학론의 논의로 이어진다. 그러나 이후 동구권의 붕괴를 비롯한 전 세계 정세가 큰 변화를 겪으면서 민족문학론의 담론적 힘은 점점 쇠약해진다. 무엇보다 민족문학론의 주요 개념인 민족 개념에 대한 비판적인 검토들이 나오면서 이러한 경향은 더욱 강해진다. 대표적인 논의가 베네딕트 앤더슨(Benedict Anderson)의 『상상의 공동체』이다. 그에 따르면, 민족이란 개념 자체가 근대적인 상상의 산물이라는 것이다. 인쇄 매체의 발전, 언어의 표준화, 근대적 시간 개념의 보급 등이 이뤄지면서 상상의 성스러운 공동체로 민족이 고안되었다는 것이 앤더슨의 논의로 매우 타당성 있는 논의로 받아들여지고 있다. 식민지 종주국이 임의적으로 구성한 국경에 의해서 제3세계 국가들의 영토가 정해졌는데, 그로 인해 전에는 역사적으로 동일한 민족적 경험을 가진 적 없는 부족들이 자신들을 하나의 민족으로 인식하게 되는 양상을 실제로 보였기 때문이다. 한국은 이런 사례들과 완전히 일치되지는 않지만 한국의 경우도 단 한 번도 보지 못한 지역의 사람들을 한국 사람으로 인식하는 경우를 따져볼 때, 앤더슨의 논의가 타당한 지점이 있음을 부인할 수 없다.

민족문학론은 이러한 시대적, 담론적 변화를 겪으면서 문학사적으로 이미 그 유효성을 다한 담론으로 여겨지고 있다. 하지만 한국문학이 마주할 통일문학을 상상할 때, 민족문학의 개념과 범주는 또다시 환기될지도 모른다. 민족문학의 유효성과 잠재성은 공동체를 지탱하는 체제나 삶의 범주와 무관하지 않기 때문이다.

(김학중)

반공문학

 반공문학은 공산주의의 부당성과 그 제도적 속성에 의해 자행되는 폐해와 해독성을 밝힐 목적으로 창작된 문학을 일컫는다. 6·25전쟁과 냉전 시대의 정치적 맥락에서 형성된 한국의 반공문학은 공산주의에 대한 부정적인 시각과 남한의 국가 이념을 강조하는 방향으로 전개되었다.

 일제 식민지 시대 민족해방을 목적으로 하는 사회주의운동을 탄압하기 위한 수단이었던 반공주의는 해방 이후 미군정에 의해 공인된 이데올로기로 격상되었다. 이후 분단 상태에서 발발한 6·25전쟁으로 인해 반공주의는 공산주의에 대한 부정적인 시각, 더 직접적으로는 북한에 대한 적대감과 북한 공산주의의 위협에 대한 경각심을 불러일으키는 가치로 내면화되었다. 특히 1961년 박정희 군부세력은 반공을 국시로 내세우며 기존의 국가보안법을 강화하여 반공법을 제정했다. 이렇듯 국가 재건이라는 중차대한 과제 앞에서 반공은 민주주의나 자유에 앞서는 강력한 이데올로기로 작동하였으며, 국가 주도의 반공 정책은 문학계에도 여지없이 영향력을 미쳤다. "국민의 반공 의식을 높이고 반공 문학 작품의 창작 의욕을 돋우기 위한" 목적으로 '반공문학상'을 제정하여 대통령 명의로 시상(1976년 제1회 수상작은 강용준의 『밤으로의 긴 여로』(1969))을 한다거나 국가의 정책에 동조하지 않거나 사회비판적 시각을 드러낼 경우 처벌의 대상으로 삼기도 하였다. 반공법 위반 혐의로 구속된 1965년 남정현의 '「분지」 사건'이 그 대표적인 경우라 할 것이다. 이렇듯 반공주의는 해방 이후부터 1980년대에 이르기까지 자유, 민주, 애국, 통일과 같은 가치와 결합되어 사용되거나 때로는 멸공, 승공과 같이 강한 적개심을 유발하는 선동적인 구호와 함께 국민을 구분하고 관리하는 수단으로서 한국 사회를 규율하는 장치로 작동하였다.

공산주의에 반대하고 자유를 지향하는 문학으로 정의될 수 있는 것이 반공문학이지만, 반공이라는 개념 자체가 고정불변의 실체가 아닌 탓에 문학 작품을 놓고 반공문학인 것과 아닌 것을 확정적으로 구분하는 것은 쉽지 않다. 특히나 이데올로기 대립이 첨예했던 시대의 현실을 문학적으로 형상화한다고 했을 때 작품의 의미는 작가의 의도와는 다르게 해석될 수 있다. 이병주가 자신의 소설 『지리산』(1978)에 대해 '반공소설이라고 하기보다는 반인간적인 것에 대한 반대적인 상황을 그린 것'이라고 설명하고 소설의 주제를 '의분'이라 밝혔음에도 불구하고 『지리산』이 반공소설로 이해되는 것은 이런 상황을 보여주는 사례라 할 것이다.

한국 사회에서 반공주의는 지배적인 현실이자 현실을 억압하는 강력한 기제였다. 따라서 참혹한 전쟁을 직접 겪는 동안 생긴 트라우마로 인해 공산주의에 대한 적대감과 증오를 가진 경우, 이에 더해 냉전 질서 속에서 주적으로 설정된 북한의 위협에 맞서는 가치로서 애국과 함께 호명된 반공주의를 내면화했던 문인들의 작품 속에는 직·간접적으로 반공적인 요소 혹은 공산주의 국가이자 적이었던 북한에 대한 거부감이 드러났다. 반대로 과거의 작은 행적조차 빌미가 되어 공산주의자라는 낙인이 찍히는 경우 자신은 물론 가족들마저 처벌의 대상이 되어야했던 공포스러운 현실에서 이를 모면하기 위해 공산주의자가 아님을 입증하기 위한 수단으로서의 반공주의적 성향의 작품을 발표하는 경우도 있었다. 그리고 전쟁이나 분단, 이념과 관련한 작품을 창작하는 경우에 작동하는 반공주의적 규율과 검열에 대한 부담이 작품에 반공주의적 성향으로 드러나

기도 했다.

한국에서 반공문학은 6·25전쟁을 기점으로 본격화되었다고 할 수 있다. 전쟁 중인 1951년 결성된 육군종군작가단이 이듬해인 1952년 발간한 기관지 『전선문학』은 전쟁문학이라는 기치를 내걸고 전쟁에 참여한 군인들의 사기를 진작시키기 위한 목적에서 발행되었다. 창간호부터 공산주의를 침략자 내지는 적으로 상정하면서 주로 공산주의에 대한 적개심과 전쟁의식 고취, 영웅적인 군인의 면모 등을 시와 소설, 좌담과 종군기 등에 담아냈다. 『전선문학』에 수록된 대표적인 시에는 박두진의 「아침에」, 천상병의 「무명전사」, 김종문의 「6월의 항거」 등이 있고, 소설에는 박영준의 「암야」, 정비석의 「간호장교」, 이무영의 「바다의 대화」 등이 있다. 또한 유진오, 모윤숙 등의 수기가 실린 『고난의 90일』(1950), 백철과 최정희, 손소희 등 부역혐의가 있는 작가들에게 이념적 결백을 증명할 수 있는 기회를 제공하고 있는 『적화삼삭구인집』(1951), 수필·수기·소설·비평을 수록하고 있는 『전시문학독본』(1951)은 반공이데올로기 강화를 위해 기획된 전쟁기 대표적인 반공텍스트이다.

농촌소설인 「모범경작생」(1943)의 작가 박영준(朴榮濬, 1911~1976)은 1935년 '독서회사건'과 6·25전쟁 당시 북한군에게 잡혀 북으로 끌려가는 도중 극적으로 탈출한 사건을 겪으며 반공주의적 태도를 가지게 된 것으로 알려져 있다. 그렇기에 그의 소설에서 반공주의적 요소를 적잖이 발견할 수 있는데, 1952년 『대구매일신문』에 연재된 소설 「愛情의 溪谷」은 청춘남녀의 사랑을 중심축으로 6·25전쟁의 비극과 참상을 고발한다. 「愛情의 溪谷」은 주인공 연길의 시선에서 6·25전쟁을 관찰하고 있는데, "인민을 위한 군대라면 어찌하여 인민에게 공포와 불안과 증오를 품게 할 것인가! 조국을 위하고 인민을 위한다고 하면서 결국은 강도질을 하는 것이 아닌가. 연길은 불쾌하기 짝이 없었다. 잔인하고도 더러운 세상에 목숨을 붙이고 살아야 한다는 것이 무엇보다 불쾌했다."(『박영준 전집』, 동아출판사, 2002)에서 연길의 공산주의에 대한 인식이 직접적으로 표출된다. "인민을 위한 군대"라고 선전하면서도 반동분자는 서슴없이 처단하는 비인간적인 공산주의는 인민에게 "공포와 불안과 증오"만을 품게 한다는 것이다. 이때 연길이 느끼는 불쾌함은 이념(인민)을 앞세워 비인간적인 행태를 일삼는 공산주의에 대한 태도를 압축하는 정서적 반응이라 할 수 있다. 이 외에도 이범선의 「학마을 사람들」(1958)과 「살모사」(1964), 선우휘의 「불꽃」(1957), 「깃발 없는 기수」(1959) 등에는 '남한=선, 북한=악'이라는 이분법적 사고를 바탕으로 악으로 상정된 북한과 공산주의에 대한 거부감과 증오가 다소 직접적으로 드러난다.

한편 육군종군작가단의 부단장이었던 팔봉 김기진(金基鎭, 1903~1985)은 사회주의 문학으로 그 성과를 인정받았으나 카프 해체 이후 친일문인으로 전향하였으며, 6·25전쟁 발발 당시 인민재판에 회부된 것을 계기로 우파문인으로 전향하였다. 인민재판 수기집인 『나는 살어 있다』(1951)와 『전선문학』에 발표했던 글을 모은 『심두잡초』(1954) 등을 통해 좌익 활동의 과거를 씻어내고 반공주의자로서 자기존재를 증명하고자 하였으며, 1956년에는 '공산주의로부터 민족문학을 수호하면서 세계문학의 일환으로서 임무를 다한다'는 취지로 결성된 한국자유문학자협회의 기관지 『자유문학』의 발행인 겸 편집인으로 활동하는 등 해방 이후 꾸준히 반공주의 문학 활동에 앞장섰다.

1954년 발표한 『카인의 후예』에서 황순원(黃順元, 1915~2000)은 해방 직후 북한의 토지 개혁을 배경으로 북한 사회의 실상을 사실적으로 그려낸다. 평양에서 공부를 하는 동안 조부와 아버지가 사망하자 갑작스레 지주가 된 박훈은 고향 평안도로 돌아와 야학을 운영한다. 그러나 해방이 되어 북한 정권에 의해 야학을 압수당하게 된다. 한편 박훈의 집에서 마름 노릇을 하던 도섭영감은 노동당원이 되어 토지개혁에 앞장선다. 자신의 이익을 위해 지주와 마을 사람들을 배신하고 옛 주인의 송덕비마저 도끼로 때려 부순 도섭영감의 행태는 마을 사람들의 눈에 미친 사람과 다름없는 것으로 비친다. 폭력적인 방식으로 이루어진 공산당의 토지 개혁으로 인해 고통받아야 했던 북한의 사회상을 지주계급 출신의 지식인 청년 박훈을 중심으로 그려낸 이 작품은 1955년 제2회 아시아 자유문학상을 수상한다. 자유문학상은 냉전기 아시아 주요 국가의 재건사업과 반공교육 및 문화활동을 지원했던 단체인 아시아재단과 전국문화단체총연합회가 공동으로 설정한 문학상으로 자유 아시아인의 자유사상을 고취시키는 데 그 제정 목적을 두고 있다. 당시 『카인의 후예』는 '공산당 치하에 살아있다는 것은 어떠한 것인가라는 문제'를 다루는 소설로 선전될 만큼 반공주의를 대표하는 문학으로 여겨졌다. 『카인의 후예』에 드러난 반공주의적 성향은 6·25전쟁 직후 공산주의에 대한 적대감이 최고조에 이른 시기에 좌익 활동 이력을 가진 월남작가였으며, 보도연맹 학살에서 살아남은 황순원이 자신의 이념적 정체성을 입증하기 위한 선택으로 이해되기도 하였다.

개인사로 인해 반공주의적 검열에 대한 공포가 작품 속에 투영된 경우로는 김원일과 박완서 등이 있다. 김원일(金源一, 1942~)은 좌익 활동을 하다가 월북했던 아버지로 인해 겪었던 가난과 강력한 반공정책으로 인한 공포에 시달려야 했으며, 박완서(朴婉緖, 1931~2011)는 좌익에 가담하였다가 전향한 오빠의 죽음으로 인한 트라우마를 가졌다. 이들의 소설은 6·25전쟁과 분단상황을 바탕으로 역사적 비극이 가져온 상처와 고통을 담아내고 있는 것으로 평가받지만 그 과정에서 드러나는 비인간적 공산주의에 대한 서술이 반공주의적 성향으로 읽히기도 한다. 어린 시절 남로당 폭동에 가담한 아버지로 인해 고통받았던 인물이 성인이 되어 삶을 극복하고 자신을 짓누르는 과거와 화해하려는 의지를 담고 있는 김원일의 『노을』(1977)이 1979년 반공문학상을 수상하게 된 것 역시 그러한 맥락이라 할 것이다.

해방과 전쟁 이후 반공주의는 엄연하고도 지배적인 사회정치적 현실이었다. 현실을 바탕으로 하는 문학이 반공주의에서 자유로울 수 없었음은 자명한 사실이다. 반공이 곧 애국의 길이라는 믿음과 생존에 대한 두려움으로 반공주의는 내면화되었고 반공문학 역시 그런 현실과 긴밀하게 이어진다. 반공문학은 이분법적 도식성이라는 한계와 폭력적인 국가에 대한 동조라는 비판에서 자유로울 수 없었다. 그러나 반공주의의 직·간접적으로 영향으로 이루어진 전후세대논쟁과 1960년대 순수참여논쟁 등은 반공문학이 한국 문학장의 형성과 확장에 일정 부분 기여했음을 방증한다 하겠다.

(정미진)

분단문학

분단문학은 이데올로기의 폭력성과 인간에 대한 불신이 지배했던 정체성 혼란 시기를 배경으로 하는 문학을 이르는 말이다. 분단 현실이 개인들의 삶에 기입한 상처를 폭로하고 이념대립을 넘어설 가능성을 진단하는 한국문학만의 특수한 분과라고 할 수 있다.

한국전쟁은 분단 현실이 한반도의 역사에 가장 아프게 각인된 비극이었다. 인간의 생명이 도구화되는 현실은 전쟁의 참혹성과 이데올로기의 충동적 폭력성을 절감하게 했다. 전쟁이 남긴 폐허는 민족의 정신과 신체에서 해방의 감격과 새로운 국가 건설의 열정을 앗아가 버렸다. 전쟁 이후 가속화된 이념대립과 냉전체제의 심화는 남북 분단의 현실을 고착화시켰다. 분단이라는 예외적 상태가 일상화되면서 분단의 모순과 갈등은 정치·사회적 문제의 근본적 발단이 되었고, 분단의 논리가 민족의식의 내면에 편향적으로 자리잡게 되었다. 그 결과 1950년대부터 1960년대 초반까지 한국의 현대문학은 이념적인 편향성과 관념성에 매몰되는 '잃어버린 시대' 혹은 '일시적인 공백상태'에 직면하게 된다. 대신 그 빈 공백에는 폭력성, 패배주의, 허무함, 죽음의 공포와 불안, 인간에 대한 불신과 같은 비극적 정서들이 기입되었다.

한국문학은 한국전쟁 이후 『문예』(1949), 『문학예술』(1955), 『현대문학』(1955), 『자유문학』(1956) 등의 종합문예지와 사회 전반의 사상을 다루었던 『사상계』(1953)와 『새벽』(1954) 등의 종합지를 기반으로 문학장을 구축하하였다. 이 매체들에 발표된 작품들의 주된 주제는 전쟁의 비극적인 현장성과 내면화된 정신적 후유증을 환기하는 내용들이었다. 손창섭의 「비오는 날」(1953)과 「혈서」(1955), 서기원의 「암사지도」(1957), 하근찬의 「수난 이대」(1957), 오상원의 「백지의 기록」(1958), 이호철의 「파열구」(1959) 등의 소설들은 공통적으로 전쟁으로 인한 신체적 훼손과 정신적 외상을 입은 인물들을 전면에 포진시키고 있다. 이들의 정신적 상처와 신체적 불구라는 화소는 인물 자체의 결함이 아니라 전쟁과 분단의 비극이 개인의 삶에 새긴 비극을 표상한다고 할 수 있다.

선우휘(鮮于煇, 1922~1955)의 단편 「테러리스트」(1956)와 「불꽃」(1957)은 인간적 결단과 참여를 중요시하는 행동주의적 태도를 강조했다. 일제 강점기부터 한국전쟁에 이르는 역사적 격동기를 통과한 주인공의 내면을 치밀하게 묘사하면서, 전후 시대의 젊은이들에게 시대의 현실을 그대로 수용하는 소극적인 인간상을 극복하고 적극적으로 행동하는 새로운 인간형을 요구하고 있다. 김성한(金聲翰, 1919~2010)의 단편 「오분간」(1955)과 「바비도」(1956)에서도 부조리한 현실에 대한 저항의지가 요청되었다. 이 소설들은 전후 사회의 부조리를 비판하는 정신을 '프로메테우스의 분노'로 표현하고, 신의 섭리가 실현되지 않는 현실의 허구성에 대한 비판은 '바비도의 순교'로 표현하면서 현실비판과 행동의 적극성을 강조했다. 이 작품들은 지식인의 적극적인 책임과 참여, 인간의 존엄성과 정의구현을 실천하는 '행동하는 인간형'을 설정했다는 점에서 의의가 있다. 속물적으로 변해가는 지식인의 내면을 비판적으로 성찰하고 있는 안수길(安壽吉, 1911~1977)의 「제3인간형」(1953)도 이러한 행동주의적 경향의 하나로 분류할 수 있다. 또 한반도를 지배했던 권력의 교체에 대응하면서 끊임없는 결탁과 변신을 생존의 처세술로 터득한 '이인국 박사'의 삶을 조명한 전광용(全光鏞, 1919~1988)의 「꺼삐딴 리」(1962)는 비겁한 인간형의 처세가 현실에서 승자가 되는 부조리한 현실을 풍자적 방식으로 비판하고 있다. 고발문학과 비판문학의 성격을 지니면서도 인간의 자의식에 대해 탐구했던 이상의 작품들은 문학의 역할을 단순한 재현을 넘어 현실세계와 인간성에 대한 비판적인 심문의 자리에 위치시켰다는 점에서 분단문학의 성과로 평가할 수 있다.

인간 또는 인간성 자체에 대한 본격적인 심문은 분단문학과 실존주의의 교집합에서 더 명확해진다. 1950년대 세대에게 전쟁과 분단은 근본적으로 다른 체험이자 현상이었기 때문에, 기존의 문학적 사유와 언어로는 포착 불가능한 현실에 대응하는 새로운 문학정신과 사유방식을 모색하게 했다. 특히 이 세대들이 공유했던 반항적 의식에는 기성의 모든 사회적·도덕적·정치적 가치를 비판하면서 기성문학의 낡은 구조와 언어를 부정한다는 정신이 내포되어 있었다. 이러한 정신적 경향은 세계대전 이후 샤르트르(Jean Paul Sartre)와 카뮈(Albert Camus) 등으로 대표되는 서구의 실존주의 문학과 공명한다. 실존주의에서 인간은 우연하게 이 세계에 내던져진 존재로 규정된다. 사물은 그 자체로 존재의 목적(본질)이 명백하지만, 인간의 탄생은 특정한 목적 없는 우연한 사건의 결과일 뿐이다. 따라서 인간은 매순간 자기 삶의 운명과 방향을 개척하고 창조해야 하는 존재이다. 이러한 우연성과 불확실성은 인간의 실존적인 존재성 자체를 세계가 인간에게 부여한 사회적 조건보다 앞서게 한다. 샤르트르는 이를 "실존은 본질에 앞선다"라고 표현했다. 실존주의의 시각에서 인간은 객관적 앎의 확실성 가운데 살아가는 존재가 아니라 부조리한 상황에서 불안, 절망, 우울, 죽음의 확실성, 고독감 등의 정서적 감정에 동요되는 존재이다. 이러한 관념은 전쟁과 분단의 참상으로 인해 절망과 허무의 늪에서 허덕이던 당시 지식인들의 정신적 분위기를 대변해 준다. 실존주의는 전쟁과 분단이라는 현실을 이해하고 초극할 수 있는 문학적 사유의 중심적 사상으로 받아들여진 것이다.

본격적인 분단문학을 대표하는 작가 중 한 명은 이호철(李浩哲, 1932~ 2016)이다. 실향민(함경남도 원산)이기도 한 이호철은 뿌리 뽑힌 자의 정체성과 탈향민들이 남한 사회에 적응하는 과정에서 겪은 모순과 갈등을 주로 표현했다. 부산으로 피란한 인물들의 고단한 현실과 이기적인 욕망들의 충돌을 서사화한 「탈향」(1955)과 전후의 황폐한 현실과 허무의식을 그린 단편 「나상(裸像)」(1956)이 대표적이다. 또한 1961년 『현대문학』 3월호에 발표되어 '제7회 현대문학신인상'을 받은 「판문점」(1961)은 남북한 간의 이질성과 분단된 조국의 단절감을 판문점이라는 집약된 공간으로 압축해 보여주기도 했다. 이후 이호철은 분단체제를 살아가는 인물의 현실적 고단함을 담은 「닳아지는 살들」(1962), 남한 체제에 편입되지 못하는 소시민의 소외의식을 담은 『소시민』(1964)을 발표하기도 했다. 관념적 희망이나 이데올로기적 편향성을 벗어나 분단의 현실을 정확하게 조명하고 있다는 점에서 이호철은 분단문학을 대표하는 작가라고 평가할 수 있다.

실존주의적인 불안과 삶의 불확실성으로 편향되어가는 전후문학과 분명한 경계선을 그은 작품은 최인훈(崔仁勳, 1934~2018)의 「광장」이다. 잡지 『새벽』 1960년 11월호에 발표된 「광장」은 남북 체제와 이데올로기를 동시에 비판한 한국문학 최초의 소설로서 전후문학 시대를 마감하고, 한국문학 제2의 르네상스로 불리는 1960년대 문학의 지평을 연 작품이다. 최인훈은 「광장」의 탄생이 1960년 4·19혁명이 만들어낸 열린 비평과 지적 분위기 덕분이라고 밝힌 바 있다. "아시아적 전제의 의자를 타고 앉아서 민중에겐 서구적 자유의 풍문만 들려줄 뿐 그 자유를 '사는 것'을 허락지 않았던 구정권 하에서라면 이런 소재가 아무리 구미에 당기더라도 감히 다루지 못하리라는 걸 생각하면서 빛나는 사월이 가져온 새 공화국에 사는 작가의 보람을 느낍니다."라고 밝힌 단행본의 서문을 보아도 새로운 시대 진보적 담론의 약진을 엿볼 수 있다.

최인훈은 「광장」의 주인공 이명준을 내세워 폐쇄성과 집단의 강제성에 의해 개인의 자유가 말살된 북한 체제를 "광장만 있고 밀실은 없는" 곳으로, 경제의 불평등과 방만한 개인주의로 인해 공동체의 윤리가 사라지는 남한 체제를 "밀실만 있고 광장이 없는" 곳으로 표현하며 두 체제 모두를 비판한다. "광장은 대중의 밀실이며 밀실은 개인의 광장이다. 인간을 이 두 가지 공간의 어느 한쪽에 가두어 버릴 때, 그는 살 수 없다. 그럴 때 광장에 폭동의 피가 흐르고 밀실에서 광란의 부르짖음이 새어 나온다." (「'광장' 1961년판 서문」)라는 작가의 말에서도 이를 확인할 수 있다.

소설은 대학생 '이명준'이 남한의 부패하고 혼탁한 현실에 회의를 품던 중 북한에서 고위직에 있는 아버지의 문제로 경찰서에서 문초를 받는 장면으로 시작된다. 국가의 분단은 가족의 해체로 이념의 대립은 자유의 억압으로 이어지는 현실을 상징하는 장면이다. 남한 사회에 대한 환멸과 허탈감은 '윤애'와의 사랑으로도 극복되지 못했고, 이명준은 급기야 북한으로 가는 밀항선을 타게 된다. 아버지의 도움으로 이명준은 기자가 되지만, 그가 쓴 글은 개인주의적이며 소부르주아적이라며 비판받는다. 북한 역시 "숨막히는 공기"로 상징되는 환멸의 연장선일 뿐이었다. 기자를 그만 둔 그는 공사장에서 노동자로 일하다가 사고를 당해 병원에 입원하게 되면서, 위문 공연을 온 직업 무용수 은혜와 만나 사랑을 하게 된다. 소설의 플롯은 이들의 사랑을 잠시 유예시킨 후 그 자리에 전쟁의 비극성을 배치한다. 한국전쟁이 발발하고 정치보위부 간부가 된 이명준은 남한으로 오게 된다. 위악적 행위를 반복하면서 분단체제에 대한 환멸을 표현하던 이명준은 우연히 은혜를 다시 만나 잠시 안정과 희망을 되찾기도 한다. 하지만 자신의 아이를 가진 은혜가 전사하게 되고, 이명준은 전쟁포로가 되어 거제도 수용소에 갇히게 된다. 그리고 얼마 뒤 이곳에서 이명준은 송환 심사 과정에서 남한과 북한 중 어느 쪽도 선택하지 않고 제3국을 선택한 후 배에 오른다. 소설은 남지나해의 푸른 바다에 몸을 던지면서 자신을 따라온 갈매기들이 상징하는 은혜와 아이를 조우하는 이명준의 마지막 모습으로 마무리된다.

「광장」이 당시 사회에 안겨준 충격의 중심에는 이명준의 중립국 선택과 그의 죽음이 있다. 최인훈은 분단과 냉전의 이데올로기가 모든 정신을 지배하던 시절, 이런 이분법적 체제에 얽인 메마른 정신을 비웃기라도 하듯 제3국행을 선택한 이명준을 통해 이데올로기가 결코 인간의 사랑과 자유를 초과할 수 없다는 점을 과감하게 표현했기 때문이다. 제3국행 이후 바다로 몸을 던진 이유 또한 이와 연관되어 있다. 소설의 마지막을 이명준의 자살로 해석할 때 작품은 허무주의적 도피와 감상주의적 결말이라는 평가에서 벗어날 수 없을 것이다. 하지만 수차례의 개작이 의도한 바를 따를 때 이명준의 죽음은 은혜와 아이가 있는 사랑의 세계를 지향한 것으로 보는 것이 타당해 보인다. 즉 최인훈의 「광장」은 사랑이라는 가치를 통해 이념의 폭력성을 극복하는 지점으로 분단문학을 견인한 작품이다.

황석영(黃晳暎, 1943~)은 분단체제가 생산한 갈등과 아픔을 자신의 작품세계 전면에 포진시킨 작가라고 할 수 있다. 1970년대까지를 배경으로 삼은 황석영의 초기작으로는 산업화 과정에서 발생한 계층갈등, 고향 상실, 인간성 파괴 등을 서사화한 「객지」, 「삼포가는 길」, 「한씨연대기」 등이 있다. 그리고 베트남 전쟁에 파병된 작가의 경험을 반영한 「낙타누깔」과 『무기의 그늘』(1985)은 한국의 분단체제를 세계사의 장면에 기입한 작품으로 평가된다. 황석영은 1980년대 전후에는 광주에서 민주화운동가의 삶을 살았고, 1989년 방북사건으로 독일에서 망명 생활을 하다 1993년 국가보안법으로 투옥된 후 1998년 김대중 대통령에 의해 특별사면되었다. 출옥 후 발표한 『오래된 정원』(2000)은 민주화운동 활동가 오현우가 출옥

후 5·18 당시 숨어지냈던 '갈뫼'로 돌아가 지난 시간 자신을 거쳐간 사상의 궤적과 사랑의 관계를 반추한 소설이다. 이 작품에 대해 이문열은 '한국문학의 거장이 돌아왔다'면서 상찬한 바 있다. 이후 황석영은 『손님』(2001), 『심청, 연꽃의 길』(2007), 『바리데기』(2007), 『강남몽』(2010), 『철도원 삼대』(2020) 등의 작품을 발표하면서 한국 근현대사에 기입된 분단체제와 자본주의체제의 이면을 집요하게 탐구했다.

특히 2007년 『한겨레신문』에 연재된 『바리데기』는 분단체제의 비극을 한반도라는 장소를 넘어 세계사적 맥락으로 확장시켰다는 점에서 의미가 있다. 장편 『바리데기』(창비, 2007)는 식량난이 극심하던 고난의 행군 시절 북한을 탈출한 소녀 '바리'가 중국을 거쳐 영국 런던의 변두리로 이동하는 경로를 추적한다. 제3세계 출신 이민노동자들의 비극적인 현실과 9·11 테러와 이라크전쟁이라는 세계사적 사건들의 한가운데를 관통한 바리의 고난은 한반도의 분단체제가 낳은 갈등과 비극이 세계사적 맥락과 공명한다는 사실을 보여준 기획으로 읽힌다. 소설은 바리데기 설화를 현대사의 장면으로 변주하는 형식을 취하고 있다. 북한 청진의 지방 관료의 일곱 번째 딸로 태어난 바리가 북한 체제에서 버려지는 장면과 중국을 떠나 유럽으로 밀항하는 화물선 컨테이너의 지옥도 장면은 바리데기가 겪은 고난과 저승 세계를 떠올리게 한다. 또 무슬림 남편 '알리'와의 파국과 딸의 죽음으로 인해 식음을 전폐하던 바리가 환상 속에서 원혼들을 만나고 돌아와 희망을 구축하려는 장면도 설화의 현대적 변용이다. 소설은 바리의 목소리를 빌려 "말 좀 해봐, 우리가 받은 고통은 무엇 때문인지", "어째서 악한 것이 세상에서 승리하는지", 그리고 "우리의 죽음의 의미를 말해 보라!"라고 말하면서 분단체제의 비극성에 의문을 던진다. 그리고 황석영은 이 질문에 대해 "희망을 버리면 살아 있어도 죽은 거나 다름없지. 네가 바라는 생명수가 어떤 것인지 모르겠다만, 사람은 스스로를 구원하기 위해서도 남을 위해 눈물을 흘려야 한다. 어떤 지독한 일을 겪을지라도 타인과 세상에 대한 희망을 버려서는 안 된다."(286쪽)라는 답변을 제출한다. 이는 분단체제라는 비극의 마지막 장을 타인에 대한 연민과 공감으로 갈무리하려는 작가 황석영의 현실 인식의 결과이기도 하다.

분단문학은 삶의 기반이 파괴된 절망적 상황을 핍진하게 재현함으로써 이념 대립이 낳은 폭력성과 모순을 폭로함과 동시에 전쟁과 분단의 상처를 정신적으로 극복하려는 문학적 과제를 수행한 결과물이다. 따라서 분단문학은 전후문학 시기에 전면적으로 등장하여 현재까지 이어지는 항구적 미결과제에 대한 문학적 응대라고 할 수 있다. 전쟁과 분단이라는 역사적 현실을 공유하고 있다는 점에서 사실상 전후문학과의 변별지점이 불분명한 면이 있다. 그러나 분단문학은 전후문학과 달리 1950~60년대로 한정되기보다 분단체제가 지속되는 현재에서도 다양한 서사로 변모하고 있다.

(김영삼)

사실주의극

　사실주의극은 인간의 삶과 사회의 문제를 과학적, 객관적, 논리적으로 접근하여 무대적 사실의 실제성을 관객에게 느끼게 하는 연극을 의미한다. 사실주의극의 모태는 19세기 근대의 시발점이 되는 산업혁명과 프랑스혁명의 영향 아래 형성되었다. 산업혁명이 자본주의가 가져온 물질적 풍요와 많은 농민들을 도시 빈민으로 전락시켜 사회적 병폐로 인한 사회적 문제를 야기시켰다면, 프랑스혁명은 만인평등과 개인주의 사상을 통해 개인의 자아의식 발달을 가져 왔다. 사실주의극은 이러한 두 혁명으로 파생된 산업화와 소외현상이 가져온 심각한 사회 문제에 대한 질문들을 연극으로 삼았다.

　사실주의(寫實主義)는 리얼리즘(realism)의 한자어로, 자연주의와 같은 의미로 사용되어 왔으나 그것이 의미하는 바는 다르다. 자연주의극은 환경에 의해 결정된 주인공들의 운명을 다루는 반면, 사실주의극은 현실의 모순과 시대적 갈등 양상을 사실적으로 표현한 작품이라고 할 수 있다. 연극계에서 사실극이라는 개념은 현철의 「현당극담」에서, 사실주의라는 표현은 김운정의 「사상운동과 연극」에서, 자연주의라는 표현은 최학송의 「근대영미문학의 개관」에서 찾아볼 수 있다. 그러나 우리 근대극에서 사실주의 혹은 자연주의라는 표기나 표현을 찾아보기 힘든데, 그 이유는 서양용어를 사용하지 않은 채 일본에서 들어온 신극(新劇)이라는 포괄적인 개념을 주로 사용하였기 때문이다.

서연호의 『한국근대희곡사』(고려대학교출판부, 1996)에 따르면 최초로 연극의 현실적인 사회성을 언급한 사람은 윤백남이다. 그는 「연극과 사회」라는 논설에서 민중생활과 밀접한 연극운동의 필요성을 강조하면서 연극의 시대적·문화적 역할을 강조하였다. 현철은 『매일신보』에 「연극과 오인의 관계」(1920.6.30~7.3)를 기고하여 연극이 현실의 축사라고 정의하면서 현실 폭로, 구습을 타파하려는 새로운 사상의 전파, 사회문제 제기 등을 통해 지식을 전달하고 현실에 적용하는 교육적 목적이 있다고 주장하였다. 김운정은 「사상운동과 연극」(『동명』, 1923.1)에서 연극을 "인간의 의지가 숙명이라든지 운명 또는 어떠한 경우의 제재(制裁)를 수(受) 할 때 그 제재라든지, 그 장애물과 고투하여 자기(인간)의 의지를 주장하거나 발전하는 그 실상(實狀)을 무대에 표현하는 것이라고 말했다. 다시 말해 연극은 생의 고투, 생의 파동, 생의 환희를 실사(實寫)하는 예술이다"라고 정의할 수 있겠다.

한국 연극사에 있어 사실주의극의 기점을 분명하게 진단하기는 어렵다. 사실주의극의 기준이 되는 근대성의 자각을 어느 시점으로 봐야 하느냐에 따라 달라지기 때문이다. 작가가 당대 현실의 시대적·환경적 여건과 인간적 삶의 상관성을 바탕으로 어떤 문제에 대한 합리적 비판이나 진보적 대안을 제시하는 것을 근대적 자각이라고 한다면, 그러한 자각을 전통적인 공연양식이 아닌 객관적 관점을 특징으로 하는 새로운 희곡 양식에 의해 기록된 작품을 근대극이라 정의한다. 근대극은 1900년대부터 1950년대 혹은 1960년대에 이르는 기간을 아우르지만 주로 1920년대 초반 혹은 중반 이후를 지칭한다.

한국의 근대극은 대체로 신파, 사회주의 경향, 사실주의 성격을 띤다. 사실주의극 역시 신파와 사회주의 경향을 띠는데 이는 사실주의극의 정착과정에서 사실주의 극작가의 출신에 영향을 받았기 때문이다. 한국의 근대극은 번역극에서 시작하는데, 번역극을 주도한 인물들이 지식인, 주로 유학생들이었다. 서연호는 『한국근대희곡사』에서 사실주의극의 전개 과정을 초창기(1902~1919), 발전기(1920~1945), 수정기(1945~1959)로 나누고, 발전기의 사실주의 양식에서 '사회주의 경향극'을 함께 다루고 있는데, 1920년대 사회주의 경향은 전방위적이고 근본적인 것으로 자리잡고 있었기 때문이다. 이에 대해 이승희는 사회주의는 사실주의 극작가들의 하나의 이데올로기이면서 한국의 제반 현실을 판단하는 인식체계로, 당시 사실주의극의 주요 계급이었던 노동자에 대한 새로운 의미작용을 구축했기 때문이라고 주장한다. 이러한 의미작용은 연극에서 주요 등장인물인 노동자, 농민 등 하층계급의 삶을 무대의 중심에 두고 식민지적 근대 질서 내에서 이 계급의 존재론적 위치를 사실적으로 재현하는 방식으로 나타났다.

식민지 조선에서 사실주의극의 유입은 일본을 통해 서양 사실주의극을 간접적으로 변형한 것일 수밖에 없었다. 무엇보다 식민지 조선의 특수한 상황에서 예술적 전통이나 관습에 저항하는 욕구를 드러내기보다 당면한 현실의 문제를 바라보고 해결하기 위해 사회주의 경향을 선택할 수밖에 없었다. 이 과정에서 사실주의 연극은 민족운동이자 계몽운동의 일환으로 사용되었다. 이것은 초기 사실주의극이 형식적 기법보다는 내용적 측면에 의의를 두고 있는 이유이기도 하다. 이 시기 작품들은 주체적인 자아의 확립을 위해 고군분투하는 인물들을 통해 근대적인 인간상을 제시하려고 하지만 교훈적인 설교톤과 과장된 연기, 통속적인 윤리관을 극복하지 못하고 있다. 1920년대 중반 사실주의극으로는 김유방의 「배교자」(1923), 김태수의 「희생자」(1924), 김영팔의 「미쳐가는 처녀」(1924), 진우촌의 「구가정의 끝날」(1925), 김우진의 「이영녀」(1925), 김동환의 「불복귀」(1926) 등이 있다.

김영팔(金永八, 1904~미상)의 「미쳐가는 처녀」(1924)는 전문학교 학생 춘일과 신여성 영애와의 비극적 사랑 이야기를 그린 작품이다. 춘일은 정혼한 약혼녀 집안의 도움으로 서울에서 유학생활을 하는데, 대학에서 만난 신여성 영애와 만나 사랑에 빠진다. 그때 영일의 친구가 북간도로 도망쳐 살 수 있는 기회를 열어 주지만 춘일의 어머니에 의해 춘일이 유부남과 같은 처지임을 알게 된 영애는 미치게 된다는 이야기이다. 이 작품은 춘일과 영애의 사랑 이야기를 통해 조혼의 문제와 폐해, 그리고 자유주의 연애사상에 대해 다루고 있다.

　김우진(金祐鎭, 1897~1926)의 「이영녀」(1925)의 주인공 이영녀는 평범한 가정 가정주부로 살았지만 외지로 돈 벌러 떠난 남편이 청우가 돌아오지 않자 가정의 생계를 위해 창녀로 일한다. 포주이자 집주인인 안숙이네의 계략에 집단 매음을 당할 뻔하지만 거절하고 도망쳐 나온다. 이로 인해 영녀와 자녀들이 집에서 쫓겨나고, 안숙이네가 가로챈 화대로 인해 유치장에 갇히게 된다. 영녀의 사정을 딱하게 여긴 경찰서장의 소개로 면화 공장에서 일하게 된다. 그 사이 남편이 죽고 한량인 유서방과 재혼하게 된다. 낮에는 가족의 생계를 위해 공장에서 노동으로, 밤에는 유서방에게 유린당하다가 결국 죽게 된다. 영녀의 딸 명서 역시 새 아버지 유서방에게 성적 학대를 받는데, 이를 본 이웃집 여인 기일의 처는 여자가 결혼을 하게 되면 힘들게 산다고 말하며, 시집가지 말라는 말을 하면서 연극의 막이 내린다. 이영녀는 비록 배운 것 없는 무능력자라 자신의 몸을 팔 수 밖에 없지만 비도덕적 상황에 항거하며 자생적으로 살아내려 하는 모습을 보여주었다. 이영녀의 삶을 통해 부조리한 사회에 대한 개인의 대결의식을 엿볼 수 있다.

　1930년대 작품들은 초기 사실주의극보다 주체적인 주인공들이 적극적으로 자신의 신념을 가지고 낡은 인습에 도전한다. 작품들은 처녀성,

혼전순결, 남편의 외도 등 여성의 인권과 자유주의 연애 등 당시 만연해 있던 사회문제에 대해 대담하게 다루고 있다. 무엇보다 괄목할 만한 점은 등장인물들이 일상 언어를 사용하고 있다는 것이다. 그러나 극의 구성과 인과관계가 논리적이지 못하고, 파국적인 결말로 끝을 맺는데, 이는 현실적인 문제를 해결할 대안을 제시하지 못하는 한계를 보여준다. 1930년대 사실주의극의 가장 큰 특징은 세련된 서사의 구조를 가지고 있다는 점이다. 토착어의 사용과 경제적인 대사를 통해 극의 핍진성과 개연성을 높이고, 대사를 통해 등장인물들의 성격 구축을 잘 쌓고 있다. 무엇보다 현실을 그려내는 감각적 묘사와 일제에 수탈당한 가난한 소작민의 참상을 사실적으로 피력하여 예술성도 함께 획득한 것으로 평가된다. 1930년대 사실주의극으로는 유치진의 「토막」(1931), 「소」((1934), 이태준 「산사람들」(1936), 함세덕의 「산허구리」(1936), 채만식의 「제향날」(1937) 등이 있다.

유치진(柳致眞, 1905~1974)의 「토막」은 일제치하의 조선에서 살던 토막민의 당시 가난한 농촌 현실을 두 가족, 명서네와 경선네를 통해 보여주고 있다. 이 작품은 당시 일제에 의해 자행되었던 식민지 농업정책의 결과로 절대적 빈곤에 빠진 농민들의 이농 사태를 그리고 있다. 주인공 명서는 처와 곱사등이 딸 금녀, 오래 전 일본에 돈을 벌려고 떠난 명수라는 아들이 있다. 2년 동안 소식이 끊긴 명수의 안부보다 명서의 가족은 명수가 돈을 보내지 않아 애가 탄다. 이때 구장이 신문에서 명수의 이름을 봤다며 해방운동을 하다가 경찰에 잡혀 있다는 소식을 전하지만, 명서네 가족은 믿지 않는다. 경선은 장리쌀을 빌려 먹고 갚지 못해 집행인에게 빚독촉을 받는다. 결국 경선네는 먹고 살길이 없어 경선이마저 장사를 하러 고향을 떠난다. 모든 것을 빼앗긴 경선의 처와 아들 순돌은 명서네 집에 얹혀 살지만 구걸을 피할 수 없다. 남편을 만난 경선의 처는 경선과 함께 고향을 떠난다. 얼마 후 신문의 소문이 사실이고 명수가 죽었다는 소식을 접한다. 명서네 부부는 명수의 죽음에 좌절하지만 금녀는 자신의 오빠의 죽음을 자랑스러워한다. 유치진의 「토막」은 삶의 기본적인 터전마저도 일제에 유린당한 가난한 소작농의 삶을 통해 식민지 시대의 참혹한 실상을 그리고 있다.

이태준(李泰俊, 1904~미상)의 「산사람들」에 등장하는 용길이네 가족은 불법으로 산에 화전을 일구어 근근이 입에 풀칠한다. 그의 부모는 한쪽 팔과 다리를 쓰지 못하는 용길이를 대처로 내보내 동냥질이라도 하게 만들기로 결심한다. 용길은 먹고 살기 위해 열심히 각설이 타령을 연습한다. 마을 사람들은 영림서에서 불법적으로 화전을 단속한다는 소문을 접하게 되고, 마을 사람들과 용길 아버지는 단속을 피하기 위해 산속으로 피신을 한다. 집에 남은 용길과 용순의 집에 두 명이 신사가 찾아오고, 이들을 형사로 오인한다. 그러나 그들은 서울에서 내려온 기자와 그를 안내하기 위한 지방 기자였다. 두 기자들은 화전부락의 가난한 삶을 단순히 오지체험으로 바라본다. 용길의 어머니는 용길이 돈이라도 벌길 바라는 마음에 기자들과 함께 떠나보낸다. 「산사람들」은 대자연 속의 서정적 배경 속에서 식민지 시대 화전민들의 극한적 삶을 향토성 짙은 대사로 솔직하게 표현한 작품이다.

채만식(蔡萬植, 1902~1950)의 「제향날」은 할아버지 김성배, 아들 김영수, 손주 김상인의 가족사를 통해 구한말에서 1930년대까지 있었던 험난한 민족의 수난사를 담담히 그려내고 있다. 김성배의 처 최씨는 이들의 이야기를 외손주 영오에게 들려주면서 그들의 삶을 프로메테우스 신화를 빗대어 이야기 한다. 동학 혁명군에 가담한 남편 김성배의 죽음, 그리고 3.1 운동을 도모했다가 일본 관군에게 쫓기는 그의 아들 김영수, 사회주의 운동을 하며 똑같이 일본에 쫓기는 그의 손주 김상인의 삶을 통해 식민지 조선의 독립을 위해 싸웠던 이들의 이야기를 마치 프로메테우스가 인간에게 불씨를 넘겨주기 위한 희생에 빗대어 전하고 있다.

「제향날」은 삼대가 겪은 민족의 수난사를 통해 민족의 저항 정신과 극복 의지를 후대에까지 물려주려는 작가의 의지가 엿보인 작품이다. 특히 채만식은 당시 기존 희곡과 다르게 현재와 과거를 교차하면서 여러 시점을 통해 작품의 주제의식을 이끌어 냈다는 점에서 의의를 가진다.

식민지 치하에서 시작된 사실주의 연극은 일본의 감시와 통제 아래서 일본어를 표준어로 하는 기막힌 상황에서 당대의 민족 현실을 반영하여 시대적 아픔을 그려내기 위해 최선의 노력을 다했다. 다른 문학과 달리 희곡은 현실을 기반으로 한 언어와 사실적 묘사를 해야 하는 장르이기에 작품에 대한 일제의 탄압은 당연한 귀결이었을지도 모른다. 그럼에도 불구하고 작가들은 사실주의극을 통해 당시 식민지 현실에서 살아가는 민중의 고단한 삶을 우회적으로나마 표현하려고 했다. 주인공들의 주체적인 삶이 식민지 체제에서 실패할 수밖에 없음에도 불구하고 그들의 삶에 대한 대중의 공감대를 만들도록 노력했다.

(조미영)

산업화 소설

산업화 소설이란 산업화 시대 부의 집중과 사회적 불평등에서 촉발된 인간 소외를 다룬 작품이다. 우리나라의 산업화가 본격적으로 시작된 1960년대 이후, 국가의 산업화 정책으로 이룩한 경제발전의 이면에서 고통스러운 시간을 감당해야 했던 민중의 삶과 의지를 다룬 작품을 포괄적으로 일컫는다.

우리나라의 근대사에서 산업화의 핵심적인 시기는 1970년대이다. 1970년 11월 전태일의 분신은 산업화가 노동자의 희생을 통해 이루어진 것임을 공개적으로 알린 비극적 사건이었으며 1970년 11월 발생한 광주대단지사건은 국가 주도 근대화 정책의 문제점을 그대로 보여준 것으로, 윤흥길의 『아홉 켤레의 구두로 남은 사내』의 배경이 되기도 했다. 또한 박정희 정권의 유신체제, 새마을 운동 등 1970년대를 규정하는 일련의 정책은 1970년대 국가 주도 산업화 정책이 민중들을 어떻게 억압했는지를 보여준다.

이러한 배경에서 1970년대에는 산업화 소설이 활발히 창작되었다. 황석영의 「객지」(1971), 윤흥길의 『아홉 켤레의 구두로 남은 사내』(1977), 조세희의 『난장이가 쏘아올린 작은 공』(1978), 이문구의 『우리 동네』(1981) 등을 대표적 사례로 들 수 있다. 이들 작품은 국가 주도 산업화 정책이 도시와 농촌을 이원화시키고 민중의 삶을 어떻게 소외시켰는지를 폭넓게 드러냈다.

이 중에서 특히 조세희(趙世熙, 1942~2022)의 『난장이가 쏘아올린 작은 공』(이하 『난쏘공』)에 주목할 필요가 있다. 다른 작품이 40년이 지난 지금 잘 읽히지 않는 것과 다르게 『난쏘공』은 한국을 대표하는 스테디셀러의 반열에 올랐기 때문이다. 1978년 초판이 발간되자마자 베스트셀러가 된 『난쏘공』은 1996년 6월 100쇄, 2005년 11월 200쇄를 돌파하고, 2017년 4월 국내 소설로는 최초로 300쇄를 돌파했다. 그만큼 『난쏘공』은 많이 읽혔고, 중고등학교 필독서로 팔린 정황을 고려하더라도, 이런 흐름은 『난쏘공』에 시대를 초월하는 어떤 힘이 함축된 사실을 보여주는 것이다.

장석주는 「스테디셀러 긴 기억의 교향곡들」(2007)에서 "스테디셀러는 시대를 관통하는 중요한 전언들, 삶에 대한 궁극적인 진리 탐구, 시대정신의 보편성을 그 조건으로 한다,"고 정의한 바 있다. 이에 비추어 보면 『난쏘공』에는 지난 40여 년의 변화를 초월하여 인간으로서 추구해야 하는 보편성에 대한 지향이 담겨있다고 할 수 있다. 다시 말해 1970년대 박정희 정권 이후, 보수·진보 세력이 일관된 목소리로 주장한 경제 성장과 그로 인한 사회 구조의 변화 속에서 많이 상실되었으나 잃지 말아야 하는 어떤 정신에 대한 탐구가 『난쏘공』에 깃들어 있는 것이다. 1980년대 후반 대한민국은 정치 민주화를 이루었지만 1990년대로 넘어오면서 세계 경제화의 물결에 합류했다. 형식적 민주주의는 이루었지만 경제 성장이란 목표는 변하지 않고 오히려 강화되며 『난쏘공』이 담아내고 있는 문제의식이 더욱 간절한 현재가 되었다. 그런 점에서 『난쏘공』이 담고 있는 정신에 더욱 귀를 기울이게 된다.

『난쏘공』의 서사에서 중심을 이루는 것은 교육 시스템에 대한 비판적 인식이다. 「뫼비우스」에서 선생님은 처음부터 입학시험과 상관없는 이야기를 한다는 점을 강조했으며, 윤호는 명문대 입학을 강요하는 아버지에게 반항하며 달나라에 가겠다는 말을 반복적으로 하는 인물이다. 뿐만 아니라, 난장이 아버지에게 큰 영향을 미친 지섭은 명문대를 그만두고 노동자의 삶을 살아간다. 소설에서 윤호와 지섭, 김불이까지 그들이 공유하는 세계는 우주, 달나라 등 추상적 어휘로 묘사되었지만, 거기에는 명문대 입시가 상징하는 위계 서열화된 현실과 대립하려는 의지가 함축되어 있었다.

동시에 『난쏘공』 서사에서 빠질 수 없는 것이 도시 재개발 문제이다. 교육 시스템이 문화적 차원에서 난장이 가족을 노동자의 위치에 결박시켰다면 도시 재개발이 상징하는 자본 축적 시스템은 난장이 가족의 삶을 뿌리부터 뒤흔드는 제도이다. 『난쏘공』의 모든 갈등이 함축된 「난장이가 쏘아올린 작은 공」은 재개발로 살던 주택을 잃고 쫓겨나게 되는 난장이 일가의 이야기를 담고 있다. 난장이 가족이 집에서 쫓겨나며 아버지 김불이는 지섭을 통해 세상을 알고 자살하고, 막내 동생 영희는 사내에게 빼앗긴 입주권을 찾기 위해 몸을 던진다. 더 나아가 영수가 살인이라는 극단적 선택을 하게 된 결정적 계기도 바로 자신의 보금자리가 빼앗긴 사건 때문이었다.

『난쏘공』에서 주목되는 또 다른 주제는 생태 문제이다. 아버지 김불이가 세상을 떠난 뒤 은강의 노동자가 된 영수는 평소 아버지가 꿈꾸던 세상을 떠올린다. 아버지가 꿈꾼 세상은 모두에게 할 일을 주고 누구나 자식을 공부시키며 이웃을 사랑하는 세계였다. 현실과 정확히 반대인 아버지가 꿈꾸는 세상은 영수가 살아가는 현재와 대비된다. 작가는 이 대목에서 은강 내항이 썩어가고 공장 근처의 냇가에 폐수와 폐유가 흐르는 장면을 묘사했다. 이 소설은 자본주의 경제가 어떻게 환경을 오염시켰는지, 다시 말해 경제 성장의 논리와 생태 문제의 연결성을 지적하고 있다. 계급 문제와 환경 문제는 분리된 것이 아니라 자본주의 시스템으로부터 발생한 현상이라는 것을 『난쏘공』은 연작소설 형식으로 드러낸 것이다.

그렇지만 작가는 제도를 만든 권력자와 노동자의 대결 구도에 초점을 맞추는 것이 아니라 난장이 가족을 중심으로 한 등장인물의 감정에 중심을 두고 이야기를 전개했다. 그래서 1970년대에는 조세희가 소시민의 감수성을 가진 작가라는 비판적 평가가 존재하기도 했다. 당시 산업소설이 산업화 시대 민중의 고통을 해결하기 위한 의지와 신념을 강조했다면, 『난쏘공』은 사랑, 달나라, 우주 등 추상적 어휘를 사용하고 있기 때문이다. 『난쏘공』이 당대의 산업화 소설과 다른 이러한 특징은 어떻게 이해할 수 있을까?

　이 문제는 우리가 『난쏘공』은 여전히 읽지만, 다른 작품들은 읽지 않는 이유와 밀접하게 연관되어 있다. 『난쏘공』이 다룬 교육과 재개발 문제는 여전히 해결되지 못했다. 아니 오히려 대한민국에서 자식 교육과 부동산 투자에 대한 욕망은 더욱 확장되었다고 보는 편이 타당하다. 권력자가 만든 시스템 이상으로 삶을 대하는 우리의 마음에도 어떤 변화가 있었기 때문이다. 1990년대 중반 조세희는 「파괴와 거짓 희망, 모멸의 시대」(『문학과 사회』, 1996년 가을호)라는 산문을 썼다. 여기서 작가는 난장이 연작을 쓰던 시기를 회고하며 쓰기에 대한 견해를 보여주었으며, 이 글은 2000년에 재발간된 『난장이가 쏘아올린 작은 공』의 서문으로 삽입되었다. 이 산문에서 조세희는 강압 통치자들이 무슨 짓을 하든 가만히만 있으면 자신의 신체와 가족이 안전함을 깨달은 사람들이 점점 침묵하게 되는 현실을 환기하며, "자세히 보면 지금도 같은 일이 되풀이되지만, 그때 제일 참을 수 없었던 것은 '악'이 내놓고 '선'을 가장하는 것이었다."(조세희, 『난장이가 쏘아올린 작은 공』, 이성과 힘, 2017, 9쪽)라고 쓴 바 있다. 다시 말해 사람들은 권력자의 탄압은 정치와 경제 양면으로 주어지는 까닭에 정치적 탄압에 저항하지 않으면 고문을 당할 일이 없다는 현실 인식을 한 것이다. 오히려 문제는 경제의 영역에서 실패자가 되는 것이며, 이를 막기 위해 경제적 가치를 선으로 여기는, 다시 말해 악이 선이 되는 사회가 되었다는 판단인 셈이다.

작가의 이런 판단에서 주목해야 하는 것은 악이 선이 되는 경제 구조에 대한 날카로운 인식이다. 선과 악의 구분이 분명하던 1970년대 노동소설을 떠올린다면 모호한 현실 인식이라고 평가할 수 있는 대목이지만, 조세희의 이러한 인식은 권력의 미시적 작용에 대한 통찰, 달리 말해 신자유주의의 자기 통치 전략을 꿰뚫어 본 것이다. 쉽게 말해 경제적 가치를 지고의 가치로 여기며 정치적 문제에는 큰 관심을 기울이지 않는 최근의 현상을 떠올리면 된다. 이와 관련하여 1980년대『난쏘공』에 대한 독서 경험을 회고하는 시선이 공통적으로 양심의 문제를 강조하는 것은 시사하는 바가 크다. 가령 위기철은「스무살의 독서: 조세희의「난장이가 쏘아 올린」(『동아일보』, 1993.7.7)에서 대학생 시절『난쏘공』을 읽은 경험을 돌이켜보며 "현실의 문제를 사회과학적인 이론만으로 깨우치게 되었다면 나는 아마 경직되고 교조적인 사고"에 빠졌을 것이지만, "현실을 이론으로부터가 아닌 양심으로부터 깨우칠 수 있었는데 여기에는「난장이-」와 같은 뛰어난 문학 작품들의 덕택이 무척 컸다."고 이야기 한 바 있다.

이러한 사실은 1980년대 초반 대학생들의 필독서로『난쏘공』이 널리 읽힌 이유가 학생들의 내면에 큰 울림을 주었기 때문이란 사실을 말해준다. 사회과학으로만 현실을 배웠다면 교조적 사고에 빠져들었을 것이란 판단은 사후적이지만, 『난쏘공』이 독자에게 자신의 삶을 되묻는 힘을 가지고 있음을 증명한다. 그리고 바로 이런『난쏘공』의 힘은『난쏘공』의 서사에 얽혀 있는 자본주의 경제에 대한 인식을 텍스트 바깥의 나의 사건과 겹칠 때 실재성을 확보하게 된다. 『난쏘공』의 추상성이 독자에게 자신의 삶을 생각하게 만드는 힘을 만드는 것이다. 바로 이런 생각하게 만드는 힘이 도달한 지점은 1970년대에 시작되어 1998년 IMF 이후 완성되고 현재까지 지속되고 있는 악을 선으로 만드는 경제시스템에 대한 인식이다.

조세희의 『난쏘공』은 1970년대 산업화 소설의 문제의식을 공유하면서도 문제를 선과 악으로 이분화하지 않고 선과 악의 순환구조를 포착했다는 점에서 큰 의미가 있다. 『난쏘공』에서 악을 선으로 인식하게 만드는 시스템으로 주목한 것은 교육과 재개발 문제이다. 여전히 우리 사회에서 학벌주의는 공고하고 부동산 투자는 모두의 관심사가 되었다. 좋은 대학에 진학하고 부동산 투자로 돈을 버는 것은 선이 되었다. 40여 년 전 조세희는 산업화 사회의 미래를 예견하듯 『난쏘공』을 썼다. 여전히 『난쏘공』이 읽히고, 또 앞으로도 『난쏘공』을 읽어야 하는 이유는 바로 여기에 있다.

(최병구)

새마을희곡

새마을희곡은 새마을정신을 전 국민에게 유포하기 위한 목적으로 착안된 정치적 목적극이다. 새마을희곡의 배경이 되는 새마을운동은 1970년대 도시와 농촌 사이의 소득 격차를 줄이기 위한 국가 시책이었다. 1960년대 박정희 정권은 2차 산업을 중심으로 한 제1, 2차 경제개발 5개년 계획을 시행하였다. 그 결과 10% 이상의 초고도 경제성장을 이룰 수 있었지만, 1950년대부터 지속된 농촌경제의 빈곤은 더욱 심화되어 도농의 소득 격차가 극심해졌다. 이에 1970년 4월 22일 박정희 대통령은 부산에서 열린 전국 지방장관회의에서 농촌 경제 활성화를 위해 '새마을 가꾸기 운동' 혹은 '알뜰한 마을 만들기 운동'을 벌이자고 제안했다. 1970년 8월 시멘트 수출이 목표치에 도달하지 못하자 이를 소화하기 위해 정부는 50만 톤을 매입하여 전국 3만3천267개 이·동 부락에 시멘트 335부대씩을 배부했고, 마을 앞산 푸르게 만들기, 마을 앞길 넓히기, 퇴비장 만들기, 마을 청소 및 하수구 보수 등에 사용할 것을 권장하였다.

'새마을 가꾸기'라는 이름으로 농림부가 주관하여 진행되던 국민운동은 물자부족으로 마을의 숙원사업을 해결하지 못하던 시기 지역 사회에 활기를 불어넣을 수 있었고 지역민들의 노력으로 정부가 본래 의도한 것보다 더 큰 성과를 내게 되었다. 그러자 정부는 1971년 주관부서를 내무부로 옮기고 농촌 근대화를 넘어 도시에 이르기까지 국난 극복을 위한 전 국민의 새로운 정신 계발을 호소하는 범국민적 운동으로 이를 확산시키고 명칭도 '새마을운동'으로 변경하였다.

1970년 10월 국정감사장에서 내무위 박경원 장관은 새마을운동이 어디까지나 정부가 농민생활을 돕기 위한 것일 뿐 정치적 목적에 이용하려는 것은 아니라고 했지만, 1972년 10월 19일 유신 체제 선포 이후 영구집권을 꿈꿨던 박정희 대통령은 자신의 집권을 정당화할 지지기반을 만들기 위해 새마을운동을 활용했다. 실제로 새마을운동은 오늘날까지 이어지고 있는 여촌야도(與村野都)라고 하는 정치 지형을 만들어 냈다. 또한 박정희 정권은 자신의 정치적 야욕을 겉으로 드러내기보다는 문화예술을 통해 감성적으로 다가가 설득력을 높이려고 하였는데 그 일환으로 진행된 것이 1974년 문예중흥 5개년 계획이다.

당시 박정희 정권은 지원과 검열이라고 하는 상호 모순된 전략으로 문화예술인들을 길들이고자 했다. 문예중흥 5개년 사업은 1972년 8월 3일에 공포된 「문화예술진흥법」에 의거하여 1973년 3월 30일에 설립된 한국문화예술진흥원을 중심으로 시행되었다. 민족문화예술의 계승발전과 연구·창작·보급 활동을 적극화하기 위하여 한국학·전통예능·문학·미술·음악·연극 등 11개 분야에 85개의 사업을 목표로 책정하여 추진되었다. 연극의 경우 연간 4억 8천 8백여만 원이 투입되어 창작육성·연극인회관설치·새마을연극운동·전국연극지도자강습회·기타 사업 등에 사용하도록 하였는데 사업의 대부분이 새마을연극운동과 관련되어 있다고 볼수 있다. 전국연극지도자강습회의 경우 새마을연극운동의 세부 사업이라할 수 있는 새마을 극본 보급과 학교 및 직장에 대한 극단 조직 권장과 전국 새마을 연극경연대회 개최를 위한 지도자 강습을 위한 것으로 이역시도 새마을운동과 관련된 것이었다. 결국 당시 연극인들은 문화예술진흥법에 따라 일정 정도의 재정적 지원은 받을 수 있었지만, 공연법에 의해 국가 체제와 정책에 동의할 수밖에 없었다.

새마을연극에 누구보다 적극적으로 임했던 사람은 당시 한국연극협회 이사장이기도 했던 극작가 차범석(車凡錫, 1924~2006)이었다. 누구보다 연극 부흥을 위해서는 국가가 정책적으로 지원을 해 주어야 한다고 외쳐 왔던 그는 그 목적이 어찌 되었든 정부가 연극에 재정적 지원을 아끼지 않는 것을 반기면서 이에 적극적으로 임했다. 차범석은 2004년 한국문화예술진흥원에서 시행한 구술채록사업에서도 1974년에 정부가 문화예술진흥원을 신설하고 문화예술진흥에 관심을 가지고 활로를 높였다는 것은 역사적이고 획기적 사건이었다고 평가했다. 1973년에는 『새마을희곡선집-마당극에서 학교극까지』(세운문화사)을 펴내기도 했는데, 이 책의 머리말에 실린 유치진의 추천사를 보면 새마을희곡의 특징이 드러난다. 유치진은 연극 대중화의 중요성에 대해 언급한 후 새마을희곡이 전문가가 아닌 아마추어들이 연극을 손쉽게 할 수 있도록 작품을 써 펴냄으로써 연극 인구의 저변을 확대할 수 있을 것이라 기대했다. 즉 누구나 쉽게 읽고 독해하여 극화할 수 있는 작품이라는 것이다. 이는 박정희 정권이 추구했던 '예술의 생활화·대중화'와도 맥이 닿아 있다.

『새마을희곡선집』에 실린 차범석의 장편은 「위자료」로 이 작품은 박조열의 「소식」과 함께 1972년 8월 24일부터 제1회 지방연극순회공연을 한 작품이다. 이 작품은 차범석의 다른 새마을희곡에 비해 새마을 정신이 작품 전면에 노골적으로 드러나지는 않는다. 그러나 위자료 때문에 죽지도 않으면서 죽은 척하는 큰아들 명수와 그 위자료를 서로 탐하는 가족들의 모습을 통해 배금주의가 만연하여 인간성을 훼손시키는 도시 생활의 실상을 재현하다. 그러면서 보다 못한 어머니가 과감히 위자료로 받은 수표를 찢어버리고 고향으로 내려가 농사지으며 정직하게 살자고 자식들을 설득하는 장면을 통해 농촌의 가능성을 제시하는 한편 근면, 자조, 협동의 새마을정신을 되새긴다. 이 작품은 이데올로기 선전에 주력하고 있는 만큼 위자료를 받아 장사를 하겠다고 하던 광수가 갑자기 어머니와 함께 시골로 내려가기로 결심을 한다거나 죽어도 시골에 내려가서는 살 수 없다고 하던 명수가 광수가 사 가지고 온 농업·축산 관련 서적을 보고 마음이 움직인다는 내용 전개는 인과성이 떨어진다. 특히 마지막에 명수 가 "흙은 정직하다. 흙은 배반할 줄 모른다. 흙은 보살펴 준 만큼 은혜를 갚을 줄 안다."며 꽤 긴 분량의 내용을 읽어내려가는 장면은 이 작품의 의도가 무엇인가를 알 수 있게 한다.

1974년 작 「활화산」은 차범석 개인뿐만이 아니라 대한민국 희곡사를 통틀어서 대표적인 새마을연극이라 할 수 있다. 이 작품은 국립극장에서 1974년 2월 26일부터 3월 3일까지 공연한 작품으로 새마을운동으로 잘 살아보려는 의지를 가진 열성적인 여성 지도자의 모습을 그리고 있다. 이 작품은 1973년 11월 22일 광주에서 열린 '전국새마을 지도자대회'에서 노력장을 수상한 경북 월성군 안강읍 옥산마을의 김영순 씨의 실화를 극화한 작품이다. 1972년 4월 26일 문화공보부는 새마을운동을 범국민운동으로 승화시키기 위해 새마을사업을 소재로 한 종합적인 문화예술 활동을 전개할 계획을 발표하면서 문인들이 현장 답사할 수 있도록 하겠다고 한 바 있다. 차범석은 『학이여 사랑일레라』에서 이 작품을 쓰기 위해 직접 옥산마을에 내려가 그녀를 취재한 바 있다고 하였다. 이 작품은 철저하게 새마을운동의 정신을 담아내기 위해 창작된 작품인 것이다. 내용상으로도 당시 박정희 정권이 자조자립(自助自立)을 강조하며 심각한 수해 상황 속에서도 전 주민이 총동원해서 새마을 가꾸기 정신으로 재해 복구에 힘쓰도록 하라고 지시한 것처럼 이 작품의 주인공 김정숙 역시 홍수와 산사태를 위한 교량 건설을 추진하면서 우리 자식들에게 물려줄 자랑스러운 유산을 외부의 도움 없이 우리의 힘으로 손수 쌓고 문질러 만들자고 말한다. 앞선 「위자료」에 비해 한층 목적성이 강해졌으면서도 실화를 바탕으로 한 만큼 구조상 인과관계의 모순은 잘 포착되지 않을 만큼 치밀하다.

1976년 작 「쌍둥이의 모험」은 중앙과 지방과의 문화 균형을 위해 8개 극단이 13개 지역을 순회하는 '전국연극순회공연'에 선정된 작품이다. 그러나 노골적으로 새마을운동을 미화하고 있어 작품성이 떨어지는 데도 이 한 작품으로 전국을 순회하게 함으로써 연극인들의 빈축을 사기도 했다. 작품은 쌍둥이로 태어났지만 서로 다른 성격을 지닌 천석·만석 형제의 이야기를 중심으로 한다. 시골에서 농사나 지으며 살 수 없다며 집을 나가 연락이 두절되었던 동생 만석이 어느 날 갑자기 서울에서 성공했다며 모두의 축하 속에 금의환향한다. 그러나 얼마 지나지 않아 만석이 빚에 쫓겨 내려왔다는 사실이 밝혀지더니 갑자기 참회하며 고향에 남아 농촌운동에 참여하겠다고 선언한다. 이 작품은 만석이 갑작스럽게 마음을 바꾸고, 빚을 받으러 왔던 오 여사가 형 천석에 감화되어 "농촌에도 이렇게 듬직한 청년이 있는 동안은 우리도 희망이 있다"며 남은 빚 67만 원을 마을을 위해서 기부하겠다고 하는 등 개연성이 떨어지는 대목이 많다. 당시 순회공연을 마치고 진행된 이진순, 김정옥, 김동훈이 나눈 좌담에서도 이동극단의 가능성을 발견했다는 평가와 함께 지나치게 목적성을 앞세운 작품으로 테마를 나타내는 대사가 간혹 생경한 데다 댓바람에 주제를 주입시키려는 점이 문제라는 지적이 나왔다. 좌담에 참여한 이들은 목적의식만 내세울 것이 아니라 연극적 재미와 감동도 줄 수 있는 작품 선정에 대한 아쉬움을 토로하였다. 한상철 역시 『한국문학』 1976년 9월호에 기고한 글을 통해 "극단마다 개성이 다르고 지역마다 특성이 다른 법인데, 이를 일률적으로 통일시킨다는 것은 일종의 예술행위에 대한 횡포이며, 그 횡포가 가능하게 되는 경우는 오로지 국가 정책을 일방적으로 선전하기 위한 목적일 때뿐이라고, 만약 그렇다면 그것은 예술을 정치의 도구로 삼는 예술의 모독"이라고 지적했다.

　1974년 11월 18일 오전 서울 광화문 의사회관(현 교보빌딩) 계단에서는 신경림, 백낙청, 염무웅 등 30여 명의 문인들이 모여 '자유실천문인협의회 101인 선언'을 낭독하며 유신 반대 민주화투쟁을 공표했다. 그런데 한편에서는 연극의 대중화를 꿈꾸며 새마을운동에 편승하여 마을마다 연극극단을 조직하고, 소인극경연대회를 개최하여 정권이 주도하는 국민계몽의 일환인 새마을정신을 주입하는데 동조하는 작품을 만들었다. 물론 열악한 환경 속에 있던 연극인들에게 있어 당시의 제도적·재정적 지원은 거부할 수 없는 유혹이었을 수 있다. 그러나 극작가 박조열이 엄혹한 상황 속에서도 자신이 쓰고 싶은 작품을 쓰기 위해 피나는 노력으로 극작술까지 바꿨지만, 끝내 검열을 통과하지 못하자 절필을 했던 것과 달리 검열자의 입맛에 맞는 작품을 무대에 올리는 것이 과연 문화예술의 발전이라 말할 수 있을지 의문이다. 현실적 이해관계와 목적의식을 노골적으로 드러낸 목적극이 연극 인구의 저변 확대를 이뤄낸 계기라는 평가에도 불구하고 그것이 예술의 자율성을 망각한 선택이었다는 문제점은 목적극의 근본적 한계를 말해준다.

(김윤희)

#환경 #생명 #생명공동체 #돌봄 #기후위기 #채식주의자

생태비평

　생태비평이란 인간중심적 가치관을 넘어 인간이 아닌 생명체와 환경을 포함한 생태계 전체와의 조화로운 관계를 모색하는 비평 방식으로, 환경적 책임과 생태적 가치를 비평의 중심 방법론으로 삼는 비평을 말한다. 생태비평은 에코크리티시즘(Ecocriticism)의 번역어이다. 에코크리티시즘은 에코(Eco)와 크리티시즘(criticism)을 결합한 조어로, 에코는 그리스어로 협의의 의미로는 집, 주거지를 뜻한다. 광의의 의미로는 모든 생물과 무생물이 살고 있는 자연이나 환경을 뜻한다. 크리티시즘은 그리스어로 '가려내다'와 '골라낸다'를 의미하는데 여기서는 비평을 의미한다. 이런 어원을 통해 유추해보면, 생태비평은 환경과 자연 또는 생태계라는 관점에서 생태 문제를 비평의 중심에 두고 문학작품을 분석하고 평가하는 경향의 비평을 말한다고 할 수 있다.

　이러한 맥락에서 보면 생태비평을 가능하게 하는 것은 생태 문제에 대한 인식과 관계가 깊다. 이러한 생태 문제의 인식은 일반적으로 레이첼 카슨(Rachel Carson)의 『침묵의 봄』(1962)에서 시작되었다고 본다. 이 책은 현대 환경운동의 기폭제가 된 책으로 평가되는데, 1장 「내일을 향한 우화」에서 농약을 비롯한 화학물질이 가져올 재앙을 충격적으로 묘사한 부분이 당시에 커다란 반향을 일으키며 환경운동을 촉발시켰기 때문이다. 여기서 카슨은 아름답고 전원적인 마을에 불어닥친 죽음의 그림자를 묘사하면서 책을 시작한다. "어느날 낯선 병이 이 지역을 뒤덮어버리더니

모든 것이 변하기 시작했다. 어떤 사악한 마술의 주문이 마을을 덮친 듯 했다. 닭들이 이상한 질병에 걸렸다. 소떼와 양떼가 병에 걸려 시름시름 앓다가 죽고 말았다. 마을 곳곳에 죽음의 그림자가 드리워진듯 했다. 농부들의 가족도 앓아 누웠다. 병의 정체를 알 수 없는 의사들은 당황하기 시작했다. 원인을 알 수 없는 갑작스러운 죽음이 곳곳에서 보고되었다. (중략) 죽은 듯 고요한 봄이 온 것이다. 전에는 아침이면 울새, 검정지빠귀, 산비둘기, 어치, 굴뚝새를 비롯한 여러 가지 새들의 합창이 울려 퍼지곤 했는데 이제는 아무런 소리도 들리지 않았다. 들판과 숲과 늪지에 오직 침묵만이 감돌았다."고 썼던 것이다. 카슨 이후 환경학은 생태학으로 확장되면서 문학의 영역에도 생태비평의 지평이 열렸다.

생태비평이란 비평용어는 미국의 문학이론가 윌리엄 루컷(William Rucket)이 사용한 것으로 알려져 있다. 루컷은 「문학과 생태학」(1978)에서 생태비평이란 용어를 처음 도입했는데 비평적 방법론으로 완전히 정립시키지는 못했다. 이후 글롯펠티(Cheryll Glotfelty)가 생태비평이란 용어를 문예비평의 용어로 정식화하여 사용하기 시작했다. 1980년에 들어 문학환경학회가 설립되고 생태비평의 영토가 전 세계적으로 확장되기 시작했으며 한국도 이러한 조류의 영향권 안에 들어갔다.

한국문학의 장에서 생태비평에 대한 관심이 본격적으로 시작된 것은 1990년대 들어서면서이다. 이는 1970년대 민족문학론과 1980년대 민중문학론이 힘을 잃어가게 된 것과 무관하지 않다. 1987년 6월민주항쟁을 통해 한국사회는 군사정권을 몰아내고 직접투표를 통해 대통령을 선출하고, 민주적 절차에 따른 정부를 구성하게 되었다. 이러한 변화로 인해서 기존의 문학담론은 힘을 잃어갔고, 산업화 시기 초기부터 조세희의 『난장이가 쏘아올린 작은 공』(1978)이나 김원일의 「도요새에 관한 명상」(1976) 등에서 문학적 재현을 통해 이미 문제화되었던 환경문제가 새롭게 주목받게 된다. 생태 및 환경과 관련된 문제가 문학비평에서 주요한 문제로 인식되기 시작한 것이다. 이러한 경향이 공식화된 것은 창작과 비평사에서 기획한 좌담 「생태계의 위기와 민족민주운동의 사상」(『창작과 비평』 1990년 겨울호)이라고 보는 것이 일반적이다. 이 좌담회에는 민족문학론의 입론자인 백낙청을 비롯하여 김록호, 김세균, 김종철, 이미경 등이 참여하였는데, 생태비평의 초기적 양상을 잘 보여주는 좌담이라 평할 수 있다. 이 좌담에서 주요한 논제로 공해라는 용어에 대한 토론이 벌어진다. 이 토론에서 김종철을 제외한 대부분의 논자가 공해라는 개념이 생태문학론에서 다뤄지기에 적합하다고 본다. 대부분의 논자들은 공해라는 개념을 사용함에 있어서 기존의 노동자와 자본가의 대립이란 사고에 기반해서 바라본다. 그들의 논의에 따르면, 공해를 일으킨 것은 자신의 욕망을 실현하려고 한 자본가 계급이다. 즉, 환경오염의 주범은 자본가라는 것이다. 그러나 김종철은 이와 달리 생태비평적 입장을 보여준다. 김종철은 "오늘날 환경위기라는 것이 단순히 추상적으로 인간과 자연과의 관계라기보다도, 인간이 오랫동안 이 지구상에 살아왔지만 최근 200년동안에 이룩해놓은 산업문명이라는 것, 그 속에서 삶을 영위해 온 사람과 사람, 사람과 자연 간의 총체적인 관계의 문제"라고 보아야 한다고 주장한다. 이는 기존의 민족문학론이나 민중문학론의 관점에서는 포획하지 못한 생태학적 관점이다. 사실 생태학적 관점없이 생태비평은 불가능하다. 생태비평은 기존의 문학담론의 기저에 자리한 휴머니즘적 관점에서 벗어나, 한 수준 위에서 생태와 인간의 문제를 바라보고 이를 바탕으로 문학비평에 임하는 작업이라고 할 수 있다. 김종철은 이 관점을 확보함으로써 한국문학에서 생태비평을 도입한 입론자라고 할 수 있다.

　김종철(金鍾哲, 1947~2020)은 생태비평을 지속적으로 수행하기 위해 1991년에 『녹색평론』을 창간한다. 그는 창간사인 「생명의 문화를 위하여」에서 지구 생태계에 관해서는 '묵시록적 상황'이라고 보아도 좋을 정도로 오늘의 우리의 삶은 근본적인 성찰을 요구할 정도라고 말한다. 또한 김종철은 창간호에 함께 실은 「시의 마음과 생명공동체」에서 인간중심공동체의 테두리를 벗어나 생명공동체를 사유한다. 즉 전지구적 관점에서 사물을 바라볼 것을 요청하며 인간은 만물의 형제라는 관점을 제시한다. 생태적 관점의 기저에 놓인 것이 공생의 가치임을 드러내고 있는 것이다. 여기에서 알 수 있듯이 김종철은 생태비평의 관점을 한국문학의 지평에 도입하고 그 기초를 놓는 작업을 수행했다.

김지하(金芝河, 1941~2022)는 생명론을 전개하여 생태비평에 중요한 기여를 한 것으로 평가된다. 김지하는 1970년대 민족문학론의 지평을 확장하는데 기여한 작가이다. 그는 옥고를 치르고 1980년대 학생운동의 전개를 바라보면서 생명이란 관점을 획득하게 되었다고 한다. 일반적으로 김지하의 생명사상이라고 알려진 것이 바로 이것이다. 김지하는 민중을 중생으로 규정하면서 "생명 받은 모든 것, 우주와 지구 공간 전체에 서식해 왔고 앞으로도 서식할, 계속 유기적으로 상호관계를 가지며 협동적으로 공생하는 이러한 생명계 전체"(「생명의 담지자인 민중」, 『밥』, 솔, 1995)로 보는데, 동양적 사유에 기반한 생명론은 생태비평적 관점을 넓혔다고 평가할 수 있다. 그러나 다른 한편으로 김지하의 생명사상은 그가 몸담았던 민중민족문학 진영에서 볼 때, 민중의 개념이 실효성 없는 것으로 해석되며 비판을 받기도 했다.

사회적으로 환경문제와 생태문제에 대한 관심이 높아지는 계기는 1990년대 초부터 현재까지 지속적으로 대두된 사건들이다. 1991년 두산 전자가 일으킨 낙동강 페놀유출 사건을 비롯하여 90년대 대표적 환경오염 사례인 시화호 사건, 1990년대 말 난지도 매립지와 김포매립지 등의 쓰레기 매립지에서 나오는 침출수의 오염문제 보고 등은 한국사회에서 환경문제와 생태문제에 대한 관심도를 높인 사건들이다. 사회를 떠들썩하게 만든 환경문제는 실제 작가들의 작품들과 연결되면서 생태시, 생태소설의 출간으로 이어졌다. 생태비평 역시 1990년대 한국문학에서 주요한 비평적 성과를 성취한다. 하지만 생태비평은 이후에 문학비평의 담론으로 큰 지분을 확보하지는 못했다. 이는 환경오염에 대한 경각심이 사회적으로 높아진 것과 대비되는 현상이다.

2000년대 이후 생태비평은 문학비평의 주류 담론의 자리에 오르지 못했다. 그럼에도 불구하고 에코페미니즘, 탈성장 담론 등과 결합하여 다층적인 구조로 발전하였고 최근에는 돌봄 담론과 결합하여 전지구적 돌봄이 생태학적 위기를 극복하는데 기여하게 될 것임을 주장하고 있다. 돌봄 담론과 융합한 생태비평은 기후위기가 점점 더 가시화되면서 기존에 비해 더 설득력 있는 비평적 입지를 확보하고 있다. 그 외에도 1990년대 이후 지속적인 환경운동 과정에서 다뤄진 먹거리 담론이나 채식주의 운동도 생태비평에 새로운 비평적 영토를 제공해주고 있다. 2024년 노벨문학상을 수상한 한강의 대표작 중 하나인 『채식주의자』(창비, 2007)에서 서사화되듯이 채식은 자본주의와 남성가부장제의 폭력성에 저항하는 방식이자 생태주의적 저항정신을 표명하는 행위인 것이다. 이는 생태비평이 추구하는 비평적 방향을 가장 잘 보여주는 사례라고 할 수 있다. 생태비평은 다가올 기후위기 시대의 시대정신과 맞물려 현재의 우리가 가장 주목해야 할 비평적 관점으로 부상할 가능성을 가지고 있다.

(김학중)

생태시

생태시란 인간중심주의를 벗어나 인간과 자연의 조화를 지향하는 생태학적 세계관을 담고 있는 시를 말한다. 인간과 자연을 주체와 대상으로 구분 짓는 근대의 이원론적 관점은 자연을 지배와 정복의 대상으로 보고 인간을 위한 자원으로 간주해 왔다. 하지만 이원론을 지양하는 생태학적 관점에서는 인간과 자연 모두를 생명체의 관계망 속에서 상호작용하는 존재로 인식한다. 이러한 생태학적 인식을 토대로 삼는 생태시는 생태계에 존재하는 모든 생명체의 생존을 위협하는 환경파괴의 근원인 이원론적 인식을 극복하고 생태계 전체의 공생의 길을 찾고자 한다. 또한 상호관계성 안에서 살아가는 생명의 가치와 다양성을 옹호하며 지속가능한 공존과 공생의 삶을 지향한다.

한국 현대시에서 환경과 생태에 대한 관심이 표출된 것은 1960년대 말이다. 김광섭(金珖燮, 1905~1977)의 대표작 「성북동 비둘기」(1968)는 산업화·도시화를 향한 개발 과정이 자연과 생태계를 훼손한 산업 문명의 폭력임을 비판적으로 성찰했던 시이다. 산업화 시기에 나타난 환경파괴에 직면한 성찬경(成贊慶, 1930~2013)도 「공해시대와 시인」(1974)에서 환경파괴가 인간을 고립시키는 산업 문명에서 비롯했음을 지적하며 물질의 공해가 인식의 문제에서 비롯한 것임을 암시했다. 이처럼 한국의 산업화 시대를 경험했던 시인들은 환경파괴의 폭력성과 문제점을 성찰하며 인간의 정신까지 파괴하는 문명을 비판했지만 이러한 인식은 개발주의에 가려져 사회적 담론으로 확장되지는 못했다. 게다가 1970~80년대에 걸쳐 가속화된 한국의 경제개발은 환경에 대한 영향이나 도시와 농촌 간의 균형을 고려하지 않은 채 성장주의를 지향하며 진행되었다. 시인들의 고발적 목소리에도 불구하고 자본의 성장과 무분별한 도시화로 인해 황폐해진 자연은 은폐되었고 환경, 생태, 생명에 대한 문제의식과 상상력마저 억눌리고 말았다.

환경에 대한 시인들의 관심은 개인적 차원에서 표출되는 차원에 머물렀다. 그러다가 1990년대로 들어선 이후 비로소 생태시는 질적, 양적 성장의 시기를 맞이했다. 김욱동은 1990년대를 '환경의 시대'라고 부르기도 했는데, 이는 1987년 6월 민주항쟁을 계기로 성장한 시민의식과 무관하지 않다. 환경문제는 정부 주도의 경제개발과 산업화가 초래한 소비사회에 대한 시민들의 비판의식을 토대로 불거지기 시작했다. 시민의 생명을 위협하며 사회적 관심을 촉발한 직접적 계기는 1991년 발생한 낙동강 페놀 오염사건과 1994년 발생한 안산 시화호 폐수 유입 사건이었다. 시민들의 공분이 모아지면서 환경운동단체가 설립되었고 환경오염과 그로 인한 생태계의 훼손, 생명의 위협은 시민사회의 주요 담론으로 부상했다. 또한 환경과 생태에 대한 사회적 관심은 근본적인 원인을 탐색하고 대안을 모색하는 움직임으로 이어졌다. 이러한 사회적 배경 위에서 부상한 생태시는 1990년대 시의 주된 경향 가운데 하나로 자리매김하게 되었다.

문예지들도 앞다투어 생태계의 위기를 문학적 담론으로 전면화하며 문학의 역할을 모색했다. 『창작과 비평』에는 좌담 「생태계의 위기와 민족민주운동의 사상」(1990년 겨울호)이, 『외국문학』에는 기획특집으로 「생태학·미래학·문학」(1990년 겨울호)이 실렸다. 생태학적 패러다임을 수용하고 문학의 생태학적 전환을 강조하는 한편 환경과 생태에 대한 문학의 대응을 모색하고자 한 시도였다. 이후 『현대시』는 특집좌담 「생태환경시와 녹색운동」(1992.6)을 열어 생태시의 개념 규정을 시도했다. 이 좌담에서는 파괴된 자연을 사실적으로 묘사하고 고발하는 시, 산업 문명과 자본주의의 원리를 비판하는 시, 새로운 삶의 관점을 제시하려는 시를 포괄하는 차원에서 생태환경시라는 용어가 제안되었다. 이 외에도 의미의 차이에 따라 환경시, 녹색시, 생태주의 시 등 다양한 용어가 등장했는데, 이는 생태와 환경과 시를 어떻게 관계 지을 것인가에 대한 다양한 관점이 제기되었음을 방증한다.

생태학적 이론의 유입과 함께 확장된 생태와 환경에 대한 담론들은 당대 시인들의 참여와 실천으로 이어졌다. 1991년에는 23명의 시인이 함께 펴낸 생태환경시집 『새들은 왜 녹색별을 떠나는가』(다산글방, 1991)가 출간되었다. 이 시집이 보여주듯이 한국 현대시에서 생태와 환경 그리고 생명이라는 주제는 서구의 생태학적 이론에서부터 동양의 자연관과 생명 사상에 이르기까지 다양한 층위의 사유와 만나 상상력의 스펙트럼을 넓혀나갔다. 생태시는 하나로 수렴될 수 없는 생태학적 상상력을 보여주었는데 그 이면에는 서구에서 유입된 사회학적 생태학, 심층적 생태학, 에코페미니즘 등만이 아니라 인간과 자연을 일원론적으로 보는 동양적 사상이 자리하고 있었던 것이다. 고진하, 고재종, 고형렬, 김지하, 나희덕, 문정희, 이문재, 정현종, 최승호 등의 시에서 볼 수 있듯이 1990년대 한국 시가 보여준 생태학적 상상력은 하나의 생태학적 관점으로는 아우를 수 없는 다채로운 양상을 띠고 전개되었다.

환경운동가로 활동하기도 한 최승호(崔勝鎬, 1954~)는 한국의 대표적인 생태 시인이다. 도시에서 살아가는 현대인의 모습을 관찰하며 자본의 폭력과 생명의 파괴를 형상화해온 최승호는 그로테스크한 상상력을 통해 생명을 파괴하는 현대 문명의 폭력성을 과감하게 형상화했다. "무뇌아를 낳고 보니 산모는 몸 안에 공장지대가 들어선 느낌이다./젖을 짜면 흘러내리는 허연 폐수와/아이 배꼽에 매달린 비닐끈들./저 굴뚝들과 나는 간통한 게 분명해!"(「공장지대」, 『세속도시의 즐거움』, 세계사, 1990)라는 구절에서 분명하게 나타나는 것은 현대 사회의 불모성 속에서 기형화되는 인간의 모습이다. 산업화로 인해 환경이 파괴된 도시에서 살아가는 "산모"의 몸은 생명을 잉태하는 몸이 아니라 인공적인 제품을 생산하는 "공장"에 비유된다. 환경파괴로 인해 인간마저 기형화되는 현실에 경각심을 불러일으키는 최승호의 시는 산업화와 도시화를 견인한 문명이 인간을 사물화·상품화하며 궁극적으로 인간 본연의 삶을 파멸시키고 있다는 암울한 비전을 보여주었다.

생명의 사물화와 문명의 파멸을 경고하는 그로테스크한 상상력이 인간과 자연을 이원화한 근대 문명의 모순을 드러낸다면 동양의 일원론적 자연관에 기인한 생태학적 상상력을 보여주는 시들은 조화와 융합을 강조했다. 시인들은 인간과 자연을 일원론적으로 사유하며 동양의 유기론적 자연관에 기대어 인간과 자연의 조화나 생명에 대한 감각을 시적으로 형상화하고자 했다. 정현종(鄭玄宗, 1939~)의 시가 그 대표적인 예이다. "내 그지없이 사랑하느니/풀 뜯고 있는 소들/풀 뜯고 있는 말들의/그 굽은 곡선!//생명의 모습/그 곡선/평화의 노다지/그 곡선"(「그 굽은 곡선」, 『세상의 나무들』, 문학과 지성사, 1995)이라는 대목에서 "풀 뜯고 있는 소들"은 합리적 이성을 지닌 인간과 달리 자연의 질서에 순응하며 살아가는 존재를 환유한다. 이 존재들을 통해 표출되는 "생명의 모습"은 평화로운 곡선의 이미지로 형상화되는데, 전원 풍경에서 발견한 곡선은 도시에서 나타나는 직선의 이미지와 대비를 이루며 생명의 부드러움을 형상화한다. 시의 마지막 부분에서 시인은 "왜 그렇게 못 견디게/좋을까/그 굽은 곡선!"이라는 구절을 통해 곡선이 상징하는 생명에 대한 흥분을 숨김없이 드러낸다. 이 구절은 생명의 힘이란 규율화되거나 이성적 판단의 대상이 될 수 없는 것이며 그러한 생명에 대해 화자 자신이 거부할 수 없는 이끌림을 느끼고 있음을 표출한다. 곡선의 이미지로 생명의 유연함과 그에 대한 강력한 이끌림을 형상화한 정현종의 시는 동양적 자연관을 바탕으로 평화롭고 조화로운 생명의 힘을 감각적으로 보여주었다.

　서구의 생태학 이론이 우리 문학계에 확산되는 가운데 김지하(金芝河, 1941~2022)는 동양적 사유와 동학사상에 근간하여 독자적인 생명 시학을 전개했다. 동학은 19세기 조선에서 최제우가 창시한 사상으로 하늘을 공경하되 인간은 모두 평등하고 신분에 관계없이 존중받아야 함을 강조한 민중적 사상이다. 김지하는 이를 토대로 일원론적 생명사상을 정립하고 이를 시적 언어로 노래하고자 했다. 그에 따르면 모든 우주만물에 내재한 신령으로서의 생명을 강조하는 동양적 생명관에서는 어느 생명 개체도 우주라는 거대한 공동체에서 배제되거나 소외되지 않는다. 우주에 속해 있는 살아있는 모든 것들은 자율적이고 주체적인 생명 활동을 하며 제각기 역할을 수행할 따름이다. 김지하는 "나 한때/잎새였다//지금도/가끔은 잎새//해 스치는 세포마다/말들 태어나/온 우주가 노래 노래부르고//(중략)//내 귓속에/내 핏줄 속에 울리는/우주의 시간"(「나 한 때」, 『중심의 괴로움』, 솔, 1994)이라는 시를 통해 인간이 우주와 조응하며 만물에 깃들어 새로 태어나는 존재임을 역설했다. 이 시에 따르면, 정해진 실체는 없지만 흔적으로 존재하는 '나'는 이것이었다가 저것이 된다. 태어나고 소멸하기를 거듭하며 "우주의 시간"을 살아가는 '나'는 지금은 하나의 "잎새"에 지나지 않지만 "잎새"로서의 생명이 다하면 또 다른 것이 되는 신령스러운 생명을 품고 있는 존재이다. 이 우주 안에서 하나의 개체가 소멸한다 해도 생명이란 또 다른 개체의 모습으로 존재한다는 메시지를 담은 김지하의 시는 우주 전체를 생명공동체로 인식하는 생명에 대한 포괄적 상상력을 보여준다.

에코페미니즘적 시각을 보여준 시들도 등장하여 1990년대 생태시의 지평을 넓히는데 기여했다. 에코페미니즘은 남성중심적 문화에 의해 여성들이 자연화되었음을 지적하며 인간이 자연을 착취한 방식과 남성이 여성을 지배한 방식이 유사한 과정이었음에 주목한다. 위계적이고 이원적인 근대 문명을 비판하며 자연해방과 여성해방을 동시에 추구하는 에코페미니즘적 관점은 자연과 여성이 지닌 생명의 가치와 모성의 가치를 대안적 가치로 내세웠다. 이러한 측면에서 주목받은 것은 나희덕(羅喜德, 1966~)의 시이다. "먼우물 앞에서도 목마르던 나의 뿌리여/나를 뚫고 오르렴,/눈부셔 잘 부스러지는 살이니/내 밝은 피에 즐겁게 발 적시며 뻗어 가려무나//(중략)/네 뻗어가는 끝을 하냥 축복하는 나는/어리석고도 은밀한 기쁨을 가졌어라"(「뿌리에게」, 『뿌리에게』, 창비, 1991)라는 구절에서 볼 수 있듯이 이 작품은 자연과의 교감을 통해 얻을 수 있는 생명 그 자체의 기쁨과 환희를 포착하고 있다. "뿌리"와 "흙"은 아직 겉으로 드러나지 않은 무한한 자연의 생명력을 상징하는 시어인데, "뿌리"에게 자양분을 주는 "흙"의 속성은 모성성을 환기하기도 한다. 대지가 온 힘을 다해 식물을 길러내듯이 모성이 희생과 사랑으로 다음 세대를 길러냄으로써 비로소 생명이 거듭날 수 있다는 이 시의 주제는 순환성과 상호관계성이라는 생명의 원리를 담고 있다. 세계에 존재하는 모든 생명은 탄생과 소멸을 반복하며 다른 존재와의 관계 속에서 비로소 살아있을 수 있다는 단순하고도 자명한 원리 이면에는 생명에 대한 존엄과 함께 삶에 대한 긍정의 태도가 놓여 있다.

산업화 시기에 대두된 이래 1990년대에 본격적으로 확장된 한국 생태시의 지평은 다양한 시적 사유와 형상으로 나타났다. 산업화된 도시를 배경으로 현대 문명을 비판하는 한편 인간과 자연이 어우러지는 조화롭고 평화로운 세계를 긍정했다. 또한 우주 만물의 질서 속에서 생성과 소멸을 거듭하는 생명의 한 발현이라는 측면에서 인간을 바라보는 생명사상을 펼쳐기도 했다. 자연과 모성을 생명의 근원으로 인식하고 생명에 대한 기쁨과 환희 그리고 존엄을 드러낸 것도 한국 생태시의 한 면모이다. 이처럼 한국 현대시의 주요한 경향으로 자리매김한 생태시는 근대성에 대한 비판적 인식과 삶의 실천을 동반한다는 점에서 기존의 질서와 체제에 대한 저항적 운동성을 함축하고 있다. 자연에 대한 관조나 생명에 대한 경이를 넘어서서 생태시가 추구한 것은 환경을 파괴하고 생명을 위기로 몰아넣은 산업 문명과 자본주의 그리고 가부장적 질서의 전환과 대안적 삶의 모색이었다.

(장은영)

소극장 운동

소극장 운동은 매너리즘에 함몰된 기성의 연극에 대항하여 새로운 연극 정신을 실험하고자 하는 연극 활동을 이른다. 모험을 동반하는 실험적 연극은 흥행을 담보할 수 없기에 재정적으로 부담이 안 가는 방향에서 작은 규모로 이루어지는 까닭에 소극장 운동이라 불리기도 한다. 보통 객석의 규모를 가지고 극장을 분류할 때 300석 이하는 소극장, 500석 이하는 중극장, 그 이상은 대극장이라 한다. 소극장 운동에서 '소극장'이라고 하는 말은 300석 이하의 작은 극장이라는 의미와 함께 관객 동원을 통한 이윤추구를 목적으로 삼고 상업성을 전면에 내세운 공연에 대한 대항적 의미를 지닌다. 또한 소극장은 새로운 연극적 실험이 행해지는 장(場)을 말하는 동시에 그에 따라 달라질 수밖에 없는 공연 방식을 이른다. 연극사적으로 변혁의 시기에는 그곳이 카페가 되었든 창고가 되었든 배우와 관객이 함께 호흡하며 교감할 수만 있다면 장소를 불문하고 연극이 행해졌는데, 소극장이란 바로 그러한 연극의 장을 시사한다.

서구의 경우 19세기 후반 근대극이 발아하던 시기에 소극장 운동이 일어났다. 이를 주도했던 연극인들은 기성 연극이 시대의 변화를 읽어내지 못한 채 상류층이나 신흥부르주아지들의 오락이 되어 통속적이고 상업적으로 변해버린 데 반발해 새로운 시대정신에 맞는 새로운 연극 양식을 실험하고자 하였다. 이들은 연극 본연의 문학성 내지 예술성을 되찾아 동시대의 관객과 교감하는 동시에 민중의식을 일깨워 연극이 지닌 사회적 책무를 실천하고자 하였다. 사실 그와 같은 계기를 만들어낸 것은 파리에 한 아마추어 극단 '자유극장(Théâtre Livre)'이었다. 이곳의 창립자인 앙드레 안뜨완느(André Antoine, 1858~1943)는 한때 배우를 꿈꾸기도 했었지만, 여러 이유로 좌절된 후 평범한 가스공장 직원으로 살면서 취미로 아마추어 연극 동호회 활동을 했다. 평소 에밀 졸라와 작스 마이닝겐을 추종하던 그는 자신의 집에서 가져온 가구들로 무대를 꾸미고, 피가 흥건한 쇠고기의 살점, 포도주병, 수도 등 진짜 소도구를 활용하여 실생활을 철저하게 무대 위에 재현해내고자 했다. 연기 역시 정식으로 배운 적이 없었기에 별다른 기교 없이 그저 당시 중하위 계층 사람들의 모습을 자연스럽게 표현하고자 하였다. 그렇게 해서 1887년 3월 30일 '자유극장'이라는 이름을 내걸고 〈지사〉, 〈모장〉, 〈미스 뽐〉, 〈잭·다무르〉라고 하는 4편의 단막극을 개관공연으로 막을 올려다.

이들의 무대, 연출, 연기는 당시 연극계에서 새롭게 부상하고 있던 사실주의 연극이 추구하던 바와 맞아떨어지는 것이었다. 게다가 누구에게나 개방되어 입회는 가능한 아마추어 극단이었지만 회원들을 중심으로 알음알음 공연을 하다 보니 검열을 받을 필요가 없어서 기성 극단들에게는 금지된 작품들도 공연할 수 있었다. 당시 대부분의 국가에서 도덕적 위험성이 있다는 이유로 상연금지처분을 당했던 헨리 입센(Henrik Ibsen, 1828~1906)의 〈유령〉이 초연된 곳도 이 '자유극장'이었다. 이렇게 자유극장이 성공적으로 자리를 잡게 되자 1889년 베를린에서는 오토 브라암(Otto Brahm, 1856~1912)이 이끄는 '자유무대(Freie Bühne)'가, 1891년 런던에서는 J.T. 그라인(J.T. Grein, 1862~1935)이 설립한 '독립극장(Independent Theatre)'이 출범하여 당시 금지된 작품들을 공연하는가 하면 기성과는 다른 과감한 시도들을 선보이며 연극계에 새로운 바람을 불어넣었다. 그리고 이러한 움직임은 아일랜드, 러시아, 노르웨이, 미국, 그리고 일본으로까지 확산되어 세계연극의 부흥을 이뤄내기도 했다.

우리나라의 경우에는 이와 같은 소극장 운동이 1920년대 신극 운동과 함께 시작되었다. 본격적으로 신극 운동을 펼친 사람은 김우진(金祐鎭, 1897~1926)이었다. 1920년 와세다대학에 입학한 김우진은 동경유학생들을 중심으로 하여 극예술협회(劇藝術協會)를 발족하고, 이듬해 7월부터 8월 사이 여름방학을 이용하여 귀국하여 동우회 순회연극단을 이끌고 전국순회공연을 다녔다. 김우진은 근대극 운동이 "일반 사회의 계몽이라고 하는 목적과 함께 인류의 영혼을 창조적으로 해방하며 구제한다고 하는 본래의 예술적 지위를 존속시키는 것"(『학지광』 22, 1921.6)이라 역설하며 "극장이 사회의 학교"(『조선일보』, 1926.5)로 기능해야 한다고 보았다. 그리고 이를 위해서는 관객의 양성이 우선되어야 하기에 회원들이 함께 근대극을 연구하고 토의하여 그 정신을 확산시켜야 한다고 주장했다. 서구의 근대극을 주도했던 독립극단이 그러했던 것처럼 김우진은 회원제 형태의 극단 운영 원리를 도입하여 관객에게 선보이기 이전에 제대로 된 연극을 만들기 위한 준비로 작품을 연구하고 실험해야 할 필요가 있다고 보았다. 그렇게만 된다면 유진 오닐을 배출한 '프로빈스 타운' 극단이 소도(小島)의 작은 어물 창고를 수리해서 무대로 삼아 연극을 시작했지만, 나중에는 뉴욕에 큰 극장을 빌려 공연하는 직업극단이 된 것처럼 대중에게 받아들여질 수 있을 것이라고 보았다.(『조선일보』 1926.5)

사실 김우진은 홍해성(洪海星, 1894~1957)과 함께 경성에서 무대극 전문극장을 건설하여 신극운동을 일으키고자 굳게 맹세했었다. 일본의 축지소극장의 성공에 재벌의 아들이자 독일 유학생이었던 히지가따 요시(土方與志)와 연출가인 오사나이 가호루(小山內薰)의 우정이 있었던 것처럼 김우진이 와세다대학 문과에서 연극학을 전공하고, 홍해성이 오사나이 가호루의 제자가 되어 실질적인 무대 지식을 쌓아 경성의 히지가따

요시와 오사나이 가호루가 되어 축지소극장 버금가는 극장을 건립하고자 약속했던 것이다. 그러나 그 꿈은 김우진이 1926년 8월 현해탄 속으로 사라져 버림으로써 실현되지 못했다. 이후 한동안 실의에 빠져 있던 홍해성은 1930년 우리나라 최초로 소극장이라는 이름을 단 '경성소극장'을 창립하였다. 그러나 안타깝게도 재정난으로 두 달을 버티지 못하고 문을 닫았고, 10월에는 극단 '단성사'에 본거지를 둔 극단 '신흥극장'을 창단하고 연출부의 책임을 맡았지만, 공연 실적이 그렇게 좋지는 않았다. 그럼에도 1924년 10월부터 1929년 3월까지 축지소극장에서 84편의 작품에 출연한 경험을 바탕으로 연극을 통한 계몽을 목표로 연극적 실험을 중시하던 토월회, 극예술연구회의 중심 멤버로 활동하는가 하면 당시 상업연극의 대명사였던 동양극장에서도 활동하며 이 땅에 근대극이 뿌리내리도록 하는 데 일조하였다.

박승희(朴勝喜, 1901~1964)를 중심으로 구축된 토월회 역시 신극운동에서 빠질 수 없는 조직이다. 1922년 당시 일본 유학생이던 김복진, 김기진, 이서구, 박승희, 박승목, 연학년, 이제창에 당시 중학생이었던 준회원 김을한까지 이들은 매주 토요일 저녁 일본 도쿄(東京) 간다구(神田區) 와타마치(錦町)에 있는 김복진, 김기진, 이서구, 김을한이 살던 하숙집에 모여 자신들의 창작품을 발표하였다. 그리고 1923년 7월에는 조선극장에서 유우젠 필롯트의 〈기갈〉과 박승희의 〈吉植〉, 체홉의 〈곰〉, 버나드 쇼의 〈그 남자가 그 여자의 남편에게 어떻게 거짓말했나〉를 레퍼토리로 하여 공연하였다. 이 공연은 당시의 신파연극과 비견하여 높은 작품성을 지닌 것으로 평단의 좋은 평가를 받았지만, 흥행에는 참패하며 빚만 남긴 채 끝났다. 이후 2회 공연은 마이아 펠스타의 〈알트 하이멜베르그〉와 톨스토이의 〈부활〉로 작품성을 인정받음은 물론 흥행에도 대성공이었지만, 기존에 진 빚이 많아 극단의 재정적인 압박은 여전했다. 그럼에도 박승희는 자신이 가진 재산을 탕진해가면서 연극적 실험을 멈추려고 하지 않았다. 급기야 1925년에는 연극적 실험을 막는 원인 중 하나가 전용 극장이 없어 흥행에 대한 압박이 더 큰 것이라 판단해 광무대와 우선 1년 계약을 체결하여 전용 극장의 꿈을 이뤘다. 그러나 연중무휴를 선언하고 3일에 한 번씩 작품을 교체하며 무리하게 극장을 돌리다 보니 작품을 공급하는 데 한계가 있었고, 적자는 날마다 불어나 결국 1년 만에 토월회는 해산되고 말았다. 박승희는 이후에도 토월회에 대한 미련을 버리지 못하고 재기와 해산을 반복하다 마침내 1940년 세 번째 해산을 끝으로 더이상 토월회의 공연은 볼 수 없게 되었다. 토월회가 이렇다 할 작품을 남긴 것은 아니지만, 근대적 사실주의극단을 표방하고 나서 관련 작품을 끊임없이 창작하는 한편 서구의 작품을 소개하면서 당시 상업적이고 통속적인 신파극 중심의 연극계에 자극이 되었다는 사실은 높이 평가할 만하다. 그리고 그러한 토대가 있었기에 극예술연구회가 등장해 본격적으로 서구의 리얼리즘 연극을 수용하고, 사실주의·자연주의 연극을 정착시키는 것이 가능했다 할 수 있다.

이처럼 몇몇 연극인들의 의지와 열정에도 불구하고 1930년대 초반 연극계는 여전히 신파 일색이었다. 이러한 상황에서 연극영화 동호인들의 예술감상 모임이자 연구적인 동인제 집단이었던 '극영동호회(劇映同好會)'가 1931년 6월 8일부터 1주일간 동아일보사 옥상에서 연극영화에 관한 자료 4천여 점을 전시한 것은 획기적인 일이었다. 이 전시에 성공에 힘입어 이들은 이름을 '극예술연구회'로 바꾸고 본격적으로 조선에 진정한 신극을 수립하겠다고 나섰다. 이들의 활동은 공연 자체보다는 극예술협회가 그러했던 것처럼 연구를 중심으로 자신들의 역량을 향상시키고 관객을 양성하는 데 힘썼다. 그러면서 공연은 상공회의소의 강당이나 기독청년회관, 천도교회당 같이 공연을 위한 설비도 제대로 갖춰지지 않은 곳에서 행했다. 물론 1935년 연출을 담당하던 홍해성이 상업극단인 동양극장으로 이적하고, 극작가였던 유치진이 연출을 맡아 새롭게 2기가 시작되면서 동양극장과 묘한 대립각을 이루어 대극장이었던 부민관으로 그 무대를 옮기게 되면서 극예술연구회 역시 대중에 영합하는 것이 아니냐는 비난을 받기도 했다. 그러나 이는 언제까지 비전문 연구 집단으로 존속할 수 없는 상황에서 극단 운영을 위해서는 일반 관객을 흡수하고 전문극단으로 변모하는 것은 시기의 문제이지 필연이라고 할 수 있다. 그리고 그 과정에서의 이합집산 역시 어쩔 수 없는 일이었다. 극예술연구회는 1938년 동아일보사가 주최했던 제1회 연극경연대회의 참가작인 〈눈먼 동생〉을 끝으로 해체하고 '극연좌'라는 이름의 연극전문극단으로 재출발하였지만, 1939년 5월 7회 공연을 끝으로 1년 만에 해산하였다. 하지만 그 끝이 어떠했든 세계연극의 흐름에 발맞춰 서구 근대극을 이 땅에 이식시켜 신극을 수립하겠다는 의지로 흥행에 연연하지 않고 끊임없는 탐구와 연극적 실험으로 이를 수행해냈다는 것은 연극사적으로 큰 성과가 아닐 수 없다.

극예술연구회가 해체되고 일제의 전시총동원체제 돌입에 따른 '국민연극' 시대가 도래하면서 우리 연극은 암흑기에 빠졌다. 광복 이후에는 좌우 이념 대립이 주가 되다 보니 새로운 극양식에 대해 고민할 새도 없이 작품 생산에 주력하였다. 물론 그러한 가운데에서도 허집은 무대예술연구회를 만들어 연극강좌를 개최하고 신인을 발굴해 연극발표회를 개최하는가 하면 박노경은 최초의 여성극단이라 할 수 있는 여인소극장을 만들어 미국의 현대극을 남편인 오화섭의 번역으로 공연하기도 하였다. 그러나 무대예술연구회는 재정적인 문제로, 여인소극장은 박노경의 사망으로 명맥이 오래 유지되지는 못했다.

이후 또 다른 소극장 운동의 큰 흐름은 1950년대에 나타났다. 흥미로운 것은 1920~30년대 소극장 운동이 신극 확립을 목표로 서구의 사실주의 및 자연주의 극을 이 땅에 이식하는 것이 그 주된 과제였다면 1950년대는 사실주의극 일색의 기존 연극에 반기를 들고 반사실주의를 표방했다는 사실이다. 초반에는 주로 대학극과 대학연극 경연대회 출신의 젊은 연극인들을 중심으로 이루어졌는데 1949년 10월, 한국연극학회가 주최한 제1회 전국남녀 대학연극경연대회 출신의 '대학극회'와 오화섭이 주축이 되어 서울대와 연희대학교 연극예술연구회 회원들이 규합하여 만든 동인제 극회 '떼아뜨르 리브르'가 그들이다. 파리의 '자유극장'의 이름을 본뜬 떼아뜨르 리브르는 '영리를 떠난 순수한 실험무대를 가져보자'는 의도로 출발하여 동양 최초로 아서 밀러의 〈세일즈맨의 죽음〉을 공연하는가 하면 유진 오닐의 〈지평선 너머〉 등 번역이 어려운 해외 작품들을 주로 공연해 알렸다.

이후 1950년대 소극장 운동을 주도한 세력은 1956년 창립한 '제작극회'이다. 이들은 과거 대학극회 동인이었던 구선모, 김경옥, 노희렵, 조동화, 차범석, 최창봉 등과 박양경, 오사량, 임희재, 전근영, 최백산 등의 기성극단 출신들이었다. 이들은 1956년 5월 26일 명동에 있었던 동방살롱에서 창단식을 갖고, 7월 28일 을지로 입구 대성빌딩 소강당에서 동인이었던 최창봉이 외국 여행길에서 발굴한 미국현대희곡 홀워시 홀의 「사형수」를 창립공연으로 상연하였다. 창단 선언에서 자신들의 목표가 '현대연극의 새로운 미학적 정립'임을 천명한 이들은 1960년까지 9회에 걸쳐 번역극은 물론 동인들의 창작품을 무대에 올리는 한편 이론 탐구를 위한 월례발표회를 병행하였다. 그러나 1961년 〈껍질이 깨지는 아픔 없이는〉을 국립극장에서 공연하면서 그 본래의 목적이 깨지게 되었다. 물론 그로써 더 많은 연극인들이 회원으로 들어오고, 공연 규모도 커졌지만, 그도 잠시, 방향성이 애매해짐으로써 와해되고 말았다. 게다가 제작극회를 위시하여 동인극장, 원방각, 신무대실험극회, 청포도극회, 횃불극회 등의 출현을 가능하게 해주고 소극장 운동의 활성화를 견인했던 국립극장 원각사(1958년 개관)가 1960년 12월 5일 화재로 전소됨으로써 소극장 운동은 위축될 수밖에 없었다. 이러한 상황에서 1960년에는 실험극장이 '연극을 통한 실험무대의 구축과 이념에 찬 연극 수립'을 선언하고 나섰다. 그러면서 같은 해 11월 27일 처음 올린 작품이 이오네스크의 반연극 〈수업〉이었다. 이들은 주로 실험적인 번역극을 공연의 레퍼토리로 삼아 작품에 대한 공동 연구 후 공연 준비하는 방식을 취했다. 그러나 이와 같은 아카데믹한 연극 제작 방식은 배우를 중심으로 한 일부 구성원들로 하여금 극단의 정체성에 대해 혼란을 불러일으켰고, 1962년 드라마센터가, 1963년 산하가 창단되면서 분열되기 시작했다.

이처럼 소극장 운동을 표방하고 나섰던 극단들의 이합집산은 기성 연극에 대항하는 운동 자체가 지닌 숙명이라고 할 수 있다. 처음 등장할 때에는 그것이 아무리 충격적으로 받아들여졌다고 해도 시간이 지나면 구태가 될 수밖에 없다. 또한 그와 같은 실험이 성공하면 더 많은 인정을 바라며 아마추어리즘에서 벗어나 전문가 집단으로 편입하려고 하는가 하면, 실패하는 경우에는 극단 운영이 어려운 상황에 처해 문을 닫을 수밖에 없게 된다. 그리하여 소극장 운동은 새로운 연극사적 흐름이 출현할 때마다 등장했다가 그것이 일정 정도 정착이 되면 잦아들었고, 새로운 목소리가 요구될 즈음 다시 출현하였다.

한 가지 흥미로운 사실은 1960년대 후반에 실험연극을 표방하고 등장한 극단들은 연극적 실험을 실천할 수 있는 터전인 극장을 가지고 시작했다는 사실이다. 1966년 창단한 자유극장은 파리에서 유학하고 돌아온 복식디자이너 이병복과 연출가 김정옥이 주축이 되었는데 이들은 창단과 함께 극장 '카페 떼아뜨르'를 개관하였다. 그곳에서 흥행에 연연하지 않고 관객과 자유롭게 호흡하며 자신들의 연극 양식을 만들어나갔다. 방태수가 이끈 실험연극 집단 '에저또' 역시 '에저또 소극장'을 가지고 시작하였다. '연극을 통해 자신의 존재를 확인하고 확대하자'는 연극이념을 가지고 시작한 에저또는 그러한 연극이 관객에게 환영 받을 리 없다는 생각에 자본에 구애받지 않기 위해 극장을 만들어 그곳에서 판토마임, 가두극, 해프닝 등 전위적인 방식의 연극을 만들어 공연했다. 게다 방태수의 〈이 연극의 제목은 없습니다〉, 윤조병의 〈건널목 삽화〉, 김용락의 〈돼지들의 산책〉, 윤대성의 〈목소리〉, 오태영의 〈미술관에서의 혼돈과 정리〉, 〈조용한 방〉, 윤조병의 〈코 하나 눈 둘〉 등의 개성 넘치는 창작극을 레퍼토리로 공연했다. 동랑레퍼토리 극단 역시 1962년 유치진의 제안으로 건립한 드라마센터를 터전으로 하여 당시 주목받던 세 명의 젊은 연출가 유덕형, 안민수, 오태석이 자유롭게 전위적 실험을 해나갈 수 있었다. 이 모든 새로운 실험들은 이들이 자체적으로 극장을 가지고 있지 않았다면 무대화되기 어려운 것들이었다.

(김윤희)

소수자 문학

소수자 문학이란 주류 사회에서 배제와 차별을 받을 뿐만 아니라 혐오의 대상이 되는 소수자들이 자신들의 목소리를 재현하고 자신들의 목소리를 왜곡하는 사회문화적 지평에 대항하고 나아가 소수자들에 대한 사회적 인식개선을 촉발하는 문학을 의미한다. 성적 지향에 따른 성소수자를 비롯하여 트랜스젠더, 인종적 소수자, 종교적 소수자, 장애인, 이민자, 넝마주이 등이 소수자 문학의 주체들이다.

소수자 문학은 한국문학뿐 아니라 세계문학의 장에서도 나타나는 문학적 경향이다. 세계문학사에서 소수자 문학은 대체로 제2차 세계대전의 종전을 기점으로 하여 나타나는 것으로 보고 있다. 예컨대 19세기 랭보와 베를렌의 동성애는 문학사적으로 유명하지만 그의 작품을 소수자 문학으로 분류하고 있지는 않으며, 마찬가지로 20세기 초에 나온 마르셀 프루스트의 대표작인 『잃어버린 시간을 찾아서』가 동성애를 주요 문학적 갈등 기제로 사용하고는 있지만 본격적인 소수자 문학으로 평가하지는 않는다. 본격적인 소수자 문학은 소수자성을 작품의 핵심 주제로 다루고 있으며 이러한 작품이 나타나게 된 시기가 제2차 세계대전 이후이다. 대표적으로 영미문학에서 1950년대를 기점으로 퀴어문학이 나타나고 있는 것을 확인할 수 있다. 그 서두를 장식하는 작가가 제임스 볼드윈(James Arthur Baldwin, 1924~1987)이다. 그의 대표작 『조반니의 방』(1954)은 흑인이란 인종적 특성으로 인해 사회적 배제를 받는 주인공이 성소수성으로 인해서 이중적으로 차별과 배제를 겪는 것을 주요 테마로 다룬다. 볼드윈을 이어서 비트 세대를 대표하는 윌리엄 버로스(William Seward Burroughs, 1914~1997)가 나온다. 그의 소설 『퀴어』(1985)도 대표적인 소수자 문학으로 평가받는다. 마약 중독자 윌리엄 리가 끝없이 금지된 사랑인 동성애를 추구하는 스토리를 가진 이 소설은 1950년대에 창작되었음에도 그 불온성으로 인해서 30여 년 간 출간이 되지 못했다. 윌리엄 바로스는 제2차 세계대전 이후 미국의 청교도적이고 가부장적인 문화에 대한 가장 강력한 저항의 목소리를 낸 작가 중 하나로 평가받는다.

한국문학에서 소수자 문학은 대체로 2010년 중반 이후부터 나타난 것으로 보고 있다. 2016년 미투운동의 확산과 더불어 페미니즘 운동이 활발해지고 동시에 소수자 문학, 특히 퀴어 문학이 부각되기 시작했다. 주목할 부분은 한국문학에서 작가 스스로가 자신의 소수자 정체성을 밝히면서 작품활동을 하는 현상이 나타났다는 점이다. 소재로서 소수자 문학을 다루는 것이 아니라 소수자 작가가 자신의 정체성을 드러내면서 작품을 창작하고 발표했던 것이다. 이들은 작품을 통해 한국사회에서 소수자들이 일상 속에서 겪는 차별과 배제로 인해서 사회적 돌봄의 바깥에 놓인 존재들임을 드러내고 소수자를 주체화하는 작업을 수행했다.

김현은 시를 통해 동성애를 비정상성으로 바라보는 사회적 시선에 저항하는 작업을 보여주었다. 이를테면 다음과 같은 시에서 김현은 노래한다. "허나/형들의 사랑을 사랑이 아니라고 말하지 말아요//그들의 인생이 또한/겨울이 오면 눈사람을 만들고/눈싸움을 하는 것이며//그들의 인생이 또한/영혼의 궁둥이에 붙은 낙엽을 떼어주는 것이며//그들의 인생이 또한/자식새끼 키워봤자 아무짝에도 쓸모없다/속 깊은 것이기 때문이지요//하느님/형들의 사랑을 보세요"(「형들의 사랑」, 『호시절』, 창비, 2020)라고 말이다. 이를 통해 사랑에 대한 정상성이 이성애로만 통용되는 현실을 비판한다. 더불어 동성애를 사회적으로 허락하고 이해할 필요가 있다고 말한다. 김현에 따르면, 동성애는 다른 사랑과 마찬가지로 자연스러운 것이며 존중받아 마땅한 것이다. 김현의 이러한 시적 작업은 문학적으로 높은 평가를 받아 2018년에 신동엽문학상을 수상하기도 하였다.

박상영의 소설도 소수자의 사랑에 대한 문학적 재현을 통해 사회의 편견에 대항한다. 그는 자신의 대표작 『대도시의 사랑법』(2019)에서 성소수자가 대도시에서 평범하게 사랑하는 사람을 만나고 사랑을 나누고 헤어지는 일상적인 이야기를 재현한다. "담뱃갑에 암에 걸린 남자의 폐 사진이 붙어 있어서 그것을 한참 동안 들여다 보았다. 이 남자, 죽었을까. 선반에서 밥공기를 꺼내 블루레리 봉지를 뒤집었다. 보라색 얼음 조각 하나만이 툭 떨어질 따름이었다./그때 영원할 줄 알았던 재희와 나의 시절이 영영 끝나 버렸다는 것을 깨달았다./언제나 때에 맞춰 블루베리를 사다 놓던 재희. 내가 만났던 모든 남자들의 이름과 얼굴을 기억하는, 내 연애사의 외장 하드 재희. 아무 데서나 담배를 피우며, 가당찮은 남자 골라 만나는 재희./모든 아름다움이라고 명명되는 시절이 찰나에 불과하다는 것을 가르쳐준 재희는, 이곳에 없다."(「재희」, 『대도시의 사랑법』, 창비, 2019)라고 쓰는 것에서 이를 확인할 수 있다. 이러한 작업을 통해 동성애자들이 우리 사회의 정상적인 구성원이고 평범한 사람들임을 그려내고 있다. 박상영의 이러한 서사적 전략도 높은 평가를 받았다. 박상영은 2019년 문학동네 젊은작가상을 수상한 이후, 2021년 신동엽문학상을 수상했으며 해외에 번역소개되면서 2022년 부커상 인터네셔널 후보에도 올랐다.

황인찬의 시는 이들과는 다른 전략으로 소수자 문학의 지평을 확장한다. 황인찬은 『사랑을 위한 되풀이』(창비, 2019)를 통해 전봉건 시인의 시집 제목을 리바이벌하고 그의 작업을 문학적으로 계승한다는 테제를 내세우는 시적 작업을 수행한다. 그러면서 황인찬은 소수자 문학이 한국문학의 변방에 놓인 문학이 아니라 한국문학사와 함께 호흡하는 문학임을 역설하고 있다. 황인찬도 2012년 김수영문학상 수상 이후 2024년 천상병 문학상 등을 수상하며 한국문학의 장에서 높은 평가를 받고 있다.

이들 외에 트랜스젠더 작가도 소수자 문학을 지탱하는 한축으로 활약하고 있다. 대표적인 작가가 김비이다. 김비는 우리 문학의 장에서 트랜스젠더라는 개념을 처음 소개한 작가이다. 자전적 에세이『못생긴 트랜스젠더 김비 이야기』(도서출판 오상, 2001)을 비롯하여 제39회『여성동아』장편소설 공모 당선작인『플라스틱 여인』(동아일보사, 2007) 등을 통해서 트랜스젠더 서술자를 내세운 작업을 보여준 바 있다. 김비는 사회적으로 이해받지 못하는 트랜스젠더의 삶을 작품화하고 있다.

성소수자 문학이나 트랜스젠더 문학과 마찬가지로 소수자 문학에서 주요한 성취를 보이는 것이 장애 문학이다. 장애 문학은 소수자 문학 중에서는 상대적으로 그 시작이 빨랐다. 1991년 구상 시인의 주도로 창간된 계간『솟대문학』을 통해 장애인 문인들이 활동할 수 있는 지면이 확보된 것을 기점으로 볼 수 있다. 이후 지속적으로 장애 문학의 저변 확대를 비롯하여 문학적 성취도를 높이려는 시도가 이어졌다. '구상솟대문학상'을 재정하여 운영한 것도 동일한 맥락에 놓여 있다. '구상솟대문학상'은 장애 문인들을 대상으로 문학상을 수여하는 유일한 문학상이다. 방귀희 등의 장애 문인 및 장애 문학 연구자들이『솟대문학』을 통해 자신의 문학적 성취를 알릴 기회를 얻었다. 다만 장애 문학은 1990년대 초에 그 활동 기반이 열렸음에도 불구하고 기존 문단에서 장애 문학을 문단 외 문학활동으로 간주해 왔기에 본격문학의 장에서는 비평적 대상으로 평가받지 못했다. 다른 소수자 문학이 시작과 더불어 문단의 조명을 받은 것과 차이를 보이는 지점이다. 그런 점에서 장애 문학은 사회적 차별과 배제의 구조가 다른 소수자 문학에 비해 강하게 작동하고 있는 문학장이라 할 수 있다.

이런 사회적 차별과 배제의 구조로 인해서 장애 문학은 장애인 인권운동과 관련하여 장애인식개선을 위한 문학창작으로 나타났다. 대표적으로 아동문학가 김효진을 들 수 있다. 김효진은 장애여성네트워크 대표로 장애감수성을 확장하는 동화『깡이의 꽃밭』(파란자전거, 2014) 등을 창작하였다. 이러한 작업을 통해 장애인과 더불어 사는 사회의 도래를 추구하였던 것이다. 그러나 이러한 시도에도 불구하고 문학 장에서 분위기 반전은 일어나지 않았다. 문학비평에서 장애 문학은 비평의 대상이 되지 못한 것이었다.

장애 문학이 변화를 겪게 된 것은 장애 문학의 장에서 새로운 세대가 등장하면서이다. 대표적으로 2005년『부산일보』로 등단한 손병걸, 2009년『문학사상』으로 등단한 김학중, 2011년『세계의 문학』으로 등단한 성동혁 등이 있다. 이들이 본격적으로 작품집을 내게 되면서 한국 장애 문학은 기존의 장애 문학의 경계를 넘어서 문학적 확장성을 보여준다. 그런 점에서 기존 문단에서도 이들의 작품을 비평의 대상으로 바라볼 수밖에 없게 되었다.

손병걸의 경우, 자신의 장애를 시적 주체의 중심에 두면서도 이를 세계와의 감응을 가능하게 하는 기초로 이해한다. 그런 점에서 장애가 지닌 신체적 한계를 더 넓은 시적 지평으로 확장하는 모습을 보인다. 손병걸은 "순식간에 내 안으로 스며들어와/어둠을 밝혀준 당신//나는 행여나 당신이 떠날까 봐/긴 시간 문을 걸어 잠갔다 그러나/당신은 굳게 닫힌 시간을 풀고/행선 모를 바람이 되어 사라졌다//허공만 더듬는 오늘 아침 문득/서로 어루만져온 희로애락의 문양이/손끝마다 새겨진 등고선 같아서/높은 산, 바람이 소용돌이를 치듯/내 몸을 통째로 흔든다"(「음각」, 『나는 한 점의 궁극을 딛고 산다』, 걷는사람, 2021)라고 노래하면서 주체의 신체적 한계로 인해 제한하려 했던 세계와의 감응능력에 대해 노래한다. 손병걸에 따르면 장애를 있는 그대로 수용할 때, 그것은 주체 자신을 밝혀줄 뿐만 아니라 세계와의 감응능력으로 나타나게 된다고 노래한다. 장애 감수성에서 사회적 차별의 철폐를 중요하게 여기는 관점에서 더 급진적으로 이동하는 주체의 사각이 손병걸의 시에서 잘 드러나고 있다. 손병걸의 이러한 시적 작업은 높은 문학적 평가를 받아 2007년 민들레문학상, 2008년 장애인문화예술대상 국무총리상 등을 수상한다.

성동혁은 심장장애를 가지고 있다. 그의 첫 시집 『6』은 성동혁 자신이 받은 심장수술의 횟수인데, 이를 시집의 제목으로 삼은 것도 그의 장애와 무관하지 않다. 그는 자신의 삶이 언제나 생명을 잃을 위험 앞에 놓여 있음을 감지하고 있다. 그런 점에서 그는 우리가 마주하고 있는 생 자체의 의미를 명민하게 형상화한다. 성동혁은 "형과 함께 배 속에 있었다 생각하니 비좁았다/엄마는 괴물 같은 새끼가 두 개나 있을지는 상상도 못했다/구멍을 나갈 때 순서를 정하는 것 또한 그러했다//우린 충분히 달라 더 잘할 수 있을 것 같았는데/나만 주목 받는 것 같다/그는 여전히 중환자실에 누워 병신같이 나를 올려본다/나란히/함께//그것은 월식에 대한 편견이다//모르핀을 맞지 않아도//불을 켜면 자꾸 형이 보인다"(「쌍둥이」, 『6』, 민음사)하고 노래하는 것을 통해서 고통받는 자들과의 연대감이 우리 사회의 공동체성의 기반임을 드러낸다. 이런 점에서 성동혁은 최근 담론에서 주요한 논의 주제로 다뤄지는 돌봄 담론을 장애 문학의 기반에서 다루고 있는 시인이라 평가할 수 있다.

다음으로 김학중은 장애 문학의 지평을 문학의 근본적인 지평과 결합하는 모습을 보인다. 장애 문학이 추구하는 장애 당사자성이 인간의 근본적 한계와 무관하지 않음을 드러내고 있는 것이다. 인간의 문명사적 위기들이 운명에 대한 '눈멈'의 특성에 기인한다는 점을 환기하는 것이다. 더불어 우리 사회의 차별과 배제의 구조가 비가시적이며 그것의 비가시성에 의한 침범은 장애인이나 비장애인을 구별하지 않는다고 본다. 이 근본적인 문제를 가시화하는 것은 목숨을 건 도약이나 마찬가지라고 김학중은 생각한다. 이러한 김학중의 독특한 관점은 "눈먼 자가 처음 그 벽에 부딪쳤을 때 벽이 거기 있다는 그의 말을 아무도 믿어주지 않았다. 사람들이 벽을 발견하게 된 것은 눈먼 자가 자신의 몸을 뜯어 그린 벽화를 보고 나서였다."(「벽화」, 『창세』, 문학동네, 2017)라고 노래하는 것에서 확인할 수 있다. 실험적이고 모던한 시적 모험을 수행하면서도 사회적 상상력을 놓치고 있지 않는 김학중의 시 작업은 장애 문학의 확장성이 문학적으로 높은 수준에 도달해 있음을 보여준다. 김학중의 이러한 문학적 작업은 2017년 박인환문학상, 2024년 오장환문학상 수상으로 높은 평가를 받고 있다. 김학중의 시는 영국의 한국문학 웹진 『나빌레라』를 통해 영어로 번역 소개되고 이후 파키스탄, 카자흐스탄, 베네주엘라 등에 각각 번역 소개된 바 있다. 이는 한국의 장애 문학이 세계문학의 지평으로 확장해 나갈 수 있는 문학임을 드러내는 사례이다.

그 외에 소수자 문학으로는 이주자 문학을 들 수 있다. 이주자 문학은 인종과 민족적 소수자의 목소리를 형상화하는 작업으로도 나타나고 있다. 이러한 부류에 속하는 문학은 기획시집 등의 형태로 나타나는 특성도 보인다. 대표적으로 이주 노동자들의 기획시집인 『여기는 기계의 도시란다』(삶창, 2020)가 있다. 이 시집에는 뻐라짓 뽀무 외 37명이 참여했다. 이들은 네팔 이주노동자들로, 시집은 네팔어로 쓴 시를 한국어로 번역하여 출간한 것이다. 이 시들이 다룬 소재들은 한국에서 노동자로 살면서 겪은 일들이다. 조선업에서 노동자로 일한 수레스싱 썸바항페의 시에서 "한 줌의 숨을 담보 삼아/한 평의 땅을 담보 삼아/죽음의 계약서에 서명하고/내가 누구인지도 모르는 채/고향을 떠나 사람을 사고파는 도시에서/전쟁에 이기려고 용감한 군인이 되어/삶의 전쟁터에서/페인트를 칠하고/전선을 당기면서/용접을 하고/연마를 하면서/나는 배를 만들고 있다"(수레스싱 썸바항페, 「나는 배를 만들고 있다」, 『여기는 기계의 도시란다』, 삶창, 2020)라는 언술을 통해 이를 확인할 수 있다. 이 시의 원어는 네팔어이지만, 한국의 경험을 담은 작품으로 보아 넓은 의미에서 한국의 이주자 문학으로 다룰 수 있다. 이를 통해 확인할 수 있는 것은 이주자 문학을 포함하는 소수자 문학은 우리 문학 언어의 확장가능성을 보여준다는 것이다. 한국문학의 이중언어적 가능성을 열고 있다는 말이다. 기존의 한국문학은 한국어로 창작된 작품을 대상으로 하는 문학으로 한국문학을 제한해 왔는데 이주자 문학은 이에 대한 재고를 요청하고 있다.

이주자 문학에는 김선향과 같이 한국인의 관점에서 이주민 문제를 숙고하는 문학적 작업도 포함된다. 김선향은 『F등급 영화』(삶창, 2020) 등의 시적 작업에서 이주여성이 우리 사회에서 겪는 다양한 차별과 배제의 상황을 재현한다. 나아가 이러한 구조적 차별이 이주여성만이 겪는 특수한 문제가 아님을 드러낸다. 일제강점기 식민지 시대 위안부 문제는 지금 여기의 이주여성이 겪는 차별과 배제의 구조와 연결된 문제라고 노래한다. 그 외에 북한이탈과정의 고통스런 과정을 보고 하고 남한사회에서 적응하는 북한이탈주민이 겪는 사회적 배제와 차별을 문제화한 이명애의 『연장전』(등대지기, 2020) 등이 이주자 문학의 대표적 성취들이라고 할 수 있다.

소수자 문학은 한국문학사에서 비교적 최근에 나타난 문학적 경향이다. 그렇기 때문에 지금까지의 한국문학사에서는 주요한 문학사적 성과로 평가되는 일이 없었다. 그러나 현재 소수자 문학은 주류와 비주류의 경계를 해체하고 그간의 문학이 발견하지 못한 문제의식과 감수성을 시사하며 주목을 요하고 있다. 무엇보다 소수자 문학은 한국문학의 확장성을 세계문학의 지평에서 논하도록 이끄는데 큰 기여를 하고 있다. 물론 이에 대한 본격적인 연구와 문학사적 평가는 지속적으로 보완되어야 한다.

(김학중)

소인극 운동

　소인극(素人劇)은 아마추어를 뜻하는 일본어 소인(素人)과 극(劇)이 결합
된 말로 학생, 청년, 농민, 노동자, 직장인, 종교단체 청년 등 비전문가가
만든 연극을 일컫는다. 우리나라에서는 이와 같은 소인극이 1920년대 촉
발된 문화운동, 계몽운동의 일환으로 활성화되었다. 1919년 3·1 운동은
비록 실패로 끝이 났지만 민족적 자각을 일깨워 민족해방을 실천하고자
하는 다양한 결사체들이 조직되는 계기를 만들었다. 청년, 학생, 종교를
중심으로 조직된 이들 단체들은 국민 계몽의 한 방법으로 전국 방방곡곡을
순회하며 연극을 통해 의식을 일깨우려 했다. 당시 소인극에 참여했던
사람들 가운데 일부는 직업 연극인으로 전향하여 활동하기도 했지만, 대
개의 경우는 운동의 한 방법으로 연극을 선택해 아마추어리즘으로 작품에
임하다 보니 작품성 자체는 많이 부족했다. 그런 이유로 소인극 운동은
한국연극사 안에서 주요하게 다뤄지지 않은 경향이 있지만 현실의 문제를
함께 타계해 보고자 하는 민중의 자발적인 활동이었다는 점에서 의의가
크다. 또한 청년, 학생을 중심으로 한 소인극 운동은 1920년대 후반 프롤
레타리아 연극운동과 1930년대 극예술연구회의 신극운동으로 이어졌기
에 한국연극사에서 빼놓을 수 없는 연극운동이라 할 수 있다.
　1919년 3·1 운동은 조선인들에게 무지에 대한 각성을 촉발하고 개화
와 조국 독립을 위해서는 배워야 한다는 생각을 가지게 하였으며 결과적
으로 교육열을 고취시키는 계기가 되었다. 당시 유학생 수가 급증한 것은

이를 뒷받침한다. 그런데 당시 일본의 유학생들이나 조선의 학생들은 조국이 처한 암담한 현실과 일제의 수탈로 경제적으로 궁핍한 상황에 놓여 있었다. 많은 학생들이 생활전선에 뛰어들어 학업과 노동을 병행할 수밖에 없었다. 밤잠을 설치며 힘든 시간을 견뎌야 했던 이들은 누구보다도 항일의식이 고조되어 있었고, 배움을 통해 민중을 계몽시켜 조국의 해방을 이루기를 염원했다. 이러한 이들의 뜨거운 의기는 함께 연대하여 당장의 고통을 위무하는 한편 내일을 도모하는 학생단체를 조직하여 활동하는 동력이었다. 이들은 회원들끼리 정기적으로 모임을 가질 뿐만 아니라 방학을 이용해 전국을 돌며 순회강연과 순회공연을 다녔다. 공연을 통해 민중을 계몽하는 한편 구제 기금을 마련하여 자조(自助)하고자 하였다.

이와 같은 취지를 지닌 유학생 단체의 효시는 1920년 동경에서 조직된 극예술협회이다. 이들은 당시 일본의 신극 운동이 적극적으로 받아들이고 있었던 서양의 근대극을 함께 연구하고 이를 조선의 연극계에 이식하기 위한 목적으로 모임을 결성하였다. 이들은 정기적으로 모여 체홉(Anton Pavlovich Chekhov, 1860~1904)이나 하우프트만(Gerhart Hauptmann, 1862~1946) 등의 서양 근대 작가들의 희곡을 강독하였다. 그러던 차에 1921년 동경에 있는 한국 노동자, 학생 연합 단체인 동우회가 회관건립기금 모금을 위한 하계순회극단을 조직해 달라고 이들에게 청하였다. 이에 이들은 현실의 문제는 등한시한 채 감성팔이를 통해 관객 동원에만 혈안이 된 신파가 신극인 줄 알고 있는 조선의 민중들에게 제대로 된 근대극을 보여 줄 기회로 여기고 '동우회순회극단'을 구성해 1921년 7월 6일 부산을 통해 귀국하였다. 그렇게 이들은 김우진이 일체의 공연 비용을 부담한 채 부산을 시작으로 영남에서 호남으로 다시 서울을 거쳐 평양에 이르기까지 전국을 돌며 강연, 연주와 함께 연극공연을 했다. 연극의 레퍼토리는 동경 고학생의 궁핍한 삶과 죽음을 다룬 조명희의 〈김영일의 사(死)〉와 여성의 인간 선언을 다룬 홍난파의 〈최후의 악수〉, 그리고 괴로운 현실에 대한 타계책을 제시하는 던세니 경의 〈찬란한 문〉을 김우진이 각색한 작품이었다. 공연은 연일 언론에 보도되며 대성황을 이루었다.

동경 유학생들의 순회공연이 바람을 일으키자 경성 고학생 단체인 갈돕회도 같은 해 7월 말부터 8월까지 한 달 동안 전국을 순회하며 공연하였다. 갈돕회는 '개조', '자조', '상조', '동정' 원리의 직접 실연(實演)을 통해 식민지 조선 내부의 계급적 차별과 경제적 불평등의 균열을 봉합하는 것을 목적으로 1920년 6월 21일 창립된 경성 유학생 단체였다. 구성원들 대개가 경제적으로 어려운 상황에서도 국권 회복을 위해서는 배워야 한다는 생각에 지방에서 올라와 노동을 병행하는 학생인 동시에 노동자였다. 이들은 상생하여 서로를 구제할 수 있는 방법을 모색하여 갈돕만두를 만들어 파는가 하면 시간제 노동공장을 설립하고 합숙소를 마련하는 한편 공동식당을 운영하였다. 때로 개최되는 강연회, 음악회, 소인극 공연 등은 문화 사업의 일환으로 기부를 이끌어내기 위한 것이었다.

1921년 7월 말부터 8월까지 이루어진 '갈돕회순회극단'의 레퍼토리는 윤백남의 〈운명〉과 작자 미상의 〈유언〉, 〈빈곤자의 무리〉 등이었다. 이 가운데 〈빈곤자의 무리〉는 조명희의 〈김영일의 사(死)〉가 동경 고학생의 어려운 현실을 다룬 작품이라고 한다면 이것은 경성의 고학생들이 처한 참혹한 현실을 다룬 작품이라 할 수 있다. 이들 공연의 완성도는 오랫동안 서구의 근대극을 연구하고 일본의 신극 운동을 이끈 배우 도모다 교오스케(友田恭助)의 도움을 받은 동우회순회극단의 공연에 비해 뒤떨어진 것일 수밖에 없었다. 갈돕회순회극단의 회원들은 진정한 생활인으로 학업과 노동을 병행하는 것만으로도 벅찬 데다가, 이들에게 도움을 준 이들은 당시 신파극계의 주축이었던 윤백남과 이기세였기 때문에 공연이 신파로 흘러가는 것은 당연한 귀결이었다. 기금 마련이 이들의 목적이라고 할 때 어쩌면 이는 불가피한 선택이었을지도 모른다. 그러나 표현 방식에 있어서는 그렇다고 해도 사실적 내용을 진정성 있게 담아내고자 한 시도는 기존의 신파극과는 다른 것이었다.

이 시기에 공연한 학생 순회극단의 작품들이 지닌 공통적 특징 가운데 하나는 고학생들의 참담한 삶을 담은 작품들을 레퍼토리에 포함시키고 있다는 것이다. 이들 이외에 동경에 유학 중인 개성 학생들이 만든 '송경학우회' 역시 이들 대학생 순회극단 바람에 편승하여 1921년 여름 개성에서 여러 차례 공연하였는데 이때 이들의 레퍼토리 가운데 하나가 죽음으로까지 이르게 한 가난한 고학생의 절망적 삶을 다룬 임홍빈의 〈백파(白波)의 울음〉이었다. 이 작품은 조명희의 〈김영일의 사〉와 같이 1921년 가난한 고학생 '이동화의 죽음'을 모티프로 한 작품이다. 그의 죽음은 당시 언론을 통해 수차례 소개되면서 고학생들의 학업에 대한 열망과 이들을 외면하는 세상에 대한 비판 담론을 형성해 다양한 고학생 서사로 재창작되었다.

1922년에는 동경 고학생회인 형설회가 기숙사 건립을 위해 진 빚을 갚기 위해 '형설회순회극단'을 조직하였다. 이들은 한국으로 오기 전 동경 스루카다이(駿河臺) 불교회관에서 재일 한국인 기생들의 가무와 함께 조춘광의 〈개성의 눈뜬 뒤〉 공연을 시연하였는데 이를 지켜보고 있던 한국인 관객은 물론 일본인 관객까지도 열렬한 호응을 했다고 한다. 귀국 공연에서 인기를 끌었던 작품은 고한승의 〈장구한 밤〉으로 이 작품은 입센과 하우프트만의 영향을 받아 쓴 것으로 당시 『매일신보』는 이 작품을 "오늘날까지 발표된 우리 조선사람의 창작 각본 중 가장 위대한 작품으로 생각하고, 귀두수면(歸頭獸面)의 무시(無時)로 출몰하는 황량한 조선극계를 위하여 특히 고한승 씨에게 흔하의 일언을 정(呈)코자 한다"고 상찬할 정도로 대단한 인기를 구가하였다.

1923년 봄에는 동경에서 순수 문학 예술 동호회로 시작한 토월회가

1923년 7월 4일부터 8일까지 조선극장에서 공연하였다. 이들은 방학을 이용해 귀국하면서 고국의 동포들을 위한 선물로 강연회를 열어 그들을 개화하고자 하였으나 논의 끝에 강연보다는 연극이 의도한 목적을 성취하기에 더 효과적이라는 결론을 내리고 방법을 선회하였다. 이는 당시 절정에 이른 일본의 신극운동에 빠져 모든 신극 공연을 섭렵함은 물론 가부기와 신파극까지 모조리 보러 다니며 일본의 연극술을 탐구한 박승희(朴勝喜, 1901~1964)의 영향이기도 하다. 이들이 가지고 온 레퍼토리는 유진 필록의 〈기갈〉, 체홉의 〈곰〉, 버나드 쇼의 〈그 남자가 그 여자의 남편에게 어떻게 거짓말을 하였나〉의 번역극 세 편과 구도덕에 대한 항거를 그린 박승희의 창작극 〈길식(吉植)〉이었다. 당시 박승희가 『사상계』에 관객 반응에 대해 "손님은 무대 장치의 황홀과 연극의 놀라운 대사에 깜짝 놀라 아무 말도 못하였다. 과거 신파극에서 볼 수 없던 장면과 굳센 의지의 세계를 보았고 또 대사의 정확하고 분명한 호흡은 손님과 같았던 것이다."라고 쓴 것을 보면 이들의 공연이 당대 현실을 사실적인 무대 장치와 자연스러운 대사와 연기로 재현해냄으로써 관객들로 하여금 큰 호응을 얻었음을 알 수 있다.

토월회의 공연은 아마추어 학생극이라고 하기에는 지나치게 전문적이었다. 특히 1회 공연의 실패로 적자를 메우기 위해 바로 준비해 9월 18일부터 1주간 상연한 공연은 톨스토이(Lev Nikolayevich Tolstoy)의 〈부활〉, 마이어 푀르스터(Wilhelm Mey'er För'ster)의 〈알트 하이델베르크〉, 스트린드베리(August Strindberg)의 〈채귀 債鬼〉, 쇼(George Bernard Shaw)의 〈그 남자가 그 여자의 남편에게 어떻게 거짓말하였나〉의 여주인공의 이름을 따서 지은 〈오로라〉로 예술성보다는 대중성을 중심으로 각색하였다. 이들이 애초에 귀국하면서 고국 방문 선물로 준비했던 공연은 재미를 통해 잠시나마 위로는 줬을지 몰라도 본래 의도했던 의식의 계몽이나 각성으로부터는 멀어져 흥행 수익을 목적으로 하는 본격적인 영리 극단이 되어버린 것이다. 결국 대개의 회원들은 떠나고 박승희를 중심으로 하여 본격적인 전문극단으로 탈바꿈하였다.

사실 이들 동경과 경성의 대학생들이 기금 마련을 위해 소인극 극단을 조직하고 순회공연을 다니기 이전에도 전국에 걸쳐 다양한 결사체들이 조직되어 소인극을 공연하였다. 청년 학생을 중심으로 일어난 3·1 운동은 민중의 힘을 일깨우는 동시에 노동자, 농민의 주체적 각성을 불러일으켜 지금껏 자신들이 정당한 대우를 받지 못한 것은 무지에 기인한 것이라는 사실을 깨닫고 교육의 필요성을 깨닫게 했다. 선진적 지식인들 역시 조국 해방을 위해서는 무엇보다 근로대중 교육이 선행되어야 할 필요가 있음을 느끼고 있었다. 이로 인해 지방에서는 노동 야학 운동이 빠르게 확산되어 나타났다. 그런데 문제는 야학을 운영하는 데 소요되는 경비였다. 아무래도 자발적으로 조성하는 데는 한계가 있어 소인극 공연, 음악회, 명창대회, 계나 소비조합결성, 행상 등 동원할 수 있는 모든 방법을 활용하여 기금을 조성하고자 했다. 때로는 기성의 극단이 이들을 위한 자선 공연을 벌이기도 했는데 대개 이들의 공연은 신파 일색이었고, 1921년 12월 『동아일보』가 '전주친목계에서 노동야학 설립을 위해 '조선신파계량좌' 조직코 흥행 예정'이라고 보도한 것과 같이 애초에 신파극 공연을 목표로 극단을 조직하기도 하였다.

당시 지방 청년단체의 상황은 대개 비슷했는데 이는 어쩔 수 없는 일이기도 했다. 당시 조선의 연극이라고 하는 것이 신파 일색인 데다 그나마도 지방에는 공연이 많지 않아 일천한 관극 경험을 떠올리며 비슷하게나마 흉내를 내다보니 신파가 될 수밖에 없었을 것이다. 더구나 이들의 목적은 연극을 통해 사회혁신과 민족계몽을 위한 사회운동을 해나가는 동시에 야학과 같은 교육 및 문화 사업을 지속시킬 수 있는 기금을 마련하는 데 있었기에 작품의 완성도는 크게 중요한 것이 아니기도 했다. 그리고 이들의 이런 활동은 1920년대 후반에 이르러 소인극운동을 카프연극 운동의 한 실천 방법으로 채택하게 하는가 하면 1930년대에 이르러서는 소인극을 통해 항일운동을 전개해나가게 한다. 특히 1929년 광주학생사건 이후 광주·전남 지역의 청년·학생들은 일본에 대한 적개심이 팽배해 그를 소인극 공연을 통해 표출해냈다.

1920년대 초기에는 각 지역의 청년단체와 학생단체 이외에도 천도교와 불교, 기독교와 천주교 등의 종교 단체에서도 소인극 활동을 벌였다. 종교단체의 경우에는 연극을 통한 민족계몽보다는 종교를 전파하는데 주요 목적이 있었으며 수익금은 자체에서 운영하는 부인야학이나 유치원의 경비로 썼다. 즉 아마추어 연극인 소인극의 경향은 조직체의 성향에 따라 그 목적이 달랐던 것이다. 심지어는 민족운동의 일환으로 전개되었던 소인극의 이름을 걸고 흥행만을 목적으로 하는 극단도 있었다.

소인극 운동은 아마추어 연극 운동이라는 이유로 한국 연극사 안에서 소외되어왔던 것이 사실이다. 그러나 소인극은 여전히 신파의 틀에서 벗어나지 못한 1920년대 연극계에 처음으로 제대로 된 신극을 소개한 계기였음은 물론 당시 고학생들의 현실을 사실적으로 재현해냄으로써 사실주의 연극의 기틀을 마련했다는 점에서 결코 가벼이 볼 수만은 없다. 더욱이 소인극 극단은 전국 순회공연을 돌며 민중의 의식을 개조하고 억눌린 마음을 분출하여 위안을 주었을 뿐만 아니라 기금을 마련해 사회운동을 이어나갈 수 있었다는 점에서도 연극이 지닌 사회적 책무를 다하고자 했다. 물론 그러는 가운데에도 종교 전파를 위해 소인극을 이용하거나 당시 소인극 운동의 붐을 이용해 흥행에 도움이 되기 위해 소인극을 수식어로 활용한 경우도 있기는 했지만 그렇다고 해서 소인극 운동이 거둔 성과를 덮을 수는 없다.

(김윤희)

순수시

순수시는 시의 순수성을 전제 조건으로 정의된다. 오염되지 않은 시, 다른 어떤 것에 의해 훼손되지 않은 시와 같이 배타적인 방식으로 개념을 구성한다. 오히려 순수시라고 명명될 때 그 명명에 의해 순수시의 가치는 훼손된다. 그래서 불가능성을 지니면서도 끊임없이 그 필요성이 요청되는 역설의 구조를 지닌다. 즉 순수시는 자신의 한계를 인식하면서도 그 한계에 도전함으로써 시의 본질에 이르고자 하는 시도라 할 수 있다. 그러한 까닭에 순수시라는 용어는 한국문학사의 의미망 속에서 역사적·사회적 맥락 속에서 특수한 용법으로 사용되는 경우가 많다. 특히 현실적, 정치적 이념이나 실용적 목적에서 벗어나 시 자체의 본질적 가치와 미학을 추구하며 문학의 자율성을 강조하는 경향의 시를 일컫는다. 그러한 까닭에 목적의식성이나 이데올로기 지향성을 배제한 예술 지상주의적 특성을 내포하기도 한다. 개인의 서정과 내면세계를 섬세하게 표현하며, 시의 순수한 예술성과 형식미를 중시한다. 특히 언어의 음악성과 상징적 이미지를 통해 시적 순수성을 구현하고자 한다. 이는 시가 지닌 본연의 서정성과 예술성을 회복하려는 시 정신의 발현이라 할 수 있다.

한국 현대시사에서 순수시의 본격적 등장은 1930년대 시문학파의 활동과 함께 시작되었다. 시문학파는 1930년 3월 창간되어 1931년까지 3호를 발간한 『시문학』을 중심으로 형성된 시인들의 집단이다. 박용철의 경제적 지원과 김영랑의 작품적 주도로 시작된 이 동인지는 시의 예술성과 순수성을 강조하며 한국 현대시사에 새로운 지평을 열었다. 동인으로는 김영랑, 박용철, 정지용을 중심으로 정인보, 변영로, 이하윤 등이 참여했는데, 1920년대 프로문학과 민족문학이라는 목적의식적 문학 경향에 대한 반작용으로 시의 순수성을 추구하고자 했다.

1920년대 말까지 한국 문단은 크게 두 가지 흐름이 지배적이었다. 하나는 민족의식을 고취하는 민족주의 문학이었고, 다른 하나는 계급의식을 강조하는 프롤레타리아 문학이었다. 두 경향 모두 문학을 사회변혁의 수단으로 보았다는 점에서 목적 문학이라 할 수 있다. 시문학파는 이러한 경향에 반발하여 '그냥 문학'을 표방했다. 이들에게 순수시란 정치적, 사회적 현실에 대한 판단을 중지하고, 시 자체의 미학적 가치를 추구하는 것을 의미했다. 이는 당시의 시대적 상황과도 밀접한 관련이 있다. 1931년 만주사변 이후 일제의 파시즘화가 가속화되면서 민족운동이나 사회운동이 더욱 어려워졌고, 1935년에는 카프가 해산되었다. 이러한 상황에서 순수시는 직접적인 저항이나 참여가 불가능한 시대적 조건 속에서 선택된 우회적 저항의 한 형태였다고도 볼 수 있다.

시문학파의 순수시가 갖는 특징은 크게 세 가지로 요약된다. 첫째, 현실에 대한 직접적 발언을 배제하고 언어 자체의 미적 가치를 추구했다. 이는 시가 정치적, 사회적 목적에 종속되는 것을 거부하고 시 자체의 자율성을 확보하고자 한 것이다. 둘째, 개인의 서정적 순수성을 통해 보편적 진실에 도달하고자 했다. 이들은 개인의 내면을 섬세하게 탐구함으로써 인간 보편의 정서에 닿고자 했다. 셋째, 시적 언어의 정제를 통해 격조 높은 시세계를 구축했다. 이는 한국어의 미적 가능성을 극대화하려는 시도였다.

하지만 시문학파의 순수시 역시 완전한 순수성의 실현이라는 측면에서는 한계를 지닌다. 그들이 추구한 순수성이 당대 현실에 대한 하나의 대응 방식이었다는 점에서, 이미 현실과의 관계를 전제하고 있기 때문이다. 또한 그들의 시가 민족어의 아름다움을 추구했다는 점에서, 일제 강점기라는 시대적 맥락과 무관할 수 없었다. 더 나아가 순수시가 표방하는 순수성 자체가 하나의 이데올로기가 될 수 있다는 비판도 제기되었다. 순수를 표방하는 순간 이미 불순해진다는 역설은 순수시의 근본적인 딜레마였다. 시문학파 이후 등장한 순수시의 다양한 실험들은 이러한 딜레마를 인식하면서도 그것을 시적 가능성의 원천으로 삼고자 했다.

이처럼 시문학파의 순수시는 완벽한 순수성의 실현이라는 측면에서는 한계를 지니지만, 오히려 그 한계를 자각하면서도 시의 본질을 추구했다는 점에서 의의를 찾을 수 있다. 그들의 시적 성취는 한국 현대시의 미학적 토대를 마련했으며, 이후 순수시의 다양한 전개를 가능하게 한 초석이 되었다. 또한 그들의 순수시 실험은 한국어의 시적 가능성을 확장했다는 점에서도 중요한 의미를 지닌다.

시문학파의 대표적 시인 김영랑(金雅號, 1903~1950)은 순수 서정시의 새로운 경지를 개척했다. 그의 시세계는 순수한 서정성을 특징으로 한다. 김영랑의 시는 개인의 서정에서 출발하여 우주적 차원으로 확장되는 특징을 보이는데, 이는 당시 한국 현대시의 새로운 가능성을 보여준 것으로 평가된다. "내 마음의 어딘 듯 한편에 끝없는 강물이 흐르네/돋혀 오르는 아침날 빛이 빤질한 은결을 도도네/가슴엔듯 눈엔듯 또 핏줄엔 듯/마음이 도른도른 숨어 있는 곳"(「내 마음의 어딘 듯 한편에 끝없는 강물」, 『시문학』 창간호, 1930)은 김영랑 시의 특징을 잘 보여준다. '내 마음'이라는 주관적 세계가 '강물'이라는 자연과 조화를 이루며, 감각적인 언어와 음악적 리듬으로 순수한 내면세계를 표현하고 있다. 특히 '도른도른'과 같은 토속적 언어의 활용과 반복적 리듬은 한국어의 시적 가능성을 새롭게 보여준 것이라 할 수 있다. 또한 그의 시적 언어는 민족어의 아름다움을 극대화하면서도 현대적 감각을 잃지 않았다는 점에서 주목할 만하다.

『시문학』의 실질적 주도자였던 박용철(朴龍喆, 1904~1938)은 비평가로서 시단에 큰 영향을 미쳤다. 그는 순수시의 이론적 토대를 마련하는 한편, 자신의 시작을 통해 그 실천적 모범을 보여주었다. 박용철의 시는 낭만주의적 정서와 함께 지성적 고뇌를 담고 있다. 특히 그의 시론은 시의 순수성과 예술성을 강조하면서도, 현실과의 접점을 놓치지 않으려 했다는 점에서 의미가 있다. 대표작 "나두야 간다/나의 이 젊은나이를 눈물로야 보낼거냐/나두야 가련다/아늑한 이 항군들 손쉽게야 버릴거냐/안개같이 물어린 눈에도 비최나니"(「떠나가는 배」, 『시문학』 창간호, 1930)는 현실에 대한 비애와 초월에 대한 동경이 절묘하게 조화를 이룬 작품이다. '젊은나이'와 '눈물'의 대비, '아늑한 항구'와 '떠남'의 대립은 시인의 내면적 갈등을 효과적으로 드러낸다. 특히 '나두야 간다'의 반복적 표현은 결연한 의지와 함께 그 이면의 서러움을 함께 담아내고 있다. 박용철의 문학 활동은 비평가로서도 주목할 만한데, 그의 비평은 순수문학의 이론적 기반을 다지는 데 중요한 역할을 했다.

정지용(鄭芝溶, 1902~1950)은 『시문학』에서 가장 현대적인 감각을 보여준 시인이다. 그의 시는 선명한 이미지와 세련된 언어 구사가 탁월하다. 특히 모더니즘적 경향을 한국 시의 전통과 성공적으로 접목했다는 점에 있어 높이 평가 받는다. 그의 대표작 "물오리 떠돌아다니는/흰 못물 같은 한울 밑에/함빡 피여나온 따알리아/피다 못해 터져 나오는 따알리아"(「따알리아」, 『新民』 19호, 1926)에서 정지용은 시각적 이미지를 중심으로 자연의 생명력을 감각적으로 표현하고 있다. '물오리'와 '흰 못물', '따알리아'로 이어지는 이미지의 연쇄는 시적 긴장감을 고조시키며, '함빡', '터져 나오는' 등의 표현은 생동감 넘치는 시적 순간을 포착한다. 정지용의 시적 성과는 이후 한국 현대시의 중요한 자산이 되었다.

『시문학』이 3호로 종간된 후, 박용철은 1931년 『문예월간』을 창간한다. 이 잡지는 『시문학』의 순수성을 계승하면서도 보다 대중적인 성격을 띠었다. 시뿐만 아니라 소설, 평론 등 다양한 장르를 수용했고, 취미기사와 지방소식 등도 실어 독자층을 넓히고자 했다. 『문예월간』의 이러한 시도는 순수문학의 대중화를 위한 노력으로 평가받는다. 이어 1934년에 발간된 『문학』은 보다 본격적인 종합문예지의 성격을 띤다. 이 잡지에서는 시문학파의 순수성이 더욱 깊이 있게 발전되어 이들이 당대 문단의 중심적인 역할을 하도록 했다. 『문학』은 특히 시와 평론을 중심으로 한국 현대문학의 수준을 한 단계 높였다는 평가를 받는다.

　결론적으로 시문학파는 1920년대의 목적의식적 문학에서 벗어나 시의 본질을 추구함으로써 순수시의 미학적 기반을 구축했다. 또한 현대적 언어감각과 시형식의 확립을 통해 한국어의 시적 가능성을 확장했다. 김영랑의 토속적 언어 활용, 정지용의 세련된 이미지 구사, 박용철의 지성적 언어 운용은 한국 현대시의 언어적 지평을 넓혔다. 이는 단순한 형식 실험을 넘어 민족어의 예술적 가능성을 증명한 것으로 평가된다. 마지막으로 『시문학』에서 시작되어 『문예월간』, 『문학』으로 이어지는 흐름은 한국 현대문학의 중요한 축을 형성했다. 이들의 문학적 성취는 이후 한국 현대시의 발전에 지속적인 영향을 미치며, 순수문학의 전통을 확립하는 데 결정적인 역할을 했다고 평가할 수 있다.

(정은기)

시민문학

근대 역사에서 '시민'이란 1789년 프랑스 대혁명 이후에 등장한 새로운 계급을 말한다. 혈통과 지위의 상속을 통해 위계화된 봉건사회가 무너진 후, 개인의 능력과 부의 성취, 정치적 역량의 발현을 통해 사회의 구성원으로 등장한 주체가 시민 즉 '부르주아'였다. 시민은 또한 공동체의 대표자를 스스로 선출하는 정치적 주체이자, 자유로운 계약을 통해 노동과 상품을 매매하는 경제적 주체로 규정된다. 이 같은 시민 주체들로 구성된 근대사회는 민주주의를 정치적 지향으로 내세우고, 자유롭고 평등한 공동체를 실천적 지향으로 앞세우며 성립한 최초의 사회적 형태라 할 수 있다.

시민적 연대를 형성하는 매체에는 문자적 표현물 일반, 가령 신문과 잡지 등이 포함되지만 그중 가장 중요한 것은 문학이었다. 대중 엔터테인먼트가 발달하지 않은 시점에서 일정 정도의 문해력만 갖추어진다면 누구든 접근 가능한 문화 영역이 문학이었다. 문학의 허구적 상상력은 사회의 새로운 형식에 대한 활발한 토론과 논쟁을 촉발할 수 있다는 점에서 중요한 매체로 기능했다. 18세기를 전후해 프랑스의 귀족 문인들이 출입하던 살롱에서 출발하여 19세기에 대중화된 영국의 커피하우스, 카페 등은 대중이 신문 잡지를 나눠 읽으며 상호 소통을 벌이던 공간이었다. 특히 정간물에 연재되던 소설은 시민 대중의 사회적 상상력을 촉발했고, 담론적 토의가 벌어지는 공론장을 형성했다. 이처럼 근대사회에서 민주적 공론장을 구성하고 발전시켰던 문화적 장치를 시민문학의 원형으로 간주할 만하다.

'전망(perspective)'은 소설이 갖는 공동체적 시야를 의미하는데, 전망의 문제의식은 시민문학이 근대사회의 형성적 요인으로서 어떤 기능을 수행했는지 설명해 준다. 하나의 공동체가 유지 및 발전되기 위해서는 구성원을 형성하고 재생산하는 문화적 기제를 확보할 필요가 있다. 공동체 질서를 내면화하는 도덕 감각과 담론적 정당화, 이를 신체와 무의식에 각인하는 훈육체계가 필요한 것이다. 독일의 교양소설(Bildungsroman)은 이를 문학적으로 실현시켰던 사례이다. 예컨대, 괴테(Johann Wolfgang von Goethe)의 '빌헬름 마이스터' 3부작에서 주인공 빌헬름은 연극을 통해 타인과 소통하는 법을 배우고 교류하며, 공동체의 일원으로 성장해 나가는 법을 배운다. 시민성을 지탱하는 도덕 감각, 담론화, 훈육체계의 삼박자를 전형적으로 구현하는 문학적 예증이라 할 만하다. 물론 이 과정은 부정적일 수도 있다. 근대 사실주의 문학에서 문제적 개인은 공동체와 불화하는 개인을 앞세워 시민의 이념과 실제가 허구와 위선에 불과함을 폭로했다. 어떤 경우든 시민문학은 사회에 대해 개인과 주체가 갖는 의미나 그 관계에 답하려는 문학적 시도를 뜻한다.

19세기 후반 서세동점(西勢東漸)의 격변기에 서구의 근대성과 접촉했고, 일제강점기 동안 왜곡된 방식으로 근대성을 경험했던 한국은 오랫동안 시민성의 부재를 사회 발전의 저해 요인으로 인식해 왔다. 식민지와 전쟁, 분단과 냉전을 겪었던 한국은 근대적 공동체의 기틀이 빈약할 수밖에 없었다. 이런 상황에서 공동체의 주체로서 시민의 등장과 성장은 자립적이고 자주적인 근대사회를 이루기 위한 첫 번째 조건으로 제기되었다. 일제강점기를 통과하며 작가들은 시민의 형성에 대해 고민했고, 이를 문학적으로 묘파하기 위해 다양한 작품을 생산했다. 이를테면, 염상섭(廉想涉, 1897~1963)은 『삼대』(1931)에서 3대에 걸친 가족사를 보여주며 민족자본가의 싹을 예감했고, 국가를 괄호 친 상태에서 자본주의적 시민성의 길을 모색하려 했다. 하지만 근대사회의 정치적 전제는 국민국가(nation-state)에 있기에 이같은 문학적 시민 형성의 시도는 불완전했고 시민의 형성은 해방 이후의 과제로 미뤄져야 했다. 문제는 일제로부터의 해방과 독립이 민족의 자주적 힘으로 이루어진 것이 아니었고, 이후의 역사는 냉전이라는 이념적 강제에 의해 조건화되었다는 점에 있다.

1960년 4·19혁명은 시민문학이 간직한 문제의식을 한국의 사회적 지형에 맞춰 심도 있게 사유하게 만든 계기였다. 이승만 정권의 무능과 부정부패, 개인숭배에 가까운 타락은 근대적 시민성의 이념과 배치되는 것이었고, 미숙한 형태로나마 싹트고 있던 한국인의 민주주의적 열망과 충돌을 일으켰다. 김주열 학생에 대한 고문과 살해가 상징하듯 대중을 폭력적으로 탄압하고 군림하려던 이승만 정권은 다수 시민의 항거 앞에 무릎을 꿇었고, 이로써 새로운 헌법에 따른 제2공화국이 출범하게 된다. 한국사에서 민주주의가 시민 행동의 가장 중요한 깃발로 내세워진 혁명의 첫머리에 4·19가 있는 것이다.

하지만 4·19가 진정한 시민성의 표출이었는지에 대한 판단은 학자마다 의견이 다르다. 이승만 정권의 폭거가 혁명을 폭발시킨 것은 사실이지만, 그것을 근대적 의미에서 시민성의 성장에 따른 결과로 보기는 어렵다는 뜻이다. 1950~60대의 상황에서 한국의 시민사회는 여전히 단초적 단계에 머물러 있었고, 성숙한 정치의식이나 사회적 주체성으로 충분히 발전했다고 보기는 어려운 탓이다. 곧이어 발생한 5·16 군사정변에서 확인되었던 것처럼 이승만 정권에 저항하던 시민의 힘은 군부의 무력에 속절없이 무너져버렸다. 그렇게 군사정부 이후의 한국문학은 다시금 시민문학의 전망이라는 과제 앞에 서게 된다. 문제는 시민을 발명하는 데 있었고, 이를 견인해야 한다는 강한 문학적 자의식은 창작과 비평을 사로잡았다.

1969년 『아세아』 창간호에 실린 평론가 김주연(金柱演, 1941~)의 글 「새시대 문학의 성립: 인식의 출발로서 60년대」는 '소시민 논쟁'을 촉발한 평문이었다. 여기서 김주연은 1950년대의 문학이 전후의 피폐함에 매몰되거나 재건에 몰두하는 계몽성에 결박되어 있었음을 지적하며, 개성과 개인을 포함하는 '트리비얼리즘'이야말로 새 시대 문학의 조건임을 내세웠다. 이 단어는 흔히 '쇄말주의'라는 부정적 단어로 번역되지만, 김주연은 거꾸로 사소한 것에 대한 인식이야말로 유가적 전통과 계몽주의를 벗어날 수 있는 문학적 조건임을 시사했다. 당대에 크게 주목받지는 않았으나, 개별적인 것과 사소한 것 등에 대한 시사는 이후 다른 방식으로 시민문학의 문제의식과 연결된다.

백낙청(白樂晴, 1938~)의 「시민문학론」(『창작과비평』, 1969년 여름호)은 '소시민 논쟁'과 대척점을 이루며, 한국문학사에서 시민문학의 문제설정을 출범시킨 주요한 시도로 평가된다. "참다운 시민이 어떤 것이며 시민의 문학은 어떤 것인가를 생각해 보려는" 시도로 글의 목적을 설정한 백낙청은 시민을 소시민과 구별하며 "우리가 쟁취하고 창조하여야 할 미지·미완의 인간상"이라 정의했다. 역사적으로 시민은 프랑스 혁명을 통해 탄생한 실정적 계급을 가리키지만, 그 이상적 형태는 실제 역사에서 아직 제대로 실현된 적이 없었다. 따라서 한국 현대사에서 시민은 여전히 바라보고 지향해야 할 이념형으로 제기될 수 있다. 여기에는 조건이 따른다. 서구에서 부르주아는 혁명이 낳은 역사 변동의 활력을 상실함으로써 루소적 의미의 'citoyen' 즉 정치적 공민(公民)으로부터 이탈해 경제적 시민에 머무르고 말았다. 공민은 민주주의를 지향하는 건전한 근대적 주체를 뜻하지만, 경제적 시민은 귀족화된 상층 부르주아(자본가)가 되거나 정치적 무책임이나 사적인 이해관계에 매몰되는 프티 부르주아(소시민)으로 분화되었던 것이다. 이로부터 한국문학의 과제는 건전한 근대적 주체로서의 시민 곧 공민을 발견하고 또 발명하는 데 두어진다. 한국문학이 자본의 굴레를 벗어난 근대사회의 구성을 문학적 전망으로 채택하고, 이에 따라 창작과 비평의 의제를 내세웠던 까닭이 여기에 있다.

역사적 시련과 굴곡으로 인해 온전한 시민적 전통을 갖추지 못했고 그 사회적 형식을 경험하지도 못한 상황에서, 4·19가 갑작스레 시민성의 토대가 될 리 없다. 백낙청은 이런 조건에서 시민문학이 맡아야 할 역사적이고 사회적인 역할을 강조하며, 당대의 작가와 작품을 세심하게 일별한다. 그가 보기에 김수영은 1960년대 한국 시민문학의 가장 뛰어난 성과에 속한다. 가령「어느날 고궁을 나오면서」(1965)는 일견 비뚤어진 소시민 의식을 전시하는 듯싶지만, 개인적 양심의 표출을 넘어서 자신의 근거에 대한 통절한 반성과 성찰을 담아냈다는 점에서 탁월하다. 시적 화자는 시민의식의 성숙으로 곧장 나아가지는 못하지만, 그렇다고 소시민 의식으로 떨어지지도 않는 모종의 열린 상태를 보이기 때문이다. 이는「거대한 뿌리」(1964)와 연동하여 시민적 진보의 터전이 되어 과거와 반동을 껴안는 긍정의 전망을 끌어낸다. 백낙청에게 시민문학은 한국 현대문학의 현재와 미래를 견인하는 규제적 이념에 가까웠다.

하지만 시민문학은 이후의 한국문학사에서 명시적 의제로 다루어지기보다 확장된 의미로 변주되었다. 백낙청이 이끄는『창작과비평』의 경우, 70년대 이래 민족문학론을 주요한 의제로 발전시켰다. 여기서 시민의 문제의식은 민중과 농민을 대상으로 한 '변두리문학론'으로 심화되거나, '제3세계문학론'을 경유한 '세계문학론'으로 확장되었음을 짚어둘 만하다. 또한 산업화와 도시화가 진전되며 삶의 질곡이 심화되자 1980년대 문학장 전반에서는 민중문학이 더 포괄적인 호응을 얻게 되었다. 시민문학이 민족문학론이나 민중문학론의 전제로 작동했다고 볼 수도 있으나, '시민=부르주아지'라는 계급적 표상은 1980년대까지의 민주화 운동사에서 시민성을 의제화하는 데 곤란한 지점을 노출시켰다. 그럼에도 현재에 이르기까지 문학의 사회적 전망이라는 거시적 틀 안에는 분명 오십여 년 이상 탁마(琢磨)된 시민의 문제의식이 포함되어 있음을 숙고해야 한다.

2010년대에 접어들며 '문학과 시민'의 문제의식은 이전과 다른 방식으로 한국문학장에 개입하기 시작했다. 이는 문학적 시민권의 주체성을 근대문학이 주목하지 않았던 개별적이고 사소한 지점에까지 확장하며 벌어진 사건이라 할 수 있다. 첫째, '페미니즘 리부트' 현상과 이어진 여성 및 소수자 작가들의 문학적 시민권 요구가 그것이다. 그간 한국문학에서 하위화되었던 여성 작가들은 '여류'라는 명칭을 벗어나 작가 자체로 호명되고자 했고, 이성애주의 바깥의 소재와 주제 역시 창작의 정당한 권리로 요구되었다. 둘째, 오랫동안 '대중문학'으로 폄하되었던 장르문학이 한국문학의 한 갈래로 대우받고 인식되기 시작했다. SF와 추리물 등은 과거의 문단 중심적 문학으로부터 배제되지 않을 권리를 주장하게 되었고, 비평과 출판 등에서도 차별적 처우를 받지 않기를 주장했다. 셋째, 근대문학에서 시민성을 독점하던 인간 주체에 대한 관점도 변화를 겪었다. 휴머니즘의 폭력성에 대한 성찰과 함께 인류세 및 기후 위기의 위기감이 고조되면서, 최근의 문학은 비인간을 주체의 자리에 놓고 인간성을 상대화하는 작품을 내놓고 있다. 이는 문학이 시민적 주체성을 비인간 존재자에게도 부여함으로써 사회적이고 지구사적 변동에 대해 기민하게 반응하고 있음을 보여준다.

한국뿐만 아니라 세계적 차원에서도 21세기의 문학은 거대한 변화의 도정에 놓여 있다. 근대성의 핵심을 이루던 시민 개념이 변화하고 있고, 이는 시민문학의 장래마저 바꿔놓을 가능성이 농후하다. 여전히 국민국가 체제가 작동하는 현실에서 당장 시민의 개념과 기능이 소멸하지는 않겠지만, 이미 그것은 근대성의 범주 바깥으로 빠져나와 있으며 본질적인 변형을 겪는 중이다. 시민의 개념이 유효성을 완전히 상실하게 될지, 혹은 다른 방식으로 변주되어 미래의 공동체를 재구조화하거나 새롭게 창안할 것인지는 아직 알 수 없다. 어쩌면 문학은 그것을 예견하고 탐지한다는 점에서, 최소한 미래의 어느 시점까지는 전망의 기능을 유지할 수 있을 것이다. 그런 점에서 시민문학의 이론과 실천은 여전히 조심스럽고 꾸준하게 논의될 필요가 있다.

(최진석)

신극운동

　한국 근대 연극사에서 신극은 관점에 따라 개념과 범주가 다르게 받아들여진다. 애초에 신극은 구극(舊劇)과는 다른 새로운 극으로 신파극까지를 포괄하는 근대(개화기) 이후 연극을 통칭하는 말로 근대극과 혼용하여 사용되었다. 그러나 1910년대 중반 이후 신파극에 대한 위기의식과 더불어 3·1 운동으로 인해 식민지 조선의 관객들이 예술로서의 연극이 갖는 공리성에 관심을 갖게 되면서 신극에 대한 개념이 좀 더 확고하게 확립되기 시작한다. 이러한 의미에서 신극이란 용어가 처음 사용된 것은 현철의 '예술협회' 제1회 공연평에서였다. 이때 현철이 사용한 신극의 개념은 과거 연극과는 분명히 다른, 서구의 새로운 연극을 의미했다.

　앞서 언급한 것처럼 1910년대 중반에 당시 전성기를 구가하던 신파극의 문제점이 수면 위로 드러나게 된다. 당시 신파극은 대본 없이 배우들끼리 무대에서 이야기를 하면서 즉흥적으로 꾸며나가는 소위 '구찌다떼(くちだて, 口立)'식으로 진행되었다. 처음에는 기존과는 다른 연극 형식과 현실적인 내용으로 관객에게 신선함을 안겨줬지만, 시간이 지날수록 오히려 정제되지 않은 신변잡기식의 대사들이 반감을 사게 되었다.

　1915년 일본 '예술좌'의 내선공연은 희곡의 문학적 요소를 드러내고 연극의 예술적 가능성을 선보임으로써 조선 연극계에 신선한 충격을 던져 주었다. 이것에 영향을 받은 윤백남은 조선의 신파가 지닌 문제점을 해결하고자 극단 '예성좌'를 창립하고, 「코르시카의 형제」, 「카츄샤」 등의 서구 번역극을 공연하였다. 이들 공연은 당시 지식인층 관객이라 할 수 있는 학생들을 결집하였다.

신극운동은 1920년대와 1930년대에 걸쳐 활동했던 유학생 중심의 단체인 '극예술협회', '토월회', 그리고 진정한 신극 수립을 표방하고 나선 '극예술연구회'를 중심으로 살펴볼 수 있다. 1920년대 신극운동은 동경 유학생 김우진, 조명희, 홍해성 등 20여 명이 만든 '극예술협회'로부터 시작되었다. 암울한 조국의 현실은 이들 유학생들에게 선각자로서의 의식과 조국을 위해 사회적 지식을 활용해야 하는 사명감을 부여하였고, 유학 생활 중 접하게 된 민족주의, 사회주의, 아나키즘 등의 서구사상은 이들의 정신적 토대가 되어 조국을 위해 무엇을 해야 할 것인가를 고민하게 했다. 극예술협회는 이와 같은 기류 속에서 "외국 극예술을 연구하여서 우리 국극(國劇) 수립을 목적"(서연호·이상우 편, 『홍해성 연극론 전집』, 영남대학교 출판부, 1998)으로 1920년 3월 발족되었다. 그리고 1921년 7월과 8월에 걸쳐 동경의 한국 고학생과 노동자들의 모임인 동우회의 회관 건립을 위한 기금 마련을 위해 '동우회순회연극단'을 조직하여 전국순회공연을 하였다. 조명희의 〈김영일의 사〉를 위시한 세 편의 레퍼토리로 구성된 순회공연은 관객들로 하여금 '신극'이 무엇이며 그것이 지닌 사회적 역할에 대해 깨닫게 하여 각지에서 일반인들로 하여금 연극운동에 동참하게 만들었다. 이후에도 극예술협회는 '갈돕회순회극단', '형설회순회극단' 등의 학생 단체 중심의 순회공연 등이 서구의 희곡들을 번역하여 소개하여 사회의식이 결여된 채 통속적인 내용으로 관객을 호도하는 신파극에 젖어 있던 관객들을 계몽하여 그들의 연극운동을 실천해나가는 한편 기금 마련을 통해 고학생들을 구제하였다.

김우진(金祐鎭, 1897~1926)은 신극의 특징을 예술성과 사회성으로 나누고, 예술성이 인류의 해방과 구제를 사명으로 삼는 것이라면, 사회성은 민중의 교화와 오락을 통해 공동생활에 공헌하는 것으로 보았다. 김우진이 바라본 신극의 사회성은 일본의 신극과는 차이가 있었다. 그도 그럴 것이 그가 사회성을 강조한 것은 식민지 조선의 현실을 인식한 결과이기 때문이다. 학생순회공연단의 공연들은 처음에는 번안극을 레퍼토리로 공연하였다가 점차적으로 식민지 시대 가난한 고학생들을 소재로 한 극을 창작하여 공연하였다. 이는 당대 시대적 현실을 형상화하여 신극의 예술성을 보증하는 주요한 근거를 확립하는 토대가 되었으나 한편으로는 그로써 신극이 지향한 예술의 성격이 서구의 순수예술과는 다르다는 이유로 비판받기도 하였다.

같은 시기 토월회(1923~1931)를 중심으로 이루어진 신극 운동은 계몽주의에 치우친 신극운동의 반성과 보완을 바탕으로 이루어졌다. 박승희, 김복진, 김기진, 이서구 등으로 시작된 이들 모임은 무대 예술을 지망했던 박승희를 제외하고는 연극과는 거리가 멀어 처음에는 예술 전반에 대해 논의하고 비평하였다. 그러던 것이 1923년 여름방학을 맞아 귀국을 겸해 그간 합평했던 내용을 토대로 조국의 민족을 위해 할 수 있는 일을 고민하다 대중에게 울림을 주기 위해서는 연극이 적절하다는 판단하에 유진 필롯의 〈기갈〉, 체홉의 〈곰〉, 버나드 쇼의 〈그 남자가 그 여자의 남편에게 어떻게 거짓말하였나〉의 번역극 세 편과 박승희의 창작극 〈길식〉을 선정하여 공연하였다. 무엇보다 이들이 중요하게 생각한 것은 연극을 선전극이나 계몽극처럼 수단이 아니라 예술 그 자체로 바라봐야 한다는 것으로 연극을 보다 높은 의식의 차원으로 끌어 올렸다. 이들의 첫 공연은 조선극장에서 7월 4일부터 8일까지 진행되었는데 "무대장치와 등장인물의 조화가 매우 교묘하여 식자의 칭찬이 많았다"(『동아일보』 1923.7.8)고는 하지만, 학생 신분으로 무대 경험이 없는 상태에서 졸속으로 이루어진 공연이 성공하기에는 어려움이 있어 빚만 지고 실패로 끝났다.

비록 빚만 지고 끝이 났지만 근대극의 가능성을 발견한 토월회의 멤버들은 즉시 2회 공연 준비에 착수했다. 특히 주축이었던 박승희(朴勝喜, 1901~1964)는 번역·각색·연출·연기는 물론 자금조달을 도맡아하며 다음 공연에 대한 열의를 보였다. 이들은 좀 더 대중적으로 다가갈 수 있는 작품으로 레퍼토리를 변경하기로 하고 마이어 푀르스터의 〈알트 하이델베르크〉, 톨스토이의 〈부활〉, 스트린드베리의 〈채귀〉와 1회 때 평이 좋았던 버나드 쇼의 〈그 남자가 그 여자의 남편에게 어떻게 거짓말하였나〉의 여주인공 이름을 따서 개작한 〈오로라〉를 채택하였다. 여기에 당시 화가로 활동하던 원우전에게 무대미술을 맡겨 일본의 축지소극장에 버금가는 무대를 만들어냈다는 평을 받았다. 그 결과 공연은 관객 동원에 있어 대성공을 거두었다.

이후 토월회는 전문 극단 체제를 갖추고 본격적으로 연극계에 뛰어들지만, 대관이 늘 문제였다. 박승희는 자신의 유산이었던 충청도 땅을 팔아 경성 시내에 있는 극장을 대관하고자 하였으나 매번 난관에 부딪치면서 결국 1925년 상설공연장인 광무대와 전용 대여계약을 맺고 대관하게 된다. 〈토월회〉의 이러한 극장 운영방식은 일회적·비정기적 공연이었던 학생극과 달리 관객에게 특정 공간에서 입장료만 지불하면 항시 볼 수 있는 기회를 제공한 것으로 공연계에서 유의미한 일이다. 이러한 방식은 초기에 예술성과 대중성을 갖춘 번안작들을 공연하여 흥행에 성공하였지만, 이후 극장 운영을 위한 정기공연은 오히려 공연 올리기에 급급한 나머지 신극 연기자를 키우지 못한 채 미숙한 연기자를 세울 수밖에 없게 되면서 여러 문제를 낳게 되었다. 그의 회고록에 보면 극장의 위치가 시내 중심에서 동떨어져 있었고, 계속 밀리는 월세를 감당할 수 없어 처음 의도와는 달리 극장 유지를 위해 상업성에 치우진 작품 선정하게 되고, 이로 인해 동업자들의 이탈하게 되어 자금난에 빠지게 되는 악순환이 반복되면서 극장 문을 닫게 된다. 그럼에도 불구하고 임화는 토월회를 "유일한 신극운동 단체"로 명명하였는데, 그 이유로 일본 신극 운동의 영향에서 벗어나 순수한 연구집단으로서의 가치가 있었기 때문이었다.

연극사에 있어 신극운동으로서의 토월회의 소명은 2회 공연으로 끝이 났다고 평가한다. 무대 예술을 지망했던 박승희 이외에는 연극을 전문적으로 하고자 하는 사람도 없어 김기진, 김복진을 비롯한 창립회원의 대다수는 이미 토월회를 떠난 상황이었다. 게다가 전문 극단 체제를 갖추게 되면서는 어쩔 수 없이 자금 압박으로 인해 흥행에 주안점을 둘 수밖에 없어 본래의 목적을 좇을 수가 없었다.

진정한 의미의 신극수립은 1931년 말 그대로 '진정한 의미의 신극 수립을 목표'로 결성된 극예술연구회(劇藝術研究會(劇硏), 1931~1938)로부터 시작되었다고 할 수 있다. 극예술연구회는 "극예술에 대한 일반의 이해를 넓히고 기성극단의 사도(邪道)에 흐름을 구제하는 동시에 나아가서는 진정한 의미의 '우리 신극'을 수립하려는 목적"(『조선일보』 1931.7.19)으로 이헌구, 함대훈, 유치진 등이 주축이 되어 창립되었다. 유민영은 이들의 활동에 대해 "1920년대 초 김우진의 동우회순회극단에서 근대 소극장운동의 싹이 트다가 말았는데 이것은 극연(劇硏)이 이어받아 상업주의적인 대중극에 반기를 들고 나왔고, 이로부터 본격적으로 서구의 리얼리즘 연극을 수용, 이 땅에 이식하기 시작했다."라고 평가한다.

극예술연구회의 활동은 1931년부터 1934년 말까지를 제1기로, 1935년부터 1938년 2월 일제에 의해 강제 해산되기까지를 제2기로 나누어 볼 수 있다. 이후 극연좌로 개칭하여 공연한 1938년 5월부터 1939년 5월 해산까지를 극예술연구회의 활동으로 볼 경우 제3기라 할 수 있다. 제1기는 주로 서구의 근대극을 번역하여 홍해성이 연출을 맡아 공연하였다. 제2기는 홍해성이 동양극장 전속으로 옮기고 유치진(柳致眞, 1905~1974)이 연출을 맡게 되면서 창작극을 발굴하여 공연하는 데 주력하였다. 이 시기 극예술연구회는 '신극'의 개념을 형식적인 것에서부터 정신적으로 규정하고자 하였으나 실패한다. 당시 〈춘향전〉 공연 준비 소식은 그동안 극예술연구회가 지향해온 작품성과는 거리가 멀었기 때문이었다. 결국 극예술연구회 역시 연극이 흥행을 위해 신파극을 도외시할 수 없다는 딜레마에 봉착하게 되면서 더 이상 설자리를 잃게 되었다.

1919년 3·1운동 이후 일제는 1920년대부터 문화정치를 시행하는데, 이 시기 많은 미곡들이 일본으로 대량 유출되고, 먹고 살길 없는 조선의 농민들과 지주들은 땅을 빼앗기고 도시나 외국의 변방으로 쫓겨 나간다. 이 시기 일본은 보안법, 내란죄, 출판법 등 온갖 방법을 동원하여 조선인들을 감시하고 탄압하였다. 이때 발표된 희곡 작품들 다수는 삶의 터전을 빼앗긴 지주와 농민들, 도시 빈민, 가난한 유학생들을 주요 소재로 삼고 있다. 또한 수많은 희곡작품들이 출간되는데 조명희의 「파사」, 김우진의 「이영녀」, 김영팔의 「곱장칼」, 김정진의 「기적 불 때」, 유치진의 「토막」 등으로 이들 작품은 신파극, 경향극, 사실주의극 등 본격적인 신극운동으로의 진입을 꾀하기 시작한다. 특히 신극운동은 1920년대 극예술협회를 시작으로 토월회를 거쳐 1930년대 극예술연구회의 태동과 맥을 같이 한다. 초기 신극은 기존의 것과는 다른, 즉 전통극과 다른 극에 대한 열망에서 비롯되었다. 비록 일본으로부터 유입된 번안작이나 전통극의 내용을 각색한 내용이 다수를 차지하기는 했지만, 그럼에도 불구하고 신극운동은 근대 희곡 양식을 성립했다는 점에 있어 의의를 갖는다.

신극운동은 형식적인 면에서는 일정한 미적 특징을 갖는 근대 희곡 형식을 갖추고, 내용적인 면에서는 계몽운동을 지향하였는데 그런 점에서 조명희(趙明熙, 1894~1938)의 「김영일의 사」는 주목을 요한다. 이 작품은 동경의 고학생 김영일이 길거리에서 같은 서클의 멤버인 전석원의 지갑을 줍는 데에서 시작한다. 지갑에 있던 거액의 액수를 보고 당장에 생활비가 없어 고민하던 김영일은 현실의 문제와 양심 사이에서 갈등하지만, 이내 양심을 따르기로 한다. 이후 어머니가 위독하다는 소식에 귀국을 준비하며 전석원에게 여비를 부탁하지만 냉담한 박대에 분개한다. 이로 인해 김영일의 친구들도 전석원에 대해 비분강개하는데, 이들의 갈등은 사상논쟁으로까지 확대되어 몸싸움까지 벌이게 된다. 결국 누군가의 신고에 의해 경찰이 방문하고, 이때 친구 박대원이 가지고 있던 불온전단이 발견되면서 김영일과 그의 친구들은 경찰서로 연행되어 심하게 고문받는다. 비록 이튿날 석방되었음에도 불구하고 김영일은 혹독한 고문과 그동안 쌓아온 몸의 병으로 인해 급성폐렴으로 죽고 만다.

「김영일의 사」는 가난한 유학생의 현실과 윤리적 규범, 그리고 니체의 초인 사상의 갈등을 토대로 현실과 사상의 모순 속에서도 이상을 지키려고 했던 김영일의 죽음을 통해 근대의 주체적 자아를 보여준다. 이 작품에서 표면적 갈등은 돈을 빌리는 김영일과 그에게 모멸감을 주며 돈을 빌려주는 전석원 사이에서 발생한 것처럼 보인다. 그러나 이미 두 사람은 서로에 대한 선입견이 있는데, 김영일은 전석원의 돈이 정당한 방법으로 벌어들인 돈이 아니라고 생각하고, 전석원도 김영일과 그의 친구들의 사상이 돈이 없는 현실을 가리기 위한 향락의 도구라고 생각한다. 이러한 이들의 첨예한 갈등은 당시 식민지 조선에서 가난한 고학생들의 이상을 위한 몸부림과 그것을 바라보는 대중들의 시선을 반영한 것이기도 하다.

신극 운동은 현대적 의미로서 새로운 내용과 형식을 갖춘 연극에 대한 필요성에 대한 인식을 가져 왔다. 비록 번안극에서 시작되기는 했지만 극예술협회를 통해 서양의 근대극 운동의 중심이었던 민중을 주체로 삼아 일본의 신극의 영향을 받기는 했지만 한국의 시대적 상황에 맞게 응용·발전시켰다는 점은 높이 평가할 만하다. 또한 토월회가 연극을 선전·선동의 도구가 아닌 예술 자체로 인식하고 문화적 위상을 끌어올림은 물론 다양한 관객의 입맛에 맞추기 위해 서구 근대극, 고전 문예작품의 각색, 조선의 현실을 반영한 창작극, 신파극에 이르기까지 다양한 장르에 도전함으로써 한국 연극을 한 차원 높이 고양시켰다는 것은 부정할 수 없는 사실이다. 물론 공연 상연에 급급한 나머지 배우들을 양성하거나 대본을 고를 만한 여유가 없어 수준 미달의 작품을 올림으로써 신극 지지자들을 양성하는데 도움이 되지 못한 부분이 있기는 하지만 연극의 대중화와 극문화 수립이라는 명제를 실현하기 위한 현실적 방안을 진지하게 모색하게 했다는 점에 의의가 있다.

(조미영)

신소설

신소설은 갑오개혁 이후부터 근대소설이 창작되기 전까지의 소설로 봉건 질서의 타파, 개화, 계몽, 자주 독립 사상 고취 등을 주제로 한다. 고대소설과 근대소설 사이의 과도기적 성격을 가진 소설 양식으로 개화기 시대에 새롭게 출현한 일정 형식의 소설을 가리키는 용어로 등장하여 현재까지 사용되고 있다.

한국문학사에서는 1890년대부터 1910년대에 이르는 시기를 '개화기'로 구분하며, 이 시기는 근대전환기, 근대계몽기, 애국계몽기 등의 용어로 불리기도 한다. 1876년 강화도 조약 후 서양 문물이 유입됨에 따라 사회 전반에 큰 변화의 움직임이 일었다. 갑오개혁(1894)을 시작으로 전근대적 질서를 타파하기 위한 개혁이 시도되었고, 이와 함께 정치·사회·경제·교육 전반에 크고 작은 변화가 나타났다. 신교육·신여성·신학문 등 새로움을 강조하기 위한 글자 '신(新)'이 붙은 단어의 유행은 사회상의 변화와 변화에 대한 열망을 반영하는 것이며, 이런 흐름 속에서 신소설과 같은 새로운 서사 양식이 등장하게 된 것이다. 일본을 중심으로 유입된 외국문학의 영향과 한글운동의 확산, 근대적 방식의 인쇄술보급과 『제국신문』, 『대한매일신보』, 『만세보』와 같은 민간신문 및 잡지의 출현, 근대적 형태의 출판기업인 책방과 출판사의 등장은 신소설과 같은 새로운 서사물의 창작과 소비에 영향을 미쳤다.

'신소설'이라는 용어는 일본의 월간 문학잡지 『신소설』에서 유래한 것으로 알려져 있으나 일본에서는 통용되지 않았다. 우리나라에서는 1906년 2월 1일자 『대한매일신보』의 광고(『중앙신보』 발간을 광고하는 광고문에서 「명월기연」에 대해 '한운 선생이 저작한 현대걸작의 신소설')에 처음 등장하였으며, 이듬해 단행본 『혈의 누』에 '新小說 血의 淚'라는 표제가 붙으면서 이후의 새로운 소설 양식을 일컫는 말로 사용되었다. 신소설은 주로 신문과 잡지에 연재된 이후 단행본으로 출간되는 과정을 거치면서 독서 대중의 관심을 받게 되는데 1907년 『혈의 누』의 발간 시점부터 1920년대 이후까지 주로 서울에 위치한 신구서림, 박문서관, 동양서원과 같은 발행소를 통해 출판되었다. 온전한 창작물과 외국문학의 번역과 번안물, 고대소설의 번안물이 구분 없이 신소설로 지칭되었으며, 대표적인 신소설 작가로는 이인직, 이해조, 최찬식, 김교제 등이 있다.

기성의 전래적인 것에 대한 반발 내지는 반작용으로 출발한 신소설은 여러 측면에서 고대소설과 구별되는 특징을 가진다. 언어 사용에 있어 주로 순국문체로 창작되어 언문일치를 이루었고 따라서 일상적이고 구체적인 상황이 자연스럽게 제시될 수 있었다. 더욱이 '-ㄴ다'체 종결형이 사용되기 시작하고 지문과 대사가 분리되어 인물의 말이 직접화법으로 처리된 점은 산문이 가진 문체적 특성을 일정 부분 실현한 것으로 볼 수 있다. 구성에 있어서도 사건과 장면의 전후가 바뀌거나 시간이 역행하는 등 고대소설의 평면적 시간진행 방식에서 보다 입체적은 방식으로 변화하였다. 내용적 측면에서 고대소설이 초월적인 세계나 초월적인 존재의 등장을 다루는 것에 비해 신소설의 경우 현실적인 등장인물이 현실적인 문제 상황에 직면하여, 현실적인 방법으로 문제를 해결해 나가는 것으로 설정되어 동시대의 시대상과 시대 의식을 반영하고 있다. 근대적 사상과 문물, 풍속의 개량, 자주 독립에 대한 인식, 교육, 여권(女權), 자유 연애(결혼) 등 고대소설과는 다른 '새로운' 내용을 담아내기 시작한 것이다.

그러나 고대소설과의 연속성 역시 배제할 수는 없다. 권선징악의 결말, 사건 전개의 우연성, 선과 악의 평면적인 대립, 서술 어미 '-더라', '-노라'의 사용과 같은 고대소설의 특징이 여전히 남아 있었으며, 이런 경향은 후기에 이르러서 오히려 더 강화되었다. 개화와 계몽을 앞세우며 전대 소설과는 다른 소설적 시도를 했던 신소설은 일제에 의한 식민지화가 본격화되면서 바람직한 근대 사회의 형성이라는 목표를 잃게 되어 결국 초기의 참신함이나 새로운 문제의식이 약화되고 통속화되는 경향을 보인다.

　　최초의 신소설로 평가 받고 있는 이인직(李人稙, 1862~1916)의 『혈의 누』는 1906년 7월 22일부터 10월 10일까지 이인직이 주필로 있던 『만세보』에 연재된 이후, 1907년 광학서포에서 『血淚』라는 제목의 단행본으로 출간되었다. 같은 해인 1907년 『제국신문』에 잇달아 「혈의 누」 하편이 연재되었고, 뒤이어 「혈의 누」의 또 다른 하편이라고 할 수 있는 「모란봉」이 1913년 『매일신보』에 연재되었지만, 중간에 연재가 끊겨 미완으로 남게 되었다. 「혈의 누」는 청일전쟁으로 인해 거리로 내몰린 한 부인을 묘사하는 내용으로 시작된다. "일청전쟁의 총소리는 평양 일경이 떠나가는 듯하더니, 그 총소리가 그치매 사람의 자취는 끊어지고 산과 들에 비린 티끌뿐이라."(이인직, 권영민·김종욱·배경렬 편, 「혈(血)의 누(淚)」, 『한국신소설선집 1』, 서울대학교출판부, 2003) 청일전쟁이라는 실제 사건을 서사로 끌어왔다는 점에서도 고대소설과 구분되는 신소설의 특징이 드러난다. 더욱이 『혈의 누』에서 청일전쟁은 단순한 배경으로서 제시되는 것이 아니라 전체 서사의 원인으로 작용하고 있는데 평양에 사는 김관일과 그의 부인(최씨), 딸 옥련은 피란길에 나섰다가 뿔뿔이 흩어지게 되는 것이다.

　　「혈의 누」는 신소설로 분류되는 최초의 소설인 만큼 고대소설과 근대소설의 특징을 고루 보이고 있다. 설화체에서 벗어나 서사와 묘사 중심의 서술 방식을 구사하고 있으며, 언문일치에 근접한 문체를 보여주고 있다.

구성에 있어서도 평면적 시간 구성에서 벗어나 역행적 구성을 보이고 있으며, 옥희라는 여성 인물이 시대의 흐름에 떠밀려 일본으로 미국으로 옮겨가면서 겪는 고생담 사이로 자주 독립과 신교육, 신결혼 등의 주제의식이 드러난다. 그러나 「혈의 누」에 드러나는 개화사상과 신교육 사상은 이상적이고 낙관주의적인 것에 머물러 있어 시대적 현실에 대한 냉철한 인식을 담아내지 못하고 있다는 점, 청일전쟁과 관련하여 일본군을 지나치게 우호적으로 묘사한다거나 청나라를 일방적으로 비난한다거나 하는 등 이인직의 친일적 성향이 한계로 지적되기도 한다. 이밖에 이인직의 작품으로는 『은세계』, 『치악산』, 『귀의 성』이 있다.

이해조(李海朝, 1869~1927)는 『춘의춘』, 『빈상설』, 『구마검』, 『화세계』, 『구의 산』 등의 창작물뿐만 아니라 쥘 베른의 『인도 왕비의 유산』을 번역한 『철세계』, 고대소설을 개작한 『옥중화』, 『강상련』 등 신소설 작가 중에 가장 많은 작품을 발표한 것으로 알려져 있다. 이해조의 대표작 중하나인 『자유종』은 1910년 광학서포에서 7월 30일 발행되었으며 '토론소설'이라는 표제가 붙어 있는 만큼 서두와 결말 부분만이 지문으로 구성되어 있고, 본문 전체는 이매경의 생일잔치에 모인 네 여성인 이매경, 신설헌, 강금운, 홍국란의 시국에 대한 생각이 인물의 대화로 옮겨지고 있다. 현실을 비판하는 앞부분과 꿈을 이야기하는 뒷부분으로 크게 나뉘는데 그 내용은 여권신장·교육·자주독립·계급과 지방색, 미신 타파·한문 폐지 등이다. "변변치 못한 구변이나 내 먼저 말씀하오리다. 우리 대한의 정계가 부패함도 학문 없는 연고요, 민족의 부패함도 학문 없는 연고요, 우리 여자도 학문 없는 연고로 기천 년 금수 대우를 받았으니 우리나라에도 제일 급한 것이 학문이요, 우리 여자 사회도 제일 급한 것이 학문인즉 학문 말씀을 먼저 하겠소."(이해조, 권영민·김종욱·배경렬 편, 「자유종(自由鐘)」, 『한국신소설선집 5』, 서울대학교출판부, 2003)에서는 당대 사회가 직면한 위기의 원인을 학문의 부재로 보고, 특히 여성의 교육을 통해 그 문제를 극복할 수 있을 것이라는 주장을 인물의 발언을 통해 직접 전달한다. "계몽소설로서 최상급"이라는 임화의 평가처럼 『자유종』은 개화기 현실에 대한 비판적인 인식을 전면에 부각하고 있어 봉건질서의 타파와 계몽적 인식을 드러내는 신소설의 일면을 잘 보여준다.

이른바 신소설계의 베스트셀러라고 할 수 있는 최찬식(崔瓚植, 1881~1951)의 『추월색』은 1912년 초판 발행 이후(3월 13일, 회동회관) 1923년까지 모두 18판이 발행되었다. 최찬식에 대해 임화는 "그것(신소설)을 일층 흥미 본위로 통속화해서 오늘날까지 천하를 풍미하는 문학으로서의 신소설의 도를 개척한 사람이다"(「신문학사」, 『조선일보』, 1940.2.2)라고 평가한 바 있다. 『추월색』은 일본 도쿄의 한 공원에서 강한영이 자신의 구애를 거부하는 여성 인물 이정임을 협박하다가 칼로 찌르고 달아나는 현재의 장면에서 시작된다. 이후 시종일관 사건이 벌어지고(현재) 사건의 경위를 설명하는 방식(과거)을 유지하는데 이는 독자의 궁금증을 자아내고 흥미를 유발하기 위한 구성이라 할 수 있으며, 전대 소설의 일대기적 구성에서 완전히 자유로워진 신소설의 뚜렷한 특징을 잘 보여준다. 이정임은 정혼자인 영창이 실종되자 다른 남자와의 혼인을 추진하는 부모의 뜻을 거역하고 집안의 물건을 훔쳐 달아나게 되는데 이를 계기로 일본으로 가 근대적 교육을 받고 대학교를 졸업하게 되며 조선 여성을 계몽하겠다는 강한 의지를 가지게 된다. 그러나 서사 내에 반영된 근대적 풍속이나 근대적 교육의 중요성이 피상적인 차원에 머물고 있으며, 분명한 지향성을 보이지는 않는다는 점이 한계로 지적된다.

신소설은 고대소설에서 근대소설의 전환점에 놓인 소설로 그 내용이나 형식면에서 과도기적인 성격을 지니는 한편 낡은 풍속이나 제도에서 벗어난 개화사상과 같은 당대의 사회상을 담아냄으로써 개화기의 근대적 변혁의 과정을 잘 보여주고 있는 것으로 평가된다. 역사전기소설이나 토론체 소설 등 여타 개화기 서사 양식 사이에서 신소설은 개화기의 주류 서사 양식으로 정착하였으며, 이광수의『무정』과 같은 근대소설 탄생에 일정 부분 기여하였다.

(정미진)

신여성

신여성이란 1910년대 말에서 1920년대에 공적 영역에 등장하여 사회
적 활동에 참여했던 여성 지식인을 지칭하는 말이다. 처음에는 신여성과
함께 새여자, 신여자, 신진 여자, 신식 여자 등의 용어가 사용되기도 하다
가 1920년대 중반 이후 신여성이란 표현이 대중적으로 정착되었다. 유학
을 통해 서구의 학문을 일찍이 접한 근대 지식인으로서 전통적 규범에
맞섰던 신여성들은 사회적으로 큰 관심을 받는 존재였다. 신문과 잡지
등 당대의 매체에서 그들의 말과 행동을 기사화할 정도로 대중들의 관심
의 대상이 되었던 신여성은 근대화 되는 사회의 과도기적 모습이자 문화
적 현상이었다. 1920년대에 창간된 『신여자』, 『신여성』, 『신가정』 등의
여성 잡지들은 신여성의 주장을 소개할 뿐만 아니라 신여성의 역할과 의
무에 대해 논의하기도 했다. 이러한 매체에 힘입어 신여성이란 말과 함께
여성도 자유로운 개인으로 인정받고자 하는 새로운 시대에 대한 열망이
사회 전반으로 퍼져나갔다.

신여성과 유사한 말로 모던걸(Modern Girl)이란 말도 사용되었다. 모던
걸은 20세기 초 전세계적으로 사용된 표현이지만 우리나라에서는 1920년
대 후반부터 언론매체에 등장했다. 주로 여성 지식인 계층이었던 신여성
에 비해 모던걸은 자본주의 소비문화의 확산과 함께 대중화된 현상이라고
볼 수 있다. 모던걸은 서구적 복장과 외양을 지향하고 카페와 극장 등의
근대 도시의 문화를 향유하는 소비주의적인 여성들을 지칭하는 표현으로

신여성과는 다른 맥락으로 사용된 표현이었다.

김명순(金明淳, 1896~1951), 김일엽(金一葉, 1896~1971), 나혜석(羅蕙錫, 1896~1948) 등 근대 학문을 수학한 지식인이었던 신여성들은 인간으로서의 주체적 삶과 자유연애, 그리고 이성 간의 사랑에 근거한 결혼과 가정생활, 여성의 성적 자기결정권 등 근대적 자각을 드러낸 시, 소설, 산문을 발표하며 남성중심적인 문단과 사회에 파문을 일으켰다. 봉건적인 가족제도 및 가부장의 권위로부터 벗어나 자율성을 지닌 개인으로서 공적 영역에 참여하고자 한 신여성들의 말과 행동은 세간의 관심을 불러일으켰고, 그들의 탈봉건적 주장과 자유로운 행동은 질타와 비판의 대상이 되기도 했다. 또한 전근대적인 사고와 유교적 규범을 탈피하지 못한 당시 사회에서 신여성 작가들과 그들의 문학작품은 남성 작가들로부터 폄훼되거나 비난거리로 전락하는 경우도 있었다. 그러나 후대에 와서 신여성과 그들의 문학작품이 발굴되고 연구되면서 그들의 선구적인 면모가 재조명되고 문학사적 의미도 재평가되고 있다.

신여성들이 사회적으로 부각된 1920년대는 세계적으로도 해방과 사회 개조를 향한 열망이 고조되는 시기였다. 1차 대전이 종결되면서 전세계적으로 평화로운 질서를 수립하고자 하는 이상과 비전이 대두되었고, 우리나라 유학생들이 서구의 사상과 학문을 접하던 일본에서도 1910년을 전후하여 개인의 자유와 개성을 존중하자는 자유주의와 민주주의를 주장하는 목소리가 대두되고 있었다. 이러한 시대적 흐름 속에서 여성 지식인들은 남녀가 평등한 존재이며 여성에게도 독립적인 자아와 개성이 있음을 주장했다. 나혜석은 「이혼고백장」(『삼천리』, 1934.8~9)에서 근대인의 최고 이상은 자신의 개성을 발휘하는 것이라고 역설하면서 근대적 자아로서 개성을 인정받고 자유를 실현하고자 했다. 그러나 여성의 자유는 여성을 가부장의 통제 아래 두는 전통적 규범과 충돌하는 것이었기에 신여성들은 다음과 같은 비판을 제기했다.

첫째, 가부장제가 남성 중심적인 차별적 체제임을 비판했다. "모든 사회의 제도, 습관은 남성을 상위에 두고 철두철미로 남성의 이해를 표준하여 제정했고, 또 삼종(三從)이라는 악관(惡慣) 아래에 노골로 남성 본위의 이상, 요구를 준봉케 하려고 여성에게 강제하여 우리 여자를 종생 남자의 부양물로 생활케 하는 동시에 남자의 사역, 또는 완롱에 남자는 편의한 수단을 써서 왔다."(김일엽, 「우리 신여자의 요구와 주장」, 『신여자』, 1920.4)라는 구절에서 알 수 있듯이 남성중심적인 사회에서 여성은 남성의 종속적 존재로 살아가고 있으며 남성의 편의를 위한 수단이 되어왔음을 비판하며 이를 거부했다.

둘째, 여성에 대한 근대 교육의 문제를 제기하며 현모양처 교육을 비판했다. 남성 지식인들이 자아의 각성이나 개성의 실현을 주장하면서도 동시에 여성의 본질을 정숙과 순결을 지닌 현모양처라고 규정하는데 반발하며 현모양처 교육이 여성을 노예로 만드는 교육임을 지적했다. "남자는 남편이요, 아비라. 양부현부(良夫賢父)의 교육법은 아직도 듣지 못하였으니, 다만 여자에 한하여 부속물 된 교육주의라. 정신 수양상으로 하는 말이더라도 실로 재미없는 말이라. 또 부인의 온량유순(溫良柔順)으로만 이상이라 함도 필취할 바가 아닌가 하노니, 말하자면 여자를 노예 만들기 위하여 이 주의로 부덕의 장려가 필요하였도다."(나혜석, 「이상적 부인」, 『학지광』, 1914.12)라는 글에서 알 수 있듯이 나혜석은 남자에게는 양부현부(良夫賢父) 교육이 없는데 여자에게만 현모양처 교육이 요구되는 현상을 비판하면서 현모양처 교육은 여자를 노예로 만드는 것이라고 일갈했다. 그리고 앞으로는 여성도 새로운 지식을 통해 현대 사상을 이해하고 자기 개성을 발휘하되, 남녀가 이해와 타협을 통해 행복한 가정을 이루어야 한다고 주장했다.

신여성 문학의 대표 주자인 나혜석은 이와 같은 사상을 1918년 『여자계』에 발표한 단편소설 「경희」를 통해서도 표명했다. 주인공 '경희'는 여성도 자유롭고 독립적인 존재임을 역설하며 가부장적 질서와 맞서는 여성을 형상화한 인물이다. 결혼하여 편히 먹고 살라고 강권하는 아버지의 말씀을 거부하고 "먹고만 살다 죽으면 그것은 사람이 아니라 금수이지요. 보리밥이라도 제 노력으로 제 밥을 제가 먹는 것이 사람인 줄 압니다. 조상이 벌어 놓은 밥 그것을 그대로 받은 남편의 그 밥을 또 그대로 얻어 먹고 있는 것은 우리 집 개나 일반이지요."라고 응수하는 경희의 태도는 당시의 사회적 규범이나 통념을 거부하는 급진적인 것이었다. 경희가 학업이나 결혼을 둘러싸고 아버지와 큰 갈등을 겪었던 것처럼 20세기 초 조선 사회에서 신여성들은 가부장적 사회 질서와 갈등을 겪을 수밖에 없었다.

신여성들이 자유로운 연애와 결혼, 그리고 이혼을 주장했던 것은 봉건적 가족제도로부터 벗어나 자율성, 독립성을 획득하기 위해서였다. 김명순, 김일엽, 나혜석은 사랑과 정조에 대한 자유주의적이고 급진적인 주장을 펼치며 사회적 인식에 저항했다. 먼저 김명순은 남녀 상호간의 사랑과 평등에 기반한 관계를 추구했다. 연애란 각각 다른 개성을 가지고 서로 융화한 영혼이 만나는 최고의 조화로운 생활상태라고 정의하며 남성과 여성이 같은 이상을 품고 결합하려는 상태가 이상적 연애라고 주장했다. 사랑에 절대적인 가치를 부여한 김명순은 "세상이 배척하고 온 인류가 그르다 하여 더 더 할 수없이 끓는 피, 솟아오르는 눈물에서 우러나오는 사랑이 참으로 사랑이외다. 혹은 무슨 조건을 가지고 사랑한다 하면 그 조건이 스러지는 때에는 그 사랑도 스러질 것입니다. 즉 그것은 그 조건에 대한 사랑이요, 사람 그에 대한 사랑은 아니었던 것입니다."(「사랑(愛)?」, 1927)라고 진술한 글에서 육체적 사랑보다는 정신적인 사랑을 강조한다.

사랑의 참된 의미와 새로운 가치를 발견하려는 태도가 두드러지는 이 글에서 김명순이 말하는 사랑은 낭만적으로 보이기도 하지만 그 본의는 남녀가 서로를 진정한 인간으로 존중하고 서로가 지닌 삶의 이상을 결합해야 한다는 것이었다. 김명순은 남녀의 동등한 관계와 정신적 교감을 사랑의 전제로 여기고 그러한 사랑이 여러 사랑 가운데서도 가장 가치 있는 것이라고 보았다.

김일엽은 사랑을 떠나서는 정조가 있을 수 없으며 "정조는 결코 도덕이 아니오, 유동하는 관념으로 항상 새로운"(「우리의 이상」, 1924) 것이라는 신정조론을 주장했다. 설령 여성이 육체의 정조를 잃었더라도 정신적으로 과거의 관계를 청산하고 새로운 사랑을 상대자에게 온전히 바칠 수만 있다면 언제든지 정조는 새로운 것이라고 보았다. 순결한 여성만이 여성으로서 가치를 지닌다고 보는 봉건적, 가부장적 사회에서 정조는 여성을 평가하는 잣대로서 여성을 통제하고 자유를 억압하는 수단이었다. 따라서 가부장적 제도로부터 자유롭기 위해서는 정조에 대한 억압을 극복해야 했다. 김일엽의 신정조론은 여성 육체를 통제하는 가부장적 억압을 거부하고 차별적 인식에 저항하는 강력한 항의였다.

나혜석 역시 '정조는 취미다'라는 파격적 발언으로 급진적인 성해방론을 주장하기도 했다. "정조는 도덕도 법률도 아무것도 아니요 오직 취미다. 밥 먹고 싶을 때 밥 먹고, 떡먹고 싶을 때 떡 먹는 거와 같이 임의용지(任意用志)로 할 것이요, 결코 마음의 구속을 받을 것이 아니다."(「신생활에 들면서」, 1935)라는 글처럼 나혜석은 여성을 억압하는 규범인 정조 이데올로기와 정면으로 맞섰다. 그는 성이란 육체적 존재로서 갖는 당연한 욕망이므로 그것을 인정하되 정조라는 관념으로 고통스러워할 필요는 없다고 주장했다. 그리고 정조의 불평등에 대해서도 지적했다. 「이혼 고백장」을 통해 조선 남성이 자기는 정조 관념이 없으면서 처에게나 일반 여성에게 정조를 요구하고 또 남의 정조를 빼앗으려고 한다고 비판했다. 나혜석은 남성은 정조를 지키지 않으면서 여성에게만 정조를 요구하는 사회 규범의 이중성을 폭로하는 한편 사회적 불평등과 차별적 인식을 과감하게 비판한 것이다.

신여성들의 자유연애는 개인의 자유와 평등, 그리고 그것에 기인한 사랑의 관계 속에서 발현될 수 있는 새로운 인간관계의 모습이었다. 그러나 봉건적 질서와 가부장적 규범이 지배하는 사회에서 신여성들의 자유연애는 방종과 일탈로 왜곡되었다. 신여성들의 목소리는 연애와 결혼에 대한 사회적 인식을 변화시키는데 기여한 것이 사실이지만, 정조를 고수하는 사회적 정서와는 괴리감도 없지 않았다. 그러나 신여성들은 자신을 향한 비난과 질타를 직면하면서도 물러서지 않고 자유로운 개인으로서 살아가고자 했고 봉건질서와 맞서는 삶을 실천하고자 했다. 그들의 주장은 당시 사회와 갈등을 겪으며 좀처럼 받아들여지지 않았지만 인간으로서의 자유와 평등을 실현하고자 한 여성의 목소리는 이후 여성주의적 인식과 여성문학이 성장하는 중요한 발판이 되었다.

(장은영)

신파극

신파극은 1910년 한일합방을 기점으로 일본에 영향을 받은 서양식 연극을 의미한다. 주제와 내용에 따라 가정극, 탐정극, 복수극, 선전극 등으로 나누는데 그 주된 내용은 계몽과 자유 독립, 신교육과 인습 비판, 미신타파와 현실폭로, 가정비극 등이다. 구조적으로 신파극은 신소설에서 다루고 있는 사건 변화의 극대화가 중심이 되는 흥미 위주의 사건구조를 지니고 있는데, 이는 서구 멜로드라마와 유사하다. 또한 고전소설의 주된 모티브라 할 수 있는 처첩 간의 갈등, 계모와 이복동생과의 갈등, 고부간의 갈등 등은 신파극에서도 주요 모티브로 활용되며 이것들은 오늘날까지도 확장되어 텔레비전 드라마 등에 영향을 미치고 있다.

한국문학사에서 근대문학의 성립 기점에 대한 논의는 18세기 설로부터 시작해서 갑오경장, 1910년 한일합방 이후, 1945년 해방 이후 등 아직도 논쟁 중에 있다. 한국 연극사에서 근대극의 기점을 가르는 것 역시 연극을 어떻게 규정하느냐에 따라 관점이 조금씩 다르다. 18세기 말 문헌에 간간이 연극(演劇)이라는 단어가 등장하고 있으나 이 시기 연극은 연희나 민속놀이 차원에서 이해된다. 그러나 20세기 들어서 고종에 의해 협률사가 설치되면서 지금까지 즉흥성 중심이던 연희들이 실내공연에 맞추어 연극적 성격이 강조되었는데 그 시작이 창극이었다. 그리하여 창극운동이 활발하게 전개되던 1910년을 전후하여 신연극(新演劇)이라는 용어가 자주 등장하는 것도 사실이다. 이때 신연극은 1920년에 정립된 신극(新

劇)의 선행개념으로 초기 신파극과 판소리를 개량한 창극을 통칭하여 이르는 말로 사용되었다.

1910년대 우리 희곡은 근대극의 형식을 갖춘 몇 편의 창작물이 발표되었으나, 아직 미흡한 수준이었다. 그러나 한일합방이라는 역사적 변곡점이자, 연극사적으로도 현실적인 삶의 문제를 작품의 주제로 삼아 사실적 언어로 표현한 중요한 시기이다. 게다가 근대 서양식 극장문화가 유입되고, 판소리를 창극화하여 공연하였으며, 신파극이 수용된 시기로 한국 연극사에 있어 개화기 이후 서구식 근대극으로의 이양과정에서 가장 중요한 위치를 점하는 시기라고 할 수 있다. 물론 이것이 가능했던 것은 1900년대 후반에 이루어진 일련의 일들이 토대가 되었기 때문이다. 근대 극장문화의 시초인 협률사는 비록 보수적인 유학자들에 의해 협률사 혁파론이 제기되어 1906년 해체되기는 했지만, 이후 근대적 개화와 국가 문명화를 위해 연극이 가지고 있는 고유한 국민화 방식에 연극제도가 필요하다는 연극개량론의 인식을 심어주는 발판을 마련해 주었다. 그와 함께 1908년에 이인직이 설립한 서구식 민간극장 원각사에서 공연한 「은세계」는 형식적인 측면에서 판소리와 창극, 신파극이 부딪치면서 신극의 기틀을 잡아가는 이행기적 작품이라고 할 수 있다. 내용적인 측면에 있어서는 연극개량론에 힘을 실어주는 작품이다.

1910년 등장한 초기 신파극은 이와 같은 연극개량론의 대중적 지지 아래서 태동하였다. 신파극의 의의는 당시 설립된 '혁신단'과 '문수성'을 통해 살펴볼 수 있다. 최초 신파극단인 '혁신단'은 전문적인 연극 교육을 받지 않은 임성구가 일본 극장에서 어깨 너머로 배운 것을 바탕으로 창단한 극단이다. 남대문 밖 어성좌에서 「불효천벌」(1911.11)을 공연하였으나 흥행에는 실패한다. '혁신단'은 비록 미숙한 신파 공연 양식을 따라하여 초기 공연에는 실패하였으나 뒤를 이은 신파극단에 자극을 받아 이후에는 상업극단으로 자리 잡게 된다. '문수성'은 당시 '혁신단'의 엉성한 신파 연극 양식을 비판하면서 전통 신파극의 양식을 갖춘 공연을 하겠다는 포부를 가지고 윤백남·현동철·조일재가 창단하였다. 주로 지식인층으로 구성된 '문수성'은 전통 신파극을 공연하여 일본의 국민신문에 연재될 만큼 호평을 받았으나 당시 관객들은 오락성과 유희성을 중심으로 공연한 '혁신단'의 작품에 더 호응하였다. 초기 신파극은 대부분 개화·계몽·애국적인 내용으로 이분법적인 권선징악인 주제의식을 내세우고 있었다. 특히 일본소설을 번안한 작품이 대다수로 비슷한 레퍼토리를 가지고 있었다. 일반적으로 신파극에 대한 부정적인 평가에도 불구하고 중요한 의미를 지니는 이유는 압도적인 작품수와 대중적인 인기 때문이다. 무엇보다 신파극이 대중에게 사랑받을 수 있었던 이유는 한일합방을 기준으로 지배계층만 달라졌을 뿐 오랜 억압과 수탈의 과정을 겪어오면서 경제적, 정서적 빈곤의 상태에 놓여 있던 백성들에게 유일한 위안이자 오락거리였기 때문이다.

신파극이란 단어가 처음 사용된 것은 1912년 2월 18일자 매일신보에 실린 '혁신단' 공연 광고에 등장하는 '신파연극원조'라는 광고 문구에서이다. 신파극은 1910년대부터 1930년대까지 근대화의 과도기적 상황 속에서 일본 정서의 이식, 전대 소설의 흥미위주 사건구조로 인한 근대극 발전을 저하시켰다는 평가를 받고 있다. 그러나 근대화의 과도기적 상황 속에서 가정과 사회문제를 전면화하고 이를 대중화시켜 사실주의와 상호 대립적인 관계 속에서 상호보완적인 역할과 기능의 가능성을 시사하였다. 특히 김미도는 1930년대 신파극을 다룬 동양극장 연극에 주목하였는데, 이때 공연된 작품의 전문성·상업성에 주목하여 대중연극으로서 신파극이 지닌 가능성과 가치에 의미를 부여하였다.

1910년대 '혁신단'을 중심으로 이루어진 신파극 공연은 대부분 일본 신파극을 원작으로 한 번안 작품이었으나 우리 현실에 맞게 고쳐 각색된 공연이었을 것으로 짐작된다. 일본 작품의 번안작인 「불효천벌」이나 「전중설」의 경우 흥행에 참패한 것을 반면교사 삼아 줄거리와 소재를 우리나라 정서에 맞게 취사선택하여 각색한 것으로 보인다. 이 당시 공연된 신파극 작품으로 1백 여 개가 추산되는데, 이와 같은 수치는 당시 신파극 공연의 왕성한 활동을 유추할 수 있다. 신파극은 권선징악을 주요골자로 악한 인물인 가해자가 음모로 인해 고난을 당하는 무고한 인물을 그리고 있으나, 이 무고한 인물이 꼭 선한 인물이어야 하는 것은 아니다. 또한 고난을 극복하는 것도 피해자의 자력에 의해서가 아니라 주변인이나 사건의 이해 당사자가 아닌 외부인에 의해 해결되는 경우가 많았다.

최초로 신파극이 지면에 연재된 것은 조일재(趙一齋, 1863~1944)의 「병자삼인」(『매일신보』 1912.11.17~25)이다. 이 작품은 남편과 처의 위치가 전도된 세 쌍의 부부의 이야기로 당시 사회적 문제로 대두되었던 남녀평등권과 여권신장을 소재로 다룬 소극이다. 여교사 이옥자, 여의사 공소사, 여교장 박원청과 처보다 낮은 능력과 직업으로 아내들에게 무시와 천대를 받는 그녀들의 남편 정필수, 하계순, 김원경이 주인공이다. 여교사 이옥자와 그의 남편 장필수는 함께 교사 시험을 준비하나 부인 이옥자만 시험에 붙어 선생이 되고, 남편 장필수는 그녀가 다니는 학교의 소사가 되어 갖은 무시를 당한다. 여의사 공소사와 남편 하계순은 둘 다 의사이지만, 부인보다 좋지 못한 실력으로 인해 업신여김을 당한다. 김원경 또한 부인 박원청이 교장으로 있는 학교에 회계로 일하지만, 학교 돈을 빼돌려 유흥에 쓴 것이 발각되어 주눅이 들어 있다. 남편들은 부인들의 타박에 귀머거리, 장님, 벙어리 행세를 하고, 부인들은 남편들의 버릇을 고쳐주기 위해 헌병 보조원 길춘식에게 그들을 잡아 가라고 하는데 남편들은 되레 이를 반긴다. 이러한 상황에서 길춘식이 세 여성들이 지닌 신여성으로서의 우월감과 허위의식을 비판하고 계도하여 가정의 소중함을 깨닫게 만든다. 이 작품은 전근대적인 유교 윤리관을 답습하고 있지만 당시 여성의 높아진 사회적 지위를 통해 개화의 단면을 보여 주고 있다. 「병자삼인」과 같은 맥락에서 윤백남의 「국경」 역시 신여성을 자처하는 부인 영자와 그의 남편인 은행 지배인 안일세의 갈등 과정에서 영자의 사치가 그 원인으로 부각되면서 신여성에 대해 비판하고 있다.

반면 이광수(李光洙, 1892~1950)의 「규한」(『학지광』 1917.1)은 유학생들의 부인인 이씨와 최씨를 조혼의 희생자로 그려내고 있다. 어린 시절 얼굴 한 번 제대로 보지 못한 남편과 결혼하고, 부부의 정을 쌓을 시간도 없이 남편은 일본으로 유학을 간다. 명절 때마다 본집에 오기는 하지만 사랑에서 잘 정도로 부인과 애정이 없다. 이처럼 연애 없는 혼인이 빚어낸 두 여자의 비극적 삶에 대해 작가는 그 책임을 문명의 후진성과 부모의 몽매함으로 귀책한다. 최승만의 「황혼」 역시 조혼의 부당성을 기혼자인 인성의 연애와 이혼 불발로 인한 주인공의 자살로 이 문제에 대해 고발하고 있다.

신파극이 대중극으로 자리잡는 데 가장 큰 역할을 한 것은 동양극장에서 1937년에 초연된 임선규(林仙圭, 1912~미상)의 「사랑에 속고 돈에 울고」이다. 총 4막 6장으로 구성된 이 작품은 「장한몽」의 스토리 구성과 유사한 극 구조를 가지는데, 자유연애, 삼각관계, 사랑의 보상이라는 통속성을 계승하고 있다. 「사랑에 속고 돈에 울고」는 오빠 철수를 뒷바라지하기 위해 기생이 된 홍도와 오빠 친구 광호와의 비극적 사랑을 그린 작품이다. 첫눈에 사랑에 빠진 두 사람이었지만, 광호에게는 이미 혜숙이라는 신여성의 약혼자가 있다. 광호의 아버지의 허락으로 두 사람은 결혼하지만, 광호의 유학으로 잠시 헤어지게 된다. 그 사이 시누이 봉옥과 혜숙의 간교로 광호와 홍도는 헤어지게 되고, 이 사실을 알게 된 홍도는 혜숙을 칼로 찌른다. 결국 홍도는 순사가 된 오빠 철수에게 잡혀가면서 막을 내린다. 「사랑에 속고 돈에 울고」가 「장한몽」과 가장 큰 차이점은 바로 이 결말에 있다. 두 작품 보두 청춘남녀의 사랑과 실패를 그리고 있으나 「장한몽」은 행복한 결말을 맞이한 반면, 「사랑에 속고 돈에 울고」는 여주 인공의 극단적 선택과 이로 인한 불행한 결말을 맞이한다.

신파극은 '자극-고통-패배'의 구조적 특징을 갖는데, 이는 멜로드라 마의 '자극-고통-벌칙'의 구조와 유사하다. 신파극의 '패배'와 멜로드라 마의 '벌칙'은 동일선상에서 여주인공의 희생을 의미하며, 이는 곧 작품 을 파국에 이르게 한다. 여주인공의 희생과 파국의 요인은 일제 강점기의 시대적 상황을 반영한다. 「사랑에 속고 돈에 울고」에서 여주인공의 희생 과 파국의 요인 역시 일제강점기의 상황을 반영하고 있다. 작품을 통해 당시 조혼제도의 폐해와 신여성에 대한 편견, 가족을 위한 여성의 희생을 당연시 하고 있음을 확인할 수 있다.

식민지 시대의 신파극은 비록 이식문화와 현실 탈피라는 부정적 평가에 도 불구하고 암울했던 일제치하의 우리 민족에게 유일한 감정 분출의 매개 물이자 위로의 오락물이었음은 부정할 수 없다. 또한 신파극은 앞서 논의된 바처럼 전통과 사실주의 근대극을 잇는 교량적 역할을 담당하였다. 덧붙여 고전소설과 판소리 이야기의 모티브를 물려받았을 뿐만 아니라 우연한 극 적 반전에도 불구하고 사실주의극의 성격도 가지고 있다. 무엇보다 신파극 의 가장 큰 의의는 대중들에게 서구식 연극을 일반화시켜 연극의 대중화에 힘썼다는 점이다. 신파극의 전통적 민족 정서를 바탕으로 한 고전소설과의 유사성은 서구의 멜로드라마와도 맥을 같이 하는 것이라고 볼 수 있다.

(조미영)

실험극

　실험극은 기존의 관습적 연극에 대항하여 새로운 형식적 실험을 수행한 연극을 통칭하여 일컫는 말이다. 이미원의 말처럼 기존에 관습적 연극이라도 일컬어지던 리얼리즘 연극조차도 성공하여 스스로 주류가 되어버린 것이지 처음 등장했을 때에는 실험극이었다. 그렇게 실험극은 끊임없이 연극 세계 확장에 앞장섰던 연극을 통칭하는 것이라 말할 수 있다. 그리고 이는 시대적 상황과도 조응한다. 미국과 유럽에서는 제2차 세계 대전이 끝난 1960~70년대 지배문화에 대한 강한 반발이 일어났다. 이러한 사회적 분위기는 공연 예술에도 영향을 미쳐 관객으로 하여금 몰입하게 하여 감정적 동화를 이끌어내는 전통적 리얼리즘 연극에 대해 거부감을 가지도록 했다. 이 시기 미국과 유럽에서 활동한 대표적인 실험극단은 그로토우스키의 실험극단, 미국에 리빙 씨어터(Living Theatre), 오픈 씨어터(Open Theatre), 퍼포먼스그룹(Performance Group) 등으로 이들은 희곡 중심의 문학적 연극에의 종식을 선언하고, 산업사회 이전의 집단주의에 의해 창조되었던 공연성이 충만한 연극에로의 복귀를 추구하는 작업을 진행하였다. 그리고 이를 실현하기 위해 공연에 참여하는 모든 사람들이 무대에 올릴 연극의 주제 선정에서부터 제작까지 전 과정에 참여하여 함께 만들어가는 공동창조 시스템을 구축하였다.

　말리나(Juith Malina)와 베크(Julian Beck)에 의해 창단된 리빙 씨어터는 형식적으로는 물론 사상적으로도 급진적인 연극 단체였다. 이들이 채택한 주제들은 대개 현실과 맞닿아 있는 문제들로 이들은 연극을 통해 관객을 즐겁게 하는 한편 깊은 감동으로 정화되기를 바랐다. 이들은 일상생활의 혼란과 복잡성을 표현하기 위한 형식적 실험으로 전통적인 선형적 내러티브 구조를 탈피하고 단편적이고 추상적인 스타일을 추구하는 한편 제4의 벽을 허물고 청중이 직접 공연에 참여하여 상호작용할 수 있도록 하였다. 이들의 대표작 중 하나인 〈커넥션(The Connection)〉(1959)은 극중극 형식으로 평소에 마약을 하는 재즈 연주자를 섭외하여 공연 도중 마약 주사를 건네고 이를 실제로 투약하는 모습을 관객이 지켜보게 하는 등 '무대 위에 현실성'을 부여해 관객의 진실한 정서적 반응을 이끌어내려고 했다.

한국 연극사에서 이와 같은 움직임은 1960년대 후반에 이르러 이루어진다. 물론 이전에도 제작극회와 같이 기존 연극에 대항하여 새로운 연극적 실험을 펼쳐보겠다며 창단된 대학극 출신의 동인제 극단이 없었던 것은 아니었다. 그러나 '이론을 통한 실험 무대의 구축과 이념에 찬 연극을 이 땅에 수립하는 데' 창단 목적이 있음을 천명하고 1960년 발족한 실험극장조차도 아카데미즘과 대중화 사이에서 고민하다 서구의 새로운 연극을 소개하는 정도에 그치고 말았다. 이러한 가운데 미국 유학을 마치고 돌아온 유덕형, 안민수의 등장은 새로운 연극적 실험의 가능성을 보여주는 것으로 연극계에 새로운 활력이 되었다.

유덕형(柳德馨, 1938~)은 귀국 후 처음으로 연출을 맡았던 신춘문예 당선작 「갈색머리카락」(김종달 작, 1969)과 유치진 작 「나도 인간이 되련다」의 한 막(幕)을 분리시켜 재구성한 〈자아비판〉, 루푸터 부르크 작 「낯선 사나이」를 묶어 1969년 6월 27일부터 30일까지 연출작품발표회를 가졌다. 〈자아비판〉은 1953년 초연된 유치진의 반공극을 재창작한 작품으로 화술 중심의 문학성이 강한 희곡의 1막만을 취택하여 무술과 아크로바틱에 의존한 움직임 위주의 연극으로 탈바꿈시켜 많은 이들의 주목을 받았다. 유덕형은 자신의 연출 스타일에 대해 '말하기 위주의 신극이 연극 본질에서 벗어난 것으로 여기에서 탈피하여 행동 중심의 연극을 지향한 다'고 하였다. 그리고 그러한 방법론의 하나로 산대놀이, 봉산탈춤, 오광 대 등 우리 전통놀이에 주목하였다. 1973년 초연한 〈초분〉은 1972년 어 떤 죽음이 창작 동기가 되어 오태석이 쓴 작품으로 유덕형은 이 작품에서 "한국인의 얼을 구현하겠다"는 연출 목표를 가지고 한국의 토속적 제의형 식에 잔혹극적 표현양식을 결합하여 무대를 구성했다. 감각적 표현에 역 점을 둔 이 작품은 조명, 음악·소리·음향효과, 장치 등을 살리기 위해 각 분야에 최고의 전문가들과 함께 협업하여 공동 창작하였다.

하와이대학에서 5년간 연기, 연출을 공부하고 1972년 귀국한 안민수(安 民洙, 1940~2019)는 1973년 〈리어왕〉을 연출하며 잔혹극의 모범을 보여 주었다. 이후 1974년 선보인 오태석 작 〈태〉 역시 신현숙의 말처럼 '아르또 의 잔혹극 미학을 가장 정확하게 실천에 옮긴 연출작품'으로 평가받았다. 〈태〉는 오태석이 1973년 택시를 타고 가다 라디오에서 장준하, 백기완을 체포하기 위한 소급계엄령으로 인해 연세대 의대 본과 학생 8명이 끌려갔 다는 보도를 듣다 사육신 박팽년이 떠올라 "대통령을 낳은 자궁이 위대하 다면 8명 학생들을 낳은 자궁도 똑같이 위대하니 다른 사람의 생명이라고 소홀히 하면 안된다"는 생각에서 썼다고 하는 작품이다. 박팽년의 며느리 가 가문의 대를 잇기 위해 자신이 낳은 아들과 종이 나은 아들을 몰래 바꿔치기 한다는 내용으로 죽음을 자양분 삼아 태어나는 생명의 잔혹한 원리를 그려내고 있다. 이는 아르또의 잔혹극과도 맥이 닿아 있어 안민수 는 잔혹극 공연미학을 〈태〉의 연출에 적용해 육체성과 감각성을 극대화하 여 표현하였다. 사육신을 고문하는 장면의 경우 무대 전체를 핏빛으로 물들인 조명과 허공에 매달려 대롱거리는 배우들의 몸을 통해 가시적으로 잔혹함을 드러내는가 하면 인두를 달구는 화롯불의 이글거림과 연기를 통해 살이 타들어가는 듯한 느낌을 후각적으로 느끼도록 했다. 여기에 강렬한 음향효과, 종이 의상, 제의성을 강조한 몸짓과 제스처 등을 활용함으로써 관객이 잔혹한 원시제의에 참여하고 있는 느낌을 받게 했다.

사실 1970년대 한국의 문화예술계는 유신체제하에서 검열로 인해 자유가 억압되면서 전반적으로 경직된 분위기였다. 그러나 전 국민의 새로운 정신 계발을 목적으로 '문화예술진흥법'을 제정하고, 민족문화예술의 계승발전과 연구·창작·보급 활동을 적극화하겠다는 정부의 방침은 전통극으로 눈을 돌릴 수 있는 계기를 마련해 주었다. 특히 당시 소극장에서는 해외 유학파 출신의 연출가들이 반연극, 부조리극, 반사극(反史劇), 전위적 실험극 등을 공연하고 있어 이들의 공연 양식과 우리의 전통극 양식이 본질적으로 다르지 않음을 발견할 수 있게 해 주었다. 그리하여 1970년대 연극계에는 전통의 현대화, 한국적 정체성의 발견 등이 주요한 화두가 되어 새로운 연극적 실험이 활발하게 이루어졌다.

그 대표적인 사람이 프랑스에서 불문학을 공부하고 1963년 귀국해 '민중극장'을 창단한 김정옥(金正鈺, 1932~)이다. 그는 초기에는 주로 서구의 현대극을 공연하였다. 민중극장 창단작이었던 펠리시앙 마르소의 〈달걀〉, 우리나라 최초로 공연된 이오네스코의 〈대머리 여가수〉는 물론 1966년 이병복과 함께 '자유극장'을 창단한 후에도 〈따라지의 향연〉, 〈피크닉 작전〉, 〈타이피스트〉 등을 공연했다. 김정옥의 연극 세계가 달라지기 시작한 것은 1969년 최인훈이 『현대문학』에 「온달」이라고 하는 제목으로 발표한 희곡을 1970년 〈어디서 무엇이 되어 만나랴〉라는 이름으로 공연하면서부터이다. 그는 이 작품을 선택하게 된 동기에 대해 '대사가 시적인 품위가 있고, 극적인 짜임새와 줄거리를 무시한 채 다만 만난다는 사실 하나에 초점을 맞춰 드라마의 밀도를 시극(詩劇)적인 차원으로 끌어올려 기존의 사극적 취향을 탈피한 사극, 즉 반사극(反史劇)적인 요소를 지니고 있는 것이 매력적'이었다고 말한다. 이를 표현해내는 데 있어 사실적 무대에서 벗어나 전통극의 빈 무대의 느낌을 살려내고자 백색의 쇠파이프들을 미로처럼 헝클어져 세웠다. 이에 대해 당시 무대미술을 담당했던 이홍우는 질량적인 요약이 지나쳐 빈약해지고 상징적인 미로 자체가 옹색해 보였다고 평가하기도 했다.

김정옥의 한국적 연극에 대한 실험은 1978년 초연한 〈무엇이 될꼬 하니〉를 통해 본격화된다. 이 작품은 한국 연극사상 최초로 공동창조 시스템이 도입된 공연으로 전통을 창조적으로 수용한 작품이다. 이 작품을 완성하기 위해 극단 자유의 구성원들은 먼저 판소리, 사물놀이, 전통춤에 대한 워크숍을 진행하였다. 이후 이를 토대로 모두가 다 함께 한 장면, 한 장면을 만든 후 이를 몽타주 형식으로 연결해 하나의 작품으로 완성시켰다. 이와 같은 공동창조 시스템을 실험하게 된 계기는 서구의 실험 연극 단체들의 방식을 모방한 것이기보다는 우리 전통극이 본래 희곡 중심이 아니라 배우 중심의 총체극(Total Theatre)의 성격을 지니고 있다는 사실에 착안한 것이었다. 전통극이 광대들의 연극이었듯 이 작품도 배우들이 창조의 주체가 되어 텅 비어 있는 무대를 놀이판, 굿판이라 생각하고 마음껏 놀 수 있도록 하였다. 물론 호색한인 대감에게 겁탈당한 달래와 그녀를 구하기 위해 대감에게 저항하다 죽은 그의 연인 꺽쇠의 사랑 이야기로 시작해 광대놀이, 달래의 죽음, 단종, 사도세자, 민비의 죽음과 그들을 위로하는 굿판 등으로 이어지는 이야기 전개가 개연성 없이 얽혀 있어 산만하기는 하다. 그럼에도 관객에게 큰 호응을 얻으며 해방 이후 우리 극단 최초로 일본 공연을 하는가 하면 세계 유수 연극제에 초청되어 한국적 특색이 짙은 수작으로 인정받았다.

이외에도 우리 민족 고유의 극예술을 창조하기 위하여 독창적인 연극 기호를 연구, 창안한다는 목표를 밝히고 창단한 극단 민예, 우리나라 사람들이 극한 상황에 부딪칠 때 자기도 모르게 내뱉는 '에', '저', '또'라는 감탄사를 극단 이름으로 붙여 언어 부재의 인간 상황을 극화하는 데 관심을 가지고 무언극(無言劇)으로 출발해 판토마임 중심으로 공연한 에저또 등 1970년대 다양한 연극적 실험이 있었다. 대학가를 중심으로 한 탈춤 부흥 운동이나 마당극 운동도 그 한 방식이라고 할 수 있다. 이처럼 공연의 경계를 허물어 다양한 방식으로 관객과 소통하기를 희망하는 젊은 연극인들을 중심으로 행해진 실험극은 오늘날까지도 이어져 현실 문제에 대한 인식을 높이는 한편 연극의 본질로 돌아가 공연성을 회복할 수 있는 새로운 표현 방식에 대해 끊임없이 탐구하게 하여 한국 연극을 다채롭게 만들고 있다.

(김윤희)

#민족·민중운동 #여성 #또 하나의 문화 #박완서 #고정희

여성해방문학

여성해방은 여성들이 주체가 되어 사회나 가정에서 여성을 억압하는 문제들로부터 벗어나고자 하는 운동을 말한다. 여성억압에 반대하는 여성 해방론은 19세기부터 본격적으로 제기되었고 자유주의 페미니즘, 급진주의 페미니즘, 사회주의 페미니즘, 맑스주의 페미니즘 등으로 전개되어 왔다. 서구의 여성해방론은 20세기 초 근대교육을 받은 우리나라 신여성들에게 받아들여졌는데, 나혜석과 같은 여성 작가들의 삶과 글쓰기를 통해 사회적으로 확산되었다. 그러나 가부장적 질서가 사회 규범으로 작동하는 20세기 초반 한국 사회에서 여성해방론이 대중적으로 받아들여지기는 어려웠다. 해방 이후에도 전쟁과 분단이 야기한 이념적 갈등으로 인한 억압적인 사회 분위기 속에서 여성해방론은 주된 사회적 문제로 부상하지 못했다. 한국사회에서 여성해방론이 사회운동의 한 영역으로 본격화된 것은 1980년대에 와서이다. 여성운동이 활성화되면서 여성문학에 대한 반성과 전망이 제기되었고 비로소 여성해방문학이 운동적, 학술적 차원에서 논의되기 시작했다.

문학사적 맥락에서 언급되는 여성해방문학은 1980년대 민족·민중운동과 문학장에서 제기되었던 여성문학론을 말한다. 1980년대 중반 이후 한국문학에 "성과 계급, 민족문제가 서로 어떻게 착종되어 있는가를 이론화"하며 "기존의 여류문학으로부터 탈피한 새로운 여성해방문학"(이명호, 김희숙, 김양선, 「여성해방론에서 본 80년대의 문학」, 『창작과비평』, 1990년 봄호)

이 대두되었고, 이는 여성이 쓰는 문학을 일컫는 기존의 개념과는 변별되는 여성문학론의 출발이었다. 여성해방문학이라는 명명을 제기하게 된 배경에는 기존의 여류문학이나 여성문학이라는 개념이 남성중심주의적 시각에서 여성성을 규정하거나 여성이라는 주체를 보편적이고 탈역사적으로 이해해왔다는 문제의식이 놓여 있다.

먼저 1980년대 여성해방문학을 제기하면서 탈피하고자 한 여류문학이란 개념은 근대문학 초기부터 사용되어온 용어이다. 1930년대 들어서면서 잡지의 편집부에 의해 '여류문학'이란 말이 사용되었고, 대중적으로도 확산되었다. 작가만이 아니라 잡지에 글을 발표하는 필자를 여류문사로 통칭하기도 했다. 당시 문단에서는 '여류문학', '여류문인', '여류문사' 등이 함께 사용되었는데, '여류'라는 말에는 감상적이고 현실적이지 못하며 역사성과 사상성이 부족하다는 의미가 내포되어 있었다. 심지어 여성 작가의 작품이 남성에 비해 미숙하다는 의미에서 '소녀문학', '소녀문단'이라는 표현도 등장했다. 이는 남성작가 위주인 당시 문단에서 여성 작가에 대한 시선이 차별적이었음을 보여준다. 이에 대해 신여성 작가 박화성은 「여류작가가 되기까지의 고심담」(『신가정』 1936.2)이란 글에서 여성의 행동을 제약하는 사회적 규범이나 여성에게 맡겨진 가사노동이 창작의 제약으로 작용한다는 점을 토로하면서 여성 작가들의 작품을 문학성이 미달된 것으로 폄훼하는 남성 작가들의 비판에 반격을 가하기도 했다. 1970년대에 와서야 여성문학 연구자들이 여류문학이라는 말이 내포한 차별성에 대해 문제를 제기하였고, 1980년대 들어서서 민주화운동과 여성운동이 성장하면서 비로소 여류문학이라는 표현이 극복될 수 있었다.

객관적 개념으로 이해되는 여성문학은 일반적으로 사용되는 표현이지만 쉽게 정의되지는 않는다. "여성문학은 여성에 의해 쓰여지고 여성의 삶과 인식에 적확한 표현과 진단을 함으로써 바람직한 여성적인 삶을 향상시키는 데 기여할 수 있는 문학"(정영자, 「한국 현대 여성문학사의 흐름과 그 특성」, 『여성문학연구』 창간호, 한국여성문학학회, 1999)으로 정의되기도 한다. 정영자는 여성문학이 여성해방문학이나 여성주의문학을 아우르는 보다 포괄적 개념으로써 "'여성성' 혹은 '여성적 글쓰기'를 보여주는 문학 일반을 가리키는 용어"라고 설명한다. 하지만 이에 대한 이견도 없지 않다. 심진경은 이와 같은 정의가 여성문학을 탈역사적이고 보편적으로 개념화한다는 점을 지적한다. 여성이라는 주체가 확실하고 고정적인 정체성을 의미하는 것이 아니기 때문에 여성문학이 무엇인가라는 질문을 던져야 한다고 말하는 그는 "여성문학의 주체로 가정되어 온 여성과 그러한 여성 주체의 생산물로서의 여성문학이 어떻게 역사적, 물질적으로 구성되었는가를 살펴보는 일"(심진경, 「여성문학은 어떻게 만들어졌는가」, 『한국근대문학연구』 1(19), 한국근대문학회, 2009)이 중요하다고 주장한다.

1980년대 여성해방문학이 모색했던 바는 민족·민중 문학이 중시한 민중(성)과 함께 젠더가 교차하는 지점에서 발생하는 억압과 차별이었다. 당시 민중문학이 노동자, 농민, 도시 빈민 등 민중을 형상화할 때 등장한 농촌 여성, 여성 노동자, 매춘 여성 등 민중으로서 여성들은 계급적 차별의 대상인 동시에 가부장적 질서와 규범으로부터 억압받거나 배제되는 하위주체들이었다. 1980년대 사회변혁운동의 핵심적 주체로 발견된 민중은 사실상 남성중심적 민중이었으며, 그러한 민중 내부에서 젠더적 차별의 대상이었던 것이 바로 여성민중이었다. 1980년대 민중 이념의 한계를 비판적으로 성찰했던 시인 고정희는 민중이란 말속에도 지배 이데올로기를 구성하는 남성중심주의가 스며들어 있음을 파악하고 사회운동이 보다 근본적인 인간성의 혁명으로 나아가야 한다고 보았다. "우리는 민중 민중 하면서도 그 실체인 여성민중은 사실상 괄호 안에 가두고 있다. 그래야 객관적이고 편파적이 아니라고 보는 것은 바로 남성중심적 세계관이 만들어낸 지배논리가 아닌가?"(「김지하의 시는 남성중심적인가」, 『살림』 11호, 한국신학연구소, 1989.10)라는 진술이 말해주듯 1980년대 여성해방문학은 계급적, 성적 억압과 차별의 교차점에 접근하고자 했다.

이러한 문제의식은 전문 잡지의 발간이나 모임의 결성에서도 확인해 볼 수 있다. 대표적으로 1985년에 창간된 무크지 『여성』은 학생운동에서 사회운동으로 이행하는 엘리트 계층 여성 활동가들이 여성운동을 모색하면서 만든 잡지였다. 『여성』은 창간호에서 "여성문제와 여타 문제를 분리시켜 고찰하는 방식을 극복하고" "여성을 억압하는 구조가 사회전체의 불평등구조와 긴밀하게 상호연결되어 있다"는 입장을 밝힘으로써 여성운동이 사회변혁운동에 종속된 것이 아님을 밝혔다. 창간호에 실린 좌담 「여성의 눈으로 본 한국문학의 현실」에서는 여성해방문학의 문제의식이 여실히 드러나는데, 참가자들은 남성 작가들의 작품에 등장한 여성 이미지의 왜곡상을 분석하고 또 빈민 여성이나 여성 노동자의 현실보다 윤락여성에 주목하는 경향을 비판적으로 논의했다. 당시 남성 작가들의 작품이 외세에 의한 민족의 억압을 윤락 여성을 통해 표출하면서도 여성을 성적 대상이나 안식처로 바라보고 성매매와 성폭력과 같은 문제에 대해서는 이해가 부족한 것은 가부장적 이데올로기의 한계이자 가부장적 민족주의 서사라고 지적했다. 『여성』은 3호까지 발행된 후 1989년 10월 『여성과 사회』로 이름이 바뀌었다.

여성민중을 여성운동의 주체로 보는 입장과 달리 1984년 결성된 페미니스트 동인 '또 하나의 문화'는 남녀평등과 다양성을 지향하는 대안적 문화운동을 표방했다. 이들은 1985년『평등한 부모 자유로운 아이』라는 제목으로 무크지 1호를 출간한 이래 2003년까지 17호를 출간했다. 2호 『열린 사회 자율적 여성』에서는 사회운동에 대한 비판이 구체화되었는데, 「인간해방운동의 구조─성과 계급」을 쓴 조형은 여성문제가 가부장제라는 재생산양식과 자본주의라는 생산양식의 상호 관계적 산물인데도, 현재 우리 사회는 여성문제를 부차적인 것으로 치부하고 운동조직과 활동에서 여성에 대한 차별을 불사하고 있다고 주장하기도 했다. 이러한 문제의식은 박완서(朴婉緒, 1931~2011)의 「저문날의 삽화2」에 잘 나타나 있다. 1995년 '또 하나의 문화' 무크지 3호 『여성해방의 문학』에 발표된 이 작품에는 여성민중이라기보다 중산층 계층인 여성 주인공이 등장한다. 주인공은 국가폭력의 희생자인 운동권 남편으로부터 가정 폭력에 시달린다. 여성에 대한 폭력이 가정에서 벌어지는 사적인 문제로 간주되는 여성문제의 구조적 맹점을 폭로한 작품이다. 이를 통해 박완서는 한국 사회의 공적, 사적 영역에서 여성에 대한 폭력이 일어나고 있지만, 민주화운동의 열기 속에 묻혀버리거나 남성주체가 아닌 군사독재와 같은 지배체제의 문제로 환원된다는 점을 날카롭게 고발했다.

1980년대 여성해방문학의 문제의식은 문학 비평을 통해서도 구체적으로 표명되었다. 김영혜는 「여성문제의 소설적 형상화」(『창작과비평』, 1989년 여름호)에서 80년대 민족·민중 문학의 대표적 작품 가운데 하나로 일컬어지는 윤정모(尹靜慕, 1946~)의 『고삐1』(풀빛, 1988)를 분석한 바 있다. 『고삐1』는 미군부대 주변에서 태어나 살다가 유흥업소 생활을 하던 주인공 여성이 미군부대 기지촌에서 벌어지는 성매매가 외세에 의한 성적 수탈임을 깨닫는다는 계몽의식을 드러낸 작품이다. 이에 대해 김영혜는 여성 주인공의 각성이 남성을 통해 제시되고, 여성을 섹슈얼리티의 대상으로 전락시키는 매춘이 외세의 탓으로 전가되면서 여성문제가 희석되고 있다고 지적했다. 또한 여성의 몸이 민족, 국토와 동일시되며 순결이 강요되는 서사는 여성억압이 될 수 있다고 보았다. 그러나 작품 속 주인공이 자신의 신체적 경험을 솔직하게 묘사함으로써 가부장적 시선이 요구하는 여성성을 이탈하는 결과를 낳았다는 긍정적 평가도 함께 언급했다.

1980년대 여성해방문학을 대표하는 여성 시인 중 한 명은 고정희(高靜熙, 1948~1991)이다. 그는 '또 하나의 문화' 동인으로 활동하면서도 민족이 처한 분단 모순과 민중의 계급적 현실을 간과하지 않았다. 그리고 민중의 민중으로서 차별받는 여성의 삶을 해방시킴으로써 민중해방을 실현할 수 있다고 보았다. 1986년 발표한 「한국 여성문학의 흐름」(『열린 사회 자율적 여성』, 또 하나의 문화)의 말미에서 고정희는 여성문학이란 지배문화를 극복하고 참된 인간해방 공동체를 추구하는 대안문화로서 '모성문학' 혹은 '양성문화'의 세계관을 보여주는 문학이어야 한다고 주장하기도 했다. 인간성 회복을 위한 대안적 문화로서의 '모성문학'을 제기한 그는 새로운 인간성이 출현 가능한 민족공동체의 회복을 주장하면서 새 인간성의 모델을 수난자 '어머니'에게서 찾고자 했다.

실제로 1989년 출간된 시집 『저 무덤 위에 푸른 잔디』에서 고정희는 민족공동체의 회복을 가능하게 하는 새로운 인간성 모델을 '어머니'라는 존재로 형상화했다. 이 시집에서 '어머니'는 가부장의 역사, 분단과 독재의 사회현실 속에서 이중적 희생을 치러야 했던 역사의 수난자이자 가장 낮은 곳에서 고통받는 민중이지만 생명을 탄생시키고 길러내는 창조적 역량을 지닌 해방의 주체로 등장한다. 고정희는 시를 통해 "집안살림/동네살림/나라살림 멋들어지게 꾸려내자는/한마음"을 가진 "통일 어머니"를 호명하는데, 분단과 전쟁이라는 역사적 수난을 겪은 '어머니'는 "한반도 해방"을 통해 "통일 어머니"에서 "인류 생명 어머니"로 확장된다.(「분단동이 눈물은 세계 인민의 눈물이라」) "통일 어머니"가 실천하는 새로운 모성이란 분단 체제를 통해 권력을 유지하는 권력의 억압에 저항하며 해방적이고 창조적인 인간성을 회복시키는 모성의 창조적 역량을 일컫는다.

1980년대 여성운동과 맞물려 전개된 여성해방문학의 성과를 발판으로 삼은 1990년대 여성문학은 다양한 이론을 수용하며 확장적으로 전개되었고, 여성문학의 시대를 열었다고 평가된다. 그러나 여성문학 연구자 이상경은 1980년대 여성해방문학이 한국 여성의 현실적 요구에 부응하려는 뚜렷한 목적의식과 전투성을 실천하고자 했던 것에 비해 1990년대 이후 여성문학 연구는 최신의 외국문학 이론을 적용하는 장으로 활용된 것은 아닌가라는 비판적 성찰을 제기하기도 했다.

(장은영)

영웅 전기

영웅 전기란 19세기 말에서 20세기 초 개화계몽 시기에 민족에 대한 상상력을 고취시키기 위한 목적으로, 특정 역사적 인물을 근대적 영웅으로 호출하여 그 뛰어난 활약상과 일대기를 다룬 근대적 서사 장르를 일컫는다. 역사적으로 실재했던 인물의 영웅적 일생을 다루고 있다는 점에서 조선시대의 영웅소설이나 군담소설과 혼동되는 경우도 있으나, 일반적으로는 이와 같은 전대 문학 양식을 발전적으로 계승함으로써 후대의 근대적 역사소설의 출현을 가능하게 한 과도기적 장르로 평가받는다.

영웅 전기는 을사조약 체결(1905)과 일본의 통감부 설치(1905) 등 일본의 침략 의도가 노골적으로 가시화되었던 개화계몽 시기에 집중적으로 창작되었다. 구국적인 민족 영웅의 등장과 그 활약상에 대한 강조를 통해 민족의 자주성을 드러내고 독립의 중요성을 일깨우고자 하였으며, 외세 의존이 아닌 민족 내부의 자주적 역량을 통해 위기를 극복할 것을 촉구하였다. 이는 보호라는 명분 아래 펼쳐진 일본의 식민주의 담론에 맞서 민족적 주체성을 역설하려던 것으로, 애국정신 고취와 국권회복을 목적으로 한 강한 계몽적 성격을 지닌 서사 장르였다.

영웅 전기의 기원은 근대적 신문이나 잡지에 연재되던 인물기사로부터 비롯되었다고 할 수 있다. 인물기사는 전기물의 성격을 띤 기사의 일종으로 계몽적 의도가 매우 강한 교훈적 논설의 성격을 지니고 있었다. 역사적으로 뛰어난 인물의 삶을 통해 우리 민족이 본받아야 할 부분이 무엇인가를 간접적으로 설파하고자 하였다. 또한 다양한 외국 영웅 전기의 번역 역시 영웅 전기의 형성에 큰 영향을 미쳤다. 번역된 전기에는 나폴레옹, 비스마르크, 표트르 대제, 조지 워싱턴, 마치니, 잔 다르크와 같은 서구의 영웅들이 포함되었는데, 이들은 모두 국가의 번영과 독립을 위해 큰 역할을 한 인물들이다. 이러한 영웅들의 이야기는 단순히 서구의 역사적 지식을 수용하는 정도가 아니라, 외세에 맞서 민족의 독립과 자주성을 내세우고자 하는 매우 민족주의적이고 계몽주의적인 맥락에서 번역되고 소개되었다. 이 시기에는 또한 『만국략사』, 『중일략사』, 『아국략사』, 『월남망국사』, 『서사건국지』 등 다양한 역사서의 번역이 활발히 이루어졌는데, 서구의 근대적 지식 일반을 수용하여 이를 바탕으로 우리의 역사관, 국가관, 민족관을 만들어내기 위함이었다.

영웅 전기의 주요 작가에는 장지연, 박은식, 신채호가 있다. 이들 모두 근대 민족지의 주요 필진들로, 일본 식민 담론의 허구성을 비판하고, 역사 속에서 민족 스스로의 힘으로 국난을 극복했던 빼어난 사례들을 찾아냄으로써 민족의식을 고취한다는 명확한 목표 의식을 갖고 있었다. 먼저 장지연(張志淵, 1864~1921)은 말년에 친일의혹이 있기는 했지만, 개화계몽 운동에서 매우 중요한 역할을 담당했던 인물이다. 그는 전통 한학을 익히며 유교적 교양을 쌓아왔던 전통적 지식인이었으나, 변화해 가는 시대의 흐름에 맞춰 새로운 학문과 역사의식을 받아들였으며 특히 사회 계몽 운동에 앞장섰다. 개화계몽과 관련된 다양한 글을 신문을 통해 발표하였는데, 을사조약의 부당함을 날카롭게 지적했던 「시일야방성대곡(是日也放聲大哭)」은 바로 그가 창간한 『황성신문』에 실었던 글이다.

순한글로 발간된 『애국부인전』(1907)은 프랑스 백년전쟁의 영웅, 잔 다르크의 생애를 다룬 그의 대표적인 영웅전기이다. 전통적 회장체 구성과 상투적 표현 등 고전소설의 흔적을 여전히 지니고 있기는 하나, 민족의 자주성 확립과 주체성 고취라는 명확한 의도를 갖고 창작되었다는 점에서 전대의 군담계 고전소설과 구분된다. 그동안 순수창작물이라는 견해와 번역물이라는 견해가 공존하였으나 현재는 번역물로 확인된 상태이다. 그러나 번역물이라고 해도 강감찬, 을지문덕, 양만춘 등 우리 역사 속 영웅들의 일화가 다수 포함되어 있으며, 우리 민족의 상황에 맞게끔 변환하여 서술된 부분이 적지 않다. 잔 다르크의 생과 그 영웅적 활약상이 내용상 중심을 이루고 있으나 저자가 그에 못지않게 주목하고 있는 부분은 패권적인 영국군에 의해 위기로 내몰린 프랑스의 상황이다. 이는 을사조약 체결과 통감부 설치 이후 일본에게 나라를 금방이라도 빼앗길 위기에 처해 있었던 당시의 우리 현실을 지시하는 것으로, 국가의 자주독립을 위협받고 있는 현 상황을 명확히 직시하고 모든 국민이 하나로 단합해야 함을 역설하는 근거가 되고 있다. 이러한 민족주의적이고 계몽주의적인 저자의 의도는 후반부 프랑스 청중을 향한 잔 다르크의 연설 장면에 특히 집중되어 있다. 절체절명의 위기 속에서도 조국을 구하기 위해 몸 바쳤던 잔 다르크의 용맹함과 숭고한 희생정신, 애국 충정을 높이 기림으로써 우리 민족이 나아가야 할 바에 대해 강조하고 있는 것이다.

이승만에 이어 제2대 대한민국 임시정부 대통령을 역임했던 박은식(朴殷植, 1859~1925)은 『한국통사』와 『한국독립운동지혈사』 등을 저술한 대표적인 민족주의 사학자로 가장 많은 전기류 문학을 창작하고 번역하였다. 그는 일찍이 신채호, 장지연과 더불어 『황성신문』, 『대한매일신보』 등을 통해 민족주의적 언론 활동을 활발히 전개하였는데, 특히 항일이념의 정립과 민족정신 고취를 위해 영웅 전기의 기술과 보급에 힘썼다. 『서사건국지(瑞士建國誌)』(1907)는 『대한매일신보』에 10회에 걸쳐 연재했던 박은식의 대표적인 번역 영웅 전기로, 합스부르크의 폭압에 맞서 싸운 스위스의 영웅 '빌헬름 텔'의 일대기를 번역한 것이다. 박은식은 이 작품의 서문에서 자신의 문학관과 영웅 전기의 창작 동기를 밝히고 있는데, 문학을 통해 애국정신을 고취하고 사회 풍속을 교화하는 것이 국권회복으로 이어지리라는 것이다.

1911년 발간한 『몽배금태조』는 망국의 국민인 무치생이 꿈속에서 금나라 태조를 만나 조국의 위기와 해결책을 묻는 내용을 담은 몽유록계 소설이다. 인물의 영웅적 활약상이 제시되어 있지는 않지만 금태조라는 영웅적 인물을 중심으로 펼쳐지는 이야기이므로 영웅 전기의 하나로 볼 수 있다. 주인공의 이름이 무치생인 이유는 나라를 잃었음에도 살아남았으니 부끄러움을 모른다는 의미이며, 언뜻 한국 민족과 크게 관련이 없어 보이는 금나라 태조가 중심인물로 설정되어 있는 까닭은 박은식이 고구려사와 발해사를 집필하는 과정에서 금나라의 역사까지도 민족사의 한 부류로 포괄하려 했기 때문이다. 박은식은 금태조의 목소리를 빌려 망국의 원인을 밝히고, 그 대안으로서 '자강과 교육'을 제시한다. 민족 스스로 주체적인 실력을 기르고 애국적 투쟁정신을 함양해야만 망국의 서러움으로부터 벗어날 수 있음을 역설하고 있는 것이다.

『몽배금태조』와 같은 해 발간한 『명림답부전(明臨答夫傳)』은 고구려의 명장이자 초대 국상인 명림답부의 일대기를 서술한 영웅 전기로, 한국 역사를 만주를 중심으로 재편하는 가운데 민족의 애국심을 고취시킬 수 있는 본보기로서 명림답부의 삶을 제시하고 있다. 국가를 운영하는 재상이자 충신으로서의 면모 못지않게 전략가로서의 탁월함과 고구려를 항시 강력한 무력을 갖춘 나라로 이끈 면을 강조하였는데, 이는 박은식이 조선 망국의 원인으로 무엇을 가장 중요하게 생각했는지를 쉽게 알 수 있게 해준다. 역시 같은 해 나온 『발해태조건국지(渤海太祖建國誌)』는 대조영의 발해 건국 과정과 그 영웅적 활약에 초점이 맞춰져 있기는 하지만, 건국사에만 한정하지 않고 발해의 강역, 문물제도, 종교, 풍속, 문학까지 모두 다루고 있다. 이는 근대 최초의 발해사 전론으로서, 만주 중심의 민족사를 구축하고자 했던 박은식에게 매우 중요한 작업이었다고 할 수 있다.

'역사는 아(我)와 비아(非我)의 투쟁'이라는 명제로 유명한, 대표적인 민족주의 사학자 신채호(申采浩, 1880~1936)는 장지연, 박은식과 마찬가지로『황성신문』과『대한매일신보』를 통해 다수의 민족 영웅 전기와 역사 서술을 발표하였다. 그는 망국의 위기로부터 민족을 구원할 수 있는 구국적 인간상을 우리 역사 안에서 발굴하고자 하였는데 이를 교훈적인 이야기로 저술하여 보급함으로써 민중을 하나로 결집하고 교화시키고자 하였다. 일본의 야욕으로부터 국권을 지켜내고 민족의 자주성과 주체성을 회복하기 위해서는 나라를 구한 위인들의 영웅적 행동이 큰 귀감이 될 수 있다고 보았던 것이다. 신채호는 먼저 번역을 통해 영웅 전기의 보급에 앞장섰다.『이태리건국삼걸전』(1907)은 이탈리아의 통일 및 건국 과정에서 맹활약한 세 영웅, 마치니, 카보우르, 가리발디를 예찬한 량치차오(梁啓超)의 전기물을 직접 번역한 것이다.

그는 번역과 소개에 그치지 않고, 곧바로 우리 역사 안에서 그와 같은 영웅적 면모를 보여준 인물을 찾아 작품화하였다.『을지문덕전』(1908), 『수군제일위인 이순신전』(1908),『동국거걸 최도통전』(1909~1910)이 그 대표적인 예인데, 그중『을지문덕전』은 신채호의 영웅 전기 중 가장 널리 알려진 작품이다. 신채호는 을지문덕으로부터 중국의 폭압에도 굴하지 않고 만주를 호령하며 빼어난 기백을 자랑했던 민족의 웅혼한 기상을 읽어 낸다. 그 기백과 기상을 되살려 국가와 민족을 바로 세우고 민족의 독립과 자주성을 지켜내고자 했던 것이다.『수군제일위인 이순신전』은 임진왜란 당시 이순신 장군의 업적과 활약을 소상히 밝히는 가운데, 그 뛰어난 전략과 불굴의 의지, 백성과 나라에 대한 애국충절을 높이 기리며 존경과 찬사를 바치고 있는 작품이다. 신채호는 이순신을 영국의 넬슨 제독과도 비교했는데, 넬슨 제독보다 훨씬 더 열악한 환경에서 지혜롭게 싸워 승리한 이순신이야말로 훨씬 더 뛰어난 장수라며 이순신의 전술적 역량과 용맹함을 찬양하고 있다.

신채호의 영웅 전기는 망국의 위기로부터 조국과 민족을 구해내고자 하는 매우 뚜렷한 민족주의적 의식 속에서 쓰였으며 영웅의 이상과 의지에 자신의 신념과 이념을 강하게 투영하였다. 이에 따라 그의 영웅적 인간상은 현대적 소설의 인물로서 구체적으로 형상화되었다기보다는, 대체로 그 예찬과 찬사의 주관성이 강하게 드러난다는 점에서 한계로 지적되기도 한다. 그러나 이는 어디까지나 망국의 위기에 처한 한국 민족의 현실을 정확하게 직시하고 이를 넘어서기 위한 가능성을 모색해 가는 과정의 산물이라는 점에서 그 역사적 의의 또한 부정할 수 없을 것이다.

을사조약의 체결과 일본의 통감부 설치로 민족의 자주성이 크게 훼손되고 일제에 의한 한일합병의 움직임이 빠른 속도로 가시화되고 있을 무렵, 조선의 지식인들은 땅에 떨어진 민족의 자부심을 일으켜 세우고, 애국심과 민족의식을 고취해낼 만한 계기가 필요하다고 생각했다. 이러한 상황에서 외적의 침입으로부터 나라를 지켜낸 민족 영웅들의 일대기는 대중들로부터 민족적 자긍심을 이끌어내는 데 가장 효과적이고 매력적인 소재가 아닐 수 없었다. 이에 개화계몽기 지식인들은 근대 신문이라는 대중적 매체를 활용해 민족 영웅의 활약상과 일대기를 저술하고 보급하는 데 집중하였다. 물론 이들 영웅 전기가 기대하고 있는 것처럼 새로운 민족 영웅의 출현이 망국의 위기에 처한 조국의 현실을 단번에 구원해줄 수는 없었다. 국민적 역량을 향상시키기 위한 근본적 차원의 모색 없이는 근대화와 제국주의적 침략 전쟁이라는 전세계적 흐름 속에서 제대로 된 대응을 이끌어내는 것은 불가능했기 때문이다.

이처럼 개화계몽기 영웅 전기는 문학적인 목적보다는 사회운동을 촉발하고자 하는 정치적이고 이념적인 목적이 우세하였고, 이를 매우 직설적이고 노골적으로 드러내었다. 이러한 측면에서 이 시기 영웅 전기는 본격적인 역사 소설이라기보다는 논설적 서사에 훨씬 가깝다 할 수 있다. 영웅적 인물의 활약상조차 민족을 이야기하기 위한 수단에 불과하다는 점에서, 영웅적 인물의 문학적 형상화에 주목하는 전통적 학문학 장르인 전(傳)이나 군담계 소설과도 구분된다. 그리고 이러한 특징으로 인하여 개화계몽 시기 지배적 서사 양식이었음에도 그 강한 민족주의적 성격으로 인해 일제강점기에 들어서자마자 곧바로 탄압의 대상이 된다. 일본은 영웅 전기의 출판과 배포를 전면 금지시켰으며, 이미 출간된 책들은 강제로 몰수함으로써 일본에 비판적인 담론 자체를 철저하게 차단하고자 하였다. 그 결과 영웅 전기의 서사 전통은 일제강점기 동안은 이어질 수 없게 되었다.

(이철주)

오월문학

    오월문학은 5·18민주화운동과 관련된 문학을 이르는 말로 5·18민주화운동 이후 이에 대한 역사적 재해석과 상처의 치유, 명예 회복과 진상 규명 등을 목표로 발표된 일련의 문학 작품들을 아우른다.

    5·18민주화운동은 1980년 5월 18일부터 28일까지 광주와 전라남도를 중심으로 신군부의 퇴진과 계엄령 철폐 등을 요구하며 벌어진 민주화 운동이다. 시위를 진압하기 위해 국가는 군사력을 동원해 시위참여자뿐만 아니라 일반 시민에게도 무차별적 폭력을 가했다. 그 결과 606명이 사망하고, 65명이 행방불명되었으며 부상자가 3,000여 명에 이를 정도로 수많은 인명피해가 발생하였다. 자유와 민주주의를 위해 목소리를 높였던 사람들이 폭도로 둔갑해 죽어가는 상황은 5·18로 인해 희생된 사람뿐 아니라 이를 직·간접적으로 경험한 사람들에게도 강력한 트라우마로 작동하게 되었다.

    오월문학의 출발은 1980년 6월 2일 김준태가 『전남매일신문』(현 광주일보)에 발표한 시 「아아 광주여! 우리나라의 십자가여!」이다. 이 작품은 5·18 당시의 비극적 현장을 실제 피해 상황을 바탕으로 사실적으로 그려내어 5월 광주의 참상을 고발하고 있다. 당초 109행에 달하는 장시였지만, 최초 게재 당시 군부의 검열로 인해 33행만이 신문에 수록되었다. 이틀 뒤인 6월 4일 『전남일보』(현 광주일보)에는 송수권의 시 「젊은 광장에서」가 실렸다.

참혹한 사건의 현장에서 살아남았다는 무기력과 부끄러움, 죄의식은 섣불리 사건에 대해 말할 수 없게 만든다. 여기에 더해 5·18의 실상을 은폐·왜곡하려는 군부는 외부집회를 통제하고 시민과 학생들의 일거수일투족까지 철저하게 감시하였기에 5·18의 실상을 글로 옮기는 것은 신변의 위협을 감수해야 하는 일이기도 했다. 이런 상황에서 1981년 7월 이영진과 김진경, 박주관 시인을 중심으로 하여 나종영, 박몽구, 곽재구 시인 등이 참여한 '5월시' 동인이 결성되었고, 동인지 『이 땅에 태어나서』가 발행되었다. 이들은 5·18의 참상을 증언하고, 광주민주화운동의 정신을 시적인 차원에서 계승하고자 하였다. 한편 일체의 정치적 편향을 배제하고 전통적인 서정시를 중심으로 시의 아름다움을 추구하던 광주 지역의 '목요시 동인' 역시 5·18민주화운동 이후 다양한 시적 실험으로 광주의 진실을 알리고자 하였다. 이런 움직임들을 바탕으로 1984년 『실천문학』에 5·18을 최초로 소설화한 임철우의 단편소설 「봄날」이 발표되었으며, 뒤이어 윤정모의 「밤길」(1985), 문순태의 「일어서는 땅」(1986), 최윤의 「저기 소리 없이 한 점 꽃잎이 지고」(1988), 홍희담의 「깃발」(1988) 등의 소설과 함께 김사인의 시 「오월로 가는 길」(1985), 양성우의 「오월제」(1986), 김용택의 「그대들이 열어주고 우리가 열어가야 할 훤한 세상」(1986)이 발표되는 등 1980년대 중반 이후부터 5·18의 문학적 재현은 본격화되었다.

1988년에는 1987년 6월항쟁의 결과로 6공화국이 출범한 직후 '광주민주화운동진상조사특별위원회'가 구성되었다. 1989년 13대 국회에서 열린 청문회에서는 '광주민주화운동'이라는 명칭의 문제가 처음 제기되었다. 1990년에는 '광주민주화운동 관련자 보상 등에 관한 법률'이, 1995년에는 '5·18 특별법'이 제정되는 등의 과정을 거치면서 '5·18민주화운동'이 국가 폭력에 의한 것이라는 재평가가 이루어졌다. 폭동 혹은 사태로 불리던 5·18은 '광주 민주화 운동'이라는 공식적인 명칭을 부여받으며 국가기념일로 지정되었고(이후 다시 '5·18민주화운동'으로 바뀜), 이로 인해 진상 규명과 책임자 처벌, 희생자에 대한 보상과 같은 조치가 시행될 수 있었다.

이런 사회적 분위기 속에서 임철우의 장편소설『봄날』(1997)을 시작으로 구두닦이, 호스티스, 노동자 등 하층민의 시각으로 5·18을 재구성해낸 문순태의『그들의 새벽』(2000), 5·18을 중심으로 하는 두 남녀의 비극적인 로맨스를 다룬 황석영의『오래된 정원』(2000), 5·18 당시의 정치사회상과 함께 권력자의 내면까지도 담아내어 5·18의 의미를 다각도로 살피고 있는 정찬의『광야』(2002), 권여선의『레가토』(2012), 한강의『소년이 온다』(2014) 등 5·18을 다룬 장편소설들이 발표되었다. 1980년대 중반 이후부터 본격적으로, 그리고 지속적으로 발표된 오월문학의 성과는 2012년 5·18기념재단의『5월문학총서』(1차분)로 묶여 출간되었으며, 2024년『2024 오월문학총서』(2차분)로 다시 한번 집대성되었다.

전남대학교 재학 시절 5·18을 누구보다 생생하게 지켜봐야 했던 임철우(林哲佑, 1954~)는 비극적 사건에서 살아남은 자의 죄의식에 시달렸고, 자신이 목격한 오월의 광주를 소설을 통해 증언하고 기록하였다. 단편 「봄날」은 5·18에서 살아남은 자의 죄의식을 '상주'라는 인물을 통해 드러낸다. "물론 명부는 내게도 결코 지워지지 않는 상채기로 남아 있기는 했다. 그것은 가슴에 박힌 커다란 나무못과 같아서, 박힌 자리는 채 아물지 않아 늘 진물이 찔걱이곤 했다."(『실천문학』, 1984.10) 5·18 당시 쫓기는 다급한 모습으로 "문 좀 열어줘… 상주야아아."라며 자신을 부르는 명부의 목소리를 외면했다는 환영에 시달리는 상주는 살아 있음을 "오욕"과 "수치"로 여긴다. 이런 죄의식은 급기야 상주의 육체와 정신을 병들게 한다. "어디에 있었느냐, 그 새벽 네 이름을 불렀을 때 너는 어디서 무얼하고 있었더냐"는 명부의 질문에 시달리는 상주의 죄의식은 당대 지식인과 대학생들이 5·18에 대해 가지고 있던 부채의식 및 죄책감과 다름없다. 단편 「봄날」은 5·18 당시의 현장을 재현하기보다는 살아남은 자들의 내면(죄의식)에 초점을 두고 있는데, 이후 임철우는 장편소설 『봄날』(1997)을 통해 "소설로서만이 아니라 비교적 사실에 충실한 하나의 기록물"로서 5·18의 전 과정을 세밀하게 재현하고자 한다. 이런 임철우의 시도는 5·18의 총체적인 복원이라는 평가를 받았다. 2004년 출간한 『백년여관』에서는 섬 영도의 '백년여관'이라는 장소를 중심으로 기억과 망각의 문제를 일제강점기에서 5·18에 이르는 한국사의 비극을 통해 재현하였다.

시인 김남주(金南柱, 1946~1994)는 광주항쟁시선집인 『학살』(1990)을 출간했을 정도로 5·18과 관련된 시들을 다수 발표해 오월문학을 대표하는 시인으로 알려져 있다. 5·18을 직접 경험하지는 않았지만 5·18이 가진 의미에 대해 그 누구보다 깊이 고민한 시인이 바로 김남주이다. 시 「학살1」에서는 "아 얼마나 끔찍한 밤 12시였던가/아 얼마나 조직적인 학살의 밤 12시였던가/오월 어느 날이었다/1980년 오월 어느 날이었다/광주 1980년 오월 어느 날 밤이었다"(「학살1」, 『나의 칼 나의 피』, 1993)와 같이 "80년 오월"과 "밤 12시"라는 구체적인 시간 정보와 "광주"라는 공간 정보가 시 전체에서 반복되고 있다. 이는 5·18 광주를 증언하려는 시적 의도의 표현이다. "오월 어느 날"에서 "80년 오월" 다시 "1980년 오월", "광주 1980년 오월 어느 날 밤"과 같이 시의 진행과 함께 더욱 구체적으로 지시되는 시공간 정보는 시가 형상화하는 "어느 날 밤"에 벌어진 끔찍하고 조직적인 "학살"의 참상을 객관적으로 그려내어 기억하도록 유도한다. 5·18은 김남주에게 기억되고 보전되어야 할 사건이었기에 시적 화자는 증언자로서의 태도를 유지한다.

한강(韓江, 1970~)의 『소년이 온다』(2014)는 열다섯 살 소년 동호의 죽음을 중심으로 각기 다른 서술자와 초점자를 내세운 여섯 개의 장과 에필

로그를 통해 5·18에 내재된 슬픔과 그 의미를 다층적으로 다루고 있다. 4장 「쇠와 피」의 서술자인 '나'는 23살의 교대생으로 80년 5월 광주에 있었다. '나'가 본 것은 총에서 총알이 나가는 사실조차 신기해하던 어린 학생들의 죽음이었다. 그들은 무장한 군인들의 압도적인 힘보다 강렬하게 느껴진 "양심"을 지키기 위해 계엄군이 도청을 향해 다가오고 있다는 사실을 알면서도 자리를 떠나지 않은 것이다. '나'는 가까스로 살아남게 되지만 죽음만큼이나 고통스러운 수감과 재판의 과정을 거쳐야 했으며, 10년의 세월이 지나도록 "아직도 살아 있다는 치욕"에 시달려야 했다. 『소년이 온다』는 5·18이라는 극단적인 공포와 불안의 순간을 겪은 사람들의 내면을 오히려 담담하게 서술하여 평범하게 살아가던 사람들의 일상이 무자비한 국가폭력에 의해 파괴되는 현장을 사실적으로 전달한다. 무엇보다 그 끔찍한 사건이 지나간 과거가 아니라 현재적인 것임을 효과적으로 보여준다.

오월문학은 5·18민주화운동 과정의 참상을 기억하고 기록하려는 증언 문학적 성격과 살아남은 자의 부끄러움과 죄의식, 트라우마 극복과 해원, 5·18 정신의 부활과 계승을 지향한다. 떠올리는 것조차 힘든 학살의 현장을 겪었던 사람들이 느낀 불안과 공포를 재현해 기록으로 남겨야 한다는 문학적 소명과 말할 수 없는 사건을 말하기 위한 문학적 시도들을 오가며 오월문학은 문학을 통한 역사적 사건의 재현과 증언, 기억과 망각, 희생과 애도, 회복과 치유 등의 문제와 연결되어 1980년대 이후 한국문학에서 중요한 자리를 차지하고 있다.

(정미진)

일상극

일상극(le théâtre du quotidien)은 우리 주변의 평범한 사람들의 일상을 소재로 무대화한 연극을 일컫는다. 무대 위에 재현되어 나타나는 인물의 말과 행동 역시 주위에서 흔히 볼 수 있는 익숙한 장면인 일상극은 1970년 대 프랑스와 독일을 중심으로 생겨났다. 프랑스에서는 혁명의 열기가 뜨 겁던 1960년대가 끝이 나고, 1970년대에 이르러서는 거대 담론 대신 평범 하지만 치열한 진짜 삶과 그 안에서 벌어지는 미시적 문제들에 관심을 기울이게 되었다. 서명수는 이와 같은 분위기에는 60년대 후반부터 푸코, 데리다, 료타르 등의 포스트 모더니즘 철학자들의 사상이 영향을 미쳤다 고 말한다. 이성중심주의와 남성중심주의, 그리고 합리적 진리에 대한 비판적 사유와 그로 인한 개인으로서의 인간과 인간성에 대한 재발견이 개개인의 삶들이 모인 그야말로 혼돈과도 같은 입체적 다양성 그 자체인 일상을 무대화하게 했다는 것이다.

김윤철의 표현을 그대로 빌려 말하자면 한국에서는 "2000년대 접어들 어 가장 중요한 형식적 징후의 하나로 일상극이 부상"한다. 프랑스와 마 찬가지로 우리나라에서도 암울했던 1980년대를 지나 1990년대에 이르면 그 엄혹한 정치 상황 속에서도 끊임없이 상연되었던 정치 고발극 등이 감소하기 시작한다. 특히 문민정부가 들어서면서부터는 이윤택이 〈청바 지를 입은 파우스트〉(1995)에서 4·19의 당사자들이 소시민으로 전락해 버린 슬픈 현실을 그려내며 사실상 정치극의 종언을 선포했다고 할 정도로 이 시기에 이르러 한국 사회는 정치에는 무관심해지고 개인의 일상에 더욱더 집중하기 시작한다. 연극계에서 이와 같은 시기에 등장한 연극이 일상극이다.

한국 연극계에서 일상에 대한 관심을 가지고 그를 전면에 내세워 연극으로 풀어낸 사람은 처음으로 극작가이자 연출가인 위성신이다. 그는 1996년 초연한 〈사랑에 대한 다섯 가지 소묘〉를 시작으로 〈늙은 부부 이야기〉(2003), 〈The Bench〉(2006) 등의 작품에서 끊임없이 우리 사회의 작은 이야기에 귀를 기울이며 '작은 연극'들을 해왔다. 그 가운데 〈사랑에 대한 다섯 가지 소묘〉는 한 여관 안에 든 20대부터 60대까지의 다섯 남녀의 다섯 가지 사랑 이야기를 극화한 작품이다. 다섯 개의 에피소드 사이에는 아무런 관련이 없지만, 사랑이라는 이름으로 규합된다. 초연 이후 관객들로부터 꾸준히 사랑을 받아온 이 작품은 2007년에는 뮤지컬로도 만들어졌지만, 평단에서는 크게 주목받지는 못했다.

대개 연극계에서는 한국 일상극의 출발선에 있는 작품으로 박근형의 〈청춘예찬〉(1999)을 꼽는다. 박근형은 2000년대 이후 일상극을 중심으로 한 소극장 연극 부흥의 기틀을 마련했다고 평가될 정도로 수많은 작품들을 통해 동시대를 살아가는 사람들의 삶을 그들의 언어로써 재현하였다. 그 가운데서도 가족이라고 하는 제도로 얽혀 있는 사람들 사이의 관계에 천착하는데 때로 그의 작품 속 가족들은 생경함은 물론 괴기하기까지 하여 불쾌하기도 하지만 작품을 보다 보면 어느 순간 스스로조차 기만해왔던 은폐된 진실들과 마주하면서 소름이 돋게 된다. 박근형은 평소에도 배우들과 많은 시간을 함께 보내는 것으로 유명한데 그러는 가운데 그들을 유심히 관찰하여 그들의 말과 행동으로 역할을 주기 때문에 가능한 일이라 할 수 있다. 〈청춘예찬〉 역시 그렇게 만들어진 작품으로 희곡 안에는 해일(박해일 분), 수희(고수희 분)와 같이 배우들의 이름 그래도 배역

명이 표기되어 있다. 그리고 그런 만큼 글로 읽어도 인물이 머릿속에서 살아 움직이는 듯한 느낌을 받는다.

〈청춘예찬〉은 방황하는 청춘 해일의 이야기이다. 아버지는 백수로 맹인 안마사로 일하는 이혼한 전 부인에게 용돈을 받아 산다. 어머니는 부부싸움 끝에 아버지가 뿌린 염산으로 인해 장님이 되었음에도 여전히 그 아버지를 불쌍히 여겨 용돈을 준다. 그리고 그들 사이에서 아들 해일은 학교를 다니다 말다를 반복해 스무 살이 넘었음에도 아직 고등학교를 졸업하지 못하고 있다. 이 작품은 서명수가 일상극의 내용적 특징으로 '통일적 주제가 없이 에피소드가 나열된다'고 제시했던 것과 같이 별다른 서사가 없다. 아버지와 해일이 함께 사는 집에 간질을 앓고 있는 여성이 들어와 새로운 가족을 이루는 것이 전부인 이 작품은 그 과정에서 일어나는 몇 가지 에피소드를 제시하고, 그 안에서 인물과 인물들 사이에 주고받는 대사로써 작품을 이어나간다. 그들의 대화라고 하는 것은 "청년: 친구나 아는 데 없어? 나가서 잘만한데.// (중략) 아버지: 그럼 멀쩡한 네가 나가서 일해라! // 청년: 나는 학생이잖아. // 아버지: 미친놈! 나이롱 뽕 학생도 학생이냐. 싫으면 네가 나가! 너 보면 피곤한 거 나도 마찬가지야. 넌 친구도 많잖아. 안 찾아다닐게. 집 싫으면 나가!"와 같이 보통의 아버지와 아들 사이에 대화라고는 믿어지지 않을 정도로 격이 없지만, 역동적이다. 그러면서 그 안에는 따뜻함이 묻어 있다.

이들 두 사람은 비록 맹인이 되어 안마시술소에서 일하는 어머니의 등골을 빼먹고 살고 있지만, 감방을 드나드는 아버지 밑에서 역시 방황하며 살아가는 용필도, 간질로 인해 일하던 곳에서 쫓겨난 여자 수희도 다 끌어안는다. "셋이 누우면 방이 꽉 끼어서 되게 따뜻해. 꼭 관속에 누운 거 같"지만 이들은 여전히 위트를 잃지 않고 있다. 이는 이어지는 「집」 (2003), 「삼총사」(2003), 「경숙이, 경숙아버지」(2006) 등과 같은 박근형식

가족 이야기 안에서도 계속된다.

2001년에 초연을 하고, 2002년에 제10회 대산문학상을 수상한 김명화의 「돐날」역시 일상극의 대표적 작품이라 할 수 있다. 이 작품은 한 무대 위에 과거와 미래가 뒤섞이고, 사람과 사람의 말이 뒤엉켜 하나를 이루는 작품이다. 그 옛날 독재에 맞서 민주주의를 이룩하기 위해 투쟁하던 386세대가 뜨거웠던 시절을 뒤로 한 채 40대가 되어 비루하게 살아가는 현실을 사실적으로 그려냈다. 김윤철은 이 작품을 '포스트 정치극 시대의 한 단면을 아프게 초상하고 있는 작품으로 하이퍼리얼하다'고 평가한다. 그도 그럴 것이 이 작품은 무대 위에 휴대용 버너를 가져다 놓고 기름 냄새를 풍기며 전을 부치는 장면으로부터 시작한다. 객석에 들어서는 순간 오감을 자극하는 이와 같은 풍경에 관객은 마치 잔칫집에 초대받아 온 느낌을 받는다. 게다 절정에 이르러서 한 상 가득하던 잔칫상이 지호에 의해 뒤집어엎어지면서 무대 위에 음식물이 그대로 널브러져 이것이 허구인지 실제인지 구분이 모호해진다. 이와 같은 극사실적인 묘사는 일상극의 한 특징이기도 하다. 장면들이 겹쳐 대화가 뒤섞이는 것 역시 일상극의 한 특징인데 이 작품의 2막에서는 정숙과 그녀의 친구 신자가 음식을 준비하고 나르는 부엌과 돌잔치가 이루어지는 거실 공간을 한 무대 위에 위치시켜 놓고 장면을 병치시킨다. 일상극에서는 이처럼 한 무대에 여러 상황이, 여러 사건이 서로 뒤섞이는 일이 흔한 일로 이는 우리의 일상이 '과거와 미래가 공존하는 시공간이며, 꿈과 몽상 같은 비현재적이고 비실재적인 요소들이 중첩되고 쌓여서 이루어진 복합적인 시공간임을' 제시한다.

삶에 대한 형이상학적 질문들을 토대로 실험적인 작품을 주로 쓰고 연출해왔던 윤영선(1954~2019)이 2005년 선보인 〈여행〉은 일상극 가운데에서도 수작으로 꼽힌다. 친구의 부음을 듣고 초등학교 동창생 다섯 명이 장례식장에 가기 위해 서울역에서 모여 기차를 타고 장례식장에 갔다 화장터에서 장례를 마치고 다시 버스를 타고 서울에 있는 터미널에 도착하기까지의 여정을 다룬 이 작품은 별다른 큰 사건 없이 평범하지만 고단한 삶의 이야기를 대화 중심으로 풀어낸다. 그러나 그 안에는 죽은 줄 알았던 친구 기택이 살아 돌아오는 것과 같이 산 자와 죽은 자가, 성공한 자와 실패한 자가, 과거와 현재가 경계 없이 마구 얽혀 있어 우리네 일상이 어떠한 모습인지를 알 수 있게 한다.

이외에도 2005년 초연해 2006년 올해의 예술상을 수상한 〈춘천, 거기〉, 〈임대아파트〉, 〈장군슈퍼〉 등을 작·연출한 김한길 역시 일상을 소재로 극화한 작품들을 꾸준히 선보이고 있다. 사실 2000년대 후반에 이르면 이와 같은 일상극은 미시서사의 '작은 연극'이라 폄훼되기도 했다. 사회적, 정치적 상황을 고심하고 깊게 토론하기보다는 자신이 현재 처한 일상에 함몰되어가는 사회적 분위기가 연극에도 현상적으로 나타나고 있다는 것이다. 그러나 이는 앞서 프랑스의 사례에서 볼 수 있었던 것처럼 일시적인 문화 현상이기보다는 자연스러운 시대의 변화로 받아들여야 할 일이다. 아니, 이미 이와 같은 연극은 오늘날 대학로에서 하나의 장르를 구축하여 자리 잡고 있다. 물론 이들 작품 중에는 그저 흥행을 목표로 관객의 구미를 맞추기 위해 일상을 가볍게 다루며 표피적인 자극만을 전달하는 작품이 많은 것도 사실이다. 그러나 앞서 살펴본 〈청춘 예찬〉, 〈돐날〉, 〈여행〉과 같이 다양한 사람들의 삶의 모습을 겹쳐 놓음으로써 우리네 일상을 진지하게 성찰하고 삶의 의미를 돌아보게 하는 묵직한 작품들도 많이 있다. 이들 작품은 객석에 앉아 볼 때는 가볍게 느껴지지만, 극장을 나설 때는 묵직한 걸음으로 나아가게 한다.

(김윤희)

자유시

　자유시는 전통적 형식의 제약에서 벗어나 자유로운 운율과 형식으로 시상을 전개하는 근대시의 한 양식이다. 정형화된 음보나 연 구성의 제약 없이 시인의 감정과 사상을 자유롭게 표현하는 것을 특징으로 한다. 시인의 내면 의식이나 감정의 자연스러운 흐름에 따라 시행을 구성하며 근대적 감수성과 새로운 시대정신을 표현하는데 적합한 형식이다. 이는 근대적 개인의 발견과 함께 등장한 새로운 시적 형식이라는 점에서 문학사적 의의를 지닌다. 특히 자유시가 추구하는 것은 단순한 형식적 자유만을 의미하는 것은 아니다. 내재율을 통해 형식과 내용의 일치를 전제로 시적 의미와 감동을 전달한다. 물론 내재율의 구현은 그리 간단한 문제가 아니다. 내재율은 음성적 요소뿐만 아니라 의미의 진동, 의식의 흐름, 이미지의 연결, 통사적 구조 등을 포괄하는 총체적 원리로 작용한다. 이는 낭송이나 가창을 전제로 했던 전통적 시가와 달리, '눈으로 읽는' 새로운 소통 방식을 창조했다는 점에서 혁신적이다.

　한국의 자유시는 민족어를 전제로 근대성과 식민지성이 교차하는 특수한 역사적 맥락 속에서 발전했다. 이는 단순히 서구적 형식의 수용이 아닌, 주체의 자율성 획득과 시적 창조력의 결합을 통해 근대적 삶의 모순과 분열을 극복하고자 한 문학적 시도였다. 자유시는 시인의 개성적 표현과 함께 시대적 현실에 대한 성찰을 담아내는 그릇으로서, 형식과 내용의 유기적 통합을 추구하는 현대시의 본질적 양식이라 할 수 있다.

다시 말해 자유시는 외형적 율격의 자유로움을 넘어, 내재율을 통한 시적 의미의 구현, 새로운 소통 방식의 확립, 그리고 근대적 주체성의 표현이라는 복합적 성격을 지닌 근대시의 핵심적 양식으로 자리잡았다.

일반적으로 근대초기 조선 문단에서 근대의 새로운 시형으로 채택한 것은 자유시였다. 이때 근대의 시형으로서 자유시는 크게 다음의 두 가지 측면에서 설명되어야 했다. 첫째는 주제적인 측면에서 근대적인 내용을 포함하고 있어야 했다. 이것은 새로운 시대를 가리키는 지표로서 근대적 개념어의 수용일 수도 있고, 근대적 주체의 인식을 보여줄 수 있는 것이기도 했다. 둘째는 형식적인 측면에서 정형률을 벗어나 내재율을 획득하는 과정으로 설명할 수 있다. 이때 시의 장르적 속성을 구분하는 것으로서 운율에 대한 논의를 피해갈 수 없다. 그러나 이와 같은 근대시에 대한 이분법적 이해는 시의 운율을 형식적 차원에 한정하여 의미론적 이해와 무관한 것으로 이해하는 경향으로 이어졌다. 형식적 층위에서 가시적으로 유형화할 수 있는 율격만으로는 의미의 차원을 온전하게 설명할 수 없는 문제가 발생하기 때문이다. 당대 자유시를 근대의 새로운 시형으로 제시했던 많은 논자들은 이와 같은 문제에 대해 구체적 시형을 제시하지 못하고, 당위적 의견을 제시하는 선에 그치고 말았다. 이러한 과정에서 자유시 형성에 있어서 가장 중요한 문제의식은 내재율의 확립으로 귀결되었다. 내재율은 음절, 휴지, 억양과 같은 음성 구조의 효과에 한정되지 않고, 시의 내용과 형식을 포괄하는 총체적 개념이다. 내용과 형식의 차원에서 시를 구성하는 다양한 요소들을 통합시키고 시적 의미와 감동을 강화하는 내적 원리로 작용한다.

한편 자유시 형성은 근대성의 구현과 밀접하게 연관된다. 근대성의 핵심은 근대적 주체(Subject)의 확립으로, 이는 인간의 자율성 획득을 의미한다. 이때의 인간은 기존의 전통과 영향력으로부터 벗어나 인간의 이성과 자유의지를 통해 자신을 인식하려는 주체로서의 인간을 의미한다. 이 자율적 존재로서의 인간은 독자적인 자기 정체성을 요구하게 되고, 여기에서 근대의 가장 중요한 가치인 개인의 자유가 탄생하게 된다. 그러나 한국의 근대 자유시는 시민 주체의 자발적 성취가 아닌, 식민지 통치 이념이 내면화된 '식민지 근대인'이라는 특수한 조건 속에서 전개되었다. 초기 신문학운동에서는 개인을 사회, 문화 등의 특정 시공간으로부터 분리된 초월적 주체로 간주하며 현실과 분리된 이상적 인간상을 추구했다. 1920년대 초반에는 현실과의 단절된 시적 주체의 감상성이 한계로 지적되기도 했다. 진정한 의미의 자유시는 이러한 한계를 극복하고자 하는 노력에서 형성된 것이다.

　일반적으로 우리 시문학사에서 최초의 자유시로 공인된 작품들로는 주요한의 「불놀이」(1919년 2월), 김억의 「겨울의 황혼」(1919년 1월), 황석우의 「봄」(1912년 2월) 등이 거론된다. 그러나 일본 유학생 중심의 잡지 『학지광(學之光)』에서 활동한 많은 무명의 시인들의 작품에서 이미 자유시의 가능성을 확인할 수 있다. 특히 최승구, 김여제, 현상윤은 각자 독특한 시적 특징을 보여주며 한국 근대 자유시의 초기 발전에 중요한 기여를 했다.

　최승구(崔承九, 1892~1916)의 경우, 식민지 현실에 대한 예리한 인식과 리얼리즘적 표현이 돋보인다. 그의 시 「긴 熟視」에서는 "沙漠의 前日은 樂園이엿섯다. 붉은 薔微, 흰 百合도 픠엿섯고, 無窮花도 微笑를 가지고 自矜하엿섯다"라며 식민지 현실에 대한 객관적 거리를 유지하며 시적 리얼리티를 확보한다. 또한 「乞食兒」에서는 "나는 더 못된 거지다! (중략) 아아, 나의게는 나라업고 집업고 계집업고 所有업고 名譽업고 快樂업고" 라고 하여 식민지 현실의 비참함을 거지의 처지에 비유하며 암울한 현실을 직시한다. 「나의 故里」에서도 "炎이 더욱 뜨거운데, 더위에 지친 몸에,

비지땀을 흘니며, 빨니 向하는 곳 엇윈가"라는 구절로 고향의 현실을 객관적이고 담담한 어조로 그려내고 있다.

김여제(金輿濟, 1893~미상)는 「萬萬波波息笛」이라는 작품으로 자유시의 선구자로 평가받는다. 「山女」에서는 "그러나 우리 山女는 다만 가만히 (無言) 섯도다/-火氣에 찬, 가슴은 한 刹那 한 刹那에 漸漸 더 그 키를 놉히도다"라고 하여 암울한 시대 속에서도 굴하지 않는 치열함을 보여준다. 「한吴」에서는 "더 딜긴 執着이, 더 굿세인 誘引이/날로 날로 싸으로, 싸으로,/한 步 한 步 더 갓갑게, 最後의 날에 쓰으는도다"라고 하여 미래에 대한 희망을 노래했으며, 「잘 쌔」에서는 "엇더한 길음(稱譽)에 들쓰지도 안이하며,/엇더한 꾀임에 숨차지도 안이하여, 오직 한 사랑에 찻도다/다 한 融和에 녹앗도다"라며 민족공동체 의식과 민족애에 대한 열망을 드러낸다.

현상윤(玄相允, 1893~미상)의 시는 계몽적 성격과 자유시적 성격이 공존하는 이중적 특징을 보여준다. 「失樂園」에서는 "온世上이 다웃어도 이곳뿐은 한숨이요/萬사람이 다뛰어도 이들뿐은 愁心한다"라며 식민지 현실을 직접적으로 고발한다. 「웅커리로서」에서는 "배 주리고 허울버슨 人子들아 웅커리로서 나오나라--/永生의 糧食 榮華의 옷이 여긔에 싸여 잇다"라며 계몽적 메시지를 전달하면서도, 전체적으로 행의 반복과 자수의 의도적 배열을 통해 정형률을 지향한다. 「산아희로 생겨나서」에서는 "世上아 偶然을 말치마라-- 昆蟲이 아니되고 禽獸가 아니되고 계집이 아니되고 산아희로 태인 것이 벌서부터 偶然이 아니든 것 아니냐?!"라며 민족의 주체성을 강조한다.

이들 세 시인의 공통점은 식민지 현실에 대한 비판의식을 바탕으로 하면서도, 각자 독특한 방식으로 근대 자유시의 가능성을 모색했다는 점이다. 최승구의 리얼리즘적 경향, 김여제의 민족현실과 개인 서정의 조화, 현상윤의 계몽성과 서정성의 결합 등은 이후 한국 현대시가 발전해 나가는 주요한 흐름을 선취하고 있었던 것이다. 이렇게 본다면 자유시 형성과정은 단순히 시적 형식 실험에 그치는 것이 아니다. 조선의 특수한 현실 인식과 극복 의지, 전통의 계승과 혁신, 민족의식과 개인 서정의 조화 등 다양한 문학적 과제들이 복합적으로 작용한 결과였다. 이는 한국 근대시 형성이 단순한 서구 문학의 수용이 아닌, 당대의 현실과 전통, 그리고 새로운 문학적 지향이 만나는 창조적 과정이었음을 보여준다. 결과적으로 한국의 근대 자유시는 중세적 봉건성, 서구적 근대성, 그리고 식민지성이 서로 착종되고 결합·타협·갈등·대립하는 특수한 역사적 조건 속에서 전개된 것이다.

이는 단순한 형식적 혁신이나 감정의 자유로운 표현을 넘어, 근대적 삶의 모순과 분열에서 생겨나는 충돌과 갈등을 시적 창조의 에너지로 전환하는 과정이었다. 또한 근대의 모순과 분열을 체험한 근대적 주체의 사상과 감정에 시의 형식과 리듬을 부여하고, 그것으로 근대 극복의 힘을 창조하는 과정이었다. 즉 한국의 근대 자유시는 전통적 시가 양식의 극복, 새로운 소통 방식의 확립, 내재율의 발견이라는 형식적 과제와 함께 식민지 근대성의 극복이라는 내용적 과제를 동시에 수행한 것이다. 이는 단순한 계몽적 문학이나 근대주의적 발전 전망이 아닌, 시대적 고민을 담아낸 문학적 실험으로 당대의 역사적 현실을 극복하기 위한 문학사적 성과라 할 수 있다.

(정은기)

장편서사시

장편서사시란 한 민족이나 국가의 운명이 담긴 역사적 사건이나 중대한 전환점을 시적 형식으로 풀어낸 긴 분량의 서사 작품을 말한다. 전통적 서구 서사시가 영웅적 인물을 중심으로 서술되었다면, 현대의 장편서사시는 민중과 개인의 삶으로까지 그 영역이 확장되었다. 장편서사시의 핵심은 당대의 현실 인식과 역사의식의 결합에 있다. 작품은 서사적 구조를 기반으로 하되, 시대의 집단의식을 반영하고 현실과의 연관성을 긴밀히 유지한다. 또한 노래체의 율문 형식을 취하면서도 사회·역사적 맥락에 따라 변화가 가능한 특징을 지닌다.

장편서사시는 표현 방식에 따라 구비서사시와 기록서사시로, 주제에 따라 영웅서사시와 민중서사시로, 소재에 따라 역사서사시, 민속서사시, 풍물서사시 등으로 구분된다. 특히 한국의 장편서사시는 민족의 특수성과 작가의 뚜렷한 세계관이 결합하여, 단순한 사건의 나열이 아닌 역사적 통찰과 미래에 대한 전망을 담아내는 문학 양식으로 발전해왔다. 장편서사시는 시대정신을 반영하는 동시에 그것을 초월하여, 한 시대의 본질적 모습을 총체적으로 조망하는 문학 장르로서의 역할을 수행한다.

한국의 장편서사시는 1925년 김동환(金東煥, 1901~미상)의 「국경의 밤」을 시작으로 근대문학의 한 양식으로 정착했다. 이는 단순한 장르의 도입이 아닌, 일제강점기라는 특수한 역사적 맥락 속에서 민족의식을 표현하기 위한 문학적 실험이었다. 특히 김동환은 서구의 서사시 형식을 차용하면서도, 검열을 피해 민족의 현실과 저항의식을 우회적으로 담아내는 독창적 방식을 개척했다. 1920년대는 3·1운동의 여파로 인해 이른바 '문화정치'의 시기로, 표면적으로는 언론과 출판의 자유가 어느 정도 허용되었으나, 실질적으로는 검열과 통제가 강화된 시기였다. 이러한 상황에서 장편서사시는 서정시로는 담아내기 힘든 시대의 아픔과 저항의식을 표현할 수 있는 대안적 형식으로 주목받았다. 이후 1930년대에 이르러 확산기를 거쳐 1940년대 전반 소멸, 1940년대 후반 재등장이라는 굴곡진 전개 과정을 보인다. 이는 일제 강점기 말기의 탄압, 해방, 한국전쟁이라는 격변기를 거치며 문학 양식 자체가 시대적 상황과 긴밀하게 조응했음을 보여준다. 특히 1960년대 이후에는 4·19혁명, 산업화, 민주화 과정에서 민중의 목소리를 담아내는 중요한 매개체로 발전했다.

한국의 장편서사시가 지닌 가장 큰 특징은 서구의 영웅 중심 서사에서 벗어나 민중의 삶과 역사의식을 결합시켰다는 점이다. 김동환의 「국경의 밤」은 이러한 한국적 장편서사시의 특성을 잘 보여주는 선구적 작품이다. 3부 72장, 887행으로 구성된 이 작품은 두만강을 민족의 고난과 희망이 교차하는 상징적 장소로 설정한 후 서사적 구조와 서정적 정서를 결합하여 식민지 시대를 살아가는 민중의 삶과 저항의식을 섬세하게 포착했다. 또한 "저리 國境江岸을 警備하는 外套쓴 거문巡査가/왔다-갓다-/오르명 내리명 奔走히하는대/發覺도 안되고 無事히 건넛슬가?"와 같은 구절에서 볼 수 있듯이, 일제 강점기 국경지대의 긴장감과 불안을 생생하게 전달하는 한편 개인의 사랑 이야기를 통해 민족의 비극을 우회적으로 드러냈다. 같은 해 발표된 「승천하는 청춘」역시 김동환의 대표작으로, 사랑과 이별의 서사를 통해 시대의 아픔을 형상화했다. 이 작품들은 일제의 검열을 피하기 위해 개인의 서정적 이야기를 전면에 내세우면서도, 그 이면에 민족의 현실과 저항의식을 교묘하게 담아냈다는 평가를 받는다.

그리고 이와 같은 방식은 이후 한국 장편서사시의 중요한 전범이 되었다.

이처럼 한국의 장편서사시는 근대 이후 격변하는 역사 속에서 민족의 현실과 의식을 담아내는 독특한 문학 양식으로 발전해왔다. 이는 단순한 장르의 수용이 아닌, 한국적 현실에 맞는 새로운 문학 형식의 창조였다고 평가할 수 있다. 현대에 이르러서는 더욱 다양한 형식과 내용으로 확장되며, 한국 문학의 중요한 장르로 자리매김하고 있다.

1960년대에 들어서면서 장편서사시는 민족사적 인식을 한층 심화시켰다. 신동엽(申東曄, 1930~1969)의 「금강」(1967)은 서화, 본화, 후화의 3부로 구성된 4,673행의 대작으로, 동학농민운동을 모티프로 하여 민중의 저항정신을 그려냈다. "하늘을 보았죠? 푸른 얼굴./영원의 강은/쉬지 않고 흐르고 있었어. 우리들의 발밑에,/너와 나의 가슴 속에." 이 구절에서 보듯 강은 단순한 자연물이 아닌, 민족의 역사와 정신을 상징하는 존재로 승화된다. 작품은 4·19혁명의 경험을 동학농민운동과 연결시켜 역사적으로 확장시켰다는 평가를 받는다. 신동엽은 이를 통해 민중항쟁의 역사적 연속성과 정당성을 확인하고자 했다.

1980년대는 한국 장편서사시의 전성기라 할 수 있다. 신경림(申庚林, 1936~2024)의 「남한강」(1987)은 일제 강점기부터 해방 직후까지의 역사를 민중의 시각에서 재구성한 작품이다. 「새재」(1,032행), 「남한강」(1,314행), 「쇠무지벌」(1,661행)의 3부작으로 구성되어 있다. "누가 알리 그들의 원한을, 누가 말하리 그들의 설움을/언덕으로 뻗어 올라간 탱자나무 울타리 가시 덮인 돌무덤"이라는 구절은 민중의 한과 저항의식을 집약적으로 보여준다. 신경림은 이 작품에서 민요와 굿 등 전통적 형식을 현대적으로 재해석하면서 민중의 삶과 투쟁을 생생하게 그려냈다.

한국 장편서사시를 통시적으로 살펴보면 각 시기의 대표작들이 그 시대의 특수한 맥락 속에서 독특한 성취를 이루어냈음을 알 수 있다. 김동환이 개척한 서사시적 형식은 후대 작가들에 의해 다양하게 발전되었다. 신동엽은 역사의식과 혁명정신을 결합시켰고, 신경림은 민중의 삶과 저항을 생생하게 형상화했다. 특히 주목할 만한 점은 이들 작품이 모두 강을 주요 배경이자 상징으로 활용했다는 것이다. 두만강, 금강, 남한강은 단순한 지리적 공간을 넘어 민족의 역사와 정신이 흐르는 상징적 공간으로 재해석되었다.

형식적 측면에서도 각 작품은 독창적인 성취를 보였다. 김동환은 서정성과 서사성의 결합을, 신동엽은 역사의식의 서사화를, 신경림은 민요와 굿 등 전통적 요소의 현대적 수용을 시도했다. 주인공의 성격도 변화했는데, 초기의 영웅적 인물 중심에서 점차 민중의 삶으로 초점이 이동했다. 이는 한국 장편서사시가 서구의 전통적 서사시와 차별화되는 지점이다. 또한 서사 구조에 있어서도 각 작품은 독특한 특징을 보이는데, 대체로 3부 구성을 취하면서도 각각의 방식으로 시간과 공간을 조직하고 있다.

이러한 과정에서 이들 작품은 한국 현대사의 중요한 국면들을 문학적으로 형상화하는 데도 성공했다. 일제 강점기의 민족적 수난, 4·19혁명의 정신적 유산, 1980년대의 민중적 저항 등 각 시대의 핵심적 경험들이 장편서사시라는 형식을 통해 문학적으로 승화되었다. 특히 이들 작품은 당대의 정치적, 사회적 현실에 대한 비판의식을 우회적 또는 직접적으로 표현하면서도, 문학적 완성도를 높은 수준으로 유지했다는 점에서 의미가 크다.

이렇게 살펴보면 한국의 장편서사시는 형식적 측면에서 서구의 서사시 전통을 한국적 현실에 맞게 변용하는데 성공했다. 서구의 영웅 중심 서사에서 벗어나 민중의 삶과 역사의식을 결합한 독자적인 형식을 창출했으며, 서정성과 서사성의 조화를 이루어냈다. 또한 내용적 측면에서 각 시대의 현실과 역사의식을 심도 있게 담아냈다. 일제강점기의 민족의식, 해방 이후의 혁명정신, 1980년대의 민중의식에 이르기까지 한국 현대사의 주요 국면들을 문학적으로 형상화하는데 성공했다. 마지막으로 무엇보다 중요한 성취는 한국 현대시의 영역을 확장했다는 점이다. 서정시가 주류를 이루던 한국 현대시에서 장편서사시는 새로운 가능성을 제시했다. 특히 개인의 서정을 넘어 민족과 역사의 문제를 다룰 수 있는 형식적 토대를 마련한 것이다. 이러한 성과는 한국 문학사에서 장편서사시가 단순한 장르적 실험이 아닌, 시대정신을 담아내는 중요한 문학 양식으로 자리매김했음을 보여준다.

(정은기)

종군문학

    종군문학이란 전쟁에 참전하거나 군대에 소속된 이들이 전장의 상황 및 전쟁에 대한 경험을 형상화한 문학 작품을 일컫는다. 주로 종군작가들에 의해 창작되었던 종군문학은 전시체제의 요구와 방향성을 따르는 것을 그 목표로 한다. 전쟁문학이 전쟁 참여를 독려하고 적개심을 고취하는 태도에서부터 전쟁의 참상과 휴머니즘을 환기하는 반전의식에 이르기까지 광범위한 주제를 포괄한다면, 종군문학은 전쟁의 현장성을 전달하고 군인들의 사기를 진작시키며 그들의 희생을 위로하고 후방에 알리는데 주된 목적을 둔다. 전쟁의 실상을 국민들에게 알린다는 점에서 종군문학은 보고의 성격을 띠고 있지만 전장(戰場)에 대한 보고는 궁극적으로 국민들에게 직간접적으로 전쟁에 참여할 것을 독려하는 한편 전시체제에 순응할 것을 목적으로 한다.

    보고문학은 르포르타주(reportage) 형식의 문학을 지칭하지만 총력전 형태의 전쟁 상황에서 르포라는 형식은 종군문학의 목적의식을 위해 채택되었다. 전쟁 현장에 직접 가서 보고 들을 것을 기록하여 후방에 전달하는 과정은 개인의 자율적 행위가 아니라 군의 관리와 통제에 따른 것이었다. 한국 현대문학사에서 전쟁의 참상을 알리고 전쟁을 선전하는 보고문학이 문단에서 처음 등장한 것은 식민지 시기 일제에 의한 총동원체제에서이다. 일본에서 출간된 『麥と兵隊』(火野葦平, 1938)이 『보리와 兵丁』(조선총독부, 1939.7)으로 번역되어 조선에서 출간되자 조선 문인들은 이를 계기로 전쟁문학이란 무엇인가에 대한 논의를 벌였다. 『보리와 兵丁』을 둘러싼 문단의 논쟁은 일제의 전쟁을 선전하려는 목적의식과 그것을 견제하려는 저항의식이 부딪히며 전개되었다. 대표적인 논자로 백철(白鐵, 1908~1985)은 보고문학에 대해 회의적인 입장이었다면 최재서(崔載瑞, 1907~1964)는 보고문학의 가치를 높이 평가하는 입장을 드러냈다.

백철은 실제적인 체험을 중시하는 보고문학의 문학성에 대해 의문을 제기하며 그것이 소재주의 문학에 불과하다고 지적했다. 그는 『보리와 兵丁』이 역사적 사건을 구체적으로 형상화하지 못했다고 평가하면서 아무리 이 작품이 일본출판계 이래 초유의 성과를 올렸다고 하더라도 그것은 다만 가족이나 친족을 전장에 보낸 사람들이 갖는 흥분된 감정일 뿐이며, 후대가 이 작품을 읽을 때에는 이 전쟁의 역사적 성질을 전혀 상상하지 못하리라고 비판했다.(「전장문학 일고」, 『인문평론』, 1939.10) 반면 최재서는 전장의 체험을 담은 보고적인 작품의 중요성을 강조했다. 그는 작품성을 갖춘 전쟁문학은 전쟁 이후 후대에 가능한 것이고, 전쟁 상황에서는 보고성이라는 가치가 더 중요하다고 보았다.(「전쟁문학」, 『인문평론』, 1940.6)

『보리와 兵丁』이 출간된 이후 임학수의 『전선시집』(인문사, 1939.9)과 "조선 최초의 전쟁문학"(정인택)이라는 찬사를 받은 박영희의 『전선기행』(박문서관, 1939.10)이 잇달아 출간되었다. 『전선기행』과 『전선시집』은 조선의 정식 보고문학으로 간주되었다. 중일전쟁이 벌어지는 전쟁터와 병사들의 모습, 전쟁으로 몰락한 중국의 실상을 담은 두 권의 책은 조선의 문인들과 출판업자 등이 협력하여 전쟁을 상품화한 전쟁문학의 선전 사례로도 평가된다. 이 무렵 박영희는 전쟁문학이 무엇인가를 논하는 글에서 문학이 국가에 봉사하는 것이 가능하다고 말하며 "우리가 당면한 신계단의 문학운동인 전쟁문학은" "일본정신의 예술화와 문학화"(「전쟁과 조선문학」, 『인문평론』, 1939.10)라고 주장하기도 했다. 전쟁의 참상을 전하는 보고

문학의 궁극적 목표는 일본에 대한 협력을 넘어서서 일본의 정신을 구현하는 것이었던 셈이다. 이처럼 일제에 적극 협력한 친일 문인들 가운데에는 개인과 예술의 자율성을 국가에 종속시키는 파시즘적 논리를 내면화하고, 일제의 전쟁문학론을 수용함으로써 문학이 전쟁의 도구이자 수단이 될 수 있다고 주장을 펼친 이들도 있었는데, 이렇게 문학을 도구화하는 논리는 한국전쟁기에도 나타났다.

한국 문학사에서 종군문학이 본격적으로 등장한 것은 한국전쟁기이다. 총력전으로 치러진 한국전쟁기의 문학은 무차별적인 폭력의 시대 한복판에서 인간성을 고찰하는 휴머니즘적 시선을 보여주기도 했지만 다른 한편으로는 적에 대한 증오심과 적개심을 고취하며 전쟁을 선전하는 역할을 하기도 했다. 실제로 이승만 정권은 언론과 출판, 라디오 방송 등을 통제함으로써 국민들에게 반공이념과 함께 애국심, 동포애, 조국애 등 새로운 감정을 확산시키고자 했다. 전방만이 아니라 국토 전체로 물리적, 이념적 폭력 사태가 확산되었던 총력전인 만큼 한국전쟁 당시 전 국민에게 사상적, 심리적 협력이 요청되었음은 자명한 사실이다. 한국전쟁 당시 정훈국의 통제와 관리 속에서 간행된 종군 잡지는 전시체제가 필요로 하는 감정을 생산하고 심리적 협력을 도모할 수 있는 중요한 수단이었다. 종군 잡지를 중심으로 형성된 종군문학은 문학적 자율성과 예술성보다는 전시체제의 대변자로서 전쟁 참여를 독려하고 군인들의 사기를 진작시키기 위한 도구화된 문학이었다.

종군작가단 결성은 전쟁 발발 이후 전국문화단체총연합회가 문총구국대를 조직하면서 그 단초가 마련되었다. 시인 구상이 중심이 되어 결성된 문총구국대는 전단을 제작하거나 종군을 감행하는 등의 활동을 벌이다가 1950년 9·28 서울 수복 후 해산하였다. 1951년 1·4 후퇴 이후 부산 피난지에 모인 작가들은 '종군문학자단'을 결성했는데, 이를 기점으로 문인들이 종군작가단을 결성하여 부대로 합류하기 시작했다. 가장 먼저 창립된 것은 창공구락부로 알려진 공군종군문인단(1951.3)이다. 그 후 대구에서 육군종군문학자단(1951.5)이 창립되었고, 뒤를 이어 해군종군문학자단(1951.6)도 창립되었다. 종군작가단은 각각 『코메트』, 『전선문학』, 『해군』이라는 기관지를 발행하여 종군문학을 전개해나갔다.

종군문학의 실상을 파악하기 위해서는 작가들 스스로 밝힌 기관지의 목적과 방향성을 알아볼 필요가 있다. 종군작가단 기관지 가운데 참여작가의 수나 잡지의 질적 수준 면에서 주목할 만한 것은 육군종군작가단 기관지 『전선문학』이다. 1952년 4월 창간한 『전선문학』은 1953년까지 총 7호를 발행했으며 문학을 중심으로 미술, 음악 등의 문화예술 제반 영역을 아우르는 기관지였다. 『전선문학』은 "종군작가단의 기관지인 동시에 전시문화인 전체에게 제공된 문학지"로 "전쟁과 문학의 거리를 가장 가까웁게 단축시켜보려는 하나의 파로메터"(「편집후기」, 『전선문학』 1호)를 자처한 잡지였다. "전시하 작가로서의 근본적인 활동을 전개하기 위하여 우선 기관지를 발행하기로 하였다"(편집자, 「문학자단의 결성과 사업」, 『전선문학』 1호)는 진술에서 알 수 있듯이 종군작가들은 『전선문학』을 전쟁과 문학을 결합시키는 임무를 수행하는데 도구로 삼고자 했다. 이러한 방향성은 무기로서의 문학론으로 구체화되는데 실제로 『전선문학』에는 문학자의 "「펜」은 그야말로 수류탄이며 야포며 화염방사기며 원자수소의 신무기가 되어야"(임긍재, 「전시하 한국문학자의 임무」, 『전선문학』 1호) 한다는 주장이 대두되기도 했다. 종군작가들에게 문학은 전시체제의 요구를 수행하는 무기이자 도구로 인식되었던 것이다.

종군작가들에게 주어진 중요한 임무는 전쟁기 문학의 임무가 무엇인가를 규명하는 것이었다. 이를 구체적으로 제시한 것은 종군작가단의 부단장이자 출판전임위원으로 평론부를 맡고 있던 김기진(金基鎭, 1903~

1985)이었다. 그는 「전쟁 문학의 임무」(『전선문학』 3호)란 글에서 전쟁문학의 다섯 가지 임무를 제시한 바 있다. 첫째, 적의 공산주의 사상의 내면에 있는 비합리성, 허위성을 폭로하고 그 모순을 지적하며 그것이 반진리임을 적발함으로써 독자 대중을 그들의 기만에서 격리하는 동시에 그 사상의 기계적, 공식적 체계를 격파할 것. 둘째, 문학하는 사람의 지성을 통해 노골적인 생명에 대한 애착과 같은 퇴폐적인 경향을 이탈할 것. 셋째, 희망을 주는 광명의 문학이 될 것. 넷째, 물질문명의 파국에 직면한 지금 유네스코와 유엔이 제시하는 바처럼 인종과 성과 종교를 넘어서는 보편적 인간성과 윤리를 회복할 것. 다섯째, 전시 상황에서 발생하는 조국애와 전우애를 골자로 할 것. 김기진이 밝힌 전쟁문학의 임무는 곧 아군의 전쟁 수행이 진리와 지성에 따르는 행위임을 형상화하는 것이며, 우리의 전쟁이 보편적 인간성과 윤리를 수호하는 것임을 드러내는 데 있었다. 그러나 김기진은 보편적 인간성을 운운하면서도 생명에 대한 애착은 퇴폐적인 경향으로 간주하며 부정했다. 생명에 대한 애착이야말로 보편적 인간성의 한 요소이지만 그것을 누르고 "조국애와 전우애"라는 인공적인 감정으로 대체하도록 선전함으로써 전쟁이 요구하는 인간성을 주입하고자 했다. 여기서 확인할 수 있는 것은 김기진의 전쟁문학론이 육체적 생명보다 반공 이념에 기반한 조국애와 전우애라는 관념을 신성화하며 문학을 전쟁의 도구나 수단으로 삼았다는 사실이다.

전쟁이 문학을 위한 좋은 경험이라는 점을 강조한 문인들도 있었다. 「전쟁과 문학」(『전선문학』 5호)이란 글에서 이무영(李無影, 1908~1960)은 전쟁 경험이 좋은 전쟁 문학을 위한 필요조건이라고 보았다. 문학이 전장에서 싸우는 군인들의 고통을 공감하고 위로하기 위한 수단이라고 본 것인데, 일선에 있는 군인들만이 아니라 후방에 있는 모든 국민들도 각자 할 수 있는 방법으로 전쟁에 참여해야 한다고 요구하는 총력전의 논리를 받아들인 이무영은 총력전 체제하에 모든 국민들이 직간접적으로 전쟁에 참여하기 위해서 필요한 것은 전장에서 싸우는 군인들의 고통에 대한 '정서적 감화'라고 판단했으며, 이 정서적 감화를 효과적으로 수행하기 위해 문학자들이 전쟁을 경험해야 한다고 주장했던 것이다. 이무영의 논의는 정훈의 논리를 전면적으로 수용한 결과로서 문학의 도구화 논리로 나아갔다. 그러다보니 문학에 형상화된 전쟁 경험은 그 자체로 형상화되지 못하고 도구적 목적을 위해 왜곡될 수밖에 없었다. 실제로 이무영은 전쟁의 경험이 즐거운 것일 수 없음에도 전쟁문학을 창작하는 문학자의 임무란 "좋은 文學, 힘찬 文學, 즐거운 文學, 희망을 갖게 하는 文學"을 창작하는 것이라고 판단함으로써 전쟁 경험을 왜곡하게 되는 우를 범하였다.

문학의 이념화나 도구화와 달리 문학적 형상화의 차원에서 전쟁 경험의 문제를 논의한 경우도 있었다. 조연현(趙演鉉, 1920~1981)은 「한국전쟁과 한국문학」(『전선문학』 5호)에서 한국전쟁이야말로 최고의 문학적 소재라고 진술했지만, 전쟁 경험이 단순한 소재주의적 대상으로 전락하는 것은 피하고자 했다. 그의 견해에서 중요한 점은 전쟁 경험이 문학적으로 형상화되기 위해서는 상당한 시간이 필요하다는 것이었다. 그는 현실적 차원의 전쟁 경험과 그것에 대한 문학적 형상화를 구분한다. 그에 따르면 "체험"이 어떤 상태를 직접적으로 접하는 것이라면, "경험"은 작가의 내면에서 그것을 성찰하고 재구성해낸 결과물이다. 체험과 경험의 구분은 실제 전쟁과 그것을 재현하는 문학을 별개의 영역으로 간주하고 있음을 말해준다. 즉 종군작가가 체험한 것이 모두 좋은 문학적 결과로 나타날 수는 없다는 것이고, 위대한 문학을 위해서는 체험 외에도 작가의 주관적 능력으로서 성찰력이나 창조력 또는 구성력 등이 필요하다고 본 것이다. 전쟁과 문학 사이의 거리를 없애고 문학의 가치를 전쟁이라는 상황에 종속시킴으로써 문학을 도구화하는 논리와 달리 조연현은 문학의 독립적 가치와 위상을 확보하고자 한 것이다.

한국전쟁기에 결성된 종군작가단과 그들이 만든 기관지는 정훈의 통제하에서 전쟁기 문학의 임무와 역할을 모색하며 종군문학을 실체화했다. 종군작가들은 자발적으로든 다른 이유에서든 전시체제의 요구를 수용하며 종군작가단에 참여했지만 전쟁과 문학의 관계를 설정하는 태도에서는 입장의 차이를 보였다. 이들이 지닌 전쟁기 문학의 역할과 임무에 대한 입장 차이는 종군문학이 전시체제의 선전과 협력을 위한 수단이자 도구로서 출발한 것임에도 불구하고 작가들의 내적 갈등과 입장 차이를 일원화하기는 어려웠음을 말해준다. 종군작가로서 전쟁에 참여하면서도 작가들은 전쟁문학이 무엇이어야 하는가를 끊임없이 모색했다. 한국전쟁기 종군 잡지를 통해 나타난 종군문학은 무기로서의 문학을 주장하고 전시체제의 도구가 되기를 자처하면서도 다른 한편으로는 전쟁과 거리를 두는 문학의 독립적 위상에 대해서도 고민했던 것이다.

(장은영)

증언문학

증언문학은 과학적 학문으로서 역사가 서술하지 못하는 사건에 대한 개인의 기억과 경험을 토대로 한 문학이다. 홀로코스트 연구, 아프리카 연구, 여성 연구, 하위주체 연구를 통해 모습을 드러낸 증언 연구가 깊은 상처로 남아 있는 기억을 회복시키고자 했듯이 증언문학도 부당한 희생에 대하여 그 당시에는 말할 수 없거나 말하지 못했던 것들을 문학을 통해 발화함으로써 기억을 되살리는 증언의 역할을 수행한다. 역사적 기록이나 사회 정치적 맥락에서 누락되거나 억압된 희생자들의 고통에 주목하는 증언문학은 그 자체로 증언 텍스트로 간주되며 역사적 정의와 윤리를 바로 잡기 위한 시도라는 의미도 지닌다.

철학자 폴 리쾨르(Paul Ricoeur)는 증언적 이야기의 윤리성을 언급하면서 역사에 기록되지 않은 힘없고 패배한 자들의 역사는 말해질 것을 요구한다고 지적한 바 있다. 그에 따르면 증언은 역사적 타자들에 대한 기억이자 역사를 다시 말하고 이해하기 위한 이야기이다. 증언은 타인에 관한 이야기를 통해 이미 일어난 행위에 대해 윤리적 판단을 내리게 만들고 역사에 대한 새로운 이해에 도달하게 하는 윤리성을 함의한다. 실제 증언이 이루어질 때 증언의 주체는 자신의 경험을 말하거나 목격자의 입장에서 다른 희생자들의 경험을 대리하여 말한다. 증언은 주로 역사화되지 않은 약자들이나 하위주체 또는 타자로서 희생자들의 경험과 기억에 대한 것으로 이때 발화 내용의 사실성 여부는 객관적으로 증명되기 어렵지만 증언 주체에게는 희생자의 고통을 말해야만 한다는 윤리적 책무가 부과된다. 그리하여 증언 주체는 객관적 사실보다는 경험적 진실을 추구하며 증언을 수행한다. 이에 비추어 볼 때 증언문학이 정의를 추구하며 윤리적 성격을 띠는 것은 증언 자체의 윤리성에서 비롯한다고 할 수 있다. 스스로 발화할 수 없는 희생자의 기억에 대하여 또는 발화되어야만 하는 희생자의 고통에 대하여 말하고자 하는 증언문학은 있는 그대로의 사실을 전달하는 의무를 넘어서서 작가 스스로 증언 주체의 윤리적 책무를 받아들임으로써 성립되는 실천적 장르이기도 하다.

한국문학에서 증언으로서의 문학에 대한 관심이 표출된 것은 정치적 억압으로 인해 발화되지 못한 역사적 사건의 희생자들의 기억에 주목하면서부터이다. 한국 근현대사의 희생자들에 관한 기억이 재조명되면서 증언 작업이 이루어지고 있으며 이를 문학적으로 다루는 시도들이 나타나고 있다. 대표적으로 5·18민주화운동이 그러한 경우이다. 1980년 5월 광주에서 일어난 항쟁은 1995년 이후 국가 주도적인 진상규명 작업과 희생자에 대한 보상 문제 등이 진행되어왔지만, 일련의 공식적인 진상규명 작업은 그 성과에도 불구하고 치명적인 한계를 드러냈다. 예컨대 5·18민주화운동을 기념비화함으로써 이 사건이 지닌 의미를 추상화하거나 화석화한다는 점, 그리고 소수의 영웅적 인물들을 중심으로 항쟁을 재구성한다는 점 등이 그것이다. 이러한 문제의식은 5·18에 대한 다양한 문화 운동을 촉구함으로써 5·18을 현재적 기억으로 되살리는 움직임으로 나타나고 있다. 『그해 오월, 나는 살고 싶었다』(한얼미디어, 2006), 『꽃만 봐도 서럽고 그리운 날들』(1,2권은 한얼미디어에서 2007년 출간, 3,4권은 심미안에서 2008년 출간), 『5·18항쟁 증언 자료집』(전남대학교, 2003), 『광주, 여성』(후마니타스, 2012) 등은 항쟁을 경험한 개인의 이야기를 담은 증언집이다.

증언 작업과 함께 5·18을 다룬 증언문학도 나타났다. 대표적으로 한강의 『소년이 온다』(창작과비평, 2014)가 있다. 물론 그 전에도 윤정모의 「밤길」(1985), 홍희담의 「깃발」(1988), 최윤의 「저기 소리 없이 한 점 꽃잎이 지고」(1988), 임철우의 『봄날』(1997~1998) 등의 작품들이 5·18이라는 사건을 형상화하며 공권력에 의한 폭력과 개인의 희생을 다룬 바 있다. 그러나 1인칭 발화를 통해 개인이 경험한 역사적 폭력을 섬세하게 보여주었다는 점에서 한강(韓江, 1970~)의 『소년이 온다』는 이전의 소설과 다른 차원에서 증언문학의 성격을 뚜렷하게 보여주었다. 5·18 당시 죽은 자의 이야기와 목소리를 되살려냄으로써 현재의 독자들로 하여금 희생자의 고통을 감각하게 하는 서사는 인간이 지닌 윤리적 감수성을 환기하며 역사적 정의를 되묻게 한다. 이 소설의 에필로그에서 한강은 2009년 용산에서 벌어진 사건을 목격하면서 광주를 떠올렸다고 진술했다. "광주는 고립된 것, 힘으로 짓밟힌 것, 훼손된 것, 훼손되지 말았어야 했던 것의 다른 이름이었다. 피폭이 아직 끝나지 않았다. 광주가 수없이 되태어나 살해되었다. 덧나고 폭발하며 피투성이로 재건되었다."(『소년이 온다』, 207쪽)라는 한강의 진술은 공권력에 의한 폭력이 반복되는 한 5·18은 이미 지나간 과거가 아니라 또 다시 되살아나는 현재임을 역설하고 있다. 이를 통해 알 수 있는 것은 개개인에게 가해지는 무차별적 폭력과 그로 인한 고통을 되살려내는 증언문학이 취약한 생명에 대한 연민과 보편적 윤리를 바탕으로 어긋난 역사적 정의를 바로 잡고자 한다는 점이다.

또 다른 증언문학의 사례로 일본군 '위안부' 증언문학을 예로 들 수 있다. 일본군 '위안부' 문제를 다룬 소설들은 이미 존재해 왔지만 김숨(1974~)의 『한명』(현대문학, 2016), 『흐르는 편지』(현대문학, 2018), 『숭고함은 나를 돌아보는 거야』(현대문학, 2018), 『군인이 천사가 되기를 바란 적 있는가』(현대문학, 2018)는 주제적 차원에 있어서나 서술적 방식에 있어서 기존의 소설과는 다른 증언문학의 성격을 뚜렷하게 보여주었다. 이

가운데 『한명』은 일본군 '위안부' 피해자 생존자가 단 한 명뿐인 날을 상상하며 피해자의 입장에서 쓴 1인칭 소설이다. 화자인 '나'는 13살에 만주로 끌려가 위안소에서 성적 학대와 고문을 당하고 자신과 같은 처지의 소녀들이 죽어가는 것을 지켜본 처참한 기억을 가지고 있다. 해방 후 가까스로 고향에 돌아왔지만 자신의 과거가 알려지는 것이 두려워 가족들을 떠나 자신의 이름도 지운 채 홀로 살아가는 인물이다. 일본군 '위안부' 피해자의 증언을 바탕으로 한 이 소설에서 김숨 작가가 역사적 사실과 피해자 증언에 대한 300개가 넘는 인용과 주석을 소설에 끌어들인 이유는, '위안부' 피해자에 대한 문학적 재현이 당사자가 말하고자 하는 진실을 훼손하거나 왜곡하지 않도록 하기 위해서이다. 이러한 김숨의 서술 방식은 역사적 폭력과 그에 따른 희생자의 고통에 관한 증언으로서 문학적 재현이 작가에게 역사적 책임감과 함께 윤리적 책무를 요구하는 작업임을 말해준다.

"약국 앞에 마을버스가 서고 대여섯 사람이 우르르 올라탄다. 비어 있던 자리들이 사람들로 채워진다. 그녀의 옆자리는 그러나 여전히 비어 있다. (중략) 마을버스는 어느새 너른 대로로 들어서 있다. 차창 너머 세상으로 눈길을 주면서 그녀는 새삼스레 깨닫는다./ 여전히 무섭다는 걸.//열세 살의 자신이 아직도 만주 막사에 있다는 걸."(『한 명』, 257~258쪽)이라는 마지막 장면에서 '위안부' 생존자를 만나러 가는 주인공의 옆자리가 비어 있으며 아직 주인공이 열세 살의 기억을 생생하게 지니고 있다는 점은 옆 자리가 비어 있는 평화의 소녀상을 떠오르게 한다. 아울러 한국사회가 '위안부' 피해자가 겪은 역사적 폭력을 극복하기 위해서는 피해자들의 옆자리에 앉아 그들과 함께 역사적 폭력에 저항해야 함을 환기한다. 일본군 '위안부'에 대한 증언소설을 통해 김숨이 전하고자 한 메시지는 그들의 고통을 위로하고 역사적 진실과 정의를 바로 세워야 하는 것은 지금 우리의 몫이라는 것이다. 증언집이나 증언소설로 평가되는 『숭고함은 나를 들여다보는 거야』, 『군인이 천사가 되기를 바란 적 있는가』도 일본군 '위안부' 생존자 김복동, 길원옥의 증언을 바탕으로 한 소설이다. 김숨은 증언의 형식보다 더 사실적이고 생생한 현장성을 보여주기 위해 위안부 피해자들의 증언을 1인칭 소설로 재현했다고 한다.

증언문학의 또 다른 예로 들 수 있는 것은 세월호 참사 이후 출간된 공동시집과 공동소설집, 산문집들이다. 공동 시집으로는 『우리 모두가 세월호였다』(고은 외, 실천문학사, 2014), 공동 소설집으로는 『우리는 행복할 수 있을까』(심상대 외, 예옥, 2015), 『숨어버린 사람들』(윤후명 외, 예옥, 2017)이 있다. 산문집으로는 『눈먼자들의 국가』(문학동네, 2014), 『금요일엔 돌아오렴』(창비, 2015), 『다시 봄이 올 거예요』(창비, 2016) 등이 있다. 그리고 단원고 희생자 아이들의 목소리를 대신하여 창작된 시집 『엄마, 나야』(난다, 2015), 단원고 희생자 아이들의 약전인 『짧은, 그리고 영원한』(416 단원고 약전 작가단, 굿플러스북, 2016)도 희생자들을 애도하고 참사를 증언하기 위한 사례라고 하겠다. 세월호 이후, 자발적인 작가들의 참여 속에서 기획되고 작성된 일련의 텍스트들은 사회적 재난에 대응한 공동의 글쓰기라는 점이 특징적이다. 장르와 형식은 다르지만 세월호 이후의 증언문학은 사회적 재난에서 희생된 이들의 삶을 기억하고 그들의 목소리를 드러냄으로써 한국 사회에 만연한 구조적인 모순과 부정을 바로잡고자 했다.

2016년 세월호 사건 직후 작가들은 세월호 참사 시민기록위원회 작가기록단을 구성하여 참사 현장과 유가족들 곁에서 희생자의 목소리를 복원하고 그들을 기억하는 작업에 참여했다. 용산 참사나 쌍용 사태와 같은 사회적 사건들이 벌어졌을 때에도 작가들은 르포르타주와 같은 기록적 글쓰기를 보여준 바 있다. 이처럼 사회적 재난과 같은 비일상적인 현실에서 긴급하게 소환되는 기록으로서 문학은 세월호 참사를 기점으로 그 외연을 넓혀가고 있다 해도 과언은 아니다. 세월호를 계기로 사회적 사건에 대한 기록적 글쓰기의 시도는 더욱 다양해지고 전면화되었다. 각자의 작업실에서 나와 안산, 팽목항, 광화문, 국회, 또 어느 곳이든 가족들이 있는 곳으로 달려가 작성한 이 글쓰기에는 유가족의 목소리가 생생히 담겨 있다는 점이 특징적이다. 사실을 토대로 하되 글쓰기 주체의 가치관과 비판적 견해가 중시되는 르포르타주에 비해 희생자와 유가족의 직접적인 목소리가 거의 그대로 전달되는 글쓰기는 타인의 고통을 말해야만 한다는 윤리적 책무를 지닌 증언의 성격을 뚜렷이 보여준다. 특히 증언의 기록자를 자처한 작가기록단은 글쓰기 주체인 자신을 최대한 소거하는 글쓰기를 시도하면서 죽은 자의 삶과 목소리를 되살리고자 했다. 희생자의 고통을 전하는 글쓰기에서 작가의 상상력이 반영될 수밖에 없는 것은 당연한 일이지만 작가는 글을 쓰는 능동적 주체가 아니라 수동적 주체가 되어 이미 죽은 희생자나 유가족들의 증언을 전했다.

평론가 김형중은 "기존의 문학장에서 주류 장르였던 시와 소설이 참사 앞에서 새로운 언어 형식을 찾아 암중모색하는 와중에, 독자들의 마음을 크게 움직인 것은 오히려 기존 문학장에서 주변적 장르에 속한 르포와 인터뷰, 그리고 '받아쓰기'였다"고 지적한다. '생일시'에 대해서는 "일종의 '가상적 받아쓰기'라 불러도 좋을 이 작업에서 시인들은 기꺼이 유령작가(ghost writer)의 지위를 감수한다"(「문학과 증언: 세월호 이후의 한국문학」, 『감성연구』 12, 전남대학교 호남학연구원, 2016)고 평가하기도 했다. 유령에 비유된 수동적 글쓰기 주체인 작가들의 태도가 선명히 나타난 '생일시'는 시인들이 아이들의 목소리를 대신하여 쓴 것으로 『엄마, 나야』(난다, 2015)로 묶여 출간되었다. 시인이 직접 희생자가 되어 자신의 생일에 가족들과 친구들에게 자신의 이야기를 들려주고 살아남은 자들을 위로하기도 한다.

"날 깨끗한 겨울에 낳아준 엄마, 고마워./겨울이면 밤이 길어지니까/우리가 서로를 생각하는 시간도 그만큼 길어지는 계절./엄마의 막내아들 차웅이는/겨울이 와도 춥지 않은 곳에 와 있어./(중략)/그러니 엄마, 내 걱정은 하지 말고/아빠와 형과 함께 즐거운 생각만 하면서 지내./먼 훗날, 엄마 아빠 품에 안길 때까지/나머지는 내가 알아서 할게!/그리운 목소리로 차웅이가 말하고, 시인 임경섭이 받아 적다."(정차웅, 「엄마! 내가 알아서 할게」 부분, 『엄마. 나야.』, 난다, 2015)

수동적 주체가 된 작가들의 '받아쓰기'는 시적 주체가 누구인가라는 질문을 퇴색시키는 글쓰기이다. 우리는 이 시를 읽으며 이 문장을 쓴 '차웅이'가 실제하는가를 물을 수 없기 때문이다. 시적 주체인 '차웅이'는 부재하는 타자지만 '받아쓰기'를 수행하는 글쓰기 주체의 주도권을 빼앗는 절대적 존재이기도 하다. 이처럼 유가족 구술 기록물이나 생일시 작업에서 나타난 '받아쓰기'는 증언적 글쓰기의 한 양태로써 글쓰기 주체인 작가들의 수동적 태도를 방증하고 있다. 그런데 작가들의 수동성은 '순수한 방관자'가 되는 것이 아니라 그들의 글쓰기를 통해 타인의 고통과 슬픔을 나누기 위한 증언 주체의 행위로 이해된다. 그리고 수동적 글쓰기 주체의 작업을 통해 독자들은 비로소 부재하는 희생자나 그들의 유가족의 육성과 직접 연결되는 경험을 하게 된다.

2000년대 이후 뚜렷한 현상으로 나타난 한국의 증언문학은 역사적 사건이나 사회적 재난 속에서 희생된 개인의 고통에 주목하고 있다. 작가들은 증언의 주체로서의 윤리적 책무를 받아들이며 증언을 위한 서사전략과 발화양식을 모색하고 있다. 이러한 증언문학을 통해 과거의 역사는 현재성을 획득하고 사회적 사건은 개인의 삶과 연결된다는 점은 증언 문학이 희생자를 기억하고 애도하는데서 나아가 역사적, 사회적 의미를 지닌다는 것을 시사한다. 증언문학은 개인의 삶이 역사적 공동체 안에서 타인의 삶과 연결되어 있다는 사실을 환기하며 사회적 책임과 보편적 윤리에 대해서 성찰하게 한다.

(장은영)

창작극

창작극이란 작가가 다른 작품을 모방하지 않고 독창적으로 지어낸 희곡, 혹은 그를 무대화한 연극을 말한다. 주지하는 바와 같이 한국에서 연극은 일제강점기 일본을 통해 처음 유입된 만큼 레퍼토리가 번역극 중심으로 구성되어 한국 작가가 한국적 정서와 문화적 토대 위에서 새롭게 쓴 희곡을 구분해야 할 필요가 있었다. 즉, 창작극은 번역극에 대응하는 극이라는 의미로 보편화하여 사용된 말이라 할 수 있다. 1911년에 최초로 신극 운동이 시작된 이래 1920년까지 단 5편의 창작희곡이 발표되었다. 그마저도 조일제의 「병자삼인」(1912), 이광수의 「규한」(1917), 「순교자」(1920), 윤백남의 「운명」(1918), 최승만의 「황혼」(1919)으로 전문적인 극작가의 것도 아니었다. 물론 이는 어느 나라든 근대극으로 이행하는 과정에서 겪는 문제이기는 하다. 서구 역시 외국 근대극의 소개로부터 시작해 창작극 발굴에 주력하는 수순을 밟아왔기 때문이다.

우리나라에서 창작극에 대한 논의는 특정 기간에 한정되지 않는다. 특히 연극계가 침체되는 시기에는 어김없이 창작극이 호명된다. 이러한 시기에 벌어지는 좌담, 워크숍 등에서 당대 연극인들의 진단을 보면 대개 극장 부재, 창작극 부재, 연극인 부재, 관객 저질 등을 원인으로 꼽는다. 창작극 부재 문제가 연극사에서 제일 처음 제기된 것은 1930년대 극예술연구회(이하 '극연')를 통해서이다. 사실 일반 관객들이 신극이라 믿었던 신파극 초기만 해도 제대로 된 대본 없이 대략적인 줄거리만 합의된 채 배우의 즉흥 연기로 극을 이끌어가는 화술극(話術劇)의 형태로 공연이 이루어졌다. 이후 신극 운동 초기에는 일본으로부터 유입된 서구 희곡을 번안하여 소개하기에도 벅찼다. 유치진(柳致眞, 1905~1974)은 극연 초기부터 번역극 중심의 연극계를 비판하면서 창작극 생산의 중요성을 강조했다. 번역극은 조선의 현실과 관중을 이해하지 못한 것으로 연기자가 그들의 감정을 받아들이지 못한 채 흉내만 냄으로써 관중으로부터 외면받을 것이라고 본 것이다. 그리하여 극연에서 연출을 도맡아 하던 홍해성이 동양극장으로 옮기고, 그가 연출을 담당하게 되면서는 이를 실천에 옮겼다. 이 시기 극연은 총 37편의 공연을 했는데 이 가운데 번역극이 25편, 창작극이 12편이었다. 이는 전체 공연에 1/3에 해당하는 것으로 당시 일본의 축지소극장이 총 80편의 공연 가운데 12편이 창작극인 것을 감안할 때 실로 놀라운 성과라 할 수 있다. 작품은 주로 당시 가장 심각한 문제 가운데 하나인 농촌의 궁핍한 현실과 인습의 문제를 재현하여 고발하는 사실·자연주의극으로 유치진의 「토막」, 「버드나무 선 동리의 풍경」, 「제사」, 「자매」, 「춘향전」, 「풍년기」, 이무영의 「한낮에 꿈꾸는 사람들」, 「무료치병술」, 이광래의 「촌선생」, 이서향의 「어머니」, 김진수의 「길」, 함세덕의 「도념」이다.

이후 창작극에 대한 논의가 다시 시작된 것은 번역극이 호황을 누리던 1960~70년대이다. 1940년대 전반기가 국민연극, 즉 친일극의 시기이고, 후반기가 해방기 혹은 조국건설시기라고 할 때 이 당시 연극이 어떠했을지는 짐작할 만하다. 이어지는 1950년대는 6·25전쟁과 전후복구 시기로 문화예술계가 전반적으로 침체기였다. 그리고 마침내 1960년대 이르러 이와 같은 논의가 다시 시작되었다고 하는 것은 마침내 사회가 일정 정도 안정되고 문화예술계가 활성화되기 시작했음을 시사한다. 차범석(車凡錫, 1924~2006)은 1968년 2월 '신극 60년과 내일의 연극'을 주제로 한 좌담회에서 「연극육성책」을 발표한다. 그는 40년 전에 '연극인 좌담'에서 지적된 극장과 연기인, 희곡작가의 부족과 관객 수준의 저질은 현재에도 그대로 적용된다고 하면서 연극인들의 자율적인 방안과 당국의 외부적 육성책이 요구된다고 하였다. 그러면서 작은 극단이 활동할 수 있는 연극 전용 극장 증설, 일제 잔물인 공연법의 폐지, 국립극장의 예산 증가, 경향 간의 교류, 창작희곡에 대한 국가 보조를 요청하였다.(『동아일보』, 1968.2.29) 그리고 이러한 요구는 박정희 정권의 장기 집권 야욕의 하나인 새로운 정신 계발과 맞물려 한국문화예술진흥원을 설립하고 창작 육성에 지원하도록 했다.

그러나 당시 창작극이 침체되고 번역극이 호황을 누렸던 것은 지원의 문제이기보다는 공연법을 통한 사전 검열로 인해 창작자들의 표현의 자유가 억압됨으로써 활동이 위축되었기 때문이다. 이들 번역극은 일정 정도 작품성을 인정받은 데다가 외국을 배경으로 하고 있어 사전 심의에서 문제가 될 확률이 적었다. 관객의 입장에서도 시대에 어울리지 않게 계몽적 내용으로 이데올로기를 조장하는 연극보다는 차라리 한국 사회와 괴리된 다른 나라의 이야기를 보는 것이 훨씬 더 흥미로웠을 것이다. 게다 몇몇 번역극들은 국내 정치 상황에 대한 간접적인 비판을 시도하고 있어 그로써 카타르시스를 느낄 수 있었다.

그러다 보니 1960, 70년대는 번역극의 시대라고 할 만큼 관객 동원에 있어 기록적인 수치를 보여주는 공연들이 많이 나왔다. 1975년 실험극장이 실험소극장을 개관하고 개관 기념작으로 올린 〈에쿠우스〉(피터 셰퍼 작, 김영렬 연출)는 3개월 간 10,491명을 기록했고, 1977년까지 공연이 이어져 총 2백49회 공연에 64,000명의 관객을 동원했다. 이는 이전까지 최다 관객 기록이라고 할 수 있는 국립극장 개관 공연작인 〈원술랑〉의 기록 6만 명을 갱신한 수치이다. 이후에도 〈에쿠우스〉는 1979년까지 총 6백 회가 넘는 공연으로 최장기 공연 기록을 세웠고, 150,000명의 관객을 동원하였다. 이외에도 〈아일랜드〉(아돌프 후가드·존 카니·윈스턴 앤초나 작, 윤호진 연출)는 5개월 동안 관객 23,000여 명을 동원했고, 추송웅의 모노드라마 〈빨간 피이터의 고백〉(카프카 「어느 학술원에 제출된 보고서」 원작, 추송웅 각색·연출)은 한 달여 동안 13,000명 이상의 관객을 동원했다.

이러한 상황이 달라지기 시작한 것은 1977년 처음 개최된 〈대한민국 연극제〉를 통해서이다. 물론 이 역시 민족연극 수립을 위한 방편이기는 했지만, 창작극을 진흥하고 보급시켜 한국연극의 질적 향상과 세계로 통하는 출구를 마련하겠다는 목적으로 9월 9일부터 두 달간 10편의 창작극을 연속으로 공연하였다. 창작극의 발굴 및 활성화를 목적으로 한 만큼 처음 상연되는 창작극만 참여할 수 있어 창작극의 산실 역할을 하게 되었다. 실제로 제10회 대한민국연극제까지 초연된 창작극만 해도 모두 81편에 이른다. 이와 함께 일부 공연법이 개정되어 소극장 규제가 완화되면서 공연장이 양적으로 증가해 1980년대는 신극 수립 이후 처음으로 창작극이 호황을 누리는 시기가 된다. 김방옥은 이에 대해 '창작극이 비로소 제 자리를 차지하게 되었다'고 평가하면서 그 이유를 1) 80년대 한국연극 전반에 있어 부당한 사회현실에 대한 관심과 우리 삶을 표현하려는 욕구가 적극적으로 표출되었고, 2) 70년대 이래 우리의 전통적 양식의 계승에 대한 시도들이 계속되고 있으며 3) 대한민국 연극제 등 창작극 진흥을 위한 제도적 지원이 계속되어 수준 높은 공연을 제공하자 4) 티비나 비디오 등을 통해 서구 드라마에 익숙해진 관객들이 서투른 서양인 흉내보다는 차라리 우리 이야기를 무대에서 원하게 된 까닭이라고 분석하였다. 결국 창작극은 여느 나라에 비해 짧은 한국 신극 역사 속에서 우리만의 연극적 정체성을 모색하기 위해 해외 연극들과 우리의 것을 구분하기 위해 편의적으로 사용한 용어라고 할 수 있다.

그런데 1960~70년대 실험극이 활기를 띠면서 창작극의 개념을 활자화된 문자텍스트, 즉 문학성을 중심에 둔 희곡이 아니라 공연성을 바탕으로 무대화를 위한 공연 대본, 나아가서는 공연된 연극 자체로 그 개념을 확장해야 한다는 목소리가 제기되었다. 여기에 더해 허순자는 한국희곡을 지칭하는 '창작극'이 근간에는 '신작'으로 대치하는 경향이 있어 '신작' 내지 '신작희곡'이라는 용어를 사용해야 한다고 주창한다. 그러나 국내에 처음 소개되는 외국 작품을 칭할 때도 신작이라고 하는 용어를 사용하고 있어 이 역시 혼란을 초래하기는 마찬가지이다. 그런데 이러한 용어의 문제보다 더 중요한 것은 실험극의 부상으로 1980년대까지만 해도 연극계에서 연출가보다 높은 위상을 자치했던 극작가의 위상이 추락하면서 연극에 있어 희곡의 중요성이 점점 약화되고 있다는 사실이다. 연극비평가 마르틴 에슬린(Martin Julius Esslin, 1918~2002)은 현대 연극의 위기가 지나치게 방대해진 연출가의 비중에 있다고 지적했다. 총체극이라고 하는 연극의 본질을 놓고 생각할 때에도 어느 한쪽으로 기울어진 비중은 문제가 있다는 것이다. 무엇보다도 연극의 기본 토대는 희곡이기 때문이다. 이는 희곡의 비중이 약해지고 연출의 힘은 커졌다고 하는 상황 속에서도 여전히 창작극의 빈곤을 우리 연극의 가장 시급한 문제로 지적하고 있는 것만 보아도 알 수 있다. 그런 점에서 창작극은 연극의 본령인 당대 사회의 문제를 한국적 정서 안에서 우리의 언어로 풀어낸 새로운 희곡이라고 이해해도 무방하다.

(김윤희)

친일극

친일문학이 일제강점기에 일본의 식민주의 정책에 협조한 문학이라고 한다면 친일극은 일본의 식민주의 정책에 협조한 연극이라고 할 수 있다. 물론 개인의 영달을 위하여 자발적으로 일제에 봉사하기 위해 만든 어용극도 있지만, 대개는 일본의 대동아공영권 건설을 목적으로 연극을 통해 국민정신을 통제하기 위해 일본이 강압적으로 만들도록 한 연극이다. 연극계 내부에서는 1939년 일본이 전시총동원체제에 돌입하면서 총독부가 직접적으로 개입하여 '국민연극'이라는 이름으로 조직적이고, 의도적으로 작품을 만들도록 했는데 이때 만들어진 연극을 친일극이라 한다. 서연호는 이와 같은 친일극을 일본제국주의 정책을 지지하고 선전하는 국책극(國策劇), 한국인이 일본 천황의 신민, 즉 일본 국민이 되자는 내용의 국민극(國民劇), 일본어로 하는 국어극(國語劇), 태평양 전쟁을 승리로 이끌게 하자는 선동적 성격을 지닌 결전극(決戰劇) 등으로 구분한다.

1905년 을사늑약으로 대한제국의 외교권을 박탈한 일본은 서울에 통감부(統監府)를 설치하고, 전통연희를 비롯한 일체의 문화 활동에 대한 검열과 통제를 하기 시작했다. 1910년 한일병합조약을 체결한 후에는 통감부를 총독부(總督府)로 개편하고, 작품의 사전 심사, 공연 검열, 사상 감시를 제도적으로 지속시켰다. 물론 이와 같은 통제로 인해 공연예술인들의 공연 활동은 일정 정도 위축될 수밖에 없었다. 그러나 그러한 상황 속에서도 총독부의 눈을 피해 구극(舊劇)과는 다른 서구의 근대극을 보급하고자 하는 신극(新劇) 운동은 물론 소인극운동 등의 연극을 통해 현실변혁을 꾀하고자 하는 연극 운동들이 1930년대까지만 해도 활발하게 진행되었다.

일본은 중일전쟁이 장기화될 조짐이 보이자 1938년 3월에 이르러 국가총동원법을 제정하고, 전시총동원체제에 돌입하였다. 이때 조선에서도 '국민정신총동원조선연맹'이 결성되었고, 1940년 10월에는 이를 국민총력조선연맹(약칭 총력연맹)으로 개편하였는데 여기에 문화부를 두고 예술 활동을 본격적으로 통제하기 시작했다. 사실 그와 같은 조짐은 일본의 연극계의 상황을 보면 알 수 있었다. 1940년 8월 경시과 특고과에 의해 신협(新協)과 신축지(新築地)가 해산당했고, 연극영화의 검열방침이 강화되는가 하면 1940년 12월에는 예능문화연맹(藝能文化聯盟)이 결성되고, 1941년 4월에는 일본연극협회가 창립되었다. 같은 해 정보국이 과거 일본문화중앙연맹(日本文化中央聯盟)이 주최한 예능제를 계승하여 국민연극선장(國民演劇選獎)을 실시하고 동시에 국민연극의 각본 모집을 하는가 하면 1942년에는 일본문학보국회, 1943년에는 대일본언론보국회가 조직되어 문학, 언론 통제가 강화되면서 모든 분야에서 전쟁에 협력할 것을 강요하였다.

일본은 이와 같은 자국 내에서의 신체제운동을 한국에 그대로 이양하려고 하였다. 1937년 중일전쟁 이후 문화예술 활동에 대한 규제가 강화되는가 하면 1939년에는 친일적인 연극단체 '협동 예술좌'가 창단되어 〈동풍〉을 공연하였다. 신문지상에서는 1940년 2월 이광수가 '국민문학의 의의'(『매일신보』 1940.2.16)에 대해 역설하더니 이민은 '신체제의 표어 아래 모든 기구가 전면적으로 변화하고 있는 가운데 연극이 나아가야 할 방향은 국민연극'(『인문평론』 1940.11)이라고 주장하는 사설을 실어 분위기를 조성했다. 이에 힘입어 총독부는 1940년 경무과장 八木信雄의 지휘 아래

이서구, 김관수 등이 주축이 되어 조선연극협회를 만들었다. 12월 22일 부민관에서 열린 결성식에는 경무국에서 인정한 9개의 극단-아랑, 청춘좌, 호화선, 황금좌, 연극호, 예원좌, 노동좌, 조선성악연구회, 고협-이 협회 소속 극단 자격을 부여 받아 각 극단에서 두 명씩 행사에 참석하였다. 이때 임원진 선출이 이루어졌는데 당시 추거된 인물이 회장에 이서구, 상무이사에 김관수, 이사에 박진, 유치진, 최상덕이다.

이후 1941년 1월에는 악극, 창극, 곡마단 등의 단체들의 모임인 '조선연예협회'가 결성되고, 3월에는 국민연극의 이론 수립과 실천을 표방하고 극단 '현대극장'이 창립되었다. 극단 대표를 맡은 유치진은 당시 상황에 대해 총독부 경무국 사무관이었던 星出壽雄이 자신을 불러 극단 창단을 권유했고, 이를 거절하자 종로서 고등계 형사 김봉관(金鳳官)이 불러 극예술연구회 간사 함대훈, 서항석, 이헌구, 이하윤, 모윤숙 등을 검거하겠다고 으름장을 놓아 이를 막기 위해 어쩔 수 없이 수락할 수밖에 없었다고 변명하였다. 그러나 그와 같은 주장을 받아들이기에는 1930년대 말부터 40년대 초까지 그가 써왔던 글들이 설명이 되지 않는다.

1932년 「토막(土幕)」으로 등단한 유치진(柳致眞, 1905~1974)은 이후 「버드나무 선 동리의 풍경」(1933), 「빈민가」(1934), 「소」(1394) 등 당시 일제 수탈로 인해 고통받는 민중의 현실을 사실적으로 그려낸 작품을 연달아 발표하면서 유민영의 표현대로 '한국근대극의 새로운 장을 연 작가'로 평가받았다. 그는 일본 유학 시절이던 1923년 발생한 관동대지진으로 충격을 받아 조국을 위해 무언가 해야겠다 생각했고, 로망 롤랑의 『민중예술론(民衆藝術論)』을 읽으면서 그것이 연극이라는 사실을 깨닫게 되었다고 하였다. 그렇게 민족작가임을 자청했던 그가 어느 순간 변모하여 '신극의 종언을 알리며 새로운 시대를 이끌어갈 연극이 국민극'(『삼천리』 1941.3)이라 설파하며 현대극장까지 창단하기에 이르렀는지 역사의 비극이 아니라 할 수 없다. 현대극장의 창립공연은 1941년 6월 부민관에서 대동아공영권 건설을 선전·선동하는 내용을 담은 〈흑룡강(黑龍江)〉이었다. 당시 『매일신보』에 소개된 연극의 내용을 살펴보면 다음과 같다.

> 滿洲事變 반발과 함께 조선농민들은 일본영사관에 보호수용을 받고 있었다. 사변의 일단락을 보자 농민들이 영사관에서 다시 부락으로 돌아와 사변 때 燒却한 가옥을 수리하고 馬路에 거칠은 전답을 再耕하기 시작하자 원주민인 만주인들의 학대는 날로 심해 가지고 식량을 팔지 않을 뿐더러 만주인 토호들은 조선농민들에게 주었던 소작권을 몰수하여 버리게까지 되었다 戰火 가운데 겨우 생명을 보존한 그들은 제2차로 糊口의 길을 잃고 절망 속에 떨어졌으나 星天이라는 현대의 新體制가 요구하는 지도적 청년이 이들 농민들을 鼓舞하고 격려하는 一方, 土豪들에게 만주의 적은 자기들이 아니고 실로 張學良의 패잔군들이라는 것을 역설한다. 그러던 차에 匪賊의 내습을 받고 사랑하는 妻를 빼앗기고 대대로 내려오던 舊屋을 소각당한 토호는 비로소 星天의 말을 옳게 듣고서 같이 손을 잡고 福祉滿洲에 건국의 礎地를 쌓고자 나아간다.(『매일신보』, 1941.5.28)

대동아공영권 건설의 당위성을 제기하는 〈흑룡강(黑龍江)〉은 그나마 무대를 만주로 설정하여 우회적으로 제시함으로써 체제를 소극적으로 뒷받침하고 있다. 그러나 친일단체 대화숙(大和塾)의 지원을 받아 1942년 4월 무대에 올린 〈북진대(北進隊)〉의 경우는 훨씬 더 노골적이어서 그의 저의를 의심케 한다. 〈북진대〉는 조선조 말기 친일적 지도자 이용구(李容九, 1868~1912)의 일대기를 토대로 한일병합은 일제의 강요가 아닌 조선민중의 열망을 일본이 받아들임으로써 성사된 것으로 이를 기틀로 하여 대동아공영권 건설로까지 나아가야 한다고 말한다. 그러면서 시천교(侍天教)가 일진회의 친일적 행각을 정당화하는 논리를 그대로 원용하는가 하면 일진회와 그 괴수인 친일 반민족 행위자 이용구의 행태를 찬양한다. 게다 집필 과정에서 참조한 역사서와 통계들은 일본의 관점에서 유리하게 응용하고 해석한 것으로 이와 같은 적극적 태도는 추후 유치진이 자서전에서 이와 같은 작품을 집필한 것이 '천추의 한'이며 '〈흑룡강〉 이후 자기혐오감으로 절망에 빠졌다'고 하는 말의 진정성을 의심하게 하기에 충분하다.

같은 해 9월에는 제1회 국민연극경연대회에 〈대추나무〉를 출품하여 작품상(희곡상)을 받았다. 이 작품은 당시 총독부가 주도했던 빈농들의 만주 이주를 적극 권장하는 분촌(分村)운동을 선전할 목적을 가지고 있었다. 이 작품은 대추나무를 사이에 두고 사는 최세영과 정태근이 대추나무의 소유권을 놓고 분쟁을 벌이다 결국은 화해하고 두 가족 모두 살기 좋다고 하는 만주로 떠나기로 결심한다는 내용을 담고 있다. 사실 유치진은 그가 「토막(土幕)」(1932), 「버드나무 선 동리의 풍경」(1933), 「소」(1394) 등의 작품을 통해 보여주었던 바와 같이 당시 농촌의 문제가 구조적 모순에 있음을 누구보다 잘 알고 있었다. 그런 그가 이를 만주 이주로써 해결할 수 있다고 획책하는 것은 그가 연극을 하려고 했던 애초의 목적에 반하는 것이자 일시적 안위를 위해 인생 전체에 오점을 남긴 것이 아니라 할 수 없다. 게다 유치진은 이 작품을 해방 이후 1957년 〈왜 싸워?〉라는 이름으로 일제의 탄압에 저항하면서 민족적 단합을 강조하는 계몽극으로 개작하여 자신이 주도하는 〈전국 대학극 경연대회〉의 지정 작품으로 선정하였다. 물론 문총이 친일어용극이라며 반론을 제기하고, 당시 문총 최고위원장이었던 김광섭이 기고문을 통해 이를 비판하여 사회적으로 큰 파장이 일어 문교부가 이를 취소하기는 하였지만, 유치진이 그렇게까지 해야 했던 이유가 무엇이었는지는 잘 이해가 되지 않는 측면이 있다.

이는 송영(宋影, 1903~1977)의 경우도 마찬가지이다. 그는 1930년대 프로극을 주도했던 인물로 카프 활동으로 인해 두 차례나 검거되어 투옥한 경험이 있다. 물론 이후 주시찰 대상이 되어 옴짝달싹할 수 없는 상황에서 경제적으로도 곤궁하여 대중극에 발을 들여놓기는 했지만, 끊임없이 연극 발전에 대해 고민하며 1937년에는 예술성과 대중성을 동시에 획득할 수 있는 연극을 목표로 극단 중앙무대를 창립하고, 같은 해 7월 비록 공연 불허 판정으로 막을 올리지는 못했지만, 이기영의 사회주의 농촌소설 〈고향〉을 무대에 올리려고 했다. 그랬던 그가 총 3회에 걸쳐 치러진 〈국민연극경연대회〉에 연속 3회에 걸쳐 총 4편의 작품을 출품하였다는 사실은 놀랍기만 하다. 특히 1943년 2회 각본상을 받은 〈역사(歷仕)〉는 증조부로부터 시작해 조부, 부친, 증손의 4대에 걸친 가족의 이야기를 통해 점차 친일화해가는 과정이 마치 역사의식의 발전인 양 제시하고 있는 국민극(國民劇)이자 지원병, 제기류 헌납 운동, 애국부녀반운동, 국어(일본어) 배우기 등 당시 일본이 대한민국에서 벌이던 구체적 사업들을 상세하게 선전하고 있는 국책극(國策劇)이다.

연극은 관객에게 몰입의 재미를 선사하여 무방비 상태에서 무대 위에 재현되고 있는 세계가 실재라고 믿게 한다. 그리하여 제국주의 열강들은 자신들의 이데올로기를 선전하는 도구로 연극을 많이 활용해왔다. 이는 일본도 마찬가지로 중일전쟁이 장기화되고 있는 상황에서는 연극인들을 압박하여 자신들의 신체제를 선전하고자 하였다. 그렇게 점점 더 조여 오는 총독부의 압박 속에서 연극인들의 국민연극 참여는 어쩔 수 없는 일이었을지도 모른다. 〈국민연극경연대회〉에 참가한 작가들만 해도 3회 모두 출품한 박영호, 송영(4작품), 유치진, 임선규, 2회 김태진, 1회 양서, 김건, 이광래, 조명암, 조천석, 함세덕, 김승구 등의 12명이다. 게다 연극은 종합 예술인만큼 연출은 물론 무대 스텝을 비롯해 배우들까지 합한다면 그 수는 엄청날 수밖에 없다. 물론 혹자의 말처럼 그렇게라도 연극 활동을 이어나가 기술적으로 연마함으로써 해방 이후 연극과의 교량적 역할을 했다고 할 수도 있다. 그러나 그럼에도 누군가는 칩거를, 낙향을, 망명을 선택함으로써 저항했다는 사실은, 구태여 진실은 은폐하고, 사실은 왜곡한 채 허위·날조하면서까지 적극적으로 그들을 대변하고자 했다는 사실은 과연 그들의 선택이 불가피한 것이었는지에 대해 의문을 갖게 한다.

(김윤희)

친일문학

친일문학이란 일제강점기에 일본 제국주의 파시즘에 협력하여 일제가 펼친 내선일체(內鮮一體)나 대동아공영(大東亞共榮)과 같은 정책을 옹호하고, 태평양전쟁시기 전시동원체제를 지원하기 위하여 내세운 침략 이데올로기를 지지한 문학을 말한다. 식민지 조선의 지식인들 중에서 일제에 협력하여 생산한 문학적 산물이 친일문학인 것이다. 친일문학 작품은 창씨개명의 감격을 이야기하거나 내선일체를 일본의 은혜와 같은 것으로 묘사하는 등의 양상을 보이다 일제 말에 이르러서는 학병 동원 및 정신대 지원 등을 촉구하는 전시 지원 선전을 수행한다. 이를 통해 일제의 침탈을 미화하고 식민지 지배를 합리화하였다. 대체로 1937년 발발한 중일전쟁 이후 활발해지기 시작했으며, 일제에 대한 강압에 의해서 창작되었다기보다 체제에 협력하려는 자발성에 의해 창작된 경향이 두드러진다. 친일문학은 조선문인협회의 문예보국 순회강연이나 대동아문학자대회 등의 외부강연이나 회의를 통해서 대중들에게 직접 낭송되어 선전되거나 경성의 『경성일보』, 만주의 『만선일보』와 같이 일제의 지원을 받는 신문의 지면, 문예지 『동양지광』, 『인문평론』, 『국민문학』을 통해서 발표되었다.

친일문학이 등장한 데에는 일본 제국주의의 체제전환과 관련이 깊다. 여기서 말하는 체제전환은 일본 제국주의가 노골적으로 군국주의 파시즘으로 바뀌어갔다는 것을 의미한다. 일제는 1932년 5·15사건으로 군국주의로 나아가는 첫발을 뗀다. 일본군 하급 장교에 의한 수상 저격 사건인

5·15사건은 군부에 대한 대중적 지지를 이끌어냈다. 이는 당시 일본에서 일본의 체제에 불만이 있는 사람들이 많았다는 것을 반증한다. 일본 자본주의 재벌들과 정치계의 결탁은 일본 극우주의가 군국주의로 나아갈 명분을 제공해주었다. 1936년에 이어진 2·23사건은 천황 절대주의자 청년 장교들, 즉 일명 황도파가 쿠데타인데 일본 군부를 장악한 육군 간부 엘리트, 일명 통제파를 제거하고 군부를 황도화하는 것이 목적이었다. 쿠데타는 실패하였지만 천황을 하나의 국가기구로 간주하던 통제파가 군부를 육군 주도하에 장악할 수 있는 계기를 제공했다. 경제체제도 군부가 주도하는 천황제 통제 자본주의로 변화하게 된다.

이러한 흐름 속에서 1937년 중일전쟁이 발발한다. 중일전쟁은 초반부터 치열해 중국이 국공합작을 하여 일본군에 저항했지만 전세는 일본으로 기울어갔다. 특히 일본군은 1938년 10월 '동방의 마드리드'라고 불리던 무한 삼진(현재 우한 지역)을 점령-일명 삼진 점령이라 불린다-하게 되면서 승기를 잡게 된다. 우한은 우창, 한커우, 한양 지역이 통합된 도시로 중국의 중심부에 자리한 도시이고, 중국의 대표적 산업도시여서 우한 점령은 일본군에게 중국의 중심을 차지한 것으로 여겨졌다. 무한 삼진 함락은 조선의 지식인들에게 큰 충격으로 다가왔다. 그 이후 얼마 지나지 않아 독일이 프랑스 파리를 점령했다는 소식이 전해졌고, 1939년에는 일본이 독일, 이탈리아와 함께 이른바 삼국 동맹을 체결하고 파시즘 기반의 신체제 건설을 국제적으로 선언한다.

중일전쟁이 발발했을 무렵에만 해도 조선이 일본으로부터 독립할 수 있는 길이 열릴지도 모른다는 기대감이 조금은 남아 있었다. 하지만 중국의 국민당과 공산당이 국공합작 등을 하며 일본군에 맞섰음에도 불구하고 중국은 일본군에 패배하였다. 사태의 추이를 관망하던 분위기는 끝나고 조선의 지식인들과 문인들은 선택의 기로에 서게 된다. 일제에 협력하게 된 친일문학인들 상당수는 이러한 중일전쟁의 정세에 영향을 받아 독립에 대한 기대를 버리고 친일의 길로 들어서게 되었다. 이들은 중국의 무한 삼진이 일본에게 점령당한 사건이 기존 체제의 끝을 의미하는 것으로 이해했다. 그리하여 이광수(李光洙, 1892~1950)를 비롯하여 친일협력의 길로 들어선 문학인들은 일제 파시즘이 내세우는 내선일체의 황민화 논리와 대동아공영이라는 신체제 논리를 적극적으로 수용했다. 이는 최재서(崔載瑞, 1908~1964)의 다음과 같은 진술에서도 확인할 수 있다. "1938년 11월 3일에는 적의 항전 수도인 헝커우가 함락된 것을 계기로 동아신질서의 건설이라는 목표가 마침내 코노에 수상에 의해서 발표되면서 일본 국민은 물론 중국인의 일부에도 사변 해결의 목표가 점차 분명해지게 된 것입니다. 그런데 나아가 올해 6월 17일 프랑스가 히틀러 총통의 전격전을 당해 급기야 파리를 넘겨주고 나치스 독일이 여러 해 동안 품어왔던 구라파 신질서의 건설을 표면적으로 내세웠을 무렵부터 우리들 사이에서는 동아 공영권의 확립이라는 말이 들리기 시작했던 것입니다."(최재서, 「신체제와 문학」)라는 진술이 그것이다. 최재서는 이러한 글을 발표한 후에 급격히 친일 협력의 길로 나아갔다.

앞서도 언급한 것처럼 친일문학은 그 목적인 문학적 성취를 위한 것이 아니라 체제 선전을 위한 목적이 강했던 만큼 작품성이 결여되어 있어 개별 작품이 이룬 성취를 기준으로 작품의 유형을 분류하지 않는다. 대신 친일협력 문학작품을 창작한 문인들의 유형으로 친일문학의 유형을 구분한다. 친일문학의 유형은 내선일체에 대한 작가들의 이해 차이와 궤를 같이 한다. '내선일체'에 관한 입장의 차이로 발생한 친일문학의 유형은 크게 네 가지 유형으로 나눌 수 있다. 동화형 친일 협력의 두 유형과 혼재형 친일 협력의 두 유형이 그것이다. 동화형 친일 협력의 두 유형으로는 문화주의적 동화형과 혈통주의적 동화형이, 혼재형 친일 협력의 두 유형에는 속인주의적 혼재형과 속지주의적 혼재형이 있다. 이처럼 친일문학이 크게 동화형과 혼재형으로 나뉘게 된 이유는 '내선일체'를 이해하는 방식의 차이 때문이다. 동화형의 경우 '내선일체'가 '내지인'인 일본인과 조선인 사이의 평등한 결합 혹은 통합이라고 보는데 반해 혼재형의 경우는 그것이 결합이나 통합이 아니라 평등 자체를 말하는 것으로 이해한다. 즉 '내지인'인 일본인과 조선인이 차이를 보존하면서도 서로 평등하게 지낼 수 있다는 입장이 혼재형인 것이다.

동화형 친일 협력은 조선인이 일본인화됨으로써 내선일체를 이룰 수 있다고 보았다. 때문에 어떠한 경로로 조선인이 일본인화될 수 있는지에 대해 고민한다. 여기서 중요하게 다뤄지는 것이 고대사였다. 이들은 고대사를 어떻게 이해할지를 두고 논쟁적 사고를 펼치게 되는데, 이로 인해 다시 문화주의적 동화형과 혈통주의적 동화론으로 나뉘게 된다. 먼저 문화주의적 동화론은 고대로부터 조선과 일본이 같은 문화권이었다는 입장을 앞세운다. 이들의 논의에 따르면 조선과 일본은 그 문화적 뿌리가 같다. 그러다가 조선이 중국 주도의 대륙문화권에 편입되었다가 근대에 이르러 다시 일본과 문화적으로 합류되어 원상회복을 이룬 것이라고 주장한다. 이들은 과거 조선과 일본이 단일한 정신을 가지고 있었던 시기의 문화를 현재에 이르기까지 보존하고 있는 것이 현재 일본의 정신이라고 본다. 이러한 현재 일본의 정신을 배우면 조선인이 일본인처럼 될 수 있다고 보는 것이다. 이를 믿는 대표적인 문인이 이광수이다.

다음으로 혈통주의적 동화론은 조선과 일본이 과거부터 혈통적으로 하나였다고 보는 입장이다. 고대사를 살펴보면, 조선과 일본이 혈통적으로 단일했다는 것을 확인할 수 있다는 것이 이들의 입장인데 그 대표적 예가 일본의 도래인 사례이다. 고대 한반도에서 일본열도로 이주한 한반도 도래인(渡來人)이 일본에 정착하고 확산한 역사적 사실에 기인해 볼 때, 조선과 일본은 원래 하나였다는 주장을 펼치는 것이다. 이러한 입장을 대표하는 문인이 장혁주이다. 동화형 친일 협력을 한 작가들은 '내선일체'와 더불어 일제의 신체제의 다른 축인 '대동아공영'을 수용하는 것에서는 상당한 어려움을 겪은 것으로 보인다. 이들은 기본적으로 조선과 일본의 동화를 중심에 두고 있는 입장이어서 아시아의 다른 국가들과 공영을 이루어야 한다는 일제의 논리 앞에서는 곤혹스러울 수밖에 없었다. '내선일체'의 논리에서 조선과 일본의 관계는 매우 긴밀하고 특수한 관계로 이해되는데, 조선이 중국을 포함한 다른 아시아 국가들과 나란한 관계로 논의되는 '대동아공영'의 기치 아래서는 그러한 관계성이 희석되기 때문에 동화형 친일 협력자들은 이를 받아들이기 어려웠던 것이다.

혼재형 친일 협력은 내선일체를 조선과 일본의 평등을 말하는 것이라고 본다. 이들은 조선과 일본이 동등하기에 조선적인 것의 특수성을 견지하려 했다. 조선적인 것을 지키면서 하나인 체제를 이루는 것이 이들이 이해한 내선일체인 것이다. 이때 조선적인 것의 특수성이 어디에 있느냐에 대한 해석에 차이로 인해 속인주의와 속지주의의 입장으로 나뉜다. 속인주의 혼재형 친일 협력은 종족적 차원에서 조선적인 것을 이해한다. 때문에 조선인과 일본인 사이에 매우 다른 특성이 있다는 관점을 지닌다. 그에 따르면, 아무리 내지, 즉 일본 출신이 조선에 살고 조선 풍토에 적응한다 하더라도 조선인이 될 수 없다. 마찬가지로 조선인이 아무리 일본에서 살고 그 풍토 속에서 잘 적응한다 하더라도 일본인이 될 수는 없다. 조선인들은 그런 점에서 조선인의 특성을 살리면서 일제의 신민이 되어야 한다. 이러한 입장을 취하는 대표적인 문인이 유진오이다.

다른 한편으로 속지주의는 지역적인 차원에서 조선적인 것을 이해하는 관점을 취한다. 이들의 논리에 따르면, 조선반도와 일본 본토인 야마토 사이에는 분명한 차이가 있고 이는 존중되어야 한다. 조선지역에서 생활하게 되면 원래 종족이 조선인인지 일본인인지 하는 것은 중요하지 않게 된다는 것이 이들의 입장이다. 일본 본토 출신이어도 조선 땅에서 살다 보면 조선 반도인이 되는 것이고, 조선인 출신이라 하더라도 야마토의 땅에서 태어나 자란다면 본토인이 된다는 것이다. 문학작품의 창작과 관련하여 이 관점을 취하게 되면 어떤 작품을 쓴 작가가 어떤 혈통이냐가 중요한 것이 아니라, 그 작가가 어디에서 나고 자랐으며 어떤 지역에서 작품을 창작하고 발표했는가가 더 중요하다. 이러한 입장을 견지하면, 사토 기요시와 같은 재조일본인이 조선에 이주해 생활하면서 쓴 작품은 조선반도의 작품이고, 장혁주와 같이 일본에 살면서 창작한 작품은 조선반도의 문학이 아니란 말이 된다. 이러한 입장을 지닌 대표적인 문인이 최재서이다. 이들 혼재형 친일 협력을 수행한 작가들은 동화형 친일 협력 작가들보다 대동아공영이란 일제의 프로파간다(Propaganda)를 상대적으로 더 적극적으로 받아들인다. 이는 자신들이 이해한 내선일체의 사상을 아시아 전역에서 실현할 수 있는 상황이 열린 것으로 이해되었기 때문이다.

친일문학은 이 외에도 작품 창작에 있어 활용하는 언어와 관련한 시각 차에 따라 세 가지 형태로 나타난다. 먼저 일본어 전용론이 있다. 이 입장을 대표하는 작가는 이석훈이다. 그의 작품에는 친일협력의 자발성을 엿볼 수 있는 「고요한 폭풍」와 같은 작품이 있다. 다음으로 조선어와 일본어 모두 창작언어로 사용가능하다는 이중언어론이 있다. 이를 대표하는 작가는 이무영이다. 이무영은 지식인을 대상으로 하는 작품은 일본어를 사용하고, 일본어 독해가 어려운 조선의 독자들을 위한 작품을 쓸 때에는 조선어를 썼다. 이러한 입장을 잘 보여주는 사례가 이무영의 장편소설 『청기와집』과 『향가』이다. 이무영은 조선인 지식인과 재조일본인 지식인 사이의 내선일체적 연대를 주제로 하고 있는 『청기와집』은 일본어로 창작했다. 반면, 조선 농촌의 계몽을 주제로 하고 있는 『향가』는 조선어를 사용하였다. 마지막으로 조선어전용론이다. 이는 대부분 일본어로 창작을 하기에는 언어적 어려움이 있는 작가들이 취한 입장이다. 일상에서 일본어를 상용하는 것과 일본어로 작품을 창작하는 것은 별개의 문제였다. 그래서 언어적 자신이 없을 때 선택 가능한 것은 결국 조선어로만 작품을 창작하면서 일제에 협력하는 것이었다. 조선어 전용론의 대표적인 작가로는 채만식을 꼽을 수 있다.

친일문학은 문학적 측면에서 살펴보았을 때 미학적 실험이나 작품의 완성도를 위한 목적으로 창작했다기보다는 제국 일본의 프로파간다를 유포시킬 목적으로 창작한 작품이다. 때문에 문학적 성취를 이뤄 문학사적 기여를 한 작품은 없다. 그러나 그렇다고 해도 친일문학은 일제 말에 한국문학사에서 배제할 수 없는 문학사적 사실이기 때문에 한국문학사를 다루는데 있어서 누락해서는 안 되는 부분이다. 그럼에도 해방 이후 분단체제의 도래와 좌우 이데올로기 갈등, 한국전쟁의 발발 등으로 인해서 친일문학에 대한 제대로 된 평가와 청산이 이루어지지 못했다. 때문에 친일문학에 대한 평가와 청산은 여전히 우리에게 과제로 남아 있다.

(김학중)

#키취 #상호텍스트성 #해체시 #광고시 #형식실험

포스트모더니즘 시

포스트모더니즘 시는 1980~90년대에 철학적·사상적 포스트모더니즘의 영향을 받아 창작된 작품 경향을 가리키는 개념이다. 포스트모더니즘은 19~20세기를 대표했던 근대적·모더니즘적 세계관이 더 이상 유효하지 않다는 인식에서 등장한 사조이다. 20세기 후반, 문화산업과 테크놀로지가 발달함에 따라 현실을 통일성과 총체성의 관점에서 인식할 수 없다는 사고방식이 나타났다. 포스트모더니즘이라고 명명되는 이러한 사조는 현실에 대한 총체적 인식을 포기하고 파편성, 비결정성, 불확실성 등을 그대로 받아들임으로써 탈중심성과 다양성이 갖는 긍정적인 의미에 주목했다. 문화의 영역에서 이러한 탈중심화는 엘리트 문화보다는 대중 문화를 긍정하고, 전통적인 위계질서나 경계를 뛰어넘음으로써 다양한 혼종적 문화를 낳았다. 포스트모더니즘 시는 이러한 문화적 경향과 맞닿아 있거나 포스트모더니즘 특유의 탈중심적 세계관에 기초하고 있는 것으로 보이는 시적 경향에 대해 붙여진 비평적 명칭이다.

포스트모더니즘은 접두사 포스트(post)의 의미를 어떻게 규정하느냐에 따라 '후–모더니즘'과 '탈–모더니즘'의 두 가지로 해석된다. 일반적으로 포스트(post)에는 두 가지 의미 모두가 포함된다. 포스트(post)를 시간적 의미가 강한 '후(post)'로 해석할 때는 모더니즘과 포스트모더니즘의 연속성이 강조되는 반면, 단절의 의미가 강한 '탈(post)'로 해석할 때는 두 사조의 차이점이 강조된다. 이러한 의미의 모호성으로 인해 포스트모더니즘은 오랫동안 명확한 의미를 확정할 수 없는 논쟁적 개념으로 인식되었다. 철학적·예술적·사상적 맥락에서 모더니즘과 포스트모더니즘은 특정한 세계관의 문제라고 말할 수 있다. 이런 이유로 인해 포스트모더니즘에 관한 설명은 대개 모더니즘과의 차이점을 통해 행해진다. 가령 서구 사상사에서 모더니즘은 이성과 합리성을 중시하는 세계관이고, 이때의 근대적 이성은 곧 규칙, 규율, 권위, 통제 등을 뜻하는 것이었다. 이런 맥락에서 일반적으로 포스트모더니즘은 이성중심주의를 의심하는 사상적 경향으로 설명된다. 그런데 이때의 모더니즘은 1차 세계대전 이후에 세계에 대한 전통적인 이해와 질서의 해체를 경험하면서 새롭게 등장한 예술적 사조로서의 모더니즘과 동일한 것이 아니다. 포스트모더니즘이 비판의 대상으로 삼고 있는 모더니즘은 유럽적 의미의 근대주의, 즉 이성, 합리성, 인간, 통일성 등에 기초하여 세계를 인식한 근대적 세계관 전체를 가리킨다. 모더니즘과 포스트모더니즘의 이런 복잡한 관계로 인해 포스트모더니즘이라는 개념을 둘러싼 논쟁은 여전히 진행되고 있다.

문화와 예술 영역에서 포스트모더니즘의 특징은 고급문화와 하위문화 사이의 구분을 해체하는 것, 나아가 전통적인 장르와 매체의 경계를 넘나드는 경계 초월적 성격이다. 1980~90년대 한국의 포스트모더니즘 시에서 이러한 경계 초월적 성격은 장르의 경계를 무시한 상호텍스트성(Intertextuality)으로 현실화되었다. 가령 광고의 일부를 시에 그대로 원용한 유하의 초기작, 신문 또는 잡지의 일부분을 인용한 황지우의 초기작 등이 대표적인 사례이다. 포스트모더니즘 시의 또 다른 특징은 일상성과 세속주의를 긍정한다는 점이다. 1970년대 이전까지 유럽과 영미의 모더니즘 예술은 상당한 엘리트주의적 성격을 띠면서 전개되었다. 포스트모더니즘은 이러한 모더니즘의 귀족문화에 반발하여 대중문화에 적극적인 의미를 부여하였고, 그것은 순수문화보다는 잡종 문화가, 귀족문화보다는 대중문화가 각광받는 현실로 이어졌다. 미학 분야에서 보기 괴상한 것, 저속한 것과 같은 사물을 뜻하는 키취(Kitsch)가 포스트모더니즘의 대표적인 미학적 전략으로 간주되는 이유가 여기 있다. 포스트모더니즘 시에서 이러한 반(反)엘리트주의는 일상성에 대한 관심과 세계에 대한 희극적 태도, 그리고 해체주의라는 특유의 현상으로 연결되었다. 1980년대의 해체시 운동이 포스트모더니즘의 선구적 사례로 평가되는 까닭도 여기에서 찾을 수 있다.

한국의 포스트모더니즘 시는 1980년대 초 해체시라고 명명되는 흐름과 함께 등장했다. 한국의 1980년대는 5·18 광주민중항쟁으로 대표되는 정치적 폭력과 그에 저항하는 민주화의 시대였다. 이 시기에 등장한 오규원(吳圭原, 1941~2007), 황지우(黃芝雨, 1952~), 박남철(朴南喆, 1953~2014)의 해체시는 언어와 문학을 통해 억압적인 사회 질서에 맞서는 예술적 저항의 일환이었다. 이런 점에서 해체시는 단순한 형식 실험이 아니라 사회 현실에 대한 문학의 대응 전략 가운데 하나였다고 평가할 수 있다. 김준오의 "해체시의 원리는 반(反)미학이다."라는 지적처럼 다양한 형식 실험과 상호텍스트성 등을 활용하여 시에 대한, 문학에 대한 전통적인 인식을 해체한다. 박남철은 해체시의 의의를 이렇게 설명했다. "이 해체의 현실성은 본질적으로 현실에 개입함으로써 집단논리적인 현상학의 몰개성에 떨어지지 않았다. 80년대 무수하게 양산되었던 젊은 민중시인들이 지금 몰개성의 무덤을 이루고 있는 것에 비한다면, 본질적으로 현실과 맞선 개성적 산물로서 80년대의 해체정신은 의미롭다."(『용의 모습으로』) 이처럼 80년대의 해체시는 자명한 이치나 질서, 도덕 등에 대해 회의적인 태도를 취함으로써 시의 몰개성화에서 자유로울 수 있었고, 기존의 질서를 벗어난다는 점에서 예술적 의미에서 저항정신을 획득할 수 있었다. "내 詩에 대하여 의아해하는 구시대의 독자 놈들에게 차→렷, 열중쉬엇,

차렷,//이 좆만한 놈들이……/차렷, 열중쉬엇, 차렷, 열중쉬엇, 정신차렷, 차렷, ○○, 차렷, 헤쳐 모엿!"(박남철, 「독자놈들 길들이기」) 같은 진술처럼 해체시는 시에 관한 기존의 인식을 위협하거나 그것으로부터 벗어나려는 몸짓을 보인다.

이러한 해체시의 경향은 "– MENU –/샤를르 보들레르 800원/칼 샌드버그 800원/프란츠 카프카 800원//이브 본느프와 1000원/에리카 종 1000원"(오규원, 「프란츠 카프카」)이나 "1. '양쪽 모서리를/함께 눌러주세요'//나는 극좌와 극우의/양쪽 모서리를/함께 꾸욱 누른다//2. 따르는 곳//↓/극좌와 극우의 흰/고름이 쭈르르 쏟아진다"(오규원, 「빙그레 우유 200㎖ 패키지」) 같은 '광고시'와도 친연성이 있다. 오규원의 광고시는 자본주의의 상징인 소비문화에서 모티프를 차용함으로써 시적 형식의 실험을 통해 광고·소비 이데올로기를 조롱하는 효과를 연출한다. 이처럼 80년대의 해체시와 광고시는 시에 관한 기존의 인식에서 벗어난다는 점, 특히 대중적인 감각에 근거함으로써 모더니즘의 엘리트주의와 거리를 둔다는 점 등에서 포스트모더니즘 시의 한 형태라고 말할 수 있다.

광고시와 포스트모더니즘 시의 연관성은 1990년대에 활발한 활동을 한 유하의 광고시에서 명확한 사례를 찾을 수 있다. "압구정동은 체제가 만들어낸 욕망의 통조림 공장이다/국화빵 기계다 지하철 자동 개찰구다 어디 한번 그 투입구에/당신을 넣어보라 당신의 와꾸를 디밀어보라 예컨대 나를 포함한 소설가 박상우나/시인 함만복 같은 와꾸로는 당장은 곤란하다 넣자마자 띠–소리와 함께/거부 반응을 일으킨다"(유하, 「바람부는 날이면 압구정동에 가야 한다 2」) 유하의 광고시는 상품 미학과 소비문화가 주도하는 후기 산업사회, 특히 상품 이데올로기와 소비 욕망이 지배하는 1990년대의 서울을 배경으로 하고 있다. 그의 시들은 자본주의적 일상의 범위를 벗어나지 않지만 이때의 일상이란 소비와 욕망의 동의어일 뿐이다. 그는 자본주의적 장치의 일부인 광고에서 모티프를 가져와 소비와 욕망이 지배하는 우리 사회의 민낯을 폭로하는 방식을 선택한다. 텔레비전 광고를 적극적으로 차용하는 이러한 시적 전략은 흔히 상호텍스트성 (Intertextuality)이나 키취(Kitsch)라는 개념으로 평가되는데, 이러한 전략은 근본적으로 이성의 합리성과 견고한 질서에 근거한 근대주의적 세계관과 정반대라는 점에서 포스트모더니즘 시로 평가되기도 한다. 이처럼 사상적·철학적 층위에서는 포스트모더니즘의 세계관이 비교적 분명하게 드러나지만 작품의 층위에서 그것이 해체시인지 포스트모더니즘 시인지를 판단하는 일은 상당히 어렵다. 넓은 의미에서 보면 포스트모더니즘 시와 해체시는 근대적 세계관에 대해 근본적인 회의감을 갖고 있고, 시적 형식에서도 기성의 질서를 완전히 벗어난다는 점에서 유사한 사조라고 평가할 수 있다.

1980~90년대의 포스트모더니즘 시는 시적 형식의 해체와 파괴를 통해 근대적 세계관이 더 이상 유효하지 않다는 사실을 보여주었다. 합리적 이성에 기초한 서구의 근대적 세계관은 명확한 질서와 통일된 인식에 기초하여 세계를 단일하고 통일된 것으로 인식, 통제할 수 있다고 주장한다. 반면 포스트모더니즘은 이러한 단일성은 허구이거나 불가능하다고 주장하면서 세계는 파편적·다원적으로 존재한다는 사실을 강조한다. 이러한 다원적 세계관은 예술에서 기존 형식에서 벗어나려는 몸짓으로 구체화되었고, 때로는 형식 실험과 해체를 통해 억압적인 현실에 맞서는 방향으로 흘러갔다. 1980~90년대에 유행한 포스트모더니즘 시는 이처럼 파격적인 형식 실험과 시에 관한 기성의 관념에서 벗어나는 방식을 통해 억압적인 정치적 현실에 맞서는 과정에서 출현하였다. 1980년대의 리얼리즘적 경향이 진보적인 내용에도 불구하고 전통적인 시 형식을 벗어나지 않은 반면 포스트모더니즘 시는 대중문화를 적극적으로 수용하고

키취 전략을 앞세움으로써 예술성과 대중성 모두에서 큰 성과를 남겼다
고 말할 수 있다.

(고봉준)

프로문학

프로문학은 사회주의 예술운동을 지향하며 탄생한 카프(Korea Artista Proleta Federatio, 1925~1935)의 문학을 의미한다. 카프는 1927년 1차 방향 전환을 통해 '문예의 목적의식성'을, 1931년 2차 방향 전환을 통해 '문예의 볼셰비키화'를 강조하며 조직을 정비했다. 그렇지만 카프는 1931년 이후 제국 일본의 강화된 검열과 통제에 주요 구성원이 검거되는 사건을 겪으며 사실상 해체 단계를 밟다가 1935년 공식적으로 해산했다. 식민지 시기 10년간 합법적으로 존재한 카프는 소설과 시, 비평, 연극, 영화 등 다양한 장르에서 활발히 활동하며 문예와 사회의 긴밀한 연결을 추구했다.

이러한 카프의 사회 참여적 지향은 조직이 합법적으로 존재한 10년이란 시간과 카프 조직원이 창작한 문예라는 범주를 넘어서 문단 내부에서 광범위하게 존재했다. 카프가 공식적으로 탄생하기 직전인 1923년부터 김기진, 박영희 등을 중심으로 일련의 작가들이 자신의 문학을 '신경향'으로 명명하며 계급 지향의 문학을 발표했다. 카프의 전사로 평가되는 신경향파 문학은 이름에서 확인되듯 이전까지 없었던 새로운 문학, 즉 사회 참여적 문학을 추구하는 문학으로서 넓게 보면 프로문학에 포함된다. 또한 카프에 공식적으로 가입하지는 않았지만, 카프의 문제의식을 공유하며 활동한 강경애, 유진호, 이효석 등과 같은 동반자 작가도 프로문학의 범주에 포함할 수 있다.

프로문학이 식민지 시기 문학에 미친 영향은 다양한 측면에서 이야기할 수 있지만 가장 중요한 지점은 문예가 사상의 영역까지 포괄할 수 있게 만들었다는 사실이다. 이는 프로문학이 사회주의라는 분석 도구를 가지고 비평 활동을 통해 식민지 사회에 대한 깊이 있는 분석을 시도하며 이루어진 것이다. 프로문인들의 이론 지향은 다른 장르보다 비평에 집중하는 결과를 만들었으며 그로 인한 단점도 존재했지만, 이론의 도입으로 인해 '비평' 장르가 형성되고 식민지 삶에 천착할 수 있었다는 점은 중요한 성과이다.

프로비평은 논쟁의 형태로 전개되었다. 카프는 '내용—형식 논쟁'(1926), '아나키즘 논쟁'(1927), '대중화 논쟁'(1929) '물 논쟁'(1933) 등을 통해 조직 내부의 이론적 차이와 식민지 문화에 대응하는 카프 논객들의 시각 차이를 확인하고 정리하며 조직의 결집을 시도했다. 이 가운데 '대중화 논쟁'과 '물 논쟁'은 특히 주목할 필요가 있다. 식민지 시기 카프가 지속적인 관심을 가진 문제가 바로 자신들의 문예를 대중들에게 전달하는 방법이었기 때문이다. 상식적인 이야기지만 작품이 독자에게 전달되지 않으면 아무런 의미가 없다. 또한 독자에게 전달되더라도 독자의 마음을 움직이는 것이 중요하다. 카프의 '대중화 논쟁'과 '물 논쟁'은 카프의 이념을 대중과 공유해야 한다는 목적의식과 결부되며, 동시에 카프의 문학이 독자에게 닿기 위해 반드시 거쳐야 하는 매체와 검열의 문제를 포괄하는 것이다.

임화와 김기진 사이의 대중화 논쟁은 1928년 하반기에 발생한 4차 공산당 검거 사건, 카프 기관지 『무산자』 발매금지 등과 같은 정치적 사건을 배경으로 발생했다. 제국 일본의 사회주의 운동에 대한 탄압이 본격화되는 상황에서 카프 논객들은 신체에 육박하는 불안을 느끼며 위기를 어떻게 돌파할지를 고민해야 했다. 달리 말해 법이 허용하는 범위의 운동이 점점 불가능한 상황에서 카프는 새로운 전략을 수립해야 하는 상황이 된 것이다.

임화(林花, 1908~1953)와 김기진(金基鎭, 1903~1985)은 각기 다른 방식

으로 문제를 해결하고자 했다. 김기진은 내용-형식 논쟁부터 강조했던 문학의 형식에 주목한다. 이 무렵 발표된 김기진의 「변증적 사실주의」 (『조선농민』 32, 1929.3), 「대중소설론」(『동아일보』 1929.4.14~4.20) 등에 실려 있는 창작방법론은, 작품 활동의 위기감이 고조된 상황에서 어떻게 대중들과 접촉할 수 있을까에 대한 고민의 산물이다. 하지만 임화는 「변증적 사실주의」의 "작금 1년 이래로 극도로 재미없는 정세에 있어서 우리들의 '연장으로서의 문학'은 그 정도를 수그려야 한다."는 발언에 초점을 두고 김기진을 비판한다. 구체적으로 임화는 「탁류에 향하여-문예적인 시평」(『조선지광』, 1929.8)에서 김기진의 말처럼 현행 일본의 검열 제도에 맞추어 표현 수위를 낮추는 것은 의식적인 퇴각으로 결코 문제의 해결을 이룰 수 없다고 주장한다. 임화의 시각에서 김기진의 노선은 법과 미디어에 의해 구축되는 합법성의 영역에 머무는 것이었다. 그리하여 임화는 부르주아 신문과 잡지를 통한 카프의 작품 활동을 극복하고 비합법 영역에서의 투쟁을 강조하기에 이른다.

자본주의 미디어를 활용해서 대중의 마음을 얻어야 한다는 김기진과 자본주의 미디어를 사용하지만, 근본적으로 자본주의 법-미디어 체제를 넘어서고자 했던 임화는 대중의 마음을 조직하는 방법을 두고도 대립한다. 먼저 김기진은 작품은 인쇄되거나 상연되어야 성립할 수 있기에 법이 허용하는 범위에서 소재를 찾아야 한다고 주장한다. 이 무렵 김기진이 「단편서사시의 길로-우리의 시의 양식의 문제에 대하여」(『조선문예』, 1929.5)를 통해 부르주아 문학 형식과 구분되는 새로운 장르의 필요성을 주장한 것은 합법성을 견지하면서 프롤레타리아의 감성을 대중들에게 전달하려는 목적을 갖는 것이다. 반면 임화는 김기진의 방식이 궁극적으로는 합법적 폭력에 고개를 숙이게 될 수밖에 없다고 판단했다. 이런 상황을 돌파하기 위해 임화는 「양말 속의 편지」(『조선지광』, 1930.3) 등과 같은 시를 발표하며 투옥된 노동자 주체의 내면을 환기하며 독자들에게 일본의 부당한 법 제도를 생각하게 했다.

1930년대로 접어들며 카프는 조직 안팎의 위기에 직면하게 된다. 1931년 카프 개성지부가 지도부를 공격하다 제명당한 〈군기〉 사건이 발생했으며, 조선공산당 재건 사건에 연루되었다는 명목으로 카프 1차 검거 사건이 발생했다. 이 무렵 카프 서기장에 취임한 임화는 직면한 위기를 해결하기 위한 과거 카프의 활동을 교조적인 것으로 비판하며 구체적인 식민지 현실에 주목하기 시작했다. 이러한 흐름에서 카프 1차 검거 사건으로 감옥에 다녀온 김남천(金南天, 1911~1935)이 자신의 투옥 경험을 바탕으로 창작한 단편소설 「물」(『대중』, 1933.6)에 대해 임화가 「6월 중의 창작」(『조선일보』, 1933.7.18)에서 "계급적 인간 대신에 '산 인간', '구체적 인간'-기실 조금도 구체적이 아닌-이 대치되어"있다고 비판하며 물 논쟁이 시작되었다. 이 글에서 임화는 김남천의 「물」이 육체적 본능을 가진 인간만이 존재할 뿐, 역사적-계급적 인간의 모습은 나타나지 않았다고 주장한다. 다시 말해 임화는 '물'에 대한 생물학적 본능만을 표현할 것이 아니라, 투옥된 주의자의 법 제도를 넘어서려는 욕망이 나타났어야 한다고 강조한 것이다. 이에 대해 김남천은 「임화적 창작평과 자기 비판」(『조선일보』, 1933.8.3)에서 "이 작품을 『대중』에 꼭 발표되도록 썼다"라고 응수한다. 검열을 피하기 위해 「물」과 같이 생물학적 본능이 두드러지는 작품을 쓸 수밖에 없었지만, '물'이라는 말을 들을 때 누구나 연상할 수 있는 상황을 소설에서 암시하고 있다는 것이다. 한 마디로 비록 작품의 표면에는 생물학적 본능이 노출되었지만, 그 이면에 있는 투옥된 주의자의 육체를 만들어 낸 제국 일본의 법 제도를 독자가 읽어야 한다는 것이다. 이는 김남천이 인간의 내면 본성을 환기하며 제국의 법-미디어 체제를 우회적으로 비판한 것으로 해석할 수 있다.

여기서 환기해야 하는 사실은 앞선 대중화 논쟁 당시 「양말 속의 편지」를 발표하며 검열을 피하기 위한 작품의 비가시성이 갖는 정치적 의미를 파악해야 한다고 주장했던 임화가 비슷한 시각을 공유한 김남천을 비판하는 이유이다. 여기에는 김기진과 김남천에서 반복되는 합법적 영역에 대한 긍정적 태도가 신체의 본능에 충실한 인간을 만들어 낼 수밖에 없다는 문제의식이 개입되어 있었다. 이를 돌파하기 위해 임화는 김남천의 '산 인간'에 '도덕적 인간'을 마주 세우며 제국 일본의 법 제도의 견고함에 저항할 수 있는 윤리적 감각을 강조한다. 임화가 「6월 중의 창작」(『조선일보』, 1933.7.18)에서 "인류의 역사를 전방으로 이끌어 나가려는 이 사회의 '도덕적 인간'들—그 계급을 대표한—이 그들을 부자유하게 만든 현실 상태에 대하여 여하히 X항해 나간다"는 사실을 강조할 때 드러나는 것은 객관적 정세에 연장을 수그리며 우회하는 방식이 문제를 해결하는 것이 아니라 사태를 악화시킬 수 있다는 판단이다. 이렇게 보면, 물 논쟁은 대중화 논쟁과 동일한 구도에서 이루어졌다고 할 수 있다. 논쟁의 한 축이 김기진에서 김남천으로 이동한 차이만 있을 뿐, 법—미디어 체제의 억압에 어떻게 대응할 것인가를 놓고 대립한다는 본질은 동일하기 때문이다.

이처럼 식민지 프로문학은 제국 일본의 통치 체제를 떠받드는 법과 미디어에 대한 인식과 비판을 수행했다. 특히 카프의 비평은 사회주의 이론을 무기로 식민지 사회가 구성되는 방식에 민감하게 반응하며 억압된 구조 속에서도 새로운 가능성을 발견하고자 했다. 임화가 두 번의 논쟁을 통해서 궁극적으로 말하고자 한 '도덕적 인간', 달리 말해 윤리적 감각은 구체적인 행동으로 나아가기 위한 주체의 내면을 환기한다는 점에서 중요하다.

(최병구)

해방기 문학

해방기 문학은 1945년 8월 15일 광복을 맞이하면서부터 한국전쟁 이전까지 해방공간의 문학을 일컫는다. 이때 한국문학이 마주하게 된 가능성은 두 가지 정도로 요약할 수 있다. 먼저 우리 모어로 작품을 창작할 수 있게 된 것이다. 다음으로 우리 문학의 방향성을 우리 민족이 주체적으로 결정할 수 있게 된 것이 그것이라 할 수 있다. 물론 해방기 문학은 새로운 가능성을 마주한 시기이기만 한 것은 아니었다. 일제강점기 친일문학에 대한 역사적 청산도 해방기 문학의 과제로 주어졌기 때문이다. 그 외에도 해방기 문학은 좌우 이데올로기 대립이 극렬해지고 이후 남북이 각기 단독정부를 수립하는 것으로 인해 분단되는 것에 따라 분단체제가 시작되는 시기의 문학을 포함하고 있다. 이런 이유로 해방기 문학은 미완의 해방을 맞이한 시기의 문학이라고 보는 것이 일반적이다. 우리 힘으로 독립을 이룬 것이 아니었고 갑작스럽게 우리에게 주어진 해방이었기 때문에 해방으로 인해 맞이한 기쁨은 온전히 주체적인 차원의 것이 될 수 없었다. 이러한 해방기의 경향이 복합적으로 드러난 것이 해방기 문학이라고 할 수 있다.

해방 이전까지 조선의 문인들은 일본 제국주의의 강압적 정책과 식민지 이데올로기 아래 자유로운 창작 활동이 제한된 채 주로 '친일문학'이나 '국민문학'의 틀 안에서 작품 활동을 할 수밖에 없었다. 이러한 경향은 일제가 중일전쟁을 일으키고 이어서 태평양 전쟁을 일으키면서 더욱 억압적으로 나타났다. 내선일체와 대동아공영을 내세운 일제는 한때 문화 통치를 허락하던 노선을 폐기하고 일본 천황을 중심으로 한 파시즘 체제의 신민으로 조선인을 설정하고, 조선인의 민족과 문화를 말살하려고 하였다. 해방은 이러한 일제의 억압을 끝마치게 한 역사적 사건이었다.

조선인들에게 일제의 억압으로부터 벗어나 자유를 얻은 것은 큰 감격으로 다가왔다. 그렇기에 해방기 문학은 해방의 기쁨과 모어의 회복을 작품화하는 작업으로 나아갔다. 이러한 흐름 속에서 일제 치하에서 발표하지 못하였던 작품들이 묶여 세상의 빛을 보게 되기도 하였다. 해방의 기쁨을 드러내는 작품들은 기념시집과 같은 형태로 출간되어 세상에 나왔다. 대표적인 것이 중앙문화협회에서 출간한 『해방기념시집』이다. 그 외에 오장환이 발문을 쓰고, 김광현, 김상훈, 박산운, 유진호 등이 참여한 『전위시인집』(1946)과 해방기 북한지역에서 강승한, 김광섭, 김귀련 등이 참여한 『전초』(1947) 등도 이러한 기념시집에 속한다. 이들 기념시집에는 신진시인들의 작품들도 수록되어 있다. 그런 점에서 해방기 문학에는 일제 말의 엄혹했던 시기에도 우리 문학에 기여하고자 숨어서 작품을 창작하던 신진작가들의 활로가 열린 때이기도 하다.

모어 회복의 기쁨을 노래한 대표적인 작품에는 월탄 박종화(朴鍾和, 1901~1981)의 「대조선의 봄」(1945)이 있다. 박종화는 "벙어리 된 지 서른 여섯 해/삼천리 강산에 자유종이 울렸다./ (…) /또 한 번 대조선에 봄이 왔구나/활개를 치자 너도 나도 다시 살아났구나"라며 해방으로 인한 모어 회복을 기뻐하였다. 신진작가의 시에는 모어 회복과 더불어 새로운 문학의 가능성에 대한 설렘도 담겨 있다. 모어의 회복으로 인해 전통과 역사의 새로운 전기가 마련되었다고 느낀 젊은 세대의 감정이 나타나고 있는 것이다. 김귀련의 시 「조국어」에 나타난 감정이 대표적이다. "숨어서 내 나라 글을 써야했고/몰래 내 나라말 속삭여야했던/우리들의 조상이 피와 싸웠던 이 땅에서/어버이 없는 사생아처럼/나의 정열 솟을 곳 없는/나의 호소 닿을 곳 없는/조국 잃은/조국 없는/의지할 곳 없는 창백한 벙어리꽃이었다"에서 알 수 있듯이 김귀련과 같은 해방기 신진작가들은 모국어를 쓸 수 없었던 일제강점기의 고통을 기억하고 있다. 해방은 이러한 김귀련에게 "조국의 말/조국의 글//그 위에 피는 전통의 꽃 붉고/그 위에 피는 역사의 꽃 아름다우리니"라고 노래할 수 있는 계기적 사건으로 다가왔다.

그 외에 해방을 맞이하여 항일운동으로 인해 옥고를 치르고 목숨까지 잃었던 작가들의 유고집들이 발간되었으며 고국으로 돌아오는 작가들의 작품들이 이 시기 발표되기도 하였다. 대표적으로 이육사 시인의 『육사시집』(1946)과 윤동주 시인의 『하늘과 바람과 별과 시』(1948)가 있는데, 이 유고시집들은 높은 문학적 완성도를 보여주어 출간 이후 당대 문단에 큰 충격을 주었으며, 지금까지도 많은 독자들에게 사랑받는 시집으로 남아있다. 이들 작품들은 일제강점기에 창작된 작품이라 일제시기 문학적 성취로 평가받고 있지만, 엄밀히 말하면 해방을 통해서 그 문학적 성취를 온전히 드러낼 수 있었기에 해방기 문학의 성취로 볼 수도 있다. 해방을 통해 고국으로 돌아와 문학적 성취를 보여준 대표적 작가로 이용악(李庸岳, 1914~1971)을 들 수 있다. 이용악은 「하나씩의 별」(1945)에서 "푸르는 바다와 거리거리를/설움 많은 이민열차의 흐린 창으로/그저 서러이 내다보던 골짝 골짝을/갈 때와 마찬가지로/헐벗은 채 돌아오는 이 사람들과/마찬가지로 헐벗은 나요/나라에 기쁜 일 많아/울지를 못하는 함경도 사내"라고 노래하면서 해방된 고국으로 돌아오는 사람들의 정황을 노래한다.

해방 이후 문단에서는 일제강점기 친일 문학에 대한 청산의 요청이 주요한 화두로 대두되었다. 이는 새로운 민족문학의 수립을 위해 선결해야 할 문제였기 때문에 해방기 문학에서 중요한 주제로 다뤄질 수밖에 없었다. 대표적인 작품으로는 채만식(蔡萬植, 1902~1950)의 「민족의 죄인」 (1948)과 김동인(金東仁, 1900~1952)의 「반역자」(1948)가 있다. 이들 작품은 친일을 한 지식인들을 등장시켜 해방 이후 자신들의 친일 행각에 대해 반성하도록 하였다. 하지만 김동인의 「반역자」와 같은 경우 자기 반성적 인 태도뿐 아니라 자기변명의 태도도 보이고 있어 친일행위에 대한 진정한 반성으로 보이지 않는 한계가 있다. 이후 좌우 이데올로기의 대립이 해방 기 문학의 주요 경향성이 되고, 한국전쟁이 발발하면서 친일 문학에 대한 깊이 있는 반성 및 친일 문학 청산은 제대로 이뤄지지 못했다.

이 외에 해방기 문학은 새로운 시대의 방향성을 두고 생각의 차이를 드러내는 문학적 담론들이 서로 갈등을 일으키는 양상으로 나타났다. 이 는 당대의 이데올로기적 갈등을 그대로 반영하는 양상을 보이며 좌우 대 립을 드러내는 방향으로 첨예화하게 된다. 해방기에 처음 결성되었던 조 선문학건설본부(1945) 단 하나였던 문학 단체가 이후 좌우 이데올로기 갈 등이 심화됨에 따라 조선문학가동맹(1946)과 전조선문필가협회(1946)로 나뉘게 된 것이 대표적인 예라고 할 수 있다. 조선문학건설본부는 해방을 맞이하고 얼마 지나지 않아 임화를 필두로 하여 이태준, 김남천, 이원조 를 임원으로 수립된 단체이다. 조선문학건설본부는 박태준, 정지용 등을 참여시켜 해방기 문단의 대표적인 문인 단체로 나아가고자 했지만 박헌 영이 이끄는 조선공산당의 이른바 '8월 테제'에 입각하여 문학 단체를 운 영하고자 하였기에 이에 반대하는 문인들이 나오게 되었다. 그 결과 좌우 이데올로기를 대표하는 문인 단체들로 나뉘게 되었다.

해방기 문단이 이처럼 좌우 이데올로기 대립으로 나아가게 된 데에는 해방기 문학의 시대적 배경과 밀접한 연관이 있다. 해방기는 냉전시대의 개막을 알리는 미소에 의한 남북 분단으로 인해 해방의 감격이 점점 퇴색 되는 경로로 나아갔다. 잘 알려져 있다시피, 남에는 미군정이 들어서고

북에는 소련에 의한 공산당 일당체제가 들어섰다. 해방기의 문단은 이와 맞물려 더욱 이데올로기 갈등이 심화되었다. 결정적 계기는 1948년에 남북이 각기 정부를 출범시키면서 분단체제가 들어서게 되었던 것이다. 그런 점에서 해방기 문학은 분단문학의 기점이 되는 시기이기도 하다.

그러나 이러한 한계에도 불구하고 해방기 문학은 나름의 탐색을 통해 새로운 방향성을 제시하는 해방기 문학 특유의 문학적 성과들을 남겼다. 대표적으로 시에서는 청록파의 『청록집』(1946), 유치환의 『생명의 서』(1947), 후반기 동인의 『새로운도시와 시민들의 합창』(1949)이 있다. 소설에서는 지하련의 「도정」(1946), 채만식의 「미스터 방」(1946) 등을 들 수 있다. 청록파의 『청록집』은 일제강점기 박용철이 연 순수시의 명맥을 이어가는 모습을 보여주고, 후반기 동인의 작품들은 이후 새롭게 시작될 모더니즘의 경향을 보여주고 있다는 점에서 의미가 있다는 평가를 받는다. 이는 해방기 문학이 이후의 한국문학이 나아갈 방향에 다양성을 제공해주고 있다는 증거로 읽힌다.

지하련(池河蓮, 1912~1960)의 「도정」은 해방 직후 일제 시기 전향 행적 때문에 괴로워하던 지식인이 노동운동에 투신하면서 새로운 삶의 방향성을 찾는 과정을 그리고 있다. 해방기 문학이 새로운 방향의 탐색이란 특성을 지닌 문학이란 것을 감안할 때, 이를 어떻게 작품으로 형상화했는지 잘 보여주는 작품이라고 할 수 있다. 채만식의 「미스터 방」은 미군정 시기의 세태를 풍자하면서 해방기 우리들이 겪은 혼란을 현실감 있게 묘파한다. 더불어 외세에 의해서 맞이한 해방이 긍정적인 방향으로 나아가지 못하게 될 것임을 예고하기도 한다.

결국 한국전쟁의 발발로 인해서 해방기 문학은 그 막을 내린다. 여러 다양한 민족문학의 발전경로를 탐색해볼 수 있으리라 기대하였던 시기는 전쟁의 참화로 인해 그 가능성들을 모두 시도하지도 못하고 끝나게 되었다. 그러나 이후 한국문학사에서 해방기 문학은 잠시 동안이지만 우리 문학이 한국문학이라는 하나의 장에서 여러 가능성을 두고 문학적 경향이 경쟁을 벌인 시기라는 점에서 문학사적 가치가 높다고 할 수 있다. 무엇보다 해방기 문학은 도래할 통일문학을 우리가 어떻게 마주해야 할지에 대한 시사점을 주는 시기로 우리 앞에 남겨져 있다.

(김학중)

후일담 소설

　문학에서 후일담(後日談)은 원래 연극에서의 폐막사를 지칭하는 것으로, 이야기의 마지막에 덧붙여진 특별한 방식의 결말 단계를 의미했다. 정해진 구성과 줄거리에 따라 원래의 이야기가 완결이 난 이후 창작 의도나 독자에게 전달하고 싶은 내용 등 작가가 작품과 관련한 이야기를 직접 드러내는 경우가 이에 해당한다. 하지만 한국문학사에서 후일담 소설은 특정 시기에 주로 창작된 작품으로 창작 배경이나 내용에 있어서 여타의 작품들과 구별성을 갖는 작품들을 지칭한다.

　후일담 소설이 처음 등장한 것은 1930년대 후반이다. 1935년 카프(KAPF)가 결국 해산을 하게 되고, 일제의 강압통치가 점차 전시동원체제로 보다 전면화되던 이 시기에 프로문인들은 다른 방식으로 창작활동을 이어나갈 수밖에 없었다. 해산 이전에 이미 탈퇴를 선언했던 박영희를 비롯해서 김남천, 한설야, 이기영 등의 많은 작가들이 사회적 현실에 대한 문학적 방향성을 이른바 생활과 내면으로 돌리게 되었다. 이와 같은 작품을 두고 최재서(崔載瑞, 1907~1964)는 「현대소설과 주제」(『문장』, 1939.7)라는 글을 통해 출옥한 사회운동가의 일상을 그리는 것에 불과한 일종의 전향물이라고 비판한다. 따라서 이와 같은 작품들은 이전 시기에 그들이 보여주었던 사회변혁에 대한 의지들을 그저 기억해내고 있을 뿐이며, 좋든 나쁘든 과거를 신화화하려는 것에 불과하다고 지적하면서 후일담 문학으로 규정했다. 그러면서 후일담 문학은 마치 알곡을 모두 거두어들인

후에 낟알을 줍는 행위와 같고 처음부터 '위대한 재료나 광대한 정열'을 보여줄 수 없는, 본질적으로 주제적인 결함을 가지고 있는 문학이라고 비판했다.

임화(林和, 1908~1953)의 경우 「최근소설의 주인공」(『문장』, 1939.9)이라는 글을 통해 최재서의 평가와 다른 의견을 보여주기도 한다. 당시 이 같은 작품에는 변화된 현실에서 느끼는 주인공들의 '적막감과 양심의 고고함'이 반영되어 있으며, 이는 곧 스스로를 불신하는 양심적 태도를 표현하는 것으로 볼 수 있다는 것이다. 이들의 논의를 살펴볼 때 결국 후일담 문학이라는 말은 30년대 프로문학의 쇠퇴 이후 변화될 수밖에 없었던 일련의 작품들을 지칭하는 포괄적 용어라고 할 수 있다. 이후 후일담 문학이라는 말은 한동안 그 흔적을 찾을 수 없다가 1990년대 한국 소설의 변화에 대해 논의하는 가운데 다시 등장한다.

군부독재시기 내내 이어져 온 민주화를 향한 열망은 1980년 광주민주화운동이 도화선이 되어 우리 사회 전반에 걸쳐 본격적인 영향력을 행사했다. 문학 또한 이 같은 시민 사회의 의지를 적극적으로 반영하면서 정치적 지향성을 분명하게 보여줄 수 있는 소설 작품들이 많이 창작되었다. 그러다가 1987년 6월 항쟁을 통해 성취된 대통령 직선제의 도입과 1993년 문민정부의 등장 이후 1990년대 소설들은 소위 거대서사를 중심으로 창작되었던 이전 시대의 작품들과 다른 변화를 반영하게 되었다. 이른바 운동권 문학이나 리얼리즘 문학 이후 미시적 서사에 집중하는 소설 작품들을 후일담 소설로 지칭하게 된 것이다.

처음 후일담 소설의 등장을 바라보는 관점은 대체적으로 부정적이었다. 먼저, 방현석(1961~)의 경우 「후일담문학과 90년대 인기소설 비판」(『월간 말』, 1997.11)이라는 글을 통해 80년대를 살아 온 개인적인 경험을 바탕으로 이와 같은 작품들을 비판적으로 평가했다. 지난 시기 이념 지향적인 작품들이 보여준 경직된 태도와 개인의 삶에 대한 무관심을 비판하고 그에 대한 반성을 담고자 했던 후일담 소설들에는 결국 그 대상으로 삼은 운동권을 부정적으로 보던 당시 사람들의 선입견이 그대로 이어지고 있다는 것이다. 또한 과거에는 선명하게 대립하고 있었던 억압집단과 저항집단을 모두 비판하면서 다른 모든 사람들이 그와 같은 대결 국면으로 인해 '상처 입은 피해자'라는 후일담 소설의 현재적 인식 역시 정당한 것은 아니라고 보았다. 최원식(崔元植, 1949~)은 「문학의 귀환」(『창작과비평』, 1999년 여름호)에서 후일담 소설들이 1980년대 문학에 대한 비판적 태도로 인해서 지나치게 사회성을 탈피하고 있는 것은 아닌지에 대해 우려를 표한다. 그러면서 이들 소설이 세계와 소통하는 것을 포기해버린 채 진정한 의미의 또 다른 세상에 대한 감각을 결여한 나머지 '골방의 심리주의'적 이야기에 머물 수 있다고 비판했다.

이와 같은 1990년대의 후일담 소설을 두고 다른 차원에서 그 의미와 가치를 새롭게 부여하고자 하는 관점도 있었다. 황종연(黃鍾淵, 1960~)의 경우 1990년 문학의 의미를 결산하는 의미의 한 좌담 「다시 문학이란 무엇인가」(『문학동네』, 2000년 봄호)에서 90년대의 변화를 경험하게 된 젊은 세대의 내면적 혼란에 보다 주목한다. 이전 시기 추구했던 정치·사회적 변혁의 목표들이 그 성패의 여부와는 무관하게 한 순간 사라지게 되면서, 그간 '민중과의 동일시'를 통해 자기 정체성을 확보해왔던 젊은 세대들은 스스로에 대한 정의를 내릴 수 없는 정체성의 혼란을 마주하게 되었다는 것이다. 이 같은 혼란 속에서 등장한 후일담 소설은 공동체의 틀 안에서 벗어나게 된 개인의 정체성 찾기로 평가할 수 있다고 보았다.

박일문(朴日文, 1959~2024)의 『살아남은 자들』은 내용과 주제는 물론 소설적 구성에 이르기까지 여러 면에서 후일담 소설의 면모를 처음 드러낸 작품 중 하나이다. 1992년에 발표된 이 작품은 1962년 생으로 현재 서른두

살이 된, 386 세대의 전형이라 할 수 있는 인물이 경험한 이야기를 다루고 있다. 주인공인 화자는 학생운동을 거쳐 노동운동에 투신하면서 감옥에 다녀 온 적도 있는데, '라라'와 '디디'라는 두 명의 여성과 연애를 한 적이 있다. 그런데 '라라'는 운동권에 투신했지만 결국 사회를 변화시키지 못하는 절망감에 자살을 하고, '디디'는 자유주의적 성향을 가지고 있으며 결국 '나'를 사회 운동에서 빠져나와 문학의 세계로 이끈다. 이처럼 서로 상반된 사회적 태도를 가진 두 명의 인물은 주인공의 서로 다른 내면적 자아를 상징하며, 그 사이에서 겪는 주인공의 방황과 갈등은 90년대 젊은 세대의 내면을 잘 반영하고 있는 것으로 평가할 수 있다.

후일담 소설을 대표하는 작가로는 공지영(孔枝泳, 1963~)을 들 수 있다. 공지영은 1987년 대통령 선거 당시 구로구청에서 벌어진 부정투표함 반출사건에 저항하며 시민들이 벌인 점거농성을 소재로 한 작품 「동트는 새벽」(1988)으로 등단했다. 이 작품은 노동운동에 참여했으며 실제 이 사건과 연관되어 구치소에 갔던 작가의 경험이 녹아든 것으로 현실 변혁을 이끄는 주체로서 노동자 계급의 힘을 강조하고 있어 '80년대 문학'의 한 전형을 보여주고 있다. 이후 공지영은 1994년 같은 해에 발간한 소설집 『인간에 대한 예의』와 장편소설 『고등어』가 동시에 베스트셀러가 되는 드문 사례를 통해 한국 문학계에 널리 알려지게 되었는데, 이 두 작품모두 후일담 소설이라고 할 수 있다. 이처럼 공지영은 소위 '운동권 문학'으로 창작을 시작하게 되었지만 변화하고 있는 시대를 작가 자신이 살아가는 현장 속에서 직시하는 한편, 지난 시간에 대한 반성과 성찰 속에 자기 자신을 적극적으로 포함하는 방식으로 후일담 소설의 새로운 면모를 보여주었다. 80년대에 중요했던 치열한 사회적 의식이 이제는 보다 구체적인 삶의 영역에서 어떻게 뿌리내릴 수 있는지에 대한 고민을 보여준 공지영의 후일담 소설은 90년대 문학이 과거와의 대립이라는 단순한 구조를 벗어날 수 있도록 해준 계기라고 할 수 있다.

이처럼 한국 문학에서 후일담 소설은 1930년대와 1990년대에 불연속적으로 발생하게 된 특정한 작품들을 가리키는 말이라고 할 수 있다. 해당 시기의 문학들은 계급투쟁이나 노동 운동, 민주화 운동 등 사회적 변화에 초점을 두고 그것을 달성하기 위한 이념을 보다 중시했던 이전 시기 문학의 변화 속에서 등장했다. 따라서 이전의 사회적 가치를 여전히 중시하는 입장에서는 일종의 전향소설로 폄하되기도 했으며, 문학적 가능성의 최대치로 여겨왔던 거대 담론을 포기한 채 문학을 개인적이고 말초적인 미시적 영역으로 축소시킨다는 비판도 받았다. 하지만 후기 자본주의적 삶의 원리가 점차 확대되어가던 1990년대의 한국 사회에서 문학의 가치는 더이상 정치적 참여의 가능성에만 국한될 수 없었다. 1980년대의 정치적 경험과 사회에 대한 문제의식은 1990년대라는 변화된 현실 속에서 보다 다양하고 일상적인 차원에서 실천적 변화를 이끌 수 있는 가능성으로 변모되어야 했기 때문이다. 이 같은 차원에서 1990년대 후일담 소설의 등장은 지난 시기에 대한 비판적 성찰을 토대로 새로운 시대에 걸맞은 문학적 다양성을 확보해나가기 위한 발판이 되었다.

(남승원)

휴머니즘론

휴머니즘(Humanism)은 인간다움을 존중하고 인간성을 옹호하는 사상이나 정신적 태도를 지칭하는 말로 인간주의, 인문주의, 인본주의로 번역되기도 한다. 서구에서 15~16세기 르네상스 시기에 나타난 문예 운동으로서의 휴머니즘은 카톨릭 교회의 권위로부터 인간을 해방시키고 인간의 존엄을 회복하며 문화적 교양을 발전시키고자 했다. 17~18세기에 이르러 근대적 합리성과 결부되면서는 이성의 힘으로 계몽적이고 진보적인 문명을 추구하는 경향으로 나아갔다. 18세기 후반 독일에서는 계몽사상의 합리주의와 기계론적 세계관에 반대하며 고대 그리스의 미와 이상을 추구하는 새로운 인문주의 운동으로 나타나기도 했다.

휴머니즘은 시대적인 상황 속에서 여러 가지 사상적 경향을 드러내며 분화되어 왔다. 철학자 안병욱이 지적한 것처럼 휴머니즘은 문학, 종교, 철학 등 여러 영역에서 다의적, 역사적, 발전적 개념으로 전개되어왔다. 휴머니즘은 인간해방, 인간존중을 공통분모로 삼는 사상과 운동이자 "완성된 이론 체계를 갖춘 사상이라기보다는 인간의 기본적인 태도요, 정신이요, 자세요, 사고방식"(안병욱, 『휴머니즘』, 민중서관, 1969)이라고 말할 수 있다.

김용직(金容稷, 1932~2017)은 「한국 휴우머니즘 문학론 – 그 식민지 시대의 양상」(『문학과 지성』, 1972.5)에서 휴머니즘 문학을 "인간의 자아각성에서 시작하여 인간의 주체성 확립을 위한 대결에 이르기까지의 넓은 영역에 걸치는 문학"으로 개념화하고, 대한제국말기부터 8·15 해방까지의 휴머니즘 문학사를 논한 바 있다. 그는 우리 신문학에 휴머니즘문학이라는 기념비를 세운 이광수가 인간성을 옹호하고 항상 인간의 편이 되고자 한 작가정신을 작품에 투영했다고 평했다. 이광수 이후에는 1930년대 백철이 던진 휴머니즘론에 유진오, 함대훈, 이헌구, 김환태, 김동리 등이 참여하여 논의가 확대되었으며, 1930년대 후반에 이르러서는 모랄론(최재서), 행동주의 문학론(이헌구, 홍효민), 지성론(최재서)으로 발전했다고 서술했다. 여기서 주목할 점은 김용직이 일제 통치라는 상황에서 나치즘이나 파시즘에 대항한 행동주의 문학론의 의의를 높이 평가하며 휴머니즘이 행동과 결부되어야 함을 인정했다는 사실이다. 휴머니즘에 기댄 행동주의 문학론은 1960년대 이후 참여문학론이 대두되는 계기가 되었다는 해석도 있다. 그러나 아이러니하게도 전쟁과 같은 특수한 상황에서는 휴머니즘이 도리어 전쟁 참여를 독려하는 전쟁문학의 중요한 근거가 되기도 했다.

먼저 1930년대 제기된 백철(白鐵, 1908~1985)의 휴머니즘론의 출발점은 '인간묘사론'이라고 언급된다. 당시 카프의 멤버였던 백철은 1933년 『조선일보』에 발표된 「인간묘사시대」(8.29~9.1)라는 글에서 인간의 현대적 의의, 현대문학에 나타나는 인간의 자기소외 경향, 창작활동에서 인간을 취급하고 그 묘사에 힘써야 하는 까닭을 논했다. 프롤레타리아 리얼리즘과 유물변증법적 창작방법의 공식주의적인 인간묘사와 이론의 과잉을 비판하고 '산(生) 인간'의 묘사를 강조하는 휴머니즘을 주장했다. 그는 문학이 전형적인 인물형 속에 그 시대의 특징을 잘 반영시킴으로써 인간탐구가 이루어질 수 있으며, 모든 걸작의 지위는 인간의 묘사에 있다는 주장을 펼쳤다. 백철은 카프의 공식주의적 인간묘사를 비판하며 문학은 그 시대의 전형적 타입의 인간을 탐구하는 것이라고 주장함으로써 사실상 개인의 자유를 옹호했다. 외부의 권위에 억압받지 않는 자유로운 개인을 휴머니즘의 핵심으로 본 그는 1935년에 사상전향을 선언하며 공식적으로 휴머니즘을 표방하고 나섰다.

근대적 세계관을 토대로 인간 탐구와 개성의 옹호를 주장한 백철과 달리 김오성(金午星, 1908~미상)은 근대적 합리주의와 개인주의에 대한 비판에서 출발하는 휴머니즘론을 펼쳤다. 김오성은 「문제의 시대성 -인간탐구의 현대적 의의」(『조선일보』, 1936.4.29)라는 글에서 근대적 이성주의에 대한 성찰이 휴머니즘의 배경임을 설명하면서 세계적 문화현상으로서의 행동주의 문학의 대두를 중요하게 언급했다. 능동성과 행동주의를 강조하는 김오성의 네오휴머니즘은 융합과 조화를 통해서 분열되고 파편화된 근대의 위기를 해결할 것을 주장하며 감성과 지성, 신체와 정신의 **통합**을 지향했다. 이원론에 기반한 근대적 인식을 넘어서고자 하는 네오휴머니즘은 근대를 비판하며 현대로 진입하고자 한 시도로 볼 수 있다. 그러나 일제의 강압적인 식민정책으로 네오휴머니즘론도 중단될 수밖에 없었다.

한국전쟁기 문학장에서도 휴머니즘론이 강조되었다. 이미 전쟁 직전에 서구의 실존주의적 휴머니즘론이 번역되어 소개되기도 했지만, 그보다는 현재 벌어지는 급박한 전시 상황에 맞게 변형되어 호명되었다. 전쟁으로 인한 극단적이고 비인간적 사건들이 가져온 충격은 북한을 비롯한 공산주의라는 적을 비인간으로 수사화하며 반공의식을 고조시키고 있었다. 인간을 옹호하는 휴머니즘론은 반공주의와 결합하여 적을 비인간화하고 전쟁을 옹호하며 정당화하는 문학론으로 전개되었다. 인간의 존엄성을 지키고 인간성을 옹호하는 휴머니즘이라면 응당 전쟁이라는 폭력적 사태에 저항하며 반전의식을 표명해야 하겠지만 전시체제의 문학은 전쟁에서 승리하는 것이 곧 인간성을 옹호하는 길이라고 선전했다. 한국전쟁기 휴머니즘론은 전쟁을 정당화하고 승리를 기원하며 적을 비방하는 사상적 근거를 마련해주었던 것이다.

전쟁기 문학장에서 휴머니즘을 호명한 문인 가운데 한 명은 김동리(金東里, 1913~1995)였다. 해방공간에서 세대-순수 논쟁을 통해 휴머니즘에 기반한 순수문학론을 펼쳤던 김동리는 작가의 창조적 의욕이나 정신적 계기, 개성적 기능이라는 주체적 조건을 옹호하며 본격문학 혹은 순수문학을 뜻하는 '제3휴머니즘'론을 펼친 바 있다. 김동리가 말하는 제3기 휴머니즘이란, 신화적, 미신적 궤변과 계율에 대한 항거와 타파를 내용으로 하는 제1기 고대 휴머니즘과 신본주의에 대한 인본주의의 승리였던 르네상스기 제2기 휴머니즘에 이어 과학주의 위기관의 결정체인 유물사관에 대항하여 역사적 필연성에 따라 나타난 민족 단위의 휴머니즘이다. 김동리는 「순수문학의 진의」(『문학과 인간』, 백민사, 1948)에서 "민족정신을 민족 단위의 휴맨이즘으로 볼 때 휴맨이즘을 그 기본 내용으로 하는 순수문학과 민족정신이 기본 되는 민족문학"이라고 주장하며 순수문학과 민족문학과 휴머니즘을 서로 환원되는 개념으로 설명했다.

"문학하는 것"의 "최고지향"을 "구경적 생의 형식"(「문학하는 것에 대한 사고」, 『백민』, 1948.3.1)이라고 주장했던 김동리에게 구경적(究竟的) 생의 형식은 문학, 철학, 종교, 정치 등의 분야를 넘어서는 초월적 지점이었다. 그에 따르면 인간의 1단계 생의 방식은 생명을 유지하는 일체의 행위를, 2단계는 직업적 삶으로 보통 사람들이 영위하는 삶을 뜻한다. 그런데 여기에 만족하지 않는 사람들이 3단계의 구경적 삶을 추구한다는 것이다. 김동리는 "우리에게 부여된 우리의 공통된 운명을 발견하고 이것의 타개에 노력하는 것, 이것을 가르쳐 구경적 삶이라 부르"며 이것이 곧 문학하는 것이라고 주장했다. 김동리의 구경적 생은 인간의 운명, 즉 현실의 한계와 맞서는 인간(성)을 문학의 사상적 기초로 삼는 문학론으로서 자신이 언급하는 순수문학과 휴머니즘을 수렴시키는 지점이자 모든 문학적 논리를 초월하는 본질론에 가깝다. 그는 모든 이념과 사상을 초월하는 문학의 본질이 있음을 주장하며 인간성의 본질을 탈정치적인 것으로 간주한 것이다. 그러나 전시에 이르자 김동리는 전쟁 참여를 적극 독려하며 전쟁문학론을 휴머니즘과 연결시켜 논의했고, 정치성을 수용하는 모순적 태도를 보였다.

김동리의 휴머니즘론이 초월적, 관념적 차원으로 나아갔다면 곽종원(郭鍾元, 1915~2001), 임긍재(林肯載, 1918~1962), 김기진(金基鎭, 1903~1985) 등의 종군작가들은 구체적인 행동과 실천을 강조하는 휴머니즘론을 제기했다. 1930년대에 제기되었던 행동적 휴머니즘을 자의적, 극단적으로 해석한 곽종원은 「비평문학의 새로운 기능」(『문화세계』, 1953.7)에서 전쟁이라는 현실에 밀착하는 행동적 휴머니즘론을 펼쳐나갔다. 그에게 "금차(今次) 동란은 다각적인 면으로 보아 우리의 인간적 질서의 붕괴를 급거히 초래"했고, "가치의 기준이 확립되지 못하는 시대, 가능과 불가능을 식별할 수 없는 시대"로 인식되었고, 그는 전시 상황에서 "개인이란 한낱 공허한 존재에 불과한" 존재라는 결론에 도달했다. 전쟁이 초래한 불안과 존재의 공허에 맞닥뜨린 그는 "스스로의 신념과 창조력과 그 시대와를 종합시킴으로써 사회와 「모랄」과 「휴우메니티」와 운명의 「이메이지」를 추구하지 아니하지 못하겠다는" 자기방침을 세웠고, "모랄"과 거의 동일한 맥락에서 '휴우메니티'를 언급했다. 그러나 그의 휴머니즘은 전쟁이라는 현실에서 필요한 인간상을 제시함으로써 문학의 "새로운 지도 이념"을 정립하기 위한 도구에 불과했다.

곽종원은 프랑스 작가 앙드레 말로를 예로 들면서 "2차 대전시에 일개 병졸로 출진(出陣)하여 푸로페라 소리도 요란한 비행기 위에서 원고를 쓰고, 혹은 폭격으로 허무러져 가는 빌딩 지하실에서 원고를 썼다는 사실은 〈행동적 휴우메니즘〉의 산 표본"이라고 지적하면서 "「정복자」나 「인간의 조건」 속에 나오는 수많은 인물들의 움직이는 행동은 주저나 망설임이라고는 찾아볼래야 찾아볼 길이 없"다고 역설하며 전쟁 참여를 독려했다.(곽종원,「문학정신의 확립」,『자유세계』, 1952.1) 전쟁에 직면한 후 그의 비평은 집단 전체의 현실 문제 해결을 중시하는 방향으로 나감으로써 애초의 행동주의 휴머니즘이 비판하고자 했던 전체주의로 귀결되는 모순을 드러냈다. 애초에 파시즘에 대항하고자 했던 행동주의 휴머니즘이 전쟁이라는 극박한 현실 앞에서 국가를 옹호하며 전쟁 승리와 전쟁 참여 독려를 위한 선전 구호로 변질된 것이다. 근대 기계 문명이 낳은 인간소외를 극복하기 위해 새로운 인류를 모색하는 사상과 행동이라는 현대 휴머니즘에서 점차 멀어진 전쟁기의 휴머니즘 비평은 갈수록 전쟁 논리에 종속된 채 과격한 태도를 취했고 마침내 전시 문단에는 '투쟁적 휴머니즘'(박기준,「한국작가의 반성」,『전선문학』, 1952.4)이란 모순적 구호마저 등장했다.

휴머니즘은 인간을 가치의 중심에 둔 이념이지만, 그것이 지닌 포괄적이고 추상적이며 개방적인 성격으로 인해 다른 사상 및 입장들과 결합된 형태로 전개되었다. 휴머니즘은 모든 인간을 존중하는 보편적 이데올로기가 아니라 정치적 갈등과 경합의 대상으로 기능하기도 했다. 그 대표적인 사례로 전쟁기의 휴머니즘론은 전쟁이라는 극단적 상황에서 위기에 처한 인간과 문학의 역할을 모색했으나 반전의식이나 이념적 대립이 초래한 반인간적 폭력에 대항하지 못한 채 전쟁을 정당화하고 문학의 전쟁 참여를 독려하는데 그쳤다. 물론 인간을 말살하는 불가항력적 폭력 앞에서 인간의 가치를 찾고자 하는 일부의 시도가 없지는 않았겠지만, 전쟁이라는 실존적 위기와 적에 대한 공포는 적과 나를 이원화하고 적을 반인간적인 괴물로 수사화하여 인간의 범주에서 배제시키는 한계를 드러내고 말았다. 그런 점에서 전쟁기 휴머니즘론은 전시체제의 도구로 전락했다는 평가에서 자유로울 수 없다.

(장은영)

참고문헌

3·1 운동

권영민, 『한국현대문학사』, 민음사, 2022.

김경수, 『염상섭과 현대소설의 형성』, 일조각, 2008.

김영민, 『한국근대소설사』, 소명출판, 2024.

김윤식, 『염상섭연구』, 서울대학교출판부, 1987.

김희곤, 『3·1 운동과 1919년의 세계사적 의의』, 동북아역사재단, 2010.

계몽소설

권영민, 『한국현대문학사』, 민음사, 2022.

김병구, 『식민지 시대 민족 계몽 담론과 근대 장편소설의 탈식민성 연구』, 역락, 2017.

김영민, 『한국근대소설사』, 소명출판, 2024.

박혜경, 『이념 뒤에 숨은 인간: 한국 근대소설에 나타난 계몽의 패러다임』, 역락, 2009.

이재선, 『한국소설사: 근·현대편I』, 민음사, 2000.

국민문학

김윤식, 『최재서의 『국민문학』과 사토 기요시 교수』, 역락, 2009.

문경연 외, 『좌담회로 읽는 『국민문학』』, 소명출판, 2010.

사희영, 『제국시대 잡지 『국민문학』과 한일 작가들』, 문, 2011.

윤대석, 『식민지 국민문학론』, 역락, 2006.

조선문인협회, 『조선국민 문학집』, 노상래·김양선 옮김, 영남대학교출판부, 2015.

노동소설

구해근, 『한국노동계급의 형성』, 창작과비평사, 2002.

권영민, 『한국현대문학사』, 민음사, 2002.

이재선, 『현대한국소설사』, 민음사, 1991.

정고은, 「신자유주의 시대의 노동문학 연구」, 성균관대학교 박사학위논문, 2024.

천정환, 「세기를 건넌 한국 노동소설: 주체와 노동과정에 대한 서사론」, 『비교어문연구』 46, 비교어문학회, 2017.

노동시

맹문재, 『한국 민중시 문학사』, 박이정, 2001.
배상미, 『혁명적 여성들: 프롤레타리아 문학의 젠더, 노동, 섹슈얼리티』, 소명출판, 2019.
배하은, 『문학의 혁명, 혁명의 문학』, 소명출판, 2021.
서울과노동시 기획위원회, 『서울과 노동시』, 실천문학사, 2010.
조정환, 『노동해방문학의 논리』, 노동문학사, 1990.

다문화 소설

강진구, 『한국문학과 코리안디아스포라』, 온샘, 2022.
김현미, 『우리는 모두 집을 떠난다: 한국에서 이주자로 살아가기』, 돌베개, 2014.
이경재, 『다문화 시대의 한국소설 읽기』, 소명출판, 2015.
이미림, 『21세기 한국소설의 다문화와 이방인들』, 푸른사상, 2014.
정은경, 『밖으로부터의 고백: 디아스포라로 읽는 세계문학』, 파란, 2017.
최종렬, 『지구화의 이방인들: 섹슈얼리티, 노동, 탈영토화』, 마음의거울, 2013.

대하소설

이남호, 『한국대하소설연구』, 집문당, 1997.
한길연, 『조선 후기 대하소설의 다층적 세계』, 소명출판, 2009.
한승옥, 『한국현대장편소설연구』, 민음사, 1989.

도시시

김광현, 『거주하는 장소』, 안그라픽스, 2018.
김준오, 『도시시와 해체시』, 문학과비평사, 1988.
김청우, 「피부의 눈: 만지는 시선을 통한 도시의 윤리: 1990년대 한국의 '도시시'를 중심으로」, 『서강인문논총』 58, 서강대학교 인문과학연구소, 2020.
에드워드 렐프, 『장소와 장소상실』, 김덕현 외 옮김, 논형, 2005.
이성욱, 『한국 근대문학과 도시문화』, 문학과학사, 2004.

동물 우화

권영민, 『풍자 우화 그리고 계몽담론』, 서울대학교출판부, 2008.

권영민, 『한국현대문학사』, 민음사, 2022.
김영민, 『한국근대소설사』, 소명출판, 2024.
김재환, 『한국 동물 우화소설 연구』, 집문당, 1994.
윤승준, 『동물우언의 전통과 우화소설』, 월인, 1999.

디아스포라

김용규 외, 『대담집: 재일 디아스포라의 목소리』, 소명출판, 2024.
윤인진, 『코리아 디아스포라: 재외한인의 이주, 적응, 정체성』, 고려대출판부, 2004.
이명재, 『억압과 망각, 그리고 디아스포라: 구소련권 고려인문학』, 한국문화사, 2004.
임환모 외, 『한·중 문학 공간과 디아스포라』, 전남대출판부, 2023.

모더니즘 시

권영민, 『한국 모더니즘의 탄생』, 세창출판사, 2017.
김유중, 『한국 모더니즘 문학과 그 주변』, 푸른사상, 2006.
김창환, 『1950년대 모더니즘 시의 알레고리적 미의식 연구』, 소명출판, 2014.
서준섭, 『한국 모더니즘 문학 연구』, 역락, 2017.
피터 게이, 『모더니즘』, 정주연 옮김, 민음사, 2015.

문단 필화

진선영, 「폭로소설과 백주의 테러: 1952년 『자유세계』 필화사건을 중심으로」, 『한국근대
　　　문학연구』 20(2), 한국근대문학회, 2019.
채형복, 『법정에 선 문학』, 한티재, 2016.
한승헌, 『권력과 필화』, 문학동네, 2013.
황토편집위원회 편, 『한국문학 필화 작품집』, 황토, 1989.

문학과 정치

지주형, 『한국 신자유주의의 기원과 형성』, 책세상, 2011.
진은영, 「감각적인 것의 분배: 2000년대의 시에 대하여」, 『창작과비평』 2008년 겨울호.
Rancière, J. *The Politics of Aesthetics*, Continuum, 2004.

미래파

고봉준, 『반대자의 윤리』, 실천문학사, 2006.
권혁웅, 『미래파: 새로운 시와 시인을 위하여』, 문학과지성사, 2005.

신형철, 『몰락의 에티카』, 문학동네, 2008.
이태광, 『세계를 뒤흔든 미래주의 선언』, 그린비, 2008.

민족문학

권영민, 『한국현대문학사Ⅱ』, 민음사, 2011.
김명인 외, 『민족문학론에서 동아시아론까지』, 창비, 2015.
백낙청, 『인간해방의 논리를 찾아서: 민족문학과 세계문학1』, 창비, 2011.
성민엽, 『민중문학론』, 문학과지성사, 1990.
최용석, 「민족문학론의 시기 구분에 따른 전개양상 고찰」, 『국학연구론총』 12, 택민국학연
    구원, 2013.

반공문학

강진호, 「한국 반공주의의 소설·사회학적 기능」, 『한국언어문학』 52, 한국언어문학회,
    2004.
강진호, 『현대소설과 분단의 트라우마』, 소명출판, 2013.
김진기 외, 『반공주의와 한국 문학의 근대적 동학1』, 한울아카데미, 2008.
서동수, 『한국전쟁기 문학담론과 반공프로젝트』, 소명출판, 2012.
유임하, 『반공주의와 한국문학』, 글누림, 2020.

분단문학

강진호, 『탈분단 시대의 문학논리』, 새미, 2001.
권영민, 「분단문학의 역사적 전개」, 『소설과 운명의 언어』, 현대소설사, 1992.
김윤식·김우종 외, 『한국현대문학사』, 현대문학사, 2005.
장석주, 『20세기 한국문학의 탐험3』, 시공사, 2000.
진효혜, 『전후 동아시아 분단문학의 어제와 오늘』, 역락, 2019.

사실주의극

김방옥, 「한국 사실주의 희곡 연구」, 이화여자대학교 박사학위논문, 1987.
서연호, 『한국근대희곡사』, 고려대학교 출판부, 1996.
이미원, 『한국근대극 연구』, 현대미학사, 1994.
이승희, 「한국 사실주의 희곡 연구」, 성균관대학교 박사학위논문, 2001.
한국극예술학회 편, 『한국현대대표희곡선집1』, 월인, 1999.

산업화 소설

권성우 엮음, 『침묵과 사랑』, 이성과힘, 2008.

권영민, 『한국현대문학사2』, 민음사, 2020.

정주아, 「조세희 문학을 통해 본 1970년대 산업사회와 '희망'문제」, 『한국근대문학회』 19, 한국근대문학회, 2018.

최병구, 「1970년대 호모 이코노미쿠스의 탄생과 과학기술의 문제」, 『한민족어문학』 86, 한민족어문학회, 2019.

새마을희곡

박명진, 「1970년대 연극 제도와 국가 이데올로기」, 『민족문학사연구』 26, 민족문화사연구소, 2004.

유민영·전성희 편, 『차범석 전집5』, 태학사, 2018.

정현경, 「선전과 동원 정치로서의 새마을연극」, 『어문연구』 91, 어문연구학회, 2017.

차범석, 『학이여 사랑일레라』, 어문각, 1982.

차범석, 『새마을 연극 희곡 선집: 마당극에서 학교극까지』, 세운문화사, 1973.

「문예중흥 제1차년도 사업추진 중간보고: 74년도 무예중흥사업은 얼마나 추진되고 있는가?」, 『문예진흥월보』 1(6), 1974.10.

생태비평

강정구, 「1990년대 생태문학론에 대한 한 고찰」, 『국제어문』 96, 국제어문학회, 2023.

구모룡, 「21세기 생태비평이 갈 길」, 『천년의 시작』, 2009년 겨울호.

김보경, 「1990년대 『녹색평론』의 생태 담론의 형성과 이론적 기반」, 『여성문학연구』 58, 한국여성문학학회, 2023.

김종철, 『시적 인간과 생태적 인간』, 삼인, 1999.

김지하, 『밥』, 솔, 1995.

정명선, 「생태비평담론」, 『인문과학연구논총』 34(1), 명지대 인문과학연구소, 2013.

생태시

김욱동, 『문학 생태학을 위하여』, 민음사, 1998.

박이문, 『문명의 위기와 문화의 전환』, 민음사, 1996.

송용구, 『현대시와 생태주의』, 새미, 2002.

신덕룡, 『환경위기와 생태학적 상상력』, 실천문학사, 2000.

장정렬, 『생태주의 시학』, 한국문화사, 2006.

소극장 운동

바나드 휴이트, 『현대 연극의 사조』, 정진수 옮김, 홍익사, 1979.

오스카 브로케트, 『연극개론』, 김윤철 옮김, 조신문화사, 1989.

유민영, 『한국연극운동사』, 태학사, 2001.

정호순, 『한국의 소극장과 연극운동』, 연극과인간, 2002.

차범석, 『소극장연극사』, 연극과인간, 2004.

소인극 운동

민병욱, 『한국 근대극 운동론』, 역락, 2012.

우수진, 『한국 근대극의 동역학』, 소명출판, 2020.

유민영, 『한국현대희곡사』, 새미, 1997.

유민영, 『한국근대연극사』, 단국대학교 출판부, 2000.

정호순, 「연극대중화론과 소인극운동」, 『한국극예술연구』 2, 한국극예술학회, 1992.

한옥근, 『광주·전남 연극사』, 국학자료원, 1994.

순수시

권혁웅, 「순수시의 계보와 한계」, 『어문논집』 71, 민족어문학회, 2014.

김용직, 『한국현대시사』, 한국문연, 1996.

김재홍, 『한국현대시인연구』, 일지사, 1987.

오세영, 『한국낭만주의 시연구』, 일지사, 1986.

진순애, 「〈시문학파〉 연구」, 『한국시학연구』 8, 한국시학회, 2003.

시민문학

백낙청, 「시민문학론」, 『창작과비평』 1969년 여름호.

우찬제 외, 『4·19와 모더니티』, 문학과지성사, 2010.

조연정, 『장전된 시간』, 문학과지성사, 2024.

최원식 외, 『4월혁명과 한국문학』, 창작과비평사, 2002.

신극운동

박승희, 『춘강 박승희문집』, 서문출판사, 1987.

서연호, 『한국근대희곡사』, 고려대학교 출판부, 1996.

성명현, 「박승희의 극단 토월회(土月會): 1923-31)의 광무대 직영기(1925.4~26.3) 공연활동 상에 관한 논고」, 『지방사와 지방문화』 19(2), 역사문화학회, 2016.

양승국, 『한국근대연극비평사 연구』, 태학사, 1996.
유민영, 『한국현대희곡사』, 홍성사, 1982.
이광욱, 「1930년대 한국 신극운동의 전개과정과 담론구조」, 서울대 박사학위논문, 2018.
임화, 「토월회 제57회 공연을 보고」, 『조선지광』, 1928.11.12.
한국극예술학회 편, 『한국현대대표희곡선집1』, 월인, 1999.

신소설

권보드래, 『한국 근대소설의 기원』, 소명출판, 2000.
권영민, 『한국현대문학사』, 민음사, 2002.
권영민·김종욱·배경렬 편, 『한국신소설선집』, 서울대학교출판부, 2003.
김영민, 『한국근대소설의 형성 과정』, 소명출판, 2005.
임화, 『임화문학예술전집2: 문학사』, 소명출판, 2009.

신여성

김경일, 『신여성, 개념과 역사』, 푸른역사, 2016.
김연숙, 『그녀들의 이야기, 신 여성: 한국근대문학과 젠더 연구』, 역락, 2011.
나혜석, 『나혜석, 글쓰는 여자의 탄생』, 장영은 엮음, 민음사, 2018.
문옥표 외, 『신여성』, 청년사, 2003.
이덕화, 「신여성문학에 나타난 근대체험과 타자의식」, 『여성문학연구』 4, 한국여성문학학
　　　회, 2000.
최혜실, 「신여성들은 무엇을 꿈꾸었는가」, 생각의 나무, 2000.

신파극

서연호, 『한국근대희곡사』, 고려대학교 출판부, 1996.
양승국, 『한국근대연극비평사 연구』, 태학사, 1996.
이미원, 『한국근대극 연구』, 현대미학사, 1994.
장한기, 『한국 연극사』, 동국대학교 출판부, 2000.

실험극

김미도, 「〈논단〉 '김정옥 연출 50년'의 연극사적 의미」, 『공연과 리뷰』 75, 현대미학사,
　　　2011.
김미도, 「1970년대 한국연극의 전통 수용 양상: 극단 '자유'의 경우」, 『한국연극학』 21,
　　　한국연극학회, 2003.

김숙현, 「1970년대 드라마센터의 연출 특성 연구: 유덕형, 안민수, 오태석을 중심으로」, 동국대학교 박사학위논문, 2005.

김숙현, 「1970년대 연극사적 쟁점과 공연 양태」, 한국연극협회 편, 『한국현대연극 100년-공연사Ⅱ 1945~1948』, 연극과인간, 2008.

신현숙, 「전통과 실험·소극장 운동·한국연극의 해외 진출」, 한국연극협회 편, 『한국현대연극 100년-공연사Ⅱ 1945~1948』, 연극과인간, 2008.

이미원, 『포스트모던시대와 한국연극』, 현대미학사, 1996.

이원현, 「현대 실험극단 〈리빙씨어터〉 연구: 앙또넹 아르또(Antonan Artaud)의 연극개념 실천을 중심으로」, 『모드니 예술』 4, 한국문화예술교육학회, 2011.

최치림, 「연극에 있어서 공동창조」, 『중앙대학교예술대학창론』 15, 중앙대학교 한국예술연구소, 1996.

여성해방문학

민족문학작가회의 여성문학분과위원회, 『여성운동과 문학1』, 실천문학사, 1988.

이상경, 『한국근대여성문학사론』, 소명, 2002.

이선옥, 「1980년대 여성해방문학: 젠더, 민족, 민중의 교차」, 『여성문학연구』 60, 한국여성문학학회, 2023.

이혜령, 「빛나는 성좌들」, 『상허학보』 47, 상허학회, 2016.

한국여성연구회 문학분과 편역, 『여성해방문학의 논리』, 창작과비평사, 1990.

영웅 전기

권영민, 『한국현대문학사』, 민음사, 2022.

김영민, 『한국근대소설사』, 소명출판, 2024.

단재신채호전집편찬위원회, 『단재 신채호 전집』, 독립기념관 한국독립운동사연구소, 2007.

이재선, 『한국소설사: 근·현대편I』, 민음사, 2000.

백암박은식선생전집위원회 편, 『백암박은식전집』 제4권, 동방미디어, 2002.

정여울·이승원·오선민, 『국민국가의 정치적 상상력: 근대계몽기의 신체·전쟁·민족담론』, 소명출판, 2003.

오월문학

강진호, 「5·18과 현대소설」, 『현대소설연구』 64, 한국현대소설학회, 2016.

김형중, 「80년 5월과 문학의 민주주의」, 『문학들』 2010년 겨울호.

5·18기념재단, 『5·18민중항쟁과 문학·예술』, 심미안, 2006.

5월문학총서간행위원회 편, 『5월문학총서』, 5·18기념재단, 2012.

이승철, 『광주의 문학정신과 그 뿌리를 찾아서』, 문학들, 2019.

일상극

김명화, 『돛날』, 지식을만드는지식, 2014.

김성희, 「박근형의 연극미학과 연출기법」, 『드라마연구』 36, 한국드라마학회, 2012.

김윤철, 「동시대 한국연극(1990~2000년)의 풍경들」, 『한국현대연극 100년』 2, 연극과인
    간, 2008.

박근형, 『박근형 희곡집1』, 연극과인간, 2007.

서명수, 「일상극」, 한국연극학회 편, 『우리 시대의 프랑스 연극』, 연극과인간, 2001.

윤영선, 『윤영선 희곡집』, 지안출판사, 2008.

이상민, 「(기획좌담) 오늘, 대학로 연극을 말한다: 미시서사의 '작은 연극', '일상극' 혹은
    '소극장연극'」, 『연극평론』 복간33, 2009.

자유시

김성윤, 「한국 근대자유시 형성기 연구」, 연세대 박사학위 논문, 1999.

김용직, 『한국근대시사(上)』, 학연사, 1994.

박슬기, 『한국 근대시의 형성과 율(律)의 이념』, 소명출판, 2014.

오세영 외, 『한국 현대시사』, 민음사, 2007.

정우택, 「한국 근대 자유시 형성과정과 그 성격」, 성균관대 박사학위논문, 1998.

장편서사시

김재홍, 『현대시와 역사의식』, 인하대학교 출판부, 1990.

민병욱, 『한국 서사시의 비평적 성찰』, 지평, 1987.

이종분, 「한국 장편서사시에 나타난 역사인식 고찰」, 중앙대 석사학위논문, 2016.

조남현, 「김동환의 서사시에 대한 연구」, 『인문과학논총』 11, 건국대학교 인문과학연구소,
    1978.

한국문학평론가협회, 『문학비평 용어사전(하)』, 새미, 2006.

종군문학

신영덕, 『한국전쟁과 종군작가』, 국학자료원, 2002.

임도한, 「한국전쟁기 전쟁시의 체험성 연구」, 『한국시문학』 15, 한국시문학회, 2004.

장은영, 「전쟁 경험의 문학적 수용과 시적 형상화 양상 재고」, 『비평문학』 63, 한국비평문

학회, 2017.

정선태, 「총력전 시기 전쟁문학론과 종군문학」, 『한국동양정치사상사연구』 5(2), 한국동양정치사상사학회, 2006.

증언문학

김민교, 「일본군 '위안부' 증언소설 연구」, 조선대학교 박사학위논문, 2020.

김형중, 『후르비네크의 혀』, 문학과지성사, 2016.

송병선, 「라틴아메리카 증언문학의 시학과 하위 주체의 문제」, 『라틴 아메리카연구』 17, 한국라틴아메리카학회, 2004.

이경수, 「현실 접속의 실재와 증언문학의 가능성」, 『서정시학』, 2016년 봄호.

조성희, 「한강의 『소년이 온다』와 홀로코스트 문학」, 『세계문학비교연구』 62, 세계문학비교학회, 2018.

창작극

김미도, 『20세기 한국연극의 길찾기』, 연극과인간, 2001.

염창선, 「〈서울연극제〉 출품작들의 작품성향연구」, 동국대학교 대학원 석사학위논문, 2002.

유민영, 『한국현대희곡사』, 국학자료원, 1997.

이미원, 『한국근대극연구』, 현대미학사, 1994.

한국연극협회 편, 『한국현대연극 100년-공연사Ⅱ 1945~1948』, 연극과인간, 2008.

친일극

서연호, 『식민지시대의 친일극 연구』, 태학사, 1997.

서연호, 『한국근대희곡사』, 고려대학교 출판부, 1994.

유민영, 『한국현대희곡사』, 새미, 1997.

이두현, 『한국신극사연구』, 서울대학교 출판부, 1990.

이미원, 『한국근대극연구』, 현대미학사, 1994.

이상우, 「1940년대 현대극장과 친일극 연구」, 『한민족어문학』 38(구 『영남어문학』), 한국한민족어문학회, 2001.

친일문학

권영민, 『한국현대문학사Ⅱ』, 민음사, 2011.

김재용, 『협력과 저항』, 소명출판, 2004.

김재용, 『풍화와 기억』, 소명출판, 2016.
임종국, 『친일문학론』, 민족문제연구소, 2013.

포스트모더니즘 시

김준오, 『도시시와 해체시』, 문학과비평사, 1988.
린다 허천, 『포스트모더니즘의 전략』, 현대미학사, 1998.
이승훈, 『포스트모더니즘 시론』, 세계사, 1992.
테리 이글턴, 『포스트모더니즘의 환상』, 김준환 옮김, 실천문학사, 2000.
프레드릭 제임슨, 『포스트모더니즘, 혹은 후기자본주의 문화 논리』, 문학과지성사, 2022.

프로문학

구재진, 「카프 문학과 윤리적 주체」, 『비평문학』 39, 한국비평문학회, 2011.
권영민, 『한국 계급문학 운동사』, 문예출판사, 1998.
김윤식, 『한국근대문예비평사연구』, 일지사, 1978.
김재용 외, 『한국근대민족문학사』, 한길사, 1993.
최병구, 「1920년대 비평(사)의 문화적 배경 또는 논쟁의 심층」, 『구보학보』 25, 구보학회,
    2020.

해방기 문학

권영민, 『한국현대문학사Ⅱ』, 민음사, 2011.
김재용 외, 『해방기 문학의 재인식』, 소명출판, 2018.
이우용 외, 『해방공간의 문학연구』, 태학사, 1990.

후일담 소설

김윤식, 『90년대 한국소설의 표정』, 서울대학교출판부, 1994.
김정한, 『비혁명의 시대-1991년 5월 이후의 사회운동과 정치철학』, 빨간소금, 2020.
김홍식, 『한국근대문학과 사상의 논리』, 역락, 2019.
한용환, 『소설학사전』, 푸른사상사, 2016.
허영재, 「독일의 신주관성 문학과 한국의 후일담 문학」, 『독일어문학』 41, 한국독일어문학
    회, 2008.

휴머니즘론

고봉준, 「1930년대 비평장과 휴머니즘」, 『한국문학이론과 비평』 40, 한국문학이론과비평

학회, 2008.

김용직, 「한국휴머니즘문학론」, 『문학과 지성』, 1972.5.

오세영, 『휴머니즘 연구』, 서울대학교 출판부, 2024.

장은영, 「전쟁기 휴머니즘 비평의 논리와 한계」, 『우리문학연구』 59, 우리문학회, 2018.

홍기돈, 「일제 후반기의 네오: 휴머니즘론 고찰」, 『우리문학연구』 53, 우리문학회, 2017.

저자 약력

고봉준　문학박사, 경희대학교 후마니타스칼리지

김영삼　문학박사, 전남대학교 국어국문학과

김윤희　문학박사, 조선대학교 자유전공학부

김학중　문학박사, 경희대학교 후마니타스칼리지

남승원　문학박사, 서울여자대학교 국어국문학과

이철주　문학박사, 경희대학교 한국어학과

장은영　문학박사, 조선대학교 자유전공학부

정은기　문학박사, 가톨릭대학교 학부대학

정미진　문학박사, 경상국립대학교 국어국문학과

조미영　문학박사, 평택대학교 연극영화과

최병구　문학박사, 경상국립대학교 국어국문학과

최진석　문화학 박사, 서울과학기술대학교 문예창작학과

100개의 키워드로 읽는 우리문학사 – 현대문학

2024년 12월 30일 초판 1쇄 펴냄

펴낸이 우리문학회
발행인 김흥국
발행처 도서출판 보고사

책임편집 이순민
표지디자인 김규범
주소 경기도 파주시 회동길 337-15 보고사
전화 031-955-9797(대표), 02-922-5120~1(편집), 02-922-2246(영업)
팩스 02-922-6990
메일 bogosabooks@naver.com
http://www.bogosabooks.co.kr

ISBN 979-11-6587-775-0 94810
      979-11-6587-773-6 세트
ⓒ 우리문학회, 2024